HERMES

在古希腊神话中,赫耳墨斯是宙斯和迈亚的儿子,奥林波斯神们的信使,道路与边界之神,睡眠与梦想之神,死者的向导,演说者、商人、小偷、旅者和牧人的保护神……

西方传统 经典与解释 **HERMES**
Classici et Commentarii
古今丛编

刘小枫 ● 主编

在西方的目光下

Under Western Eyes

［英］约瑟夫·康拉德 Joseph Conrad ｜ 著

李小均 ｜ 译

华夏出版社

"古今丛编"出版说明

自严复译泰西政法诸书至20世纪40年代，因应与西方政制相遇这一史无前例的重大事件，我国学界诸多有识之士孜孜以求西学堂奥，凭着个人禀赋和志趣奋力迻译西学典籍，翻译大家辈出。其时学界对西方思想统绪的认识刚刚起步，选择西学典籍难免带有相当的随意性和偶然性。50年代后期，新中国政府规范西学典籍译业，整编40年代遗稿，统一制订选题计划，几十年来寸累秩积，至80年代中期形成振裘挈领的"汉译世界学术名著"体系。尽管这套汉译名著的选题设计受到当时学界的教条主义限制，开牖后学之功万不容没。80年代中期，新一代学人迫切感到必须重新通盘考虑"西学名著"翻译清单，首创"现代西方学术文库"系列。虽然从重新认识西学现代典籍入手，这一学术战略实际基于悉心梳理西学传统流变、逐步重建西方思想汉译典籍系统的长远考虑，若非因历史偶然而中断，势必向古典西学方向推进。正如科学不等于技术，思想也不等于科学。无论学界译了多少新兴学科，仍与清末以来汉语思想致力认识西方思想大传统这一未竟前业不大相干。

"五四"新文化运动以来，学界侈谈所谓西方文化，实际谈的仅是西方现代文化——自文艺复兴以来形成的现代学术传统，尤其近代西方民族国家兴起后出现的若干强势国家所代表的"技术文明"，并未涉及西方古学。对西方学术传统中所隐含的古今分裂或古今之争，我国学界迄今未予重视。中国学术传统不绝若线，"国学"与包含古今分裂的"西学"实不可对举，但"国学"与"西学"对举，已经成为我们的习惯——即"五四"新文化运动培育起来的现代学术习性：凭据西方现代学术讨伐中国学术传统，无异于挥舞西学断剑切割自家血脉。透过中西之争看到古今之争,进而把古今之争视为现代文教问题的关键,於庚续清末以来我国学界理解西方传统的未竟之业,无疑具有重大的现实意义和历史意义。

"经典与解释"编译规划自2003年起步以来,迄今已出版二百余种,以历代大家或流派为纲目的子系初见规模。经重新调整,"经典与解释"编译规划将以子系为基本格局进一步拓展,本丛编以标举西学古今之别为纲,为学界拓展西学研究视域尽绵薄之力。

古典文明研究工作坊
西方经典编译部甲组
2010年7月

目 录

中译本前言 …………………………………………………… 1

自序 …………………………………………………………… 1
第一章 ………………………………………………………… 1
第二章 ………………………………………………………… 67
第三章 ………………………………………………………… 133
第四章 ………………………………………………………… 199

附录

伯恩斯坦　康拉德与卢梭 ………………………………… 261
梅尼克　《在西方的目光下》与沉默 …………………… 265

中译本前言

在编译《梅尔维尔的政治哲学》一书时,有一个细节让我很难忘。梅尔维尔在完成《切雷诺》后,身心一度崩溃。随后,他的创作生涯出现遽然断裂。让人不得不产生联想,他要用小说表达的全部思想观念,是否在《切雷诺》中已然悉备?

英语文学史上,与梅尔维尔最为神似的无疑是康拉德。相似的水手经历,相似的写作题材,足以将他们归类在一起。同样,在康拉德的创作生涯中,也有一次特别严重的身心崩溃。那是发生在写完《在西方的目光下》之后。可以说,《切雷诺》之于梅尔维尔,相当于《在西方的目光下》之于康拉德。

《在西方的目光下》构思于1907年底,完稿于1910年初,成书刊行于1911年。最初,康拉德只是想以小说主人公拉祖莫夫为题写一个短篇。但在写作的过程中,他改弦易辙,将其扩充为我们现在看到的长篇。从预计的短篇到成稿的长篇,这中间的经历痛苦而复杂。康拉德几度向友人抱怨,这部关于俄罗斯生活的小说,比预想的困难大得多,尽管他日以继夜地埋首创作,但往往收效甚微,所以他称其写作简直是"残忍的折磨"。最糟糕的是,在1909年底,他的文学经纪人见作品难产,情急之下,下了最后通牒,若不能尽快交稿,将收回订金。受此要挟,康拉德非常愤怒,几度欲将手稿付之一炬。他为自己的拖延行为辩解说:"设身处地想想拉祖莫夫先生的心理!那就像是地狱里的生活。"他哀叹写作中"没有灵感,没有希望,只有无望的劳作"。1910年2月6日,康拉德的妻子杰茜在给友人信中写道,"小说完成了,但代价还未偿付。数月紧张的劳作,结果是身心崩溃。可怜的康拉德病得很重,医生说要休息很长时间……手稿还没有校对,他拒绝我染指。手稿就放在他的床边,他还生活在书中的场景里,与那些人物对话。"1910 年 3 月,康拉德告诉友人,"六周以来第一次下床,站了几分钟"。三个月后,他在信中透露,"我已病了四个月,现在还没有缓过气来"。

从创作生涯来看,康拉德的确再也"没有缓过气来"。1894 年,康拉德以《阿尔迈耶的愚蠢》初登文坛,成为职业作家。这年他 37 岁,可谓出道很晚。但他很快就迎来了创作高峰。从 1896 年到 1911 年,康拉德发表了一系列重要作品,如《海隅逐客》(1896)、《"水仙号"的黑水手》(1897)、《青春》(1898)、《黑暗的心》(1899)、《吉姆爷》(1900)、《台风》(1902)、《诺斯特罗姆》(1904)、《秘密间谍》(1907)、《秘密分享者》(1910)、《在西方的目光下》(1911)。这些作品奠定了康拉德在英国文学史上的重要地位,却无助于改善他窘迫的生活状况。直到 1914 年出版《机遇》走红,他的经济压力才大为缓解。在创作生涯后期,他还出版了《金箭》(1919)、《救援》(1920)和《漫游者》(1923)。但就文学成就而言,后期作品远不及前期。纵观康拉德的创作生涯,《在西方的目光下》占有突出地位。它标志着康拉德创作高峰期的结束,是康拉德最后的经典。这部小说在耗尽了他心血的同时,似乎也耗尽了他的写作天赋。

康拉德出生于 1857 年。他的父母都是波兰爱国志士。康拉德出生时,波兰已不复存在。早在 1772 年、1793 年和 1795 年,波兰被三度瓜分,已不复为一个独立国家,其领土被普鲁士、奥匈帝国和俄罗斯占领。康拉德的父亲积极从事波兰复国运动。1862 年,他被俄罗斯当局以颠覆罪逮捕,发配俄罗斯。年幼的康拉德随母亲陪父流亡。流亡期间,康拉德的母亲和父亲先后因结核病于 1865 年和 1869 年去世。不久,成为孤儿的康拉德被允许回到波兰,由舅父养大成人。1874 年,17 岁的康拉德来到法国求学,为他自选的海洋生活做准备。经过 4 年学习,他加入了英国商船队,尽管当时他并不会英语。在接下来的 15 年间,康拉德从船上的小伙计做到了船长,足迹遍及东西半球。这段人生经历为他的创作提供了丰富的素材。

直到1894年,他结束了航海经历,开始用英语进行职业写作。1924年,康拉德因心脏病去世,享年67岁。

康拉德的传奇人生使他超越了许多同时代人,成为最具国际视野的作家。这点由其作品的题材空间就足以表明。《在西方的目光下》中的故事就在俄罗斯的圣彼得堡和瑞士的日内瓦展开。它以十月革命前的俄罗斯为背景,探讨了专制和革命之间的冲突,书写了不同的俄罗斯人卷入冲突之后的命运,分析冲突背后的俄罗斯人心理。约翰·佩特斯指出:"《在西方的目光下》或许是康拉德最不寻常的小说。这是最接近于他痛苦记忆的作品,是他最人性化的作品,是他创作巅峰期的收官之作。在许多方面,《在西方的目光下》包含了康拉德最重要的思想。团结、背叛、政体、社会、个体、人类生活的本质,这些政治哲学的大问题在这部作品中熔为一炉。自该小说发表后,康拉德的写作面目大变。《在西方的目光下》集合了康拉德前期与后期作品想表达的一切,因此,这部作品可视为康拉德奇特而辉煌文学生涯之顶峰。"

迄今为止,康拉德的大部分作品都已译介成中文,其中一些作品如《黑暗的心》和《吉姆爷》有多个译本。袁家骅、赵启光、薛诗绮、黄雨石、蒲隆、裘小龙、王智量、金圣华、熊蕾等译界先贤都留下了精彩的译文。遗憾的是,《在西方的目光下》成书已逾百年,但至今未见中译。承蒙刘小枫先生的指点和鼓励,本人不揣学识浅陋,译出是书,既感幸运,又觉惶恐,不足之处,还望方家指正。同时译出的还有两篇西方学人的批评文字,一篇着眼细节,一篇关乎全局。经典作品,当然会仁者见仁、智者见智。批评文字仅供管中窥豹,书中的微言大义不能越俎代庖,只能靠有心读者细细反思。

在翻译过程中,得到家人与师友的理解、关心与支持,在此一并感谢。我尤其要感谢我的爱人 Fragrance:在她的目光下,我们孕育的新生命在悄然成长。

译　者

2013年于成都浣花溪畔

自　序

必须承认，随着时过境迁，《在西方的目光下》已然成了一部关于过去的历史小说。

当然，这完全是针对书中的事件有感而发。但是，本书的主旨与其说是描写俄罗斯的政局，不如说是解剖俄罗斯人的心理。因此，我冒昧希望，它的影响还未丧失殆尽。我产生这一怡人的信念，并且深受鼓舞，是因为我注意到，今日许多谈论俄罗斯事务的文章，参引了接下来书页中的一些言论，从而以某种方式验证了鄙人目光明晰、判断精准。不用说，写作时，我别无所念，只希望凭借想像力，传达出俄罗斯人行为背后的一般真相。我真诚地相信，那些多少为世人所知的俄罗斯事件具有复杂的伦理面相。

关于实际的创作，我不妨透露，在动笔之际，我只构思完第一章中哈丁、拉祖莫夫和米枯宁三个人物。写完第一章后，我才对故事的脉络有了整体把握。人物的悲剧色彩，情节的不可逆转，结构的饱满丰硕，为我创作的本能和题材的戏剧张力提供了自由发挥的空间。

故事情节不需赘言。它更多地是情感的产物，而非思虑的结晶。它不是来自特殊的经验，而是来自普遍的知识。它没有得到沉思的强力证实。我最大的焦虑是能否完全恪守客观的调子。无论是从历史还是从血缘的角度，由于家国的特殊经历，我都负有绝对公正的义务。而且，我一向认为，惟有真实，任何小说才有理由宣称具有艺术品质，才有望在时代的文化中占一席之地。此前，我还从来没有听到召唤，要如此竭力保持超脱：超脱一切感情、偏见乃至个人记忆。也许正是因为如此，小说在英国面世之初，才遭到公众冷遇。直到六年后，我方得到回报：我第一次听说，它在俄罗斯得到普遍认同，有多个版本，且再版多次。

同样，书中的人物，也不是来自特殊的经验，而是来自普遍的知识，来自对俄罗斯时局和俄罗斯人心理的一般了解。面对无法无天的专制压力时，俄罗斯人的伦理和情感反应，用常人的话可归结为，愚昧的专制导致麻木的绝望。但我主要关心的是个体的性格和命运。我将他们置于一个西方人的目光下。这个教语言的老人受到许多批评。我不会在此时才来放马后炮，为他进行辩护。他对我有用，因此，我认为，无论是他的评论，还是他在故事进程中的角色，肯定对读者都有用。要想制造出真实感，在我看来，必须为日内瓦的种种活动安排一个目击者。我也需要为哈丁小姐设置一个富有同情心的朋友，否则，她会太孤独，太无助，显得很不可信。要是没有那样一个朋友，她向何人袒露她的理想信仰、她的伟大心灵、她的淳朴感情？

主人公拉祖莫夫受到了同情对待。为何不呢？他是个平凡的年轻人，具有健全的工作能力，怀有良好的愿望。他有普通人的良心。如果说他有点不同，那只是他对自己身份较为敏感。他无父无母，自然比别人敏感。他知道，除了俄罗斯人的身份外，他一无所有。他将整个俄罗斯看作他继承的遗产，这没有错。在混乱的大众中沸腾着的罪行和牺牲，散发出的无聊的血腥气味，笼罩着他，压碎了他。我不认为，他的疯狂是走火入魔。在书中，无论是头脑简单的特卡拉，还是执迷不误的索菲亚·安东诺娃，都没有塑造成魔鬼。彼得·伊万诺维奇和 S 夫人是适于攻击的对象。他们是一片阴险丛林中的猿猴，正如他们的鬼脸怪相，受到攻击理所当然。至于绰号"尼卡托"的尼基塔，他是恐怖主义荒原上的恶之花。在描写他的时候，最困扰我的，不是他的邪恶，而是他的平庸。多年来，他一直出现在公众眼前，出入于所谓"揭迷"的报章、秘史和追求轰动效应的小说中。

就我自己而言，最可怕的反思是，这些角色不是特殊环境的产物，而是普遍环境的产物。他们所处的时空，所属的种族，再普遍不过。一个拒绝了所有合法性、建立在无序伦理基础之上的专制政权，其邪恶与愚昧，只会招致一场同样邪恶与愚昧的乌托邦式革命。这种革命把毁灭当成最便捷的手段，奇怪地相信只有推翻了任何人为的制度，人心才会根本改变。革命者们看不到，他们能够施加的影响，不过是换个名字而已。本书中，无论是压迫者，还是被压迫者，他们都是俄罗斯人。世界再一次直面这句谚语所包含的真理：老虎改变不了条纹，豹子也改变不了斑点。

约瑟夫·康拉德
1920年

像饥饿的人会抓住每一片面包,我会从任何人手中夺取自由。

——哈丁小姐

第一章

首先,我想说,我不具有那样的天赋,凭借想象力和表现力,妙笔生花地为读者创造出这个人物——基里诺·西多诺维奇·拉祖莫夫。他按照俄罗斯的风俗,自称是伊西多尔的西里尔之子。

即便我曾以任何鲜活的形式拥有过那样的天赋,很久以前,它也在语词的荒原下窒息。众所周知,语词是现实的劲敌。多年来,我一直在教语言。这份职业,对常人本可秉承的想象力、观察力和洞察力,终会是致命威胁。教语言的人,必将迎来这个时刻:世界不过是由许多语词构成的地方;人似乎只是会说话的动物,并不比鹦鹉有趣。

因此,我不能凭借洞察力、观察或猜测拉祖莫夫先生的现实,更不能凭空想象出他的过去。即使要编造出他人生的大致轨迹,也非我力所能及。不过,我想,哪怕不用声明,读者们也能在书中找到文本证据的痕迹。的确,本书取材于一份文献。我所投入的只是我的俄语知识。要完成此处的任务,我的俄语绰绰有余。这份文献是一本笔记或日记,只不过与日记的实际形式不完全相符。比如,大部分内容不是一天天地写成,尽管所有条目都注明了日期,但有些时间跨度数月,篇幅长达几十页。日记开头部分是回忆,用叙事的方式追述了一件大约一年前发生的事。

在此,我必须先插一句。我在日内瓦生活了很长一段时间。日内瓦有一个片区,住着许多俄侨,被称为"小俄罗斯"。当时,我在那里有相当广的人脉。但我承认,我摸不透俄罗斯人的性格。他们态度矛盾,结论武断,经常出现特例。当然,对于一个精通多门语言的学者来说,这些都不应是问题。但他们的行为中肯定有别的东西,有某种特殊性格,其微妙的差异超出了语言学者的学识。在一个教语言的人看来,他们最令人吃惊的,是对语词的狂热。他们收集语词,拥抱语词,但他们不会将语词藏在心里。相反,他们没日没夜地将语词倾倒出来,激情四溢,洋洋洒洒。有时,他们还用得十分贴切,如同训练有素的鹦鹉,难免让人疑窦暗生:他们是否明白自己说的话?他们狂热的话语中有一份慷慨,与通常的饶舌大相径庭。但他们的话语太不连贯,称不上雄辩……我扯远了,非常抱歉。

拉祖莫夫先生为什么要把日记留在身后?强作解人可能是白费心思。难以想象,他会希望有人看到。在此,许是人性中的神秘冲动在起作用。除了强行打开不朽之门的萨缪尔·佩皮斯,无数的人,无论是罪犯、圣徒、哲人、少女、政客,还是纯粹的白痴,留下自白性的日记,不仅出于虚荣,还出于其他谜一样的动机。语词肯定具有神奇的慰藉力量,因为如此多的人用语词来进行自我交流。作为一个性情平和的人,我接受这种观点:所有人真正追求的不过是某种形式的宁静,或是某种宁静的独白。难怪,人们今日纷纷吵着要宁静。在写日记的过程中,基里诺·西多诺维奇·拉祖莫夫想找到怎样的宁静,我无法臆测。

无论如何,他写下了日记。

年轻的拉祖莫夫先生身材高大,体格匀称。他皮肤特别黝黑,这在来自俄罗斯中部的人身上不常见。他的五官若再精致一点儿,好长相就无可挑剔。他的脸就像严格按照蜡像的模样(接近古典的君子类型)铸成,但由于凑近了火堆,鲜明的轮廓消失在蜡液里。尽管美中不足,他还是相当英俊。他的风度也很好。在讨论中,他很容易被说理和权威所折服。与比他小的爱国者在一起时,他总是一副神秘聆听者的模样,会心地把话听完,再变换话题。

这类习惯,要么是由于智性不足,要么是由于不太自信,但却为拉祖莫夫先生博得了思想深刻的美名。他周围有许多夸夸其谈之徒,每日总是在热烈的讨论中搞得身心疲惫。在他们中间,一个比较沉默的人自然具有保留权力。基里诺·西多诺维奇·拉祖莫夫，这个圣彼得堡大学哲学系大三学生，在他的同学们眼中，是有骨气的人、可信赖的人。在很可能因言获罪——招来杀身之祸，有时甚至生不如死——的国度，这意味着他值得交心，值得分享违禁的言论。他性情温和，乐意默默为朋友效劳，哪怕牺牲个人之便也在所不辞，因此深受大家喜欢。

据说，拉祖莫夫先生是某个大祭司所生，受某个著名贵族（也许是同乡）庇护。但他的外表与如此卑微的出身很不相符。这消息并不可靠。事实上，有人暗示，拉祖莫夫先生的母亲才是某个大祭司的漂亮女儿。他的身世由此多了一层色彩，但却让他受到著名贵族庇护一说变得可以理解。无论是出于恶意还是善意，这些都没有人去查证。没有人知道或在意那个贵族是谁。拉祖莫夫从一个小律师手里支取一份并不丰厚但够生活的补贴。小律师在一定意义上相当于他的监护人。偶尔，拉祖莫夫会出现在某个教授的非正式宴会上。此外，没有人听说他在圣彼得堡有何社会关系。他按时上课，学校认为他是非常有前途的学生。课后，他关在自己房间里用功。但他不会只为了上进而刻意封闭自我。他很容易接近。他的生活中没有秘密和隐私。

1

拉祖莫夫先生日记的开头与一桩典型的俄罗斯现代事件有关：暗杀一个著名的政客。更为典型的是，这桩事件发生在道德沦丧的专制社会。在那里，人性最高贵的愿景，对自由的向往，强烈的爱国激情，对正义的热爱，怜悯感，甚至纯朴心灵的忠诚，都被贱卖，被仇恨和恐惧的欲望勾引。仇恨和恐惧，正是动荡的专制社会不可分割的衍生物。

遇刺身亡的政客是 P 先生，手握重权的内政部部长，多年前担任过臭名昭著的维稳委员会主席。新闻报纸大肆宣扬过这个心胸狭隘的疯子。他穿着金边制服,皱巴巴的脸上毫无表情,如同僵尸。他戴着一副眼镜,皮包骨头的脖子下挂了一枚十字架。可能有人记得,有一段时间,他的照片每月都会出现在某份欧洲的画报上。他为这个专制社会效忠:不管男女老少,他都不知疲惫地将他们监禁、流放或送上绞刑架。他神秘地接受了专制思想,誓将公共机构中与自由相似的任何苗头斩草除根。他无情地迫害正在崛起的一代,似乎决心毁灭自由的根本希望。

据说,这个万人唾骂的政客根本想不到他激发了多大的仇恨。这有点儿难以置信,但这是事实,他很少防范自己的安全。在一份著名的国情咨文序言部分,他宣布,"自由思想从来不存在于造物主的创世中。杂众的协商只会带来革命和动荡;在一个为服从和稳定而创造出来的世界中,革命与动荡就是罪。表达神意的不是理性而是权威。上帝是宇宙的专制者……"或许,下这番断言的 P 部长相信,上天必然会保佑他,因为他在人间无怨无悔地捍卫专制。

无疑,警惕的安全部门救了他不少回。但天命要带走他时,他们再神通广大,也无济于事。他们对针对他的暗杀行动毫不知情,从通常的情报渠道没有得到任何暗示,没有看到任何迹象,没有意识到任何可疑行为或危险人物。

P 部长带着一名卫士和一个车夫,乘坐一架两匹马拉的无盖雪橇赶往火车站。雪下了一夜,天刚破晓,道路还没来得及清扫,马儿走得很吃力。雪仍下得紧。雪橇肯定早被人盯梢做了记号。准备左转时,卫士看到路边有一个缓缓而行的农夫,双手插在羊皮袄的口袋中,缩着头,肩上的积雪到了耳边。眼看车要超过,那个农夫突然转身挥手。立刻,天摇地动,纷飞的雪花中传出爆炸的闷响。两匹马当场毙命,躺在地上,血肉模糊。车夫一声惨叫,滚下雪橇,身受重伤。卫士(后来死里逃生)来不及看清刺客的面容。扔完炸弹后,刺客就离开了现场。但据说,刺客看见许多人从周围的落雪中突然冒出来,纷纷奔向爆炸现场,他认为,混在人流中一道返回会更安全。

很快,雪橇周围就站满了看热闹的人。毫发未损的P部长从厚厚的积雪中走出来,站在不断呻吟的车夫旁边,用虚弱平淡的声音反复对观众说,"大家站开;看在上帝的面上,各位好心人站开。"

就在此时,一个身材高大的年轻人,原本静静地站在两栋楼外的车道口,突然走进大街,快步走向围观人群,朝他们头上扔了一颗炸弹,正好砸在俯身察看奄奄一息的车夫的P部长肩头,然后落在他的档下。随着一声可怕的巨响,眨眼之间,P部长当场身亡,受伤的车夫立刻丧命,空空的雪橇也炸得粉碎。惊恐的人群尖叫着四散而逃。靠近P部长的看客倒在地上,死的死,伤的伤;还有一两人,跑了几步,一头栽倒在路上。

第一声爆炸像施了魔力,召集了一大帮看客;第二声爆炸像魔力失效,街道四周几百米之内刹那间就空空荡荡。穿过飘飞的雪花,远远可见那一堆死尸,倒在两匹死马旁边。没有人敢靠近,直到一队在街头巡逻的哥萨克人骑马跑来,下马查验死者。在第二次爆炸中无辜牺牲的人里,有一个穿羊皮袄的农夫,面目全非,无可辨认。他的破衣服口袋里什么都没有。这是惟一身份不明的死者。

那天,拉祖莫夫先生像平时一样起床,上午到学校上课,还到图书馆泡了一段时间。他最初是在学校的咖啡馆里听到关于刺杀的模糊传言。他习惯两点钟到那里去吃饭。他听到的只是一些耳语;这就是俄罗斯,尤其对于一个大学生,如果对这类耳语太有兴趣,总是不大安全。拉祖莫夫属于这样一类人,生活在一个思想和政治动荡的时代,总是本能地抓住普通的、现实的日常生活。他意识到所处时代的精神紧张;他甚至用一种莫名的方式来回应。但他主要关心的还是课程、学业和前途。

因为无家可归(大祭司的女儿早已去世了),所以他的观念或情感没有受到任何家庭的影响。他孤伶伶地在这个世界上,就像一个人游进了深海。拉祖莫夫这个名字只是一个孤独个体的标签。别的地方没有亲人。他的双亲隐含在这句声明中:他是一个俄罗斯人。只有这层关系！他从生活中所期许的任何好处，能否有希望，只有这层关系才能给予或吊销。而今，俄罗斯这个庞大的衣食父母正受内在不和谐的痛苦煎熬，于是，他本能地选择逃避，就如生性善良的孩子，在激烈的家庭争吵中可能会避免明确站队。

拉祖莫夫回到住所，想到已为即将来临的考试做好了准备，现在要全力投入到征文比赛中去。他渴望获得一枚银质奖章。奖章由教育部提供。参赛者名录会送呈教育部部长大人亲阅。去尝试一下，这在上流社会里本身就被认为是件光彩的事。一旦获奖，等拿到学位后，还有望获得更好的公职任命。拉祖莫夫高兴之下，就忘了那些授奖和任命公职的机构的稳定正受到威胁。想起去年的那个获奖者，拉祖莫夫突然有些忧伤。接到官方的获奖通知时，拉祖莫夫等一帮人正在那个同学的房间。那是一个安静、低调的年轻人，"抱歉，"他略带歉意微笑着说，然后拿起帽子，"我要出去买些酒来。不过，我要先发封电报给家人。但愿家中老人不会当成过节，将方圆二十里的邻居都请来热闹。"

拉祖莫夫心想，这一切不会发生在他身上。他的成功对任何人都不重要。他对那个庇护他的贵人没有任何怀恨。那人不是大家猜测的某省要员，而是 K 王爷。他一度是这世界上光彩照人的大人物，如今，他风光不再，只保留议员一席，因为痛风，行动不便，他多半时间赋闲在家。他的子女还未成年，王妃如他一样，落落大方。

拉祖莫夫只有一次蒙恩与 K 王爷见面。

就像是在那个小律师办公室里的偶遇。一天，拉祖莫夫应约前往，发现有个陌生人，身材高大，留着柔软的灰色鬓须，气势非凡。那个世故的小律师略带讥讽地热情招呼，"进来，进来，拉祖莫夫先生。"然后，他恭敬地转过身，对陌生人说，"王爷，这是我监护的孩子，圣彼得堡大学法学院最有前途的学生。"

让他大为吃惊的是，拉祖莫夫看见一只优雅的玉手向他伸来，他惶惶不安地握住（那只玉手软绵绵的），听到一串低语，像在居高临下地发号施令。他只听清了"非常满意"和"再接再厉"。最为吃惊的是,就在松手的那一刻,他突然感到那只手在加力,像在传递暗号。这感觉挺可怕。拉祖莫夫的心差点儿跳到嗓子眼里。他抬起头时,王爷已示意小律师靠边,然后开门离去。

小律师翻了一会儿桌子上的文件,突然问,"你知道他是谁吗?"

拉祖莫夫的心砰砰直跳,默默地摇了摇头。

"他是 K 王爷。你一定奇怪,他怎么会到我这样可怜的法律耗子的小窝来?伟人也有好奇心,就与普通的罪人一样。换了是我,基里诺·西多诺维奇,"他斜睨了一眼,以恩主的口吻强调说,"我不会到处炫耀。那不好,基里诺·西多诺维奇。千万不要!那会耽搁你的前程。"

年轻的拉祖莫夫两耳通红,双眼蒙眬。"那个人!"他自言自语地说,"他!"

自那以后,拉祖莫夫先生习惯用"他"这个代词暗中称呼那个留着柔软灰色鬓须的陌生人。也是自那时起,他行走在时尚的街区时,会特别注意标有 K 王爷徽章的豪华马车。有一次,他看见王妃购物出来,身后跟了两个小女孩儿,其中一个比另一个差不多高了一头。她们金黄色的头发像英国小女孩一样随意飘散在脑后。她们漂亮的眼睛、衣服、袖套、小绒帽都一模一样。因为天寒,她们的面颊和鼻梁都染上了欢欣的粉红。她们在他面前横过街道。拉祖莫夫继续前行,羞涩地暗笑道,"他"的两个女儿。她们就像"他"一样。尽管她们不知道他的存在,但他依旧为她们送去一束温暖的友谊之光。等她们长大,会嫁给将军或贵胄,生儿育女。她们的子女也许会认识他:一个著名的老教授,甚或做了皇家的秘密顾问,成了俄罗斯的光荣!

那时,著名教授还算是人物。如果成就杰出,那么,"拉祖莫夫"将代表一个光荣的名字。毫不奇怪,拉祖莫夫渴望出人头地。真正的人生该是这样一种应过的生活:凭借敬重和自然热爱而活在他人的心目中。P 部长遇刺的那天,拉祖莫夫走在回家的路上,决心要好好试一试,在征文比赛中获奖。

他慢慢爬上四层楼高的寓所那黑暗而肮脏的楼梯，对即将到来的成功充满自信。获奖者的名单会登在新年元旦的报纸上。想到"他"很可能读到这则新闻，拉祖莫夫情不自禁地停下脚步，过了片刻才继续上楼。他对自己的想法淡然一笑，"这还只是一场梦，"他自言自语地说，"但这枚奖章才是人生真正的起点。"

他进了房间，心里想着要努力。屋里温暖宜人，令人信心倍增。"我要奋战四个小时"，他想。然而，就在关上门的刹那，他悚然一惊。通常，在高高壁炉的那个位置，白色的瓷砖在暮光的映衬下会发亮，这时却一片漆黑。一个陌生人靠在那里。他穿着一件开口的紧身棕色外衣，腰间扎了一条皮带，脚上蹬着长靴，头戴一顶小羊皮帽，看上去矫健而英武。拉祖莫夫吓得目瞪口呆。直到不速之客前冲两步，冷静地问，外面的门是否关好，拉祖莫夫才缓过神来。

"哈丁！……维克多·维克多诺维奇！……是你吗？……是的，外面的门已关好。这实在是太意外了。"

维克多·哈丁比许多同学都年长，但学习却不勤奋。他很少去课堂。学校评语是"躁动不安"；这是很糟糕的评价。但他在同学中声望很高，有影响力。拉祖莫夫与他来往不多，只是偶尔在其他同学的房间碰头。他们有过一次谈话，讨论血气方刚的年轻人最可贵的品性。

拉祖莫夫暗地里希望哈丁选另外的时间来聊天。他正想写参赛文章。但来客不好轻易打发，拉祖莫夫只好装出热情的口吻，请他坐下抽一支烟。

"基里诺·西多诺维奇，"哈丁脱下帽子，"我们也许不完全是同道。你更像个哲人，沉默寡言，但我见到的每一个人，都不会怀疑你胸怀宽广。你有一种坚韧的品性；没有勇气，这种品性无法存在。"

拉祖莫夫受宠若惊，羞涩地低声说过奖了。哈丁举手打断他的话。

"这是我心里话，"哈丁说，"当我躲在你楼下河边的树丛里时，我心想,'这个年轻人很坚强,他不会将自己的灵魂抛进风里'。我很钦佩沉默寡言的你,基里诺·西多诺维奇,所以我记住了你的地址。你看,运气不错。那个看门人正好去和街对面的车夫攀谈。我上楼也没有碰到人。我走到你这层楼时,正好看见房东太太从你房间出来。她没有看见我。趁她回自己的房间,我就溜了进来。我在这里已等了两个小时,时刻都在盼望你回来。"

拉祖莫夫张大嘴巴听着。还没等他接话,哈丁突然轻描淡写地说,"今天早上,我干掉了P部长。"

拉祖莫夫强压住惊呼。他现在与这件谋杀案有了牵连。他宁静的生活完全毁了!他的脑海里突然冒出一个略带讥讽的念头,"我的奖章没啦!"

哈丁沉默了半响说道:"你怎么不说话,基里诺·西多诺维奇!我理解你的沉默。当然,我不指望你用冷冰冰的英式风范拥抱我。我从不介意你的举止。你有宽广的心灵,听到了那个人给这片大地带来的哭泣和愤怒。这已足以压倒任何哲学的希望。他在斩草除根。我们必须阻击他。他是一个危险的人,一个冥顽之徒。他折腾三年,就使我们的历史倒退了半个世纪,将我们重新套进锁链。看看这期间浪费了多少生命,失落了多少灵魂。"

他简洁自信的声音突然失去了魅力,转而平淡地说,"是的,兄弟,我杀了他。这真是一件累人的事。"

拉祖莫夫跌坐在椅子里。他时刻盼望警察冲进来。外面肯定有成千上万的警察搜捕这个在他房间徘徊的人。哈丁的声音恢复了克制和平稳。他不时挥一挥手,动作很慢,非常冷静。

他告诉拉祖莫夫,这事儿他谋划了一年,近几周他都没有安睡。他和"另一个同志"昨天深夜从"某人"那里得到P部长行踪的情报。他们就准备好"家伙",决心办完"这事儿"才睡觉。他们身上揣着"家伙",徘徊在风雪中的街头,假装互不认识。遇到巡逻时,他们就抱在一起,装成是寻欢作乐的农夫,满身酒气,大叫大嚷。大多数时间他们都默默地不停走动。他们踩完点,等天一亮,就进入预定位置。他们知道这是必经之路。当目标进入视线,他们低声说了再见,就分头行动。"另一个同志"守在街角,哈丁选了街上不远的一个车道入口……

他一扔下"家伙",就赶忙撤退。听到第二次爆炸声响的人群,为了逃命,迅速追上了他。他们十分惊恐。有一两次,他险些被撞倒。他慢下脚步,避开慌乱的人流,左转进入一条空旷的小胡同。

他庆幸立刻就能脱身。事儿已办完。他有点不敢相信。他突然想倒头就睡。浓浓的睡意如势不可挡的洪水,但他还是拼命抵住。不久,睡意消失。他加快脚步,前往一个贫民窟,去找扎米尼奇。

拉祖莫夫知道,扎米尼奇是进城来发了点儿小财的农夫,靠出租雪橇和马车为生。哈丁沉默了片刻,情不自禁地赞叹:"一颗光明的灵魂!一颗坚强的心灵!圣彼得堡最好的车手。他那里有三驾马拉的雪橇……啊!他是个男人!"

扎米尼奇公开说过,他愿意在任何时候,将一两个客人安全送达火车南线的第二个或第三个站。由于昨晚没来得及通气,所以哈丁只好前去找他。他经常出没的地方好像是郊区的一个小饭馆。哈丁到那里时,扎米尼奇没有在,要等到晚上才会再次露面。忐忑不安的哈丁只好先离开。

他看见一个木场的入口开着,就走了进去,想躲避一下街上的寒风。这些木料堆成长方体,上面积满雪,就像乡间的木屋。木场的守夜人是一个干瘪小老头儿,穿着两件烂军衣,满脸皱纹,下巴和耳朵边系着一块脏兮兮的红手帕,看起来很滑稽。他刚发现哈丁蹲在里面时,还和气地与他闲聊。但过了不久,他就绷着脸,疯疯癫癫地破口大骂。

"你离不离开这里,流浪汉?我们知道你是工厂里的伙计。一个健壮的大小伙!你没有醉?那你想在这里干什么?你不要吓唬我们。带着你那双贼溜溜的眼睛滚。"

哈丁在坐着的拉祖莫夫面前停下。他敏捷的身子,白皙的额头,直立的金发,看上去莫测高深、艺高胆大。

"他不喜欢我的眼睛,"他说,"所以……我就到你这里来了。"

拉祖莫夫极力装出冷静的样子说,"但请你原谅,维克多·维克多诺维奇。我们不大熟悉……我想知道你为什么不……"

"信任。"哈丁说。

这个词堵住了拉祖莫夫的双唇,就像一只手捂住了他的嘴巴。他的脑海里翻滚着各种念头。

"所以,你就到这里来了。"他从牙缝里蹦出这句话。

哈丁没有察觉他生气的口吻。他一丝也没有怀疑。

"是的。没有人知道我在这里。如果我被捕,没有人会怀疑到你。你知道,这就是优势。更何况,与你这样一个崇高的心灵说话,我会推心置腹。我突然想起,你没有任何亲人,无牵无挂,如果事情真的败露,也不会有人牵连受苦。已有太多的俄罗斯家庭受到牵连而毁灭。我说不准,我进你屋子的过程中是否有人看见。如果我被捕,我懂如何保持沉默,不管他们用什么方式对付我。"他郑重其事地说。

他再次开始徘徊。拉祖莫夫仍然惊恐地坐着。

"你想——"他一生气就结巴。

"是的,拉祖莫夫。是的,兄弟。有时候,你应该帮一把。你认为我是恐怖分子,现实世界的毁灭者。但请想一下,真正的毁灭者是他们,是他们毁灭了进步思想和真理。我只是复仇者,只杀死了那些迫害人类尊严之人的躯体。像我这样的人是必要的。没有我们,你这样悠然自得、爱好沉思的哲人怎么会有空间?不错,我们视死如归,但是,如果有机会,我们还是会逃命。我想挽救的不是我的生命,而是我活命的能力。我不会庸碌地过一生。绝不!不要误会,拉祖莫夫。像我这样的人不多。更何况,暗杀对于压迫者是个震慑:刺客来无影、去无踪,他们会坐在宫殿里哆嗦。我希望你帮助我逃得无影无踪。这不是多大回事儿。你只要出去转转,到我今天早上去的地方找找扎米尼奇。只要告诉他:'你认识的那个人想要一辆快速的雪橇,子夜后半个时辰,在卡拉贝纳亚上街左数第七根灯柱碰头。如果到时没人出现,就驾驶雪橇围绕一两栋楼转,十分钟内回到原点。'"

拉祖莫夫奇怪,他为什么没有打断话头,直接告诉这人早点儿离开。是因为懦弱还是别的原因?

他的答案是,这是清明的本能。肯定有人看见了哈丁。这个扔了第二颗炸弹的刺客,不可能没有人看清他的模样。哈丁是一个惹人注意的人。警察成千上万,肯定会及时张贴出抓捕他的布告。危险时刻都在增加。如果把他打发出去流浪街头,他不可能逃脱罗网。

警方会很快摸清他的底细。他们会发现这是一个阴谋。哈丁认识的每个人都面临极大的风险。口无遮拦的闲谈,无伤大碍的琐事,都可能被认为是罪证。拉祖莫夫想起他说过的一些话,他听过的一些演说,他参加过的一些光明正大的聚会。对于一个大学生来说,与这类事情不沾边是不可能的,因此他洗刷不了是哈丁同党的嫌疑。

拉祖莫夫看见自己被关入大牢,焦虑,困惑,受够折磨。他看见自己被一纸行政命令流放,生活破碎,希望毁灭。他看见自己——最好的结局是——受到警方的监视,在某个小边城,过着食不果腹的凄惨生活,没有朋友接济,更不会像其他人那样有朋友上下打点、改变他的命运。其他人有父母兄弟、亲朋好友,帮他们四处活动。他指望不上任何人。某个早上才宣布判决他的官员,也许天还没有黑,就已把他忘在九霄云外。

他看见自己的青春在痛苦和饥馑中流逝。他看见自己的力量在消失,自己的精神化为泥淖。他看见自己在街上爬行,形容枯槁,衣衫褴褛。他看见自己孤独地死于一间污秽的小窝,或者死在公立医院硬邦邦的床上。

想到这些,他一阵哆嗦。随后,他恢复了痛苦的平静。最好不要将这人赶出门,要等待某个逃脱的良机才打发他。这才是上策。当然，拉祖莫夫感觉到，他单纯的生活将永远受到威胁。只要哈丁还活着，只要现行的制度还延续，这个晚上所做的一切，终将是个定时炸弹。在他看来，现行制度是合理的，坚不可摧。它具有一种和谐的力量。相反，眼前这个人代表的恰是恐怖的不和谐。他恨这个人。但他平静地说，"好，我去。你把路线说清楚，其余的交给我。"

"你真了不起！十分镇静。简直像个英国人。你的灵魂来自哪里？你这样的人不多见。看我这里，兄弟！我这样的人虽然不会有后代，但我们的灵魂不会丢失。没有人的灵魂会丢失。它在自己起作用。否则，自我牺牲、英勇就义、信仰信念——这些灵魂的劳作——的意义在哪里？当我以我必死的方式死去时（也许很快），我的灵魂会变成什么？它不会灭。不要误会，拉祖莫夫。这不是谋杀。这是战争，战争。我的精神会在某个俄罗斯人的体内继续征战，直到扫尽人间的谬误。现代文明是虚假的，新的启示将从俄罗斯诞生。你怎么保持沉默？你是个怀疑论者。我尊重你的怀疑论哲学，拉祖莫夫，但不要让它碰触你的灵魂。俄罗斯的灵魂跳跃在我们每个人的身上。它有未来。我告诉你，它有使命。那就是为什么我必须被迫这样做，像屠夫一样卤莽地在那些无辜的人群中大开杀戒！要知道，我！我！……我不忍杀死一只苍蝇！"

"不要大声。"拉祖莫夫厉声警告。

哈丁突然坐下来，将头靠在交叠的双臂上，开始哭泣。他哭了很长一段时间。房间中的暮色更浓。拉祖莫夫一动不动，在冷静的惊奇中倾听哭声。

哈丁抬起头，站起身，努力稳住声音。

"是的，我这样的人不会有后代，"他压低声音说，"但我有妹妹。她和我的老母亲在一起。今年，我劝她们去了国外。感谢上帝！我的妹妹是个好女孩。她有人间最轻信的眼睛。我希望她嫁个好人家。我希望她生儿育女，最好是生儿子。你看着我。我的父亲是政府官员，在好几个省份任过职。他薄有产业。他是上帝的忠实仆人。在这方面,他是真正的俄罗斯人。他的灵魂是服从的灵魂。我不像他。他们说我像大舅。他也是一个官员,在1828年被枪毙了。你知道,在沙皇尼古拉一世在位时。我告诉过你,这是战争,战争……但正义之神!这是一件累人的事。"

拉祖莫夫坐在椅子上,手支着头,声音像来自深渊。

"你相信上帝吗,哈丁?"

"这重要吗?某个英国人不是说过,'万物都有圣灵……'我不记得他的名字了,他肯定着了魔。但他讲出了真理。在你这样的思想家出头之日,你会不会忘记,俄罗斯灵魂中神圣的东西,那就是顺从。尊重你精神不宁中的东西,不要让你高傲的智慧破坏它给人间的信息。我现在就像一个垂死之人对你说话。你认为我是怎样一个人?一个革命者?不。永远在革命的是你这样的思想者。我是一个顺从的人。当这必要的累人之事落在我身上,我也知道必须要去做,我能怎样?我逃避?我为此自豪?我设法衡量其价值和后果?不!我顺从。我认为'上帝的意志必须执行'。"

他躺在拉祖莫夫的床上,手背蒙着眼睛,一动不动。甚至连一点呼吸也听不到。直到天黑,拉祖莫夫才打破房间里的死寂。

"哈丁。"

"嗯。"黑暗的床上传来随口的应答。没有别的响动。

"我可以走了吗?"

"好,兄弟。"躺在黑暗中的那个人一动不动,像在说梦话。"考验命运的时刻到了。"

他沉默了片刻,然后给了几条明晰的指令。他的声音就像处于被催眠状态中的人。拉祖莫夫做好准备,没有吭声。在他要离开房间时,背后传来床上的声音,"与上帝同行吧,你那沉默的灵魂。"

拉祖莫夫轻手轻脚地走进楼道,锁上门,把钥匙放进衣袋。

2

那天晚上的言行肯定像用钢锯刻在拉祖莫夫的脑海,因为他在几个月后,依然能够一字不漏地记下来。

他在大街上的思绪,记录得更详细。如潮的思绪以更大的自由冲击着他。刚才,哈丁的在场像把他的想象力压瘫——那是伟大罪行的惊人在场和伟大疯狂的惊人力量。

在翻阅完拉祖莫夫的日记之后,我承认,"如潮的思绪"不是贴切的意象。更准确的意象应是"缠绵的思绪"。这才是他情感状态的忠实写照。他的思绪不是漫无头绪。如大多数人一样,它单一而执著,翻来覆去,缠绵不尽,令人惊叹疲惫。在此,我不能忠实再现,因为那段路很漫长。

假如对西方读者来说,他的思绪显得震惊、不妥,那么,请记住:如果震惊,可能是我笔法粗陋;如果不妥,我只有说,这不是西方人的故事。

可以说,有什么样的人民,就有什么样的政府;反之亦然。难以想象,英国的年轻人会发现自己身处拉祖莫夫的困境。因此,想象他可能有的念头,会很徒劳。惟一可靠的猜测是,在命运攸关之时,他想的与拉祖莫夫不同。专制社会如何压制思想,维护权力和制度的稳定,他通过历史还是现实都无从得知。凭借丰富的想象,他可能会想到无故入狱,但除非他癫狂,他不会想到,他可能会在审讯和惩罚时遭受鞭打。

这只是简单的一个例子,表明西方读者的想法不同。我不知道,拉祖莫夫先生是否想过其中的危险。无疑,它不知不觉融入了危机带来的普遍恐惧和震惊中。拉祖莫夫,正如我们看到的,想到了专制政府可以用来毁灭人的详细手段。仅仅被大学开除(这是最不可能发生在他身上的事),不能在别的地方继续学业,就足以完全毁灭这个年轻人:他是完全依靠个人天赋的发展才在人间谋得一席之地。他是俄罗斯人：对他来说，卷入谋杀案，就意味着坠入社会的最底层，与无望的穷苦人为伍，只能在城市里昼伏夜行。

拉祖莫夫有此想法，与他的特殊身世（或者说他来路不明）不无关系。他也想到了父母。就在刚才，该死的哈丁就以恶毒的方式提醒了他。"我无父无母，就必须剥夺我的一切吗？"他想。

他打起精神继续前行。街上的雪橇像幽灵一样嘎吱滑过，飞舞的白雪落在夜晚的黑脸上。"因为这是犯罪，"他自言自语，"谋杀就是谋杀。当然，自由主义制度……"

他突然觉得一阵恶心。"我必须鼓起勇气。"他在心里激励自己。他所有的力量突然消失，像被一只手掏空。他凭借强大的意志力，方才恢复过来。他怕晕倒在大街上，被警察抓住。他的口袋里还装着房间的钥匙。他们会顺藤摸瓜在那里找到哈丁。那他真的就将彻底毁灭。

非常奇怪，正是这种怕，像在支撑着他前行。路人很少，偶尔遇到个把人，像团黑影从浓密的雪花中慢慢出现，然后迅疾消失，无声无息。

这是一个贫民窟。拉祖莫夫注意到一个裹着烂围巾的老女人。在街灯下，她就像一个下了班的乞丐。她悠闲地走在暴风雪中，似乎无家急着可回。她的腋下夹了一团黑面包，像守护着抢来的无价之宝。拉祖莫夫转过头，暗中嫉妒她平和的心境和安宁的命运。

看过拉祖莫夫先生日记的人，都会觉得不可思议：他是怎么不断前行，走过无数即将被雪冰封的街头？促使他前行的，正是想到关在他房间里的哈丁，正是要打发哈丁走的迫切欲望。他的努力中，没有任何理性的成分。因此，当他找到那个小饭馆，听说那个马车老板扎米尼奇不在时，他只有傻乎乎地瞪着眼。

跑堂的是一个小伙子，头发浓密，穿着胶鞋和粉红衬衫，傻笑时露出白白的牙床。他说，扎米尼奇午后就喝得酩酊大醉，走的时候还一手夹了一瓶，估计回家与他的马儿共饮。

饭馆老板是一个骨瘦如柴的小老头。他穿着脏兮兮的垂到脚跟的长布衫,双手插在皮带中,站着点头附和。

酒精的味道,油腻的气息,刺激着拉祖莫夫的喉咙。他捏紧拳头,捶在桌子上,大声说,"你们撒谎。"

小饭馆里睡眼惺忪、满脸污秽的面孔全都朝他望来。一个眼神温和、衣服破烂的流浪汉,原本坐在邻桌,连忙跑到更远的角落。他们悄悄议论,惊讶的声音中颇为不安。这时,突然响起一串笑声,"安静!安静!"议论声立即平息。跑堂的环顾了一下小饭馆说:"这位先生不相信扎米尼奇醉了。"

远处一个角落传来嘶哑的声音。一个丑得难以形容的大胡子,黑着脸,怒气十足,像熊一样瓮声瓮气地说,"你要找那个运送小偷的死车夫!我们在这里骗你这位小朋友干什么?我们都是本地的老实人。"

拉祖莫夫的嘴唇咬得出血,才忍住没有骂人。饭馆老板对他轻声说:"跟我来,小朋友。"然后,领着他进入木柜台后的一间小屋。那里正好传来一阵泼水声。一个浑身湿漉漉、脏兮兮的人,分不清男女,不停地哆嗦着,趴在木桶上,借着烛光洗杯子。

"是的,小朋友,他们说的是真话。"穿着长布衫的老板哀伤地说。他有一张棕色的、圆滑的小脸,有几根稀疏的灰色胡须。他点亮一盏锡灯笼,抱在胸前,开始唠叨。

老板说会带他去见扎米尼奇,证明这里的人没有说谎。他会让拉祖莫夫看见喝醉了的扎米尼奇。扎米尼奇喜欢的女人好像昨夜跑了。"她是一个巫女!贱人!呸!"他吐了口痰。他们也一直远远地躲着扎米尼奇。他六十岁了;看来过不了这一关。有同样经历的人都知道痛。扎米尼奇天生是个傻蛋。他一头扎进了酒罐里。"'在我们大地上,没有酒,谁能忍受生活?'他说,正常的俄罗斯人是一头小猪……很高兴你跟我来。"

拉祖莫夫穿过一个厚厚积雪的四方院。四周都是高墙,墙上有无数的窗子。在四面巨大漆黑的墙上,偶尔有一线暗淡的黄光从窗子里溢出。这是一个巨大的贫民窟,一个人类害虫的巢穴,一块痛苦的丰碑,高耸,直抵饥馑和绝望的尽头。

在四方院的一个角落,地势陡降。拉祖莫夫跟着灯笼光,穿过一道窄门,进入一条长长的地道,像是闲置的马厩地窖。地道最里面,有三匹粗毛小马,头凑在一起,套着铁环,在黯淡的灯光下影影绰绰,一动不动。它们肯定是哈丁指望逃命的马儿。拉祖莫夫胆小地朝暗处瞥了一眼。带路的小饭馆老板用脚在地上草堆里搜寻着。

"在这里。这个傻瓜。一个真正的俄罗斯人。'我心情从来不沉重,'他说,'拿酒瓶出来,把你丑陋的酒杯放到我看不见的地方。'哈!哈!哈!就是这家伙。"

灯光照出地上一个匍匐的身影。这人穿戴整齐,像准备出门。头裹了一顶尖角布头套。草堆的另一边露出一双脚,穿着奇怪的厚靴子。

"他准备好出车,"小饭馆老板说,"他是个好车夫。只要心里没有悲伤,无论圣徒还是魔鬼,夜晚还是白昼,在扎米尼奇看来,都一个样。'我不问你是谁,我只问你去哪里。'他说。他会把魔鬼送到家,然后吆喝着马儿回来。他马车载过的许多人,现在正戴着铁链在西伯利亚的矿井中劳作。"

拉祖莫夫打了个哆嗦。

"叫他,把他弄醒。"他吞吞吐吐地说。

小饭馆老板放下灯笼,退后几步,突然飞起一脚,踢向趴在地上睡的扎米尼奇。扎米尼奇动了一下。直到挨了第三脚,他才咕噜一声,但还是像先前一样没有醒来。

小饭馆老板长叹一声,没有继续踢。

"你亲眼见到了吧。我们已为你尽力。"

他提起灯笼。灯光周围晃荡出巨大的黑暗轮辐。拉祖莫夫突然怒不可遏;这是一种自我保护的盲目愤怒。

"嗨,可恶的畜生,"他魔鬼一样的吼声震得灯笼不停晃动!"我要你醒来!给我……给我醒来……"

他疯狂地朝四周看了看,然后抄起一根棍子,冲向前,击打趴在地上的扎米尼奇。他边打边吼。良久,他的吼声停歇,只有雨点般的击打声落在寂静、阴森、地窖一样的马厩中。愤怒的拉祖莫夫把扎米尼奇一顿暴揍。除了拉祖莫夫的棍子声,无论是被打的这个人,还是墙上轮辐一样的阴影,都毫无动静。只听到棍子击打的声音。这真是怪异的一幕。

突然,一声尖利的咔嚓声,棍子断裂,一半飞出很远,掉出了灯光之外。就在此时,扎米尼奇坐起来。看到这一举动,拉祖莫夫像提着灯笼的小酒馆老板一样,僵在那里,只有胸脯像要爆炸了一样在剧烈喘息。

某种麻木的疼痛感肯定最终穿透了哈丁盛赞的"这颗光明的俄罗斯灵魂"的沉醉之夜。但扎米尼奇似乎什么也看不见。他在灯光下翻了一两次白眼,然后就双目失神。有一阵,他坐在干草中,闭着眼睛,脸上带着奇怪而疲倦的沉思神情。然后,他慢慢倒向一边,没有发出一点响动。只有干草的沙沙声。拉祖莫夫圆睁双睛,拼命呼吸。过了一两秒钟,他听见轻微的鼾声。

他扔掉手中的半截棍子,头也不回地大步离开。

他失魂落魄地沿街走了五十米,陷进一个深及膝盖的雪堆。他停下脚步。

他回过神来,朝四周一望,发现走错了方向。他按原路返回,步伐没有先前慌乱。在路过刚才离开的地方时,他向这个苦难和犯罪的避难所挥了挥拳头。这个充满阴郁的贫民窟把它庞大的邪恶身影投射在白色的大地上。它有一种阴森森的气息。他沮丧地垂下手臂。

扎米尼奇屈从于痛苦,寻求酒精的刺激,这令他很困惑。这就是俄罗斯人民。一个真正的俄罗斯人!拉祖莫夫很高兴痛打了那个畜生,那个哈丁心目中"光明的灵魂"。扎米尼奇与哈丁代表了两类人:人民和空想家。

他夹在中间,只有毁灭。一边是泡在酒罐里的农夫,他们没有行动能力;一边是泡在梦里的空想家,他们不明白事理和人性。这是一种可怕的幼稚病。但孩子有他们的主人。"啊！棍子，棍子，棘手。"拉祖莫夫心想。他渴望有伤害和摧毁的权力。

他很高兴痛打了那个畜生。一番棍击之后，他的身子暖和爽快了许多。他的心智变得澄明，似乎发泄了一通暴力，高烧就已消失。除了挥之不去的可怕危险感，他现在只有一种宁静的、不可遏止的仇恨。

他越走越慢。事实上，考虑到他屋里的那个不速之客，他在路上消磨时光，并不奇怪。就如感染了一场瘟疫，也许不会要你命，但会带走使你生活值得过的一切。一场小小的瘟疫可能把人间变为地狱。

他正在做什么？像死人一样躺在床上，手背蒙住眼睛？拉祖莫夫活灵活现地想象出床上的哈丁的样子——头靠在白色的枕头上，朝上的双脚穿着长靴。他愤怒地自言自语，"等我回去后，我要杀了他。"但他很清楚，那没有用。弄死他，与留他活口一样，都是致命的威胁。除非毁尸灭迹。这不可能！然后呢？莫非只有自杀才能解脱？

拉祖莫夫的绝望里夹杂着仇恨，自杀的念头他难以接受。

想到必须与哈丁不知还要相处多少日子，时刻都要提心吊胆，他就感到绝望，真的绝望。不过，也许当哈丁听说扎米尼奇醉得不省人事，那家伙会他妈的认命，另谋生路。但眼下这情形不太可能。

拉祖莫夫心想，"我正遭人毁灭，却无路可逃"。别人在天涯海角还有落脚处，有避难所。他一无所有。他甚至没有一处为道德避难，为信心避难。在这片广袤的大地上，他的故事能向谁诉说？

拉祖莫夫跺了跺脚。积雪像柔软的地毯，覆盖着俄罗斯坚硬的大地，死气沉沉、寒冷呆滞，像一个忧伤的母亲，把脸埋在裹尸布之下。这就是生养他的大地。他自己的大地，没有家，没有爱！

他抬眼望天，吃惊地发现雪已停。现在，像发生了奇迹，他看见头顶清澈的北国夜空，溢满了灿烂的星辉，如一顶华盖，罩住白雪皑皑的大地。

拉祖莫夫对无垠的天空和无数的繁星有了直观的感受。

对此奇景，作为一个俄罗斯人，他早有准备。他生来就继承了这无垠的天空和无数的繁星。在这灿烂的星空下，雪覆盖了无尽的森林、冰河、平原，抹除了地标，抹平了大地，将一切都平等地置于它的白色外衣之下，像一张邪恶的白纸，等待书写一段不可思议的历史。它用无数人的生命，像扎米尼奇、像哈丁这样卤莽行刺的一小撮激进分子，覆盖住这片呆滞的大地。

这是一种神圣的呆滞。拉祖莫夫对它非常尊重。一个声音似乎在他心中呼喊，"不要碰它"。它是生命延续的保证、生命安全的保证。同时，逐渐成熟的命运的阵痛在继续。这不是充满激情孟浪和盲目冲动的革命能够完成的任务，而是和平的使命。所需要的，不是一个民族冲突的梦想，而是一种坚强惟一的意志。不需要众声喧哗，只需要一个人坚强惟一的声音！

拉祖莫夫站在信仰的转折点上。他为其思路的清晰和其强大的逻辑而神往。思路是绝对不会错的。错误只存在于日常生活中，在秘密的恐惧和含苞欲放的梦想中，在秘密的自信和秘密的自我怀疑中，在对希望的热爱和对动荡岁月的恐惧中。

在俄罗斯，在这片充满鬼神观念和灵肉分离欲望的大地上，许多勇敢的心灵最终抛弃了徒劳无尽的抗争，转向了这片大地的伟大历史现实。他们转向专制，寻求慰藉爱国心。就像一个疲惫的无神论者，感化于神恩，转向了先辈的信仰，寻求保佑灵魂的安息。与先前的俄罗斯人一样，拉祖莫夫在自我冲突之际，感觉到神恩轻触额头。

"哈丁代表着破坏，"他开始重新上路，"他如此激愤地谈论锁链，谈论神义，有什么用？全都意味着破坏。一千人受难，好过一个民族四分五裂。无助若风中之尘。蒙昧好过燃烧的火炬之光。种子在暗夜发芽。从黑暗的土壤里绽放出完美的植物。火山的爆发只会带来大地的不育，是对富饶大地的毁灭。除了热爱祖国，相信祖国，我别无所有。我有未来吗？我有用途吗？我会不会被这个手上沾满血的疯子毁灭?"

神恩进入了拉祖莫夫的内心。他现在相信某个人会在应许的时间到来。

王位是什么?不就是铺了天鹅绒的积木。但王位也是权力之席。政体是工具。如果两万只气球充满了最高贵的情感,在空中互相挤压,没有权力,没有意志,没有东西给予,那会是多么可怜的空间累赘。

他继续前行,根本无心看路,只顾激情澎湃地自言自语。通常,他的语词来得很慢,要经过意识的苦苦追求。但现在,他似乎得到更高力量的启迪,话语滔滔,如同某些皈依的罪人,辩才无碍。

他感觉到一阵酸涩的狂喜。

"那家伙究竟用什么耸人听闻的演说烟雾俘获了我的心?"他心想,"难道这不是我的祖国?难道我没有八千万同胞?"他虽然没有自答,但宁静的内心充满了骄傲。他痛打了醉得不省人事的扎米尼奇,在他看来,似乎就是亲如兄弟的象征,一种病态、严厉、必要的兄弟之情。"不!如果我必须受苦,就让我为信念受苦,不要为我的理性——我清醒的更高的理性——所拒绝的一桩罪行受苦。"

他的思绪停顿了片刻,心里一片平静。但他感觉到一种可疑的不安,正如我们进入黑暗的陌生场所时的体验,无缘无故觉得什么东西在黑暗中朝我们扑来。这是对于未见之物的莫名恐惧。

当然,他绝不是一个落伍的反动分子。一切都难以尽善尽美。专制、官僚、凌辱、腐败……随处可见。贤能信士,处处匮乏。但绝对的权力应该留给有准备的人,留给未来的伟大专制者。拉祖莫夫信任他。由于历史的逻辑,他的到来无可回避。人民的国度需要他。他激动地自言自语:"还有别的什么东西能够指引大众朝同一个方向前进?什么也不能。除了单一的意志。"

他劝说自己,为了俄罗斯的严酷现实,他必须牺牲对自由主义的向往,拒绝那迷人的谬误。"这才是爱国,"他心想,"不能半途而废,我不是懦夫。"

拉祖莫夫的心中再次一片死寂。他闷着头前行,不为任何人让路。他走得慢。思绪再次回来,像两个严肃的人,在他心里慢慢地对话。

"哈丁是谁?我是谁?只是两粒沙。但大山不就是如此渺小的沙粒堆成的吗?一个人的死或许多人的死很渺小。但我们在反击一场瘟疫。我愿意他那样死吗?不!如果我能,我会救他。但没有人能。他是枯枝,必须剪掉。如果我必须因他而毁灭,让我至少不要与他同时毁灭。这违背了我的意志,将我与他那可怕的愚行联系在一起。他既不懂人性,也不通事理。为什么我要留下那个错误的印象?"

他突然想起,世界上没有人在乎他留在身后的印象。他立刻在心底对自己大喊,"为了谬误徒然牺牲!……多么可悲的命运!"

他走到了城市的繁华区。他没有注意到靠近路边有两辆雪橇撞车。一个车夫在声泪俱下地对另一个车夫怒吼:"喂,你这个死鬼!"

这声粗鲁的吼叫立刻传进了他耳中,拉祖莫夫陡然一惊。他烦躁地摇摇头,继续目不斜视地前行。突然,在雪地里,他仿佛看见哈丁仰天横躺在他前面的途中,坚实、清晰、真实,手背蒙着眼睛,穿着棕色紧身衣和长靴。他躺的位置靠路边一点,似乎是故意的选择。他周围的雪没有人迹。

这个幽灵很真实。拉祖莫夫下意识的动作是去摸口袋,确认房间钥匙在不在。但他遏制住了冲动,鄙夷地撇了撇嘴。他知道这是幽灵。是他心里一直在想那个躺在他床上的人,眼前才最终出现这奇异的幽灵。拉祖莫夫等闲看待。他绷着脸,看着更远的地方,继续前行,只是觉得胸前有点儿堵。在过了出现幽灵的地点之后,他才转头看了一眼,除了他留在雪地的脚印,别无所有。

拉祖莫夫走了一会儿,才惊奇地自言自语:"简直像个活人!好像还在呼吸!也正好在我的道上!我算是有了一次奇遇。"

他走了几步后,从牙缝里蹦出几个字。

"我会供出他。"

他又走了约二十米,脑海里一片空白。他把外套裹紧,拉下帽子,正好压住眼睛。

"背叛。一个吓人的词汇。什么是背叛?谈到一个人背叛了祖国、朋友、爱人,首先必须存在一种伦理关系。一个人能背叛的,只有他的良心。我的良心在这里起什么作用?凭什么共同信仰、共同信念的纽带,必须让那个疯狂的白痴把我一起拖下水?恰恰相反。真正的勇气要求我抛弃他。"

拉祖莫夫从帽檐下环顾了四周。

"世人会以怎样的偏见来谴责我?是我主动勾引他的信任吗?不!我有任何字词、眼神、手势,让他有理由认为我接受了他的信任吗?没有!不错,我同意帮他去找扎米尼奇。我去找了。我还狠揍了那畜生一顿,连棍子都打断了。"

他的脑海中翻来覆去,最终酝酿出一个清晰坚定的想法。

"我要掌控局势。"他对自己说。

他已走过了回他住处的街角,来到一条繁华的大街。一些商店还没关门。饭店都在开业。灯光落在大街上。穿着昂贵皮衣的男人,带着优雅的女人,悠闲地走过。拉祖莫夫用鄙夷的眼神看着他们,就像一个虔敬的信徒,鄙视轻浮的芸芸众生。这是官僚、显贵、名流、军官、游艇会成员的世界。清晨的刺杀事件对他们都有影响。他们要是知道他这个穿着披风的大学生要做的事情,他们会怎么说?

"他们都没有我这么深切的感受和深邃的思想。他们中多少人能够完成一件有良知的行为?"

拉祖莫夫徘徊在灯火通明的大街。他已下了决定。其实,这也称不上是决定。他只是发现他一直想要做的事。但他觉得需要获取另一颗心灵的支持。

他像是痛苦地自言自语:"我渴望理解。"这个普世的渴望,带着浓烈的忧伤,向拉祖莫夫猛然袭来。有八千万同胞,他却无人倾诉。

他压根儿没有想那小律师。他非常鄙视那个狡猾的小人。他也不会走到街角,向那个警察交心。他也不想急着去求见片区的警长。那是一个长相普通的人,他经常在街上见到,穿着寒碜的制服,下唇上叼着根香烟。"他很可能立马把我关起来。他很高兴能够整出一点儿响动。"拉祖莫夫很现实地想。

一件有良知的行为必须披上尊严的外衣。

拉祖莫夫迫切需要忠告,需要道义支持。谁能体会真正的孤独?不是那个陈词滥调,而是赤裸裸的恐惧?对于孤独之人来说,孤独戴了一副面具。最可怜的逐客还能拥抱一些记忆或幽灵。偶尔,事件的致命联系可能撩开面纱。哪怕只有转瞬。没有人能长期直面伦理的孤独而不疯癫。

拉祖莫夫已抵达伦理孤独的时刻。为了逃避,他有一分钟时间真想发疯似的冲回住所,双腿跪在那个人躺的床边,激情洋溢地彻底忏悔,打动那个人的灵魂深处。结尾应该是拥抱和眼泪,是难以置信的灵魂友爱。那是一个从来没有见过的世界。那是多么辉煌!

他默默地哭泣、颤栗。但在擦肩而过的行人眼里,他意识到,他只是一个穿着披风出来闲逛的大学生。他也注意到一个漂亮女人的斜睨。她优雅地裹着长及脚跟的兽皮大衣,像一朵娇美的花。她的目光在他身上停留了片刻,像是在淡淡地嘲笑他的玄思。

突然,拉祖莫夫站住不动了。一个行人一闪而过。他的灰色胡须让拉祖莫夫想起了 K 王爷。那个握他手时与众不同的人:一点微弱而缠绵的压力,像传递暗号,像半推半就的亲吻。

拉祖莫夫很吃惊,为什么先前没有想到 K 王爷!

"议员、显贵、名流,一个真正的人:'他'!"

一股陌生的情感暖流涌向拉祖莫夫。他双膝一软。他强打起精神,将这股暖流压下。这些感情都是瞎胡闹。他必须立刻行动。他上了一辆雪橇,大声吩咐,"到 K 王爷行宫。快!走!"

车夫的络腮胡甚至蔓延到了眼白处,他听到吩咐,大吃一惊,立刻诡谀地回答:"遵令。"

拉祖莫夫觉得很幸运,K 王爷不是胆小之徒。在 P 部长被暗杀的这一天,达官贵人圈子里许多人是杯弓蛇影。K 王爷独自悲伤地坐在书房里,慌慌张张的仆人前来通报,有神秘的年轻人强行闯入大堂,拒绝透露姓名、要办何事,宣称要单独晋见,不达目的不罢休。换了别的达官贵人,在这样一个特殊的夜晚,遇到这样的事情,十有八九会先躲起来报警。但 K 王爷禁不住好奇,悄悄地走到书房的门边。

大堂的正门大开。他立刻认出了拉祖莫夫。这个年轻人面色苍白,但眼冒火星,正被一群面面相觑的仆人围住。

K 王爷心头虽很震怒,但他生性仁慈,懂得自爱,他不会让下人将这个年轻人赶上大街。他悄悄回到书桌边坐定,过了片刻才按响铃。拉祖莫夫在大厅里听到一个因忧虑而引起的沙哑声音,像从遥远的地方传来。

"请那位先生进来。"

拉祖莫夫走进书房,没有丝毫恐惧。他觉得自己坚不可摧,远高于浅薄的俗见。他知道 K 王爷在不快地打量他,但他非常清楚,澄澈的内心给了他非比寻常的自信。K 王爷没有吩咐他入座。

半个小时后,他们一起走入大堂。仆人纷纷站起来恭迎。K 王爷因腿脚痛风不便,所以需要人帮助他穿上皮衣。马车早已备好。两扇大门咣当一声打开时,一直安静地站在一旁、眼神迷离但心思锐敏的拉祖莫夫,听到了王爷的声音。

"小心手,年轻人。"

这个头脑灵活、身负重任的前禁卫军头子,尽管富于谋略、深通人事,但对眼前情形显见的困境还是深有感触。同样让他印象深刻的是,拉祖莫夫在谈到这些困境时所表现出来的沉静与庄严。

刚才,他在书房已表态,"听完你说的话,我不会怪你贸然求见,讲述你的遭遇。这不是普通警察能够处理的事。最重要的是⋯⋯你要放宽心。我会陪你渡过这次难关。"

然后,K王爷起身按铃。拉祖莫夫轻轻鞠了一躬,恭敬地说:"我相信自己的直觉。一个对世界没有任何要求的年轻人,经过一个小时对其深沉的政治信念进行自我审视之后,最终来向一个伟大的俄罗斯人请教。就是这么一回事。"

K王爷立刻感叹道,"你干得好。"

在狭窄的车厢里,拉祖莫夫率先打破沉默。他的声音有点颤抖。

"我对您感激不尽。"

他松了一口气,突然觉得黑暗中手上被轻轻拍了一下。

"你干得好。"K王爷说。

马车停下时,拉祖莫夫没有问到了哪里。K王爷悄声告诉他:"T将军府——"

白雪覆盖的路中间有一大堆篝火。几个哥萨克卫士手挽马缰,围坐在一起取暖。两个警卫站在门口,几个宪兵躺在宽阔的马车道上休息。在一楼的走道,两个勤务兵站起来,十分警惕。拉祖莫夫走在王爷的身边。

前厅的地板上有许多盆栽的温室植物。几个仆人迎上来。一个穿便服的年轻人匆忙赶到,向K王爷微微鞠躬。K王爷与他耳语了一阵,他立刻热情地说:"好的,我现在就去。"然后快步进了内间。

K王爷对拉祖莫夫做了个手势。他们穿过一排会客室,全都熄了灯。其中一间原本准备举办舞会,将军夫人临时取消了。整座将军府气氛紧张。将军的房间挂着厚厚的黑色窗帘,摆着两张大桌和几把宽扶手椅,灯火通明。仆人在他们身后把门关上。他们在房间里等候。

房间里有一个烧煤的英式壁炉。拉祖莫夫还是第一次见到。屋里静谧如同墓穴。无比的静谧,甚至连壁炉台上摆的也是一只哑钟。一个角落里摆了一尊青铜像,下面是黑色的基座,上面雕的是一个飞翔的年轻人,四肢光滑,有四分之一人体大小。K王爷悄声说:"那是斯篷蒂尼的作品,'飞翔的青春'。很美。"

"的确很美。"拉祖莫夫轻声附和。

两人没有再说话。沉默的K王爷依然威严。拉祖莫夫看着那尊雕塑,心里很慌,就像饥饿难耐。

他听见内间的门突然打开,接着是一阵急促的脚步,在地毯上发出沉闷的声音。他没有转身。

他立刻听到K王爷兴奋的声音。

"我们抓住他了,那个魔鬼。这个宝贵的年轻人来见我——不!简直难以置信……"

拉祖莫夫在铜像前屏住呼吸,似乎在期待它破碎。在他身后,一个他从来没有听见过的声音在礼貌地邀请。

"请坐。"

K王爷几乎是在尖叫:"你不明白我的意思吗,将军?我说的是那刺客!那杀手,我们抓到他了……"

拉祖莫夫转过身。T将军圆圆的大脸压在僵硬的衣领上。他肯定一直在打量拉祖莫夫,因为拉祖莫夫看见他那双淡蓝色的眼睛冷冷地落在他身上。

K王爷坐在椅子上用力一挥手。

"这是命运给我们的最光荣的年轻人……拉祖莫夫先生。"

T将军对着拉祖莫夫皱了皱眉,表示已听到了介绍。

拉祖莫夫没有任何反应。

T将军在他的桌子前坐下,紧闭双唇倾听K王爷说话,脸上看不出任何表情。

拉祖莫夫看着他那不动声色的肉脸。但那表情只持续了一会儿。等K王爷把话说完,T将军转身看着这个天赐的年轻人。他那红润的皮肤、狐疑的蓝眼、机械的冷笑,透露出满不在乎的残酷气息。他对K王爷讲的奇特故事毫不惊奇,没有表示出激动狂喜,更没有觉得难以置信。他没有流露任何感情,只是郑重地暗示说:"拉祖莫夫先生在街上奔波时,那鸟儿可能已飞走了。"

拉祖莫夫走到屋子中间说,"我锁了门,钥匙还在我口袋里。"

他对那个人充满了强烈的恨意。他没有料到,不知不觉间,他的声音中已将那恨意流露出来。

T将军抬起头,若有所思地看着他。拉祖莫夫冷笑以对。

K王爷似乎都想过这些情形。他疲惫地坐在一张大椅子上,很不耐烦。

"你说是一个叫哈丁的学生。"T将军若有所思。

拉祖莫夫打住冷笑。

"维克多·维克多诺维奇·哈丁,一个大学生。"他的声音大得没有必要。

T将军变换了一下坐姿。

"他穿什么?你告诉我这些有什么好处?"

拉祖莫夫有点儿恼火,三言两语说了哈丁的穿着。他说话的时候,T将军一直在盯着他的眼睛,接下来转身用法语对K王爷说,"我们不是没有线索。我们在街上找到一个女人,她向我们描述了第二个刺客的穿着。我们已把她带到秘密警察局,让她辨认相同着装的嫌疑人。她不断地摇头否认,真恼火……"

他转向拉祖莫夫,用俄语喷怪道,"找把椅子坐下,拉祖莫夫先生。你请坐。为什么一直站着?"

拉祖莫夫漫不经心地坐下,看着T将军,心想:"这个鼓眼睛的家伙是个白痴。"

K王爷郑重地说:"拉祖莫夫先生是一个才华相当出众的年轻人。我真心希望他的未来不应该……"

"那是当然。"T将军挥手截断话题。"你知道他身上有武器吗,拉祖莫夫先生?"他换了一种温柔悦耳的口吻。

拉祖莫夫压住烦躁,回答说:"没有。只不过我的剃须刀就在旁边。你懂的。"

T将军会心地点了点头。

"是的。"

然后,他转向K王爷,恭敬地解释说:"我们想抓活鸟。在干掉他之前,如果不让他唱一曲儿,简直是渎神。"

这句歹毒的话,经他礼貌婉转地说出,倒适宜这间摆着哑钟、墓穴一样静谧房子的氛围。K 王爷陷在椅子里,没有吱声。

T 将军突然有了主意。

"我们深知,王爷,王位和人民的安危系于国体。如今国体正受威胁,效忠国体不是儿戏。"他恭敬的声音里透露出一丝谄媚。"拉祖莫夫先生在这里也开始理解。"说完,他转向拉祖莫夫,眼珠子似乎要从脸上掉出来。

这丑陋的鼓眼睛再也吓不倒拉祖莫夫。拉祖莫夫悲观地断言:"哈丁不会开口。"

"那就等着瞧。"T 将军悄声说。

"我敢肯定,"拉祖莫夫说,"哈丁那样的人不会开口……我到这里来,你以为我是害怕吗?"他语气中的火很大。他觉得做好准备誓死捍卫他对哈丁的看法。

"当然不是,"将军断然否认,"我不介意告诉你,拉祖莫夫先生,如果他不是带着秘密来找你这样一个坚定忠诚的俄罗斯人,他会像石子一样消失在水中……那后果很可怕。"他冷漠的目光里有一丝残酷的笑意。"所以,你要知道,我们不会怀疑你是因为害怕才到这里来。"

K 王爷看见拉祖莫夫转过椅背,突然插话说:"没有人怀疑你行为的正义。你千万放心。"

然后,他转向 T 将军,忐忑不安地说:"这就是为什么我来这里的原因。你可能奇怪为什么我要……"

T 将军匆忙打断他的话。

"根本不奇怪。很自然。你明白这是多重要……"

"是的,"K 王爷说,"我依然冒昧请求,我和拉祖莫夫先生插手这件事不要公开。他是个才华横溢、前途无量的年轻人。"

"我一点不怀疑,"T 将军悄声说,"他让人觉得可靠。"

"今日,各种有害思想盛行,甚至污染到了意想不到的角落;这些思想如此邪恶,他可能也难独善其身……他的学习……他的……"

T将军胳膊支在桌子上,两手捧着头。

"是的,我要想个办法……你出门多久了,拉祖莫夫先生?"

拉祖莫夫说的时间大致相当于他垂头丧气离开那个巨大贫民窟的时刻。他决定不牵连扎米尼奇。要是提到他,那将意味着这个"俄罗斯光明的灵魂"要被监禁,或许还要遭受残酷的鞭刑,最终戴着镣铐发配西伯利亚。已暴打了扎米尼奇一顿的拉祖莫夫,现在对他隐约有点儿后悔和柔情。

T将军第一次流露出他内心的情感。他蔑视地说:"你说他进来告诉你这些秘密,别无所求,无缘无故。"

拉祖莫夫嗅到空气中危险的气息。这个无情的专制主义者最终公开表示了他的怀疑。突然到来的畏惧封住了拉祖莫夫的嘴巴。沉默的房间如同很深的地牢。在那里,时间已不重要,有时候,一个嫌疑犯永远被遗忘。

这时,K王爷出来打圆场。

"是天意把那个可怜虫在精神错乱时引去找拉祖莫夫。拉祖莫夫告诉我,几个月前,他和那家伙聊了一些看法。至于聊了些什么,他已全忘记。那家伙可能完全误解了他的话,所以才认为他可靠。"

"拉祖莫夫先生,"T将军沉默了片刻,若有所思地问,"你是不是喜欢空谈?"

"不,将军,"拉祖莫夫突然有了自信,冷静地说,"我是有深沉信仰之人。俗见只是空中游丝,不值一击。不过,即使是严肃心智的默默鄙夷,也可能遭莽撞的空想者误会。"

T将军双手托着脸看着他。

"一个严肃的年轻人。一颗高贵的心灵。"K王爷低声说。

"我知道,王爷,"T将军说,"你放心将拉祖莫夫先生交给我。我对他有兴趣。他似乎有逗人信任的伟大品质。我好奇的是,为什么那家伙要透露一切——我的意思是哪怕他只说了大概——如果只想临时避几个小时的风头。毕竟,最容易做的是守口如瓶。除非他疯狂地误解了你的真实感情,才想去找你帮忙。不是吗,拉祖莫夫先生?"

拉祖莫夫觉得脚下的地板在晃动。这个穿着笔挺制服的丑男人太可怕。他的恐惧不无道理。

"我知道将军的想法。但我只能说我不明白为什么。"

"我什么也没有想。"将军很奇怪地低语。

"我是他的猎物,一头无助的猎物。"拉祖莫夫心想。那个下午的疲惫和恶心,那种想要忘记一切的冲动,那股欲罢不能的恐惧,再次点燃了他对哈丁的仇恨。

"我帮不了将军。我不知道他的意图。我只知道有一刻,我想杀了他。还有一刻,我想自杀。我什么也没有说。我惊呆了。我没有勾引他的信任。我没有问什么原因。"

拉祖莫夫就像个疯子大吼大叫;但他的头脑很清醒。这是一次有预谋的爆发。

"很遗憾你没有问,"将军说,"难道你压根儿不知道他的打算?"

拉祖莫夫恢复了平静,在这句话里看见了一道出口。

"他告诉我,他很希望有一辆雪橇来接他,约定在子夜后半个时辰,在卡拉贝纳亚上街左数第七根灯柱。他会定时在那里守候。他甚至没有要求我为他换身衣服。"

"这就对了!"将军转向 K 王爷,满意地说。"我有办法保证你的安全,拉祖莫夫先生,让你一点儿不受牵连。我们将在卡拉贝纳亚街头恭候那位先生。"

K 王爷连声道谢。他的感情很真诚。拉祖莫夫默默地坐着,眼睛盯着地毯。T 将军转身对他说,"子夜后半个时辰。在此之前,我们必须依靠你,拉祖莫夫先生。你认为他会改变计划吗?"

"我说不清,"拉祖莫夫说,"不过,这些人不大像经常改变计划的人。"

"你指的是什么人?"

"通常都是些爱好自由的疯子。大写的自由,将军。自由没有确切的涵义。他们以自由之名从事犯罪活动。"

"我仇视一切造反者。没办法,这是我的天性!"将军低声说。他握紧一只拳头,摇了摇。"他们必将被摧毁。"

"他们已提前做好牺牲的准备,"拉祖莫夫带着邪恶的快意盯着将军的脸。"如果哈丁今夜改变了计划,你可以相信,那也不是想用其他方式跑路来逃命。他可能有别的企图。不过,没有这可能。"

T将军像在自言自语:"他们必将被摧毁。"

拉祖莫夫装出一副讳莫如深的样子。

K王爷说:"多么可怕的必然性!"

T将军缓缓放下拳头。"还是有一丝慰藉。这帮人不会留下子孙。我总是说,我们要无情、持续、坚定、永远消灭他们。"

拉祖莫夫心想,这个握有专制权力之人肯定相信自己说的话,否则他难以继续担当重任。

T将军再次恶狠狠地说:"我仇视一切造反者。这些叛乱分子!这些精神堕落之人!我的人生建立在对专制的忠诚之上。这是一种感情。我要捍卫它;如果需要,我会做好准备放下我的生命,甚至牺牲我的光荣。但请告诉我还有什么光荣,比得上打击造反者,打击那些拒绝上帝存在之人,打击那些彻底的虚无主义者!他们都是畜生。想起来都很恐怖。"

在T将军慷慨陈辞之时,拉祖莫夫面向他微微颔首两次。

K王爷站在一边,带着高贵的气息,昂首轻轻一叹,然后垂下目光,下大决心宣布:"将军,这个年轻人是理解你值得铭记之言的不二人选。"

T将军充满仇恨的表情立刻变得温文尔雅。

"我现在就要求拉祖莫夫先生回家,"他说,"注意,我没有问拉祖莫夫先生是否有合适的理由向他的客人解释他的外出。无疑,他充分做了解释。我不问,是因为拉祖莫夫先生令人信任。这是伟大的天赋。我只是担心,要是久留不归,罪犯会再起疑心,从而改变计划。"

他站起身,彬彬有礼地将两位来客护送到装满花盆的前厅。

拉祖莫夫在街角处向K王爷告别。在马车里,他已听了K王爷的一席话,既发自肺腑,也有提防。显然,K王爷不希望再见到他。但他在黑暗中发出的声音里有一丝柔情,保证了他一席话的善意。K王爷也说:"我完全信任你,拉祖莫夫先生。"

"看起来,他们都信任我。"拉祖莫夫呆呆地想。对这个并肩坐在狭小空间里的人,他略微有点鄙视。也许他是怕被王妃看到。据说,骄傲的王妃脾气暴烈。

他觉得奇怪,秘密在人们的安定生活中如此举足轻重。他想让K王爷放心。于是,他尽量强调,他虽然知道自己能力不足,但对自己找份工作还是有信心;他相信通过自身努力一定有个光明的未来。他对K王爷的援手表达了谢意。最后,他补充说,这种危险的见面场合这辈子再也不会发生。

"你处理这件事时,意志坚定,判断正确,的确让我对你的价值刮目相看,"K王爷庄重地说,"你只需要再接再厉,再接再厉。"

下车后,拉祖莫夫看见马车的窗帘后伸出一只没有戴手套的手,握住他的手停留了一分钟之久。此时,街灯落在K王爷的长脸和老式的灰色胡须上。

"我希望你不要担心任何后果——"

"谢谢王爷屈尊援手之恩,此后,我但凭良心行事。"

"再见。"K王爷深情地说。

拉祖莫夫鞠了一躬。马车沙沙地在雪中消失。他独自站在街边。

他对自己说,不用想啦,于是开始回家。

他默默地前行。平常,在外面玩了一晚上,或者与同学看完一场廉价的戏剧,他就是这样走回家睡觉。他走了一会儿后,熟悉的东西吸引了他的注意。一切都没有改变。还是熟悉的角落。他转过角落,看见的还是那个德国女人小食品店熟悉的黯淡灯光。小窗后摆着变质的面包、洋葱和一串串香肠,遮住了光。那个他很熟悉的生病瘸子,正拿着一块大滑板走进雪地。

什么都没有改变。还是熟悉的门道,张着黑洞洞的嘴巴,里面有微弱的光芒,勾勒出楼梯转角的弧度。

生活的连续感有赖于身体的点滴印象。琐细的日常生活是灵魂的盔甲。想到这,拉祖莫夫的内心更加宁静,他开始上楼。他的脚早就熟悉了黑暗,他的手也熟悉了光滑的栏杆。例外不是生活的常态;它拗不过这些使一日复一日的物质联系。明天应该像昨天一样。

正是在这个过程中,例外得到外在的承认。

拉祖莫夫心想:"即使我下决心在楼梯口让脑袋开了花,我还会像现在这样,悄悄地上楼。一个男人会怎么做?做必须做的事。例外的事情必然发生。但当它们发生后就消失。既然下了决心,那问题就解决了。日常的烦恼、熟悉的想法会吞没它。生活,以其看不见的神秘力量继续。生活,是一件公共事务。"

拉祖莫夫打开门,拔出钥匙,悄悄进屋。门在他身后小心翼翼地闩上。

"他肯定听到了我的响动",他心想。闩好门后,他屏住呼吸站着没有动。没有一点声响。他穿过空荡荡的外间,蹑手蹑脚地在黑暗中走动。进了里间,他摸了摸桌上的火柴。在他手发出的悉索声中,房间里更加静谧。那家伙一直睡得那么香吗?

他划了根火柴,看了看床。哈丁躺在床上,姿势没有变,只是双手放在了脑后。他圆睁着双眼,盯着天花板。

拉祖莫夫举起点亮的火柴。他看见哈丁清晰的面孔,刚劲的下巴,苍白的额头。哈丁金色的卷发靠在白枕头上。他在那里,平躺在床上。拉祖莫夫突然想起,"我已跨过他的胸膛"。

他继续盯着哈丁,直到火柴燃尽。他接着划了一根,默默地点上灯,转身背对床,将外衣挂在衣钩上。这时,他听见哈丁沉重地叹息了一声,然后疲惫地问:"安排好了?"

拉祖莫夫双手按在墙上。他突然有一股邪恶的冲动,想说,"我已向警察告密",把他吓死。但他克制住了。他没有转身,瓮声瓮气地说:"安排好了。"

他再次听到哈丁的叹息。拉祖莫夫走到桌边,坐在灯前,把目光投向床上。

灯很小,有一顶厚厚的瓷罩。在离灯最远的角落,哈丁就像一个拉长的黑影,僵硬如死人,一动不动。这个人似乎比拉祖莫夫在白雪覆盖的街头上跨过的那个幽灵还虚幻。这具影影绰绰但顽强真实的肉身,比起那个清晰但已消失的幽灵还要令人吃惊。

哈丁的声音再次响起。

"你一路肯定——"他的声音很轻,充满了歉意。"这天气……"

拉祖莫夫大声说:"一路很可怕……就像一场梦魇。"

他的哆嗦清晰可闻。哈丁再次叹息,然后问,"你见到了扎米尼奇大哥?"

"见到了。"

拉祖莫夫想起他与K王爷待了一段时间,于是谨慎地补充说:"我等了一段时间。"

"他是个男人,是不是?很不寻常,他身上有必要的自由感。他有句名言,一针见血,说只有人民才能用热血发明创造。一个有骨气的人……"

"你知道,我没有太多机会……"拉祖莫夫从牙缝里一字字地挤。

哈丁仍然盯着天花板。

"你知道,兄弟,我最近到那里去过多次。我一般会带些书和小册子。许多住在那里的穷人都能读到。你知道,自由盛宴的客人,必须到小道和篱笆边邀请。事实上,我最近差不多都住在那地方。我有时就睡在马厩里。那里有一间马厩……"

"那正是我与扎米尼奇谈话的地方,"拉祖莫夫轻轻地说。然后,他嘲讽地补了一句,"某种意义上,谈话很满意。我离开那里时,心情轻松了许多。"

"他是个男人,"哈丁继续盯着天花板慢悠悠地说。"你知道,我住在那里,逐渐了解了他。几周前,自从我认命要去干非做不可的事情,我就设法躲起来。我退了房。何必牵连那个体面的寡妇,免得她被警察逼疯?我也躲着不见同学……"

拉祖莫夫拿出半张纸,开始在上面用铅笔画图。

他生气地想:"他似乎考虑到了每个人的安全,就是没有考虑我。"

哈丁继续说:"但今天早上——对!就是今天早上——事情发生了变化。我怎么能够向你解释?在办那事前,我夜里游荡,白日躲藏,想清楚了一切,觉得心安。虽然失眠,但心安。折磨自己有什么用?但今天早上,办完那事后,我开始烦躁。我不可能留在那个痛苦的贫民窟里。这痛苦的世界不能给你安宁。然后,当那傻乎乎的守夜人开始大叫时,我对自己说,'这个城市里有一个年轻人,他完全超越了凡俗之见'。"

"他在嘲笑我?"拉祖莫夫自问。他继续漫无目的地画三角形和正方形。突然,他想:"我的举动在他眼中肯定很古怪。要是他害怕,逃了出去,我就彻底毁了。那凶神恶煞的T将军……"

他丢下铅笔,突然转身。那个模糊的人影仰躺在床上,比他毫不迟疑地从其胸膛跨过的幽灵还模糊。这也是一个幽灵吗?

一段漫长的沉默。"他不再在这里了,"这念头很荒唐,很恐怖。拉祖莫夫绝望地抵制这念头。"他已走了,这只是……"

他再也忍受不了沉默。他跳起来,大声说:"我烦得要命。"他几大步就冲到床边。他的手轻轻落在哈丁的肩上,直接感觉到它的真实。他有一种疯狂的冲动,想去扼住那敞开的喉咙,挤出那身体最后一口气息,以防它逃离他的监护,只留下一个幽灵。

哈丁的手脚没有动弹,但他忧郁的眼睛动了动,仰望着拉祖莫夫,对他流露出的情感报以依恋的感激。

拉祖莫夫转过身,在房间里大步徘徊。"那可能是一种善行,"他自言自语。他很吃惊,自己居然用"善行"来为一种谋杀企图开脱。他发现自己内心某个地方也有谋杀的企图。同样,他也欲罢不能。他对此很清楚。"他能够期待什么?"他想,"绞索——最后。我……"

他的思绪被哈丁的声音打断。

"为什么要替我烦?他们能够杀死我的身体,但他们不能够放逐我的灵魂。我告诉你,我相信这个世界,我不会认为永恒只是漫长的一生。这也许是我做好准备牺牲的原因。"

拉祖莫夫支吾了一声,牙齿咬着下唇,继续在房间徘徊沉思。

是的,对一个在那情形中的人,这当然是一种善行。但问题不是心地如何善良,而是行动如何坚定。他是一个需要小心对付的人……

"我,维克多·维克多诺维奇,也相信我们这个世界,"他强调说,"只要我活着,我也……但你似乎决定阴魂不散。你不会是说……"

哈丁仍然一动不动。

"阴魂不散!不错,那些压制进步思想的人,那些摧毁渴望人性完美之灵魂的人,我们应该化成厉鬼纠缠他们。至于只摧毁我们肉体的人,我早就原谅了他们。"

拉祖莫夫停下脚步,似乎是在倾听哈丁的话。但同时,他也在注意自己的感受。他烦的是自己太在意哈丁的话。

"这家伙疯了,"他肯定地想。但这一念头并没有妨碍他走向哈丁。那是一种特别冒失的疯狂。它在一个国家的公共领域发作时,显然,每个好公民的义务是……

他的思路在此突然中断。取而代之的是一阵对哈丁的无言仇恨。这恨意是如此强烈,慌乱之下,拉祖莫夫竟然语无伦次地说出。

"是的。永恒,当然。我也不会认为我能永恒……我想,永恒是某种安静死板的东西。那里没有意外,你认为呢?那里不存在时间。"

他拿出手表看了看。哈丁侧身认真地看着他。

拉祖莫夫被哈丁的动作吓了一跳。一个需要小心对付的人。这家伙是一个幽灵。还没有到子夜。他急忙继续说:"深不可测的秘密!你能想像出永恒中的秘密?不可能。生命中就充满了秘密。比如,身世之谜。有人带着进入坟墓。有些喜剧的东西……但不要紧。有秘密的行为动机。一个人最公开的行为也有秘密的一面。这一面很有趣,深不可测!比如,一个人外出了一趟。表面上看,是再小不过的事。但那可能至关重要。他回到房间时,认为自己不再是同一个人,因为他可能看到了一个醉醺醺的畜生,注意到了地上的积雪。古怪的东西对他的思想会有秘密的影响。比如,某个人的灰胡子;再比如,某个人的鼓眼睛。"

拉祖莫夫的前额汗津津的。他在屋子里转了一两个弯,低着头默默地冷笑。

"你想过鼓眼睛和灰胡子的影响吗?对不起。你好像认为我一定疯了,在这个时候说这样的话。我可不是在说疯话。我见过。有一次,我碰巧与一个人谈了一席话,他的命运就受到那些生理特征的影响。只不过他被蒙在鼓里而已。当然,这是凭良心做的事,但那些生理特征让人下了决心……维克多·维克多诺维奇,你劝我不要烦!为什么不烦?我要为你负责。"拉祖莫夫几乎是在尖叫。

他极力压制不要爆发出魔鬼般的笑声。面容苍白的哈丁用肘支撑起身子。

"生活多么神奇,"拉祖莫夫不安地瞟了哈丁一眼,"想一想生活的神奇。由于一个神秘的冲动,你来到这里。我不是说你做错了。其实,从某种意义上说,你不可能做得更好。你可以去找一个有家室的人。你自己也有家室。至于我,你知道我在孤儿院长大,吃不饱穿不暖。你所知道的家室感情,我无从谈起……谈到关系,在这个世界上,我惟一的关系是社会关系。在我行动之前,我必须得到某种形式的认可。我坐在这里是在效劳……难道你不认为我也在为进步事业效劳?我已找到我的真理之路……请你原谅,"拉拉祖莫夫深吸一口气，喉咙间发出短促的笑声，"但我没有一个舅父做榜样，以继承他的革命意志。"

他再次看了看表，很不耐烦地注意到，还有几分钟才到子夜。他从腰间取下表和表链，放在桌上明亮的灯光下。哈丁支着肘，没有动。这姿势弄得拉祖莫夫心烦意乱。"他在思考下一步行动？"他想，"他肯定在做防范。我必须用声音干扰他的注意力。"

他提高了音量。

"你是儿子，是兄长，是外甥，是表亲。我不知道你与多少人有关系。我只是一个人。现在，我站在你面前。只是一个人。一颗心。你是否想过，一个一生中从来没有听到爱语和赞词的人，会怎样思考那些你认为是赞成或反抗你的阶级、你的家庭传统、你的偏见的事物？你是否会考虑他的感受？我没有家史。我没有什么想要反抗的东西。我的传统是历史的传统。我必须回望的只有民族的历史。你们却只想从中攫取你们的未来。我能不能凭自己的才智和梦想创造更美好的命运？我会允许空想家的暴力和意志剥夺我惟一的东西吗？你只是来自某个家乡，而整个俄罗斯大地都是我的家乡，否则我一无所有。无疑，有一天你将会被追认为烈士、英雄、政治圣徒。但请你原谅。我只想找个合适的工作就心满意足。你们这些人洒几滴血在雪地上有什么用？这是一片广袤的大地！这是一片不幸的广袤大地！"他靠近床前一步，压低声音颤抖地叫道："我告诉你，这片大地需要的，不是我跨过的挥之不去的幽灵，而是活人！"

哈丁双手朝前一伸，像在惊恐之下要把他推开。

"我现在全明白了，"他忧伤地说，"我终于都明白了。"

拉祖莫夫摇摇晃晃地退后靠在桌上。他的额头布满汗水，但他的后背一阵寒意。

"我在说什么？"他自问，"我难道要让他从指尖溜走？"

他觉得嘴唇像两片硬布。他想微笑一下，做出的却是暧昧的鬼脸。

"你想做什么?"他颤抖的声音逐渐恢复了平稳。"你想做什么?你想想,一个勤奋、喜欢闭门苦读的人,突然像这样说话……"

他觉得一股怒气,一股邪恶的怒气,再次涌上心头。

"到子夜前,我们一起还要做些什么?就在这里面对面地坐着,想想你杀人的场面?"

哈丁努力克制忧伤的面容。他点点头;双手放在两膝之间。他的声音低沉,充满痛苦,但很平静。

"我现在才明白是怎么回事,拉祖莫夫兄弟。你有一颗大度的灵魂,我的行为让你恶心……"

拉祖莫夫盯着哈丁。他因恐惧而紧咬的牙关,整个脸部都在疼痛,不能发出一丁点声音。

"也许,就连我这个人也令你恶心,"哈丁沉默片刻,抬头看了一眼,又把目光收回到地上,"因为,除非一个人……"

他显然在想下一个字。拉祖莫夫沉默不语。哈丁沮丧地摇了摇两次头。

"当然,当然,"他低声说,"啊,多么累人的事!"

他沉默了一会儿,突然一跃而起。拉祖莫夫沉甸甸的心像遭受一记重击。

"就这样吧,"哈丁的声音低沉、清晰、忧伤,"再见。"

拉祖莫夫正想上前,但还没来得及起身,就看到哈丁抬手制止他。他重重地靠在桌子上,听见屋外隐约传来的夜半钟声。哈丁已到了门边。他高大的身躯像一支笔直的箭镞。他面容苍白,庄重地抬起一只手,就像一尊倾听内心声音的勇敢年轻人的雕像。拉祖莫夫不由自主地看了看表。他再次注意门边时,已没有了哈丁的身影。外间传来轻轻的脚步声,接着是门闩轻轻抽出时的喀哒声。哈丁走了,像影子一样消失。

拉祖莫夫默默地张着嘴,摇摇晃晃地冲出房间。外间的门仍然开着。他又摇摇晃晃地冲上楼梯口,伏在栏杆上,朝那黑洞一样的梯子井张望。只有楼底才有微光。他侧耳倾听哈丁踮着脚尖跑下楼的声音。那种轻捷的嗒嗒声急速沉入深渊。一道影子闪电般地穿过楼底的微光,就像小火苗,一眨眼的工夫,接着是一片阒静。

拉祖莫夫伏在栏杆上,闻到楼梯在寒冷的空气中有一股污秽的恶心味道。一片阒静。

他慢慢回到房间,关上门。桌上的灯照在他的表上,平和宁静。拉祖莫夫看了看白色的指针。还差三分钟到子时。他伸手拿起表。

"且慢,"他嘀咕一声,突然觉得一阵陌生的不安。他双腿打颤,表从指间滑落到地上。他吓得险些跌倒。等到恢复了对手脚的自信,他才弯腰捡起表。他立刻将表凑到耳朵边。过了一会儿,他生气地抱怨,"停了",他沉默良久,幽忧地说,"事情办完了……现在开始读书。"

他坐下来,随手抓起一本书,翻到中间,开始阅读。刚看了两行,注意力完全难以集中,再也读不下去。他想:"肯定有一个秘密警察,在街对面屋中监控。"

他想像那人躲在黑暗的门口,鼓着眼睛,立起的衣领接近鼻子,头上戴着缀有羽毛的三角将军帽。这荒唐的念头使他在椅子上一阵痉挛。他猛一摇头,想摆脱这个念头。那人也许会乔装成农夫……乞丐……也许他刚扣好黑色外衣的纽扣,带上一根装了机关的拐杖,贼眼溜溜,流里流气,满嘴洋葱味和酒味。

这念头令他恶心。"我何必自寻烦恼?"拉祖莫夫厌恶地想,"我是宪兵吗?更何况,事情办完了。"

他惶惶不安地站起身。事情还没完。还没完。子夜过后还不到半个时辰。表已停了。这让他很绝望。不可能知道具体的时间。房东太太和同一层楼的人都在睡觉。如果他贸然去问……只有上帝知道他们会怎么想,只有上帝知道他们会猜到几分。他也不敢上街去看时间。"我现在是嫌疑犯。想否认这事实也没有用。"他痛苦地对自己说。如果哈丁不知何故耍了个花招儿,让警察在卡拉贝纳亚上街扑了个空,他们一定会闯入他的寓所。如果他正好不在,那时他将百口莫辩。百口莫辩。拉祖莫夫绝望地左顾右盼,像是要找办法抓住从他身边逃逸的时间。这天晚上前,在他记忆中,他还从来没有听见过城里的晚钟声。他现在甚至不敢确信,刚刚听到的是不是真的钟声。

他走到窗前,微微低着头站在那里,倾听有无微弱的声响传来。"我会一直站到这里,直到听见一点响动。"他对自己说。他静静地站着,耳朵靠近窗户。他的背和双腿酸痛得要命。他没有动。他的心智几近崩溃。他听见自己突然说,"我承认,"像一个极度痛苦之中的人可能说的那样,"我极度痛苦。"他想。他觉得开始晕眩。就在此时,远钟轻轻地嗡了一声,在他耳中却像一声惊雷。他听得如此清晰……凌晨一点!

如果哈丁没有现身,警察一定已来这里搜寻。没有脚步声传来。这次,事情真的办完了。

他拖着身子痛苦地回到桌边,跌坐在椅子里。他把书扔开,拿了一张正方形的纸。这张纸与桌上那堆纸大小一样,只是别的纸上有他清秀的手迹,这是一张白纸。他仓促提起笔,准备记下他要写的比赛征文的大意。但他的笔悬在纸上空。良久他才下笔,潦草地写了几个大字。

他板着脸,紧闭着嘴唇。拉祖莫夫认真写了几笔后,原本清秀的字迹就完全走了样,歪歪扭扭的,就像小学生写的。他接连写了五行:

> 历史不是理论
> 爱国主义不是国际主义
> 进化不是革命
> 方向不是毁灭
> 团结不是破坏

他木然地盯着写的东西。然后,他的视线漂到床边,在那里定格了好几分钟。这期间,他的右手一直在摸桌子上的削笔刀。

他最终站起身,小心翼翼地向前几步,用削笔刀将这张纸钉在床头边的板条石膏墙上。接着,他退后一步,挥了挥手,环顾了一下四周。

此后,他再也没有去看床上。他取下挂钩上的披风,裹紧身子,走到屋子另一边,躺在坚硬的马鬃沙发上。立刻,沉重的睡意袭来,他合上眼帘。那天晚上,他冻醒了好几次。他梦见自己行走在风雪交加的俄罗斯,踽踽独行,就像是众叛亲离的专制者;梦中的俄罗斯广袤无垠,正值寒冬,但却像是一张地图,他一眼就能看清它庞大的疆域。每次冻醒后,他沉重的眼睑立马又盖住呆滞的眼睛。他再次睡去。

3

拉祖莫夫的故事到了这里,我这个年老的语言教师真心觉得,任务越来越困难。

事实上,我的任务不是用叙事的形式概述一个陌生人的日记,而是诠释——我现在认清了这个任务——主宰着世界上大部分地区的伦理状况。这种伦理状况不容易为人理解,更不容易在一个故事的有限篇幅内发现,除非找到某个关键词,这个词能够站在书页中其他语词的背后;这个词即使不代表真理本身,至少也应尽可能包含真理,以帮助发现伦理。发现伦理,应是书写每个故事的目的。

我翻了上百遍拉祖莫夫先生留下的日记。现在,我将它放在一边,我拿起笔。尽管这支笔已做好准备,但我还是很犹豫。因为,一再潜入笔端的这个词,不是别的,而是"犬儒主义"。

犬儒主义,这是俄罗斯专制和俄罗斯革命的标志。俄罗斯精神,就是犬儒主义。它表现于夸张的数字,表现于奇怪的神圣伪装,表现于在苦难中准备秘密地作践自己。它渗透于政客的宣言,革命者的理论,先知的神秘预言,以至于使自由看上去像一种放荡,使基督教美德看上去毫不纯洁……请原谅我的离题。它来自于我对拉祖莫夫先生的故事该怎么继续的考虑。这时,他那原本被与他所处时代精神天然合拍的朦胧自由主义稀释的保守主义信念,在他卷入哈丁罪行而带来的震惊之下,顿然凝固成形。

也许是特别冷,拉祖莫夫第十次冻醒。看见窗上的日光,他放弃了倒头再睡的欲望。他什么都记不起了。但他发现自己冻醒时和衣躺在沙发上并不觉得奇怪。从窗子透进来的日光似乎奇怪地忧郁,毫无希望。对一个年轻人来说,新的一天的朝阳本该是希望之光。而他醒来时就像是病入膏肓之人,或像九旬的老人。他看着燃尽的残灯。这件铜盏和瓷罩组成的冷漠物件,还在散落的笔记和书籍之间,就像熄灭的烽火。这些笔记和书籍,只是一堆充满黑字的垃圾、死东西,没有任何意义和兴趣。

他站起身,脱下披风,挂在衣钩上,机械地动了动手脚。他明显感觉到难以置信的麻木,如一团死水。一切事物,甚至他的思想,似乎都丧失了生机。屋里没有一丝声音。

他转过身,死气沉沉地想,肯定时间还早。他看了看桌上的表,时针定格在十二点上。

"啊!是的",他咕哝了一声,似乎想起一点什么。他环顾了一下四周,那张钉在墙上的纸吸引了他的注意。他从远处打量着它,没有赞许,也没有焦急。他听到女仆在外间开始忙碌,带着茶炊为他弄早茶。他走到墙壁前,冷冷地取下那张纸。

他取纸张的时候,眼光掠过一夜都没有躺过的床。哈丁留在枕上的头印还清晰可见。

他对这个印痕的愤怒都麻木了。他没有想让麻木的愤怒恢复生机。他一整天都无所事事。他甚至忘记了梳头。他根本没有动过出门的念头。如果说他的思路不连贯,那也不是因为他不能思维,而是因为他没有足够兴趣。

他不断打呵欠,大量饮茶,漫无目的地徘徊。只要一坐下,就长时间地一动不动。有一阵,他用指尖轻轻地敲打窗户。他围绕桌子疲惫地走动时,瞥见了穿衣镜里的脸。这张脸吸引了他的注意。镜中的眼睛是他见过最忧伤的眼睛。这是那天搅扰了他死水般的灵魂的第一样东西。

他没有受太大影响。他只是想，没有幸福的人生是不可能的。什么是幸福？他打了个呵欠，继续在房间里徘徊。有期望就是幸福；仅此而已。期望满足某种欲望、激情、爱、梦想、恨；恨，毫无疑问。爱与恨。避免生存的危险，活得无忧无虑，也是幸福。仅此而已。无忧无虑地期待。"哦！人类可怜的命运！"他心里在感叹。他立刻想："我应该尽可能快乐地生活。"但他没有因此确信而激动。相反，他又打了一个呵欠。他一整天都呵欠不断。他有些惊讶地发现夜晚再次来临。尽管时间好像停止，但房间却立刻变黑。怎么回事，他居然没有注意那一天的流逝？当然，正是因为那只表停了……

他没有点灯，走向床，一头扎上去。他平躺在床上，双手枕在脑后，望着天花板。过了片刻，他想，"我躺在这里就像那个人。我想知道，我在街头与风雪抗争的时候，他是不是睡着了。不，他没有睡。但为什么我也不睡？"他感觉到夜的寂静像块巨石压在身上。

外面霜天雪地，万籁俱寂。突然，城里的钟声清晰传来。午夜到了。钟声刺激了他麻木的神经。

他想，自那人离开他的房间后，一天一夜已过去。拉祖莫夫有种明显的感觉，牢房里的哈丁那一夜正在熟睡。这种确信令他愤怒，因为他不想去想哈丁。他只好从身心两方面找理由来说服自己。那家伙自己说几周都没有睡了。无疑，他在期望杀身成仁。一个人不怕去杀人，也就不大会怕去死。哈丁也许比 T 将军睡得安稳。T 将军的使命——也是多么累人的事——还没有完成，他的头上还悬着革命者的复仇之剑。

拉祖莫夫突然想起了那个胖乎乎的 T 将军，想起他那身制服领子上的圆脸。那个专制统治的急先锋，没有一丝惊奇、狐疑或喜悦能够逃过他那双对一切反叛行为都充满致命仇恨的鼓眼睛。拉祖莫夫在床上不安地动了动。

"他在怀疑我,"他想,"我猜他怀疑每一个人。如果是哈丁到他夫人的闺房去忏悔,他也一定会怀疑自己的夫人。"

拉祖莫夫痛苦地坐起身。难道他一辈子都是政治嫌疑犯?莫非他会作为完全不值得信赖的人过一生,档案里塞了一份秘密警察的黑材料?他还能指望什么前途?

"我现在是嫌疑犯",他再次想;但随着夜晚的渐渐过去,他反思的习惯和对安定有序人生的强烈渴望,前来拯救了他。他平静、稳定和辛勤的人生将最终担保他的忠诚。为祖国效劳,有许多可行的途径。有一种活动,不需要革命,也能推进社会的进步。影响的场域可以很大,可以多元,只要战胜一个名字。

他的想法像一只周旋的小鸟,经过一天一夜的飞行,重新回到了那枚银质奖章,在那里安歇。

天亮的时候,他依旧没有睡,一刻也未合眼。但他起身时并不是太累,他对一切现实的目标重新恢复了自信。

早上,他回到学校上了三节课。但他在图书馆的时间只是无声地表明在做研究。他坐在图书馆,面前摊开许多书,准备做笔记和摘要。他重新获得的宁静像一件稀薄的外衣,似乎突然某个词的出现就会将它吹跑。背叛!为什么!那家伙所做的一切都在暴露自己。我没有说任何东西欺骗他。

"我对他说的每一个字都是真的。每一个字都是真的。"拉祖莫夫与自己争论。

一旦进入了这一条思路,就再也没有可能做任何有用的事情。同样的念头继续在他的脑海飘荡。他心里翻来覆去念着同样的话语。他猛地合上所有的书,将笔记本放进口袋,内心在疯狂地抗拒哈丁。

他离开图书馆时,一个穿着破烂外套的高瘦同学追上他,满脸严肃地与他并肩而行。他闷声闷气地与拉祖莫夫打招呼。拉祖莫夫头也没抬地应了一声。

"他想和我在一起做什么?"他想。这种出人意料的事情总令他莫名地恐惧。他极力想摆脱,以防他的生活永远陷入麻烦。这个同学低头小声问拉祖莫夫,是否知道干掉——这是他用的词——P部长的人,昨夜已被捕……

"我一直生病,关在我的房间。"拉祖莫夫从牙缝里挤出话。

这个同学挺起背,双手插在衣袋里。他光溜溜的宽阔下巴说话时微微抖动。他的鼻子被寒冷的空气冻得通红,看起来像是假鼻子,画在瘦削双颊之间的木板上。他整副样子打上了寒冷和饥饿的印记。他故意大踏步地走在拉祖莫夫的旁边,眼睛盯在地上。

"这是官方的通告,"他继续谨慎地低语,"可能是圈套。不过,的确有人在周二凌晨一点左右被捕。这是肯定的。"

他故意装出沉重的样子做掩护。他飞快地告诉拉祖莫夫,消息是秘密警察总局的一个小职员传递出来的。那个人是某某革命圈子中的一员。"其实就是我所在的圈子。"这个同学说。

他们穿过一个开阔的四方院。拉祖莫夫感到一阵无穷的痛苦在吞噬他的精力。在他的眼前,一切都似乎混乱朦胧,短暂易逝。他不敢在这里丢下那家伙。"他可能是秘密警察",这念头在他脑海一闪而过。"天知道?"但看到这个同学面黄肌瘦、像霜打了的茄子一样的可怜样儿,他觉得他的怀疑是多么荒唐。

"但你知道,我不属于任何圈子。我……"

他不敢再多说,也不敢调整步伐。这个同学故意先抬起再放下脏兮兮的脚,小声地说,不是每个人都必须属于一个组织。最有价值的人都在圈子外。一些最困难的工作都是圈外人做的。然后,他飞快地低语:"那个在街头被捕的人是哈丁。"

拉祖莫夫没有说话,只是露出一副惊讶的神情。对此反应,这位同学觉得一点不奇怪。他向拉祖莫夫保证,消息无误。那个政府小职员正好在秘密警察总局值夜班。他在大厅里听到一阵喧闹的脚步声,知道有时候夜间要提审监狱里的政治犯,就突然打开他的工作间。在值日的秘密警察将他推回房间并当面将门关上之前,他看见一个犯人被一大群警察拖的拖、抬的抬,从大厅走过。尽管遭到粗暴对待,但这个小职员还是认出那人是哈丁。半个小时内,T将军到了秘密警察总局,亲自审讯犯人。

"你不吃惊吗?"这个同学问。

"不吃惊,"拉祖莫夫说完后就马上后悔。

"大家都以为哈丁回到乡下,和他的家人在一起。你说呢?"

这个同学空洞的大眼睛看着拉祖莫夫。

"他的家人在国外。"拉祖莫夫毫无防备地说。

他可能因为紧张咬到了舌头。这个同学意味深长地说,"所以,只有你知道……"然后就住口不言。

"他们在诅咒我毁灭,"拉祖莫夫想,"这件事你向别的人提起过吗?"他的声音中充满了痛苦和好奇。

这个同学摇摇头。

"没有,我只对你说起。我们圈子的人认为,因为经常听见哈丁热烈地赞颂你的人品……"

拉祖莫夫再也忍不住,做了一个绝望的愤怒手势。他的同学可能有些误解,因为他打住话,将黯淡无光的黑眼睛转到一边。

他们默默地并肩而行。过了片刻,这个瘦削的学生转回目光,再次低声说:"由于我们目前在监狱内没有线人,没有办法给他带一包毒药进去,所以我们已开始考虑反击,行动方案很快就出台……"

拉祖莫夫跺脚打断:"你认识哈丁吗?他知道你住的地方吗?"

"我有幸听他两次谈话,"这位同学的声音虽小,但很热烈,与他一脸的严肃和冷漠形成强烈反差。"他不知道我住的地方……我的住地很寒碜……在一个工匠家……我只租了房间的一角。到那里来见我不很方便,但是,如果你有用得着我的地方,我很乐意……"

拉祖莫夫因愤怒和恐惧而哆嗦。他就要疯了,但他努力压低声音。

"你不要来接近我。你不要对我说话。不要对我说一个字。我命令你。"

"很好,"这个同学温顺地回答道。对于这道突然的禁令,他一点不觉得奇怪。"你不希望见我,一定有秘密的原因……我完全理解。"

说完后,他就立刻走开,甚至连头也没抬。拉祖莫夫看着他瘦削、寒酸、饥馑的身子,低着头,脚步平稳地斜穿过街道。

他看着这个同学,如同看到一场梦魇中走出的幽灵。然后,他继续走自己的路,尽量不去想这个同学。回到寓所的楼梯口时,房东太太似乎正在等他。她是一个矮胖的女人,有一张大黄脸,永远裹着一件黑色的羊毛披肩。她看见他走上最后一级台阶,立即兴奋地张开双臂,握住双手放在脸前。

"基里诺·西多诺维奇,我的小兄弟,你一直在做什么?你是那样一个安静的年轻人!警察搜完你的房间刚离开。"

拉祖莫夫低头看着她,默默而专注。她蜡黄的胖脸挂满焦虑,一双眼睛恳求地望着他。

"一个理智的年轻人!任何人都能够看出你很理智。现在,像这样,全都……你与那些无政府主义者混在一起有什么好处?你想一想,小兄弟。他们都是倒霉蛋。"

拉祖莫夫轻轻耸了耸肩。

"也许是某个潜在的敌人在诬蔑你,基里诺·西多诺维奇?这个世界满是黑心人,歪曲的指控。要担心的事情太多。"

"你听到有人在诬蔑我吗?"拉祖莫夫仍然盯在她颤抖的脸上问。

她回答说没有。但她想弄清楚,于是在警察仔细搜查房间时,问了一下带队的头子。这人是片区的警长,她认识了有十一年之久,很有人情味。他站在走道上,黑着脸不耐烦地说:"房东太太,不要问来问去。我一头雾水。我也是奉令而行。"

片区警察前脚刚到,就来了一位大员,穿着皮衣,戴着闪亮的帽子,坐在房间里,亲自翻阅所有的书籍、笔记和文章。他独来独去,什么都没有带。等这些人全都离开后,她才尽力把东西收拾整齐一点。

拉祖莫夫粗鲁地转过身,进了他的房间。

书籍都被扔在地上。房东太太跟了进来,吃力地弯下腰,拣起书放入围裙。他一向放置整齐的笔记和文章(全都与他的学业有关)也被翻过,乱七八糟地堆放在桌子中间。

这种凌乱莫名其妙地对他产生了深刻影响。他坐在椅子上,直勾勾地看着。他明确意识到,他的生活正被某种神秘的方式威胁,他的道德支柱正在一根根断裂。他甚至觉得身子有点恍惚,他动了一下,像是要抓什么东西以使自己保持平衡。

房东老太太直起身,轻轻呻吟,将拣进围裙里的书放在沙发上,然后离开了房间,嘴里不断地嘀咕和叹息。

在这时,他才注意到,昨晚还钉在空床边墙上的那张纸,正躺在那堆日记和文章的最上面。

前一天,他把它取下来过,在扔到桌子上之前,心不在焉地折了四折。现在,他看见它放在最上面,展开,抚平,盖住了那堆凌乱的资料——他过去三年精神生活的记录。它不是被扔在那里的。它是被放在那里的——甚至还把它抚平!他猜测这样做的背后有深意,也许是一丝暧昧的嘲讽。

他盯着那张纸,直到眼睛开始发酸。他不想将那堆日记和文章整理规矩。那天晚上和次日,他都一直关在房间里,举棋不定。这只与一个问题有关,那就是他应不应该该继续活下去。不过,他的犹豫与一个考虑自杀之人的犹豫大不同。对自己猛施辣手的念头,拉祖莫夫从没有想过。这具无牵无挂的身躯,带着标签,吃饭走路,呼吸更衣,也许除了对房东太太,对任何人都不重要。真正的拉祖莫夫,存在于有意志的、有决心的未来;这种未来正被无法无天的专制——因为专制不知道法律为何物——和无法无天的革命威胁。他的伦理人格受制于这些无法无天的势力,这种感觉如此强烈,以至于他严肃地问自己,是否值得继续完成那种似乎不再属于他的存在的精神功能。

"施展我的才智,追求能力的全面发展,完成全部的工作计划,这有什么用？"他问自己，"我想用清明的理念指引我的行为，但我有什么安全措施，防范那些朝我步步逼近的毁灭性恐怖力量？难道我只有坐以待毙……"

拉祖莫夫惊恐地望着外间的房门，像是期待某个恶人转动门把，悄然出现在他面前。

"一个普通的小偷，"他心想，"犯了法还能找到许多保人，甚至像扎米尼奇那样的畜生，也有他的安慰。"拉祖莫夫嫉妒小偷的物质至上和扎米尼奇的这等恋人般的不可救药的激情。他们行为的后果总是清晰的，他们的生命总是他们自己的。

那一夜他睡得很香。他好像在用扎米尼奇的方式安慰自己。但他突然惊醒，像圆木一样躺着，立刻忘记了他做的梦。他的灵魂似乎在夜里出走，去采集愤怒的智慧之花。他非常坚定地起床，如同对自己的本性有了新的了解。他嘲笑地看了看桌上那堆资料，离开房间去上课。他自言自语地说："我们等着瞧。"

他没有心情主动向人提起前一天为什么没有来上课，也没有耐心听别人问及。他很难粗鲁地拒绝一个要好的同学科斯提亚。这个绰号"疯子"的同学，长着一张粉红的圆脸，有一头金黄的头发。他是家中独生子，倍受溺爱。父亲承包政府工程，很有钱，但没文化。他每隔一段时间才来上课，都是由于他父亲哭哭啼啼的哀求。他像一只猎犬一样大喊大叫，空旷的教室过道里都是他开心的笑声和夸张的动作。他像动物一样无忧无虑地快乐生活，很远就绽放出谄媚的笑脸。他通常谈论的都是赛马、豪华餐厅的酒会以及外表粗俗的一些小明星。中午时分，他冲向拉祖莫夫，有点收敛平时的喧嚣习惯，将他拉到一边。

"你等一会儿，基里诺·西多诺维奇。我在这个安静角落跟你说几句话。"

他感觉到了拉祖莫夫的迟疑，就亲昵地挽起他的手。

"不要这样。我求求你。我不是想与你谈我那点傻不拉几的困境。我的困境算什么？绝对什么都不算。太幼稚。有天晚上，我把一个家伙扔出了我住的某个地方;我在那里度过了一段非常美妙的时光。他在财政部耍笔杆子,是个飞扬跋扈的小畜生……他在虐待那屋子里的人。我责备他,'你对上帝的造物不人道,他们是比你料想的还愉悦的景象'。我不能忍受见到任何专制,基里诺·西多诺维奇。相信我的话,我不能忍受。他根本听不进话。'你算哪门子无礼的小狗?'他开始叫嚷。他话音未落,我就漂亮地一拳。他就突然飞过了那原本关着的窗子,摔在很远的院子里。我像希腊神话中的羊人一样疯狂。那些女人抓住我尖叫,小孩吓得藏在桌子下面……很有趣!我告诉你,为这件事,我爸爸掏了不少腰包。"

他咯咯地笑了笑。

"我爸爸是个很有用的人。这对我也是好玩的东西。我的确陷入了亵渎的困境。"

他的兴致陡然下降。正是如此。他的生活是什么?毫无意义;对任何人都没有好处;只有快乐。某个好日子,他会死于一场醉酒后的械斗,头被香槟酒瓶子砸破。有时候,人会为了理想牺牲生命。但他头脑里面装不进任何理想。他的头脑不值得装任何东西,只适合被香槟酒瓶子砸破。

拉祖莫夫抱怨说他没有时间,极力想溜。科斯提亚的声音突然变得非常诚恳,"看在上帝的份上,基里诺,我的好朋友,让我做出点儿牺牲。其实,这算不上是牺牲。我有一个富爸爸,掏不空口袋。"

拉祖莫夫暗示这是醉后的挥霍。科斯提亚生气地否认,并主动提出借钱资助他逃到国外。他总能从他爸爸那里搞到钱。他只用说玩牌输了,同时庄严承诺连续三个月不翘课就行了。那个老头儿就会上钩,他科斯提亚就等于做出了牺牲,尽管他真没有明白,去上课对他有什么好处。但这番话还是完全无用。

"你难道不能让我有点儿用吗?"他苦苦哀求。拉祖莫夫沉默不语,眼睛盯在地上,完全摸不透这同学的意图。他突然觉得有点儿为难,要不要挑明一个疑惑。

"你凭什么认为我想到国外?"他最终很冷静地问。

科斯提亚压低声音。

"昨天警察搜查过你房间。我们有三四个同学已听到了风声。别管我们是怎么知道的。反正我们知道就够了。所以我们一直在商量对策。"

"呵!你们消息倒灵通。"拉祖莫夫漫不经心地咕哝。

"是的,消息的确灵通。我们吃惊的是,你这样的人……"

"你以为我是怎样的人?"拉祖莫夫打断话头。

"一个有理想的人,一个有行动的人。但你太深沉,基里诺。没有办法摸透你的心思。反正我这人摸不透。但我们一致认为,为了我们的国家,必须保护你的安全。对此,我们绝无异议。我口中的我们,是指在各种场合听到哈丁提起过你的人。脑子里要是不飘荡些魔鬼想法,怎么会招来警察查房……所以,要是你想一走了之……"

拉祖莫夫甩开科斯提亚的手,走下楼道。科斯提亚惊得目瞪口呆。但几乎是立刻,拉祖莫夫就回身,站在惊讶的科斯提亚前面,后者慢慢地将嘴巴合上。拉祖莫夫直视着他的眼睛,然后故意一字一顿地说:"非常感谢。"

他说完就迅速离开。对这一连串的突变,科斯提亚吃惊不已,等回过神来,才立刻从身后追来。

"不!等一等!听我说。我说的是真的。就当是同情一个忍饥挨饿的人吧。你在听我说吗,基里诺?你以为我在装。我认识一个犹太人是化妆师,我偷师学了几招儿。就让一个傻瓜有点儿用吧。你可以利用他的愚蠢。也许你会需要假胡须什么的。"

拉祖莫夫转身站着不动。

"在这件事上,我不需要假胡须。科斯提亚,你这好心的疯子,你知道我的理想是什么吗?我的理想,也许就是你的毒药。"

科斯提亚拼命摇头抗议。

"你要我的理想干什么?它会掏空你爸爸的钱袋。不要来掺和你不明白的东西。回去赛马和泡妞吧,你至少可以保证不会伤害别人,也不会伤害自己。"

满脑子空想的科斯提亚被他的鄙夷之言震得一愣。

"你在打发我回猪圈,基里诺。就这样吧。我是不幸的畜生,我也要像畜生一样死。但请记住,是你的鄙视毁灭了我。"

拉祖莫夫大步离开。头脑简单、耽于享乐的科斯提亚,也受到革命魔咒的影响;他认为这是时代的不祥之兆。他责备自己为什么会内疚。他本应觉得慰藉。在大家对他真面目的共同误判之中,有一个明显的好处。但这念头不是很奇怪吗?

他再次觉得,哈丁的革命专制使他对自己的行为难以掌控。他孤独劳作的人生,这件他在人世中惟一能宣称是自己的事,现在已被摧毁。凭什么权利?他在心里怒问。以什么名义?

最让他愤怒的是,他感觉到圣彼得堡大学的"思想者们"明显将他和哈丁联系在一起,认为他是哈丁的知己。一个神秘的联系!哈!……他在不知不觉间被当成了有骨气的人。那个可恶的哈丁是怎样谈起他的!很可能哈丁说得很少。他的闲谈被那些白痴听到、珍藏玩味。是不是所有秘密的革命活动都建立在愚蠢、自欺和谎言之上?

"不可能别的想法,"拉祖莫夫自言自语,"这样下去,我会变成偶像。那些流氓和傻子在谋杀我的智慧。"

他失去了拯救他未来的全部希望;这未来仰赖于他自由运用他的智慧。

他到了寓所的门前,精神沮丧。一个清洁工递给他一封看起来像官函一样的信。他十分冷漠地从对方肮脏的手中接过。

"宪兵送来的,"清洁工说,"他问你在不在。我说'不在',他就留下这封信说,务必交到你手中。现在你收下。"

清洁工继续扫地。拉祖莫夫拿着信走上楼。他回到房间,没有立刻拆开。显然,这份官函是来自警方高层的指令。他是一个嫌疑犯!一个嫌疑犯!

他似乎惊讶地看见他处于多么荒唐的位置。他略为悲凉、冷漠而忧伤地想,过去三年的努力泡汤了,以后四五十年的人生道路更是受到了威胁。希望变成了恐惧,因为由人的愚昧开启的事件,将自动进入一个序列。这一序列,没有智者能够预见,没有勇士能够挣脱。当房东太太转过背的时候,毁灭就进入了你的房间。你进了房间,发现它已被毁灭占有。这种毁灭有一个人名,用肉体包装,穿了一件棕色外衣,脚蹬长靴,靠在壁炉旁边。它问你,"外间的门关了吗?"你没有足够的力量揪住它的喉咙,将它扔下楼。你没有。你欢迎那疯狂的命运。"请坐",你说。就这样完了。你再也挣脱不掉它。它永远就贴着你。无论是绞索还是子弹,都不能让你重获生活的自由和思想的清明……它足以让人以头撞墙。

拉祖莫夫慢慢环视了一下房间,像是要选一个地方撞墙。然后,他打开信。信中命令大学生基里诺·西多诺维奇刻不容缓赶赴秘密警察总局。

拉祖莫夫突然看见有一个幽灵:T将军的鼓眼睛在等着见他。T将军就像专制权力的化身,丑陋而恐怖。他代表了专制权力,因为他是专制的捍卫者。他代表了所捍卫的政治社会制度,代表了专制制度的怀疑、愤怒和残酷。他骨子里就仇视反叛。拉祖莫夫心想,这人根本不懂如何理性地维护专制主义学说。

"他见我究竟想干什么?"他好奇地想。

他心里的这个疑问好像唤回了那熟悉的幽灵。哈丁突然站在他面前,活灵活现。在这片白雪覆盖的大地,短暂的冬日已进入鬼影幢幢的黄昏。但拉祖莫夫能够清晰地看到幽灵扎在外衣周围的窄皮带。这讨厌的幽灵是如此真实,以至于他在期待它问,"外间的门关了吗?"他带着仇恨和鄙视看着它。灵魂不会有穿衣服的形象。而且,哈丁还没有死。拉祖莫夫威胁性地朝前走了几步;那幽灵立刻消失。他转过身,带着无尽的鄙视走出房间。

他刚走下一级楼梯,就突然想,也许信中的意思是要他去与活生生的哈丁对质。这念头像子弹一样击中他。要不是他双手抱住栏杆,很可能就会滚到下一层楼梯间。很长一段时间,他根本迈不开双腿……但为什么？出于何种可以想像的原因？为了什么目的？

这些问题没有合理的答案。拉祖莫夫记起 T 将军对 K 王爷的承诺：他的行为需要保密。

他弯腰扶着栏杆一级级地走下楼。到了门口，他的头脑和手脚都恢复了坚强。他走进大街，一点也没有蹒跚的迹象。每走一步，他的心情就更加平静。他对自己说，T 将军完全能够永远将他关在狱中。他的气质适合他无悔的使命；他的无所不能使拉祖莫夫难以用理性猜度。

拉祖莫夫抵达秘密警察总局后，发现那封信与 T 将军完全无关。显然，从拉祖莫夫的日记可以看出，那个令人恐怖的人物会躲在幕后。在外面的办公室——这里很闷热，许多人在桌子前忙碌地抄抄写写——等了一段时间后，一个高级文官在私人办公室接待他。

穿制服的文员在前面引路。他在走廊里对拉祖莫夫说："接见你的是格里高里·马特维奇·米枯宁委员。"

这个名叫米枯宁的人一点都不让人感到可怕。当拉祖莫夫进门时，他温和、期待的眼神已守候在门口。他立刻用拿在手中的笔筒指了指，示意拉祖莫夫坐在两扇窗户之间的一张大沙发上。拉祖莫夫穿过房间坐下。米枯宁温和的眼神一直尾随着他，落在他身上，没有好奇，没有探询，没有怀疑，几乎没有感情流露。在那份冷静的执着中，反倒有点类似同情的东西。

拉祖莫夫原本准备好用意志和智慧去面对 T 将军，现在这种出人意料的局面令他十分不安。所有为了反抗权力和情感的可能漫溢而鼓起的道德勇气，在这个有点土气、不修边幅的人面前失去了用武之地。米枯宁稀疏的金黄色胡须虽然没有修剪，但很好看。他突出的前额布满皱纹，阳光落在上面发出古铜色的微光。他柔和的阔脸散发出平凡的乡土气息，反倒让那精心中分的头发显得有点儿矫情。

拉祖莫夫先生的日记证实了他的焦虑。我在这里不妨插一句，他似乎就是在那一夜回家后开始写日记的。

拉祖莫夫先生越来越焦虑。突然之间,他的人格在心中碎了一地。

他们默默坐着对视良久。"我必须小心对付他",他提醒自己。或许是受到这个温和、爱好沉思、留着胡须的官员的影响,这份沉默里暗含了一丝忧伤(沉默也有个性)。拉祖莫夫后来获悉,米枯宁是秘密警察总局一个部门的头子,在文官系列中官阶相当于军队中的上校。

拉祖莫夫的怀疑变得敏锐。关键是不要被套出太多话。他被招来必定有原因。什么原因?让他明白他是嫌犯;无疑还要让他喘不过气。究竟与什么有关?什么都没有,还是哈丁一直在撒谎……每分钟都惊人地不确定,这令拉祖莫夫十分困惑。他再也受不了沉默,骂自己太软弱而率先开口,尽管他提醒自己无论如何不要这样做。

"见到信后,我就立即赶来",他声音沙哑,充满挑衅。然而,他话语的机能似乎离开了他,进入了米枯宁委员的身体。

"很好,很好。事实上……"米枯宁用悦耳的声音插话表示赞许。

但这声音的魔力被打破。拉祖莫夫大胆打断米枯宁,突然确信,这是最安全的方式。他滔滔不绝地抱怨完全被误解。他知道了自己的胆子,所以他甚至说,他认为"误解"一词要比"怀疑"更好。他反复强调这一看法。突然,在不动声色的米枯宁面前,他住口不言,感到一阵恐惧。"我在说些什么?"他迷茫地望着米枯宁。这些人正确的符号是怀疑,不是误解。误解是诅咒的另一种形式。两者都被哈丁那家伙带到他的头上。他头痛欲裂。他用手按了按眉心。这是不由自主的痛苦手势。他太不小心没有控制住。那一刻,拉祖莫夫似乎看见了他自己处于极度头痛之中的样子:在一间黑暗的地窖,一个拉长的灰影被可怕的力量撕碎,面容模糊不清。在电光石火之间,他好像梦到了宗教审判的黑色印记……

不要真的以为,拉祖莫夫在米枯宁委员的面前打盹,梦到宗教审判的古老印记。他的确十分疲惫。他在日记中写下了在那情景中特别像梦一样的痛苦经历。没有人接近那个拉长的灰影。受尽折磨的牺牲品的孤独,特别恐怖,难以忍受。他还写道,那张神秘而模糊的面容令他恐惧。这些噩梦的特征都有。但他肯定,他在沙发上没有失去自我意识,他身子前倾,双手放在两腿之间,指间不断地转动他的帽子。米枯宁的声音响起时,一切幻觉都顿然消失。对这平静朴实的声音,拉祖莫夫感激不尽。

"是的。我有兴趣听。某种意义上,我理解你的……但,事实上,你误解了你是……"米枯宁前言不搭后语。他没有说完,就低下了头。那是故意在停顿,使说出的话语更加印象深刻。他能够流利地说话。这点很明显。他变换成有说服力的语调,继续说:"像我刚才那样洗耳恭听,我认为我已表明,我不认为我们的谈话是例行公事。事实上,我认为完全不是那么回事……是的!我承认,邀请你到这里来,采用了公函的形式。但我让你判断,用这种形式,是不是可以召来一个……"

"嫌疑犯",拉祖莫夫叫道。他直盯着米枯宁的眼睛。那双眼睛很大,带着沉重的眼睑,用一种蒙眬但稳定的目光迎接他大胆的目光。"一个嫌疑犯",他公开重复这个一直笼罩着他清醒时光的词,令拉祖莫夫有一种奇怪的满足感。米枯宁微微摇摇头。"你肯定知道,警察搜查过我的房间?"

"我正准备说'一个被误解的人',你就打断了我。"米枯宁用平静的声音安慰他说。

拉祖莫夫轻松地笑了笑。他重新获得了智力上的优越感,保佑他渡过了难关。他略带鄙夷地说:"我知道我只是一根芦苇。但请求你允许我做一根有思想的芦苇,比伺机毁灭它的那些没有思想的力量更高贵。刚才,我真实的想法不过是批评。请允许我表达一下我对警方行为的惊奇,搜查行动延迟了整整两天。那期间,我完全可以烧毁相关的一切证据,连灰烬都不留。"

"你生气了,"米枯宁轻描淡写地问,"是不是?"

拉祖莫夫感觉到自己因生气而色变。

"我有理由生气。请允许我这样说,我是一个思想者。当然,这个称号今日似乎已被革命铺子里的鹰派垄断。他们不过是法国和德国思想——只有鬼才知道是些什么奇异观念——的奴隶。但我不是思想的杂种。我是正宗的俄罗斯人思维。我在忠诚地思考。我自由地宣称自己是思想者。就我所知,思想者不是禁词。"

"不是禁词。为什么是呢?"米枯宁盘腿在座位上转动,手肘放在桌子上,半握着拳头支撑头。拉祖莫夫注意到他胖胖的食指上戴了一颗硕大的金戒指,镶有血红的宝石。这枚图章戒指,看起来似乎重达半磅,对于这样一个笨重之人——他苏格拉底式皱纹密布的前额上,光滑的头发留着精确的中分——是非常合适的装饰。

"那是不是假发?"拉祖莫夫突然心不在焉地察觉自己的好奇。他的自信心大为动摇。他决定闭口不言。沉默!沉默!他要做的是,如果被问及,一定不要牵出扎米尼奇。要只字不提扎米尼奇。

米枯宁眼神迷离地看着他。拉祖莫夫完全丧失了自信。看来要掩护扎米尼奇是不可能的。每个问题都会引向他。不可能是别的事。他强打精神,可惜没有成功。但同样奇怪的是,米枯宁也心不在焉。

"为什么是个禁词?"他说,"我向你保证,我也自认为是个思想者。重要的是正确地思想。我承认,一个年轻人受到阵阵狂风的影响,最初有时是难以抛舍自我,因为他许多的冲动还没有驯服。当然,宗教信仰就是一阵狂风……"

米枯宁垂下目光瞟着胡须。拉祖莫夫听到这段出人意料的闲谈,紧张情绪大为缓解。他幽幽地说:"哈丁那个人,相信上帝。"

"啊!你知道了,"米枯宁舒了一口气。他好像很谨慎地轻轻点出要害,但却能使之足够明白。他又好像听到拉祖莫夫的话而放下了戒备。拉祖莫夫装出一副麻木的忧戚面容——他为一个有害的傻瓜而痛苦自责——好给人一种完全错误的亲密印象。他目光盯在地板上。"除非迫不得已,我一定要住口不言",他告诫自己。再一次,他立刻背叛了自己的意志。"我最好是不是告诉他一切?"这个问题不由自主地冒出来,吓得他拼命咬住下唇。

但是,米枯宁没有点燃他忏悔的希望。他说:"我从你这里知道的比审讯他得到的还多。我们找了三个人轮流审讯他。他什么都没有说。我这里有审讯记录。每个问题后写的都是'拒绝回答'。一页页都是这样。你知道,我受命进一步调查这个事件。他让我无从着手。一个死硬的异教徒。但,你却说,他相信……"

米枯宁再次垂下目光瞟了瞟胡须,微微扮了一个鬼脸。他只停顿了片刻,接着就用渎神者谈论上帝时也有的那种鄙夷神色说,拉祖莫夫先生应该经常与哈丁讨论这个话题。

"不,"拉祖莫夫头也没抬就大声抗议,"是他说,我倾听。不是讨论。"

"倾听是伟大的艺术。"米枯宁强调。

"使人开口也是伟大的艺术。"拉祖莫夫咕哝说。

"对,这不是很难,"米枯宁坦诚地说,"当然,除非情况特殊。比如,哈丁。什么都不能诱使他开口。会审了他四次。四次秘密审讯。在最后一次,我们甚至提到了你……"

"我?"拉祖莫夫猛地抬起头。"我不懂是什么意思。"

米枯宁转身回到桌边,拿起几页灰色的审讯记录,然后一张张放下,只留了最后一张在手中。他举在眼前说,"你知道,我们认为这样做很有必要。为了慎重起见,可以不择手段。我相信,你明白我的意思。"

拉祖莫夫双眼圆睁看着米枯宁的背影。米枯宁没有看他。

"所以,我征求了 T 将军的意见,我们决定,应该把那个问题抛给被指控的人。但由于 K 王爷的强烈要求,你的名字不会出现在文件上,甚至对审讯人员也不透露。K 王爷知道事关重大,知道我们建议的必要性,但他关心你的安全。事情必然会泄露。这点儿我们不否认。上司并不总是要为下属的冒失担责。当然,特别审讯委员会的秘书就是这里的宪兵。而且,正如我说,为了尊重王爷的意见,就连审讯委员会成员都不知情。问题是我亲笔拟定的,由 T 将军送给他们,密令不到万不得已,不得向囚犯提出。问题就在这里。"

米枯宁抬头调好重心,不动声色地读出来:"问:那个你很熟悉的人——你周一在他的房间待了几个小时,我们依靠他的情报将你缉拿归案——是否早已知道,你要去行刺?……囚犯拒绝回答。

"问题重复,囚犯仍然沉默。

"然后,德高望重的监狱牧师进来,劝说囚犯忏悔,要毫无保留地忏悔,才能赎罪,才能帮助他从种种罪行——背叛我们热爱基督的大地、背叛神令、背叛陛下的神圣统治——中解脱。这时,囚犯第一次在上午的审讯中开口。他清晰而大声地拒绝了牧师的忠告。

"上午十一点,法庭宣布裁定,极刑。

"处决定于下午四点执行,敬候上级进一步指令。"

米枯宁放下审讯记录,瞟了瞟胡须,转向拉祖莫夫,轻松地补充说:"我们认为没有必要延迟处决。执行处决的命令中午就由电报下达。我亲自拟定的电文。他已于今日下午四点被绞死。"

听到哈丁死亡的确切消息,拉祖莫夫感觉困乏无力,就像经历了艰苦努力或极度兴奋之后的疲惫。他仍然一动不动地坐在沙发上,但嘴里还是不由自主地嘀咕了一句,"他相信有来生。"

米枯宁耸了耸肩。拉祖莫夫费力地起身。没有必要继续待下去了。哈丁在下午四点已被绞死。这毫无疑问。他似乎已进入了来生:长靴子,阿特拉斯卡人的绒帽,系在腰间的皮带。昙花一现。拉祖莫夫心想,那不是他的灵魂;那只是他留在身后大地的幽灵。他自嘲地笑了笑。他走过房间时,完全忘记了身在何处,忘记了米枯宁的存在。米枯宁不用离开座位,也能让整栋楼的警铃响起。他等着拉祖莫夫默默地走到门边,才突然开口。

"回来,基里诺·西多诺维奇,你想做什么?"

拉祖莫夫回过头,默默地看着米枯宁。他一点也不慌乱。米枯宁双手张开放在身前的桌子上,身子略微前倾,眼神迷离。

"我不能离开吗?"拉祖莫夫不动声色地问。他意识到自己平静的面容背后是明显的惊讶。

"要是他不说话,我就走出去了,"他想,"他到时会怎样做?我必须想个办法,摆脱这件事。我必须使他亮明底牌。"

他在冷静的面具背后沉思了良久,然后放开了门把,回到房间中。

"我来告诉你,你的想法是什么,"他突然爆发,但没有提高声音,"你想你是与那个不幸之人的同伙打交道。不,我不知道他不幸。他没有告诉我。不过,我认为,他是不幸之人,因为,让错误的思想活下去,相比于杀人,是更大的犯罪。我想你不会否认吧?我恨他!空想家只会在大地上制造永远的邪恶。他们的乌托邦挑逗起庸众厌恶现实,蔑视人类发展的世俗逻辑。"

拉祖莫夫耸了耸肩,盯着米枯宁。"多么热情洋溢的演说!"他心想。米枯宁的沉默让他印象深刻。这个留着胡须的官僚坐在位置上,有着神秘的自信,像一个偶像,蒙眬的眼神深不可测。拉祖莫夫的声音不由自主地改变。

"如果你问我,为什么那么恨哈丁。我会冷漠地回答,我恨他,不是因为他犯了谋杀罪。厌恶不是恨。我恨他,是因为我神志清明。在这点上,他令我愤怒。他的死……"

拉祖莫夫感觉到声音在喉咙里变粗。米枯宁眼神的迷离似乎蔓延到整张脸上。拉祖莫夫根本看不清楚对方的脸。但他尽力不去想。

"事实上,"他字斟句酌地说,"他的死对我有什么?如果他躺在这里的地上,我会跨过他的胸膛……他只是一个幽灵……"

拉祖莫夫的声音不由自主地消失。米枯宁坐在桌子后,纹丝不动。沉默了良久,拉祖莫夫继续说:"他提起过我……那些知识分子互相串门,沉醉于各种域外的思想,就像年轻的禁卫军军官互相用洋酒款待。纯粹是堕落……听我说,"——拉祖莫夫因突然想起扎米尼奇而生气,他强压住声音——"听我说,我们俄罗斯人都是一群酒鬼。我们肯定有某种形式的中毒：因为悲伤而狂放，或因为顺从而忧郁；像块木头一样无动于衷或动不动就纵火烧房。我想知道，一个清醒的人该做什么？要完全独善其身是不可能的。要想在沙漠里活命，就必须是圣徒。倘若一个酒鬼跑出酒馆，抱住你的头，强吻你的脸，因为你长得令他想入非非，那么，请告诉我，该怎么办？也许，你打他的背，敲断了棍子，也难将他打跑……"

米枯宁举起手，下意识地摸了摸脸。

"那是……当然。"他低声说。

他的手势就像是默默的重力，迫使拉祖莫夫住口。那也是如此难以预料。那是什么意思？那里有一种惊人的冷淡。拉祖莫夫记起自己的意图，要使对方摊牌。

"我已将这一切告诉了 K 王爷，"他装出漠然的样子。看到米枯宁慢慢点头表示赞同时，他没有继续装下去。"你知道这回事？你已听说？……那为什么还要叫我到这里来，告诉我哈丁已被处决？既然那人已死，你是不是想用那人的沉默来对付我？他的沉默与我有什么关系？简直不可理喻。你是想用某种方式动摇我的道德天平。"

"不。不是那样，"米枯宁的声音小得几乎听不清，"你的行为值得赞赏……"

"是吗？"拉祖莫夫不无反讽地打断。

"……你的立场也值得赞赏，"米枯宁的声音仍然很小，"只要想一想！你带着惊人的消息，走进 K 王爷的书房，就像从天而降……你还在读书，拉祖莫夫先生，但我们已在为国家效劳——不要忘记……自然，必定有些好奇……"

米枯宁垂下目光看着他的胡须。拉祖莫夫的双唇一阵哆嗦。

"那样一件事可以看出一个人的品性，"米枯宁平凡而细小的声音在继续。"我承认我很好奇，想见一见你。T 将军认为这也会有用……别认为我不理解你的感情。我年轻时，像你一样，我也学习……"

"你想见一见我,"拉祖莫夫极度反感地说,"自然,你有那种权利。我的意思是,你有那种权力。那是一回事情。但完全没用,如果你来看我,听我说话,花一年时间。我想,我身上可能有东西是人们难以理解的。这很不幸。但我想,K 王爷理解。他好像理解。"

米枯宁微微动了动:"K 王爷知道我们现在做的事。我不介意告诉你,他同意我的想法,与你建立私交。"

拉祖莫夫极力掩饰住失望,声音里充满了惊奇和抱怨。

"莫非他也奇怪!……不过,毕竟 K 王爷对我不太了解。这真是我的不幸,但那不是我的错。"

米枯宁不以为然地迅速抬起一只手,头微微后仰。

"现在,拉祖莫夫先生,需不需要用那种方式接受不幸?我敢肯定每个人都能……"

他飞快地垂下目光,瞟了瞟胡须。他再次抬头时,有一刹那,他迷茫的眼神里出现了一丝有趣的表情。拉祖莫夫报以厌恶的冷笑。

"不。当然不重要,除非所有的好奇是由一个非常简单的事情引起……带着好奇能做什么?好奇是满足不了的。我的意思是说,没有什么能满足好奇。我碰巧生来是俄罗斯人,生来就爱国;这是不是遗传,我说不清。"

拉祖莫夫故意装出很平静的样子。

"是的,爱国的本能是由独立思考培养出的。在那方面,我比任何社会民主革命人士能够给我的更自由。更可能的是,我不认为是你想的那样。事实上,那怎么可能?你此刻最可能的想法是,我在故意撒谎,掩饰我的忏悔。"

拉祖莫夫停顿了一会儿。他的心已膨胀得胸膛装不下。米枯宁的目光没有退缩。

"为什么是这种想法?"他单刀直入地问,"我亲自去搜查了你的房间。我看完了你所有的书和笔记。我对你坦承的政治信仰印象深刻。你把它写在一张引人注目的纸上。现在,我可不可以问,你的目的……"

"自然是欺骗,"拉祖莫夫粗鲁地说,"你嘲笑有什么用? 当然,你可以直接把我从这里发配到西伯利亚。那可以理解。可以理解的东西,我都能接受。但我抗议这种迫害的喜剧。整个事件变得太喜剧,完全不符合我的胃口。喜剧,充满了谬误、幽灵和怀疑。很下流……"

米枯宁听得很专心。

"你说幽灵?"他轻声问。

"我跨过了许多幽灵,"拉祖莫夫不耐烦地挥了挥手,"但,我必须有这权利,一劳永逸地消灭那个人。为了完成任务,我有自由……"

拉祖莫夫从桌边站起来,慢慢朝坐着的米枯宁鞠了一躬。

"……离去,离去。"他下定决心把话说完。

他走到门前,心想,"现在,他肯定要亮底牌。要么,他会按警铃,在我走出楼前逮捕我;要么,他会让我走。二者必居其一……"

一个从容不迫的声音在他身后响起。

"基里诺·西多诺维奇。"

拉祖莫夫在门前回过头来。

"离去。"他再次强调。

"去哪里?"米枯宁温柔地问。

第二章

1

在虚构故事时,为了清晰和有效,无疑要遵守一些创作规范。然而,有想象力的作家,无论在叙事艺术上多么没有经验,在语词的选择和情节的发展方面,还是会得到直觉的指引。一点点写作天分足以为许多错误开脱。但这不是虚构故事。我也没有写作天分。我为所承担的写作任务开脱的理由,不在于它的艺术性,而在于它的无艺术性。我意识到自己有种种不足,也知道自己对目标的忠诚,即使我有想象力,我也不会虚构任何东西。因此,我把所有的创作顾忌抛得远远的,甚至懒得虚构一个过渡的场景。

在前一章结束时,米枯宁问拉祖莫夫先生,"去哪里?"这是一个沉重的问题,没有答案。我只有说,在那一刻之前的半年左右,我已结识了那两个女人。当然,我所说的"那两个女人",是指哈丁的母亲和妹妹。

不幸的哈丁用什么理由劝说母亲卖掉薄产,移居国外,我说不清。我隐隐觉得,哈丁夫人为了儿子的愿望,即使烧了房子,移民月球,也不会有丝毫惊讶和害怕;哈丁小姐——她名叫纳塔莉,昵称纳塔卡——想必也表示了赞同。

她们对那个年轻人的自豪和挚爱,我很快就看了出来。她们顺从了他的意思,直接到了瑞士的苏黎世,在那里住了大半年。由于不喜欢苏黎世,她们搬到了日内瓦。我有一个洛桑的朋友,在大学教历史,他娶的俄罗斯太太,正好是哈丁夫人的远亲。他写信建议我去拜访一下哈丁母女。这个建议包含了一个善意的目的。哈丁小姐正好想找个好家教,指导她阅读英国的名家名作。

哈丁夫人热情地接待了我。她蹩脚的法语——她意识到这一点时笑了笑——驱除了第一次见面的正式气氛。她身材很高,穿着黑丝裙。她眉目疏朗,五官端正,嘴唇精致,证明她过去是个美人。她在一张软椅子上坐得笔直,温柔的声音有点疲惫。她告诉我,她的纳塔卡一心渴求知识。她枯瘦的双手放在大腿上,面无表情,像是出家人。"在俄罗斯,"她说,"所有的知识都沾满了谎言,不只是化学等学科,而是整个教育。"她解释说,政府为了一己之私而败坏教育。她的两个子女都感觉到了这点。纳塔卡获得了女高的文凭,哈丁是圣彼得堡大学的学生。哈丁头脑聪明,天性无私高贵,是同学中间的神使。明年初,她希望他能回来团聚,一家人去意大利。除了俄罗斯,她相信,在任何国度,凭她儿子卓越的才华和高贵的品性,一定会前途无量……

哈丁小姐坐在窗前,转过头说:"妈妈,你看,即使是我们,岁岁年年人也不同。"

她声音低沉,非常沙哑,但充满了爱意。她皮肤黝黑,身材丰满,红唇诱人。她给人以强大生命力的气息。哈丁夫人叹了口气。

"你们两兄妹还年轻。你们容易产生希望。我也不是没有希望。其实,有这样一个儿子,我怎能说没有希望?"

我转头问哈丁小姐,希望读哪些作家。她看着我,灰色的眼睛在黑色眼睫毛的映衬下有点阴影。我上了年岁,但我意识到,对于一个不只懂得欣赏女性优雅的男人,她是多么诱人。她的目光像一个虽年轻但还没有被世故败坏的男子一样直接和可信。那是无畏的目光,但毫无侵略性。更准确的形容是:天真、体贴而自信。她具有反思精神(在俄罗斯,年轻人很早就开始独立思考),但她还不知道欺骗。显然,她还没有落入激情的摆布。她(看着她就足矣!)很容易为一种理念或一个人而激动。至少,我是这样认为。我相信,我的判断不带任何偏见。我明显不是有偏见的人,尤其是在思想判断方面!……

我们在阅读过程中成了好朋友。这是很愉快的事。不怕见笑的话,我承认,我很喜爱这个年轻姑娘。四个月后,我告诉她,她可以出师了。我也该告辞了。听到我的话,她看上去很惊讶,有点伤感。

哈丁夫人面无表情,但眼神很柔和。她坐在扶手椅子上,用蹩脚的法语说,"这个朋友会回来"。事情就这样定了。我回来了——不是像以前一样每周去四次,而是更加频繁。秋天,我们一起和其他俄罗斯人做了几次短途旅游。凭借与她们的友谊,我能在俄罗斯移民圈中立足。

在报上看到P部长遇刺消息的那个周日,我在街上碰到了她们,陪着走了好一程。我记得,哈丁夫人穿了一件厚厚的灰色披风,罩在黑丝裙上。我看见她美丽的眼睛异常沉静。

"我们刚做完礼拜,"她说,"纳塔卡与我一起去的。她的朋友们,这里的女学生,当然不会去……对于我们俄罗斯人来说,教堂等同于压迫,如果一个人希望在此生获得自由,那么,放弃来生的全部希望,似乎就很必要。但我不会放弃为我的儿子祈祷。"

她冷峻的脸上出现一缕红晕,用法语说:"这也许只是习惯。"

哈丁小姐拿着两本祈祷书。她没有看着哈丁夫人。

"你和维克多都是虔诚的信徒。"她说。

我告诉她们刚才在咖啡店里读到的那则俄罗斯消息。整整一分钟,我们一起默默地前行,步履相当轻快。然后,哈丁夫人低声说:"这会引起更多麻烦,更多迫害。他们也许会关闭那所大学。对于在俄罗斯的人来说,既无和平,也无安宁,除了在坟墓里。"

"是的。道路艰难,"哈丁小姐说,她直视着前方覆满白雪的侏罗山。这座山像一扇白墙一样堵在这条街的尽头。"但和谐并不那么遥远。"

"那是我孩子们的想法。"哈丁夫人对我说。

我没有掩饰自己的感受,这时候谈论和谐,非常奇怪。哈丁小姐说,西方人不懂俄罗斯的局势。这话令我很吃惊,她似乎对此有过深思。她很平静,充满青春活力,有优越感。

"你认为这是阶级冲突或利益冲突,就像你们欧洲人有社会冲突一样。完全不是那么回事。这是完全不同的东西。"

"很可能我的确不懂。"我承认。

用神秘的话语,把一切问题从可理解的层面抽取出来,这是俄罗斯人的典型习性。我太了解她。我发现她蔑视西方世界熟知的一切政治自由的实践形式。我认为,只有俄罗斯人,才懂俄罗斯人的单纯。这种可怕的、具有腐蚀性的单纯,用神秘的话语包裹了一种天真、绝望的犬儒主义。我有时认为,俄罗斯人如此奇异,心理秘密就在于此。他们厌恶生活,厌恶这片大地上不可救药的生活。我们西方人也许同样夸大生活的情感价值,但却拥抱生活。

我送哈丁母女上了电车。她们邀请我下午登门拜访。至少,哈丁夫人在上车的时候邀请了我。纳塔卡坐在最后一排,电车开动时,她恋恋不舍地转回头,对我这个愚钝的西方人回眸一笑。这个冬日上午的明媚阳光,融化在她灰色的眼睛中。

拉祖莫夫先生的日记,像命运的开放之书,像毫无任何征兆就发生的残酷,复活了我对那一日的记忆。那时,维克多·哈丁仍然与一个活人在一起,但那个活人与生活的惟一联系就是对死亡的期待。哈丁肯定提到他最后的世俗情感。那固执的沉默时光,对他来说,将被拉长进入永恒。那天下午,哈丁母女接待了许多同胞,远远超出了她们平时每次的接待量。哲人大街那栋大房子底楼的客厅,前所未有的拥挤。

等别人都离开后,我才起身告辞。哈丁小姐也站起来。我握住她的手,不由自主地回到上午在街上的话题。

"我承认,我们西方人不懂俄罗斯人……"我说。

她似乎有神秘的先见之明,对我的话早有准备。她轻轻打断我,"他们的冲动——他们的……"她在寻找合适的表达,最终改用法语说……"他们灵魂的冲动"。

她的声音如同耳语。

"不错,"我说,"但我们仍然看到冲突。你说那不是阶级冲突,不是利益冲突。即使我承认,但敌对的思想就会更容易和解吗?能够用鲜血和暴力将它们浇注成你认为会如此近的和谐吗?"

她清澈的眼睛探询地看着我,没有回答我合理的问题。我的问题显然不能回答。

"难以想像。"我像有点儿生气地说。

"一切都难以想像,"她说,"对于思想的严格逻辑而言,整个世界都难以想像。但我们能够感觉到这个世界的存在。我们在这个世界中生存。肯定有一种必然性超越了我们的观念。属于多数派,是很可悲、很荒谬的事。我们俄罗斯人将发现某种更好的民族自由形式,避免各党派的人为冲突。有冲突,所以是错的;是人为,所以应鄙视。留给我们俄罗斯人的任务,就是找到更好的道路。"

哈丁夫人一直看着窗外。突然,她转身看着我。她美丽的脸上似乎毫无生气,只有那双大大的黑眼睛里还闪着慈祥的目光。

"那是我孩子们的想法。"她说。

"我想,"我对哈丁小姐说,"要是我告诉你我一个字都不懂,你一定会很吃惊。事实上,我懂你说的每一个字……但你所期望的虚无缥缈的和谐时代是什么?生命是一种有形的东西,有造型和特定的精神内涵。最唯心的观念——爱和宽容——必须一如既往地裹藏在肉身里,方能为人理解。"

我向哈丁夫人道别。她美丽的双唇没有动静,只用含笑的目光送我。纳塔莉·哈丁亲切地送我到门边。

"妈妈认为我是哥哥维克多的跟屁虫。不是那样的。比起我懂他来说,他更懂我。他明年回来与我们在一起时,随着你对他的日益了解,你会发现,他是一颗多么卓异的灵魂。"她沉默了片刻,接着说:"你知道,他不是传统意义上的强者,但他的品性没有瑕疵。"

"我相信,与你哥哥做朋友,我不会有困难。"

"不要指望完全能够懂他,"她有点儿坏坏地说,"他压根儿不西化。"

这其实是多余的警告。我站在门口,向坐在窗边扶手椅上的哈丁夫人又鞠了一躬,然后离开。我完全没有察觉的专制阴影,已笼罩在哲人大街。在自由、独立、民主的日内瓦,这里有一个城区称为"小俄罗斯"。只要两个俄罗斯人碰面,专制就如影随形,染上他们的思想、他们的观念、他们最亲密的情感、他们的私生活、他们的公共话语,像幽灵一样笼罩他们秘密的沉默。

接下来一周左右,让我吃惊的是哈丁母女的沉默。我经常碰到她们在大学附近的公园散步。她们依旧友善地与我打招呼,但我不由自主地注意到她们变得沉默了。那时,大家都知道刺杀P部长的人已被缉拿归案、审判处死。许多消息都向新闻机构正式公布。但对于世界上许多人来说,刺客是谁还不得而知。官方守口如瓶,没有对外透露他的名字。至于原因,我百思不得其解。

有一天,我看见哈丁小姐独自在巴斯蒂恩公园主道的枯树下散步。

"妈妈最近身体不好。"她解释说。

哈丁夫人以前好像从来没有生过病,因此,这次生病让人不安,尤其是找不到具体的病因。

"我想她是因为怕。我们好长一段时间没有哥哥的消息了。"

"没有消息就是好消息。"我打趣地说。我们开始并肩散步。

"在俄罗斯,不是那样。"她声音很小,我只听清这几个字。我关切地看着她。

"你也怕?"

她迟疑了片刻后,点头承认。

"自从我们上次收到他的消息,真的过了很久……"

还没等我用陈词滥调安慰,她就主动透露。

"更糟糕的是,我写信给认识的圣彼得堡人家,他们也一个多月没有见到我哥哥了。他们以为他回日内瓦了,所以还有点儿生气,怪他不辞而别,悄悄离开了。收到我的信后,男主人立即到他的寓所去找,发现维克多已不住那里,无人知道他去了什么地方。"

她艰难地吸了一口气,继续说,她的哥哥也很久没有去上课。男主人只有经常到大学门口,问门卫有无她哥哥的信。门卫告诉他,哈丁最近的两封信没有来取。警察也来问过,大学生哈丁最近有无任何来信。他们将那两封信带走了。

"那两封信是我写的。"她说。

我们面对面地站着。几片雪花从枯树枝头滑落。天阴沉沉了。

"你想可能发生了什么?"我问。

她耸了耸肩。

"在俄罗斯,谁也说不清。"

那一刻,我看见专制的阴影笼罩在俄罗斯人的生活中,无论臣服还是反抗。在这个阴郁严寒的下午,我看见专制的阴影落在她美丽的脸上,黯淡了她清澈的眼睛。她脸贴着绒毛领,明灰色的目光盯着我。

"我们继续走吧,"她说,"今天站在这里很冷。"

她微微哆嗦,跺了跺脚。我们快步走到主道的尽头,然后折回公园大门。

"你把消息告诉了妈妈?"我冒昧地问。

"没有,还没有。我出来散步,就是想忘了这一封信。"

我听到一点沙沙声,来自她的袖筒。她把信随身带着。

"你怕什么?"我问。

在我们西方人看来,一切政治阴谋似乎都是儿戏,是戏剧和小说中的胡编乱造。我不想问得太具体。

"对于我们,尤其是我妈妈,我们怕的是不确定。人失踪了。是的,的确失踪了。让你去猜是怎么回事。几周,几个月,甚至几年!残忍的沉默!那个朋友听到警察拿走了信,就放弃了打听。我想他怕受牵连。他有妻儿,他何必为了……况且,他无权无势。他能做什么?……是的,我怕音讯全无。我那可怜的妈妈,她也难以忍受沉默。为我的哥哥,我怕……"她的声音几乎完全听不清,"一切。"

我们走近公园大门。对面就是剧院。她抬高声音说,"即便在俄罗斯,也有失踪的人会突然戏剧性地出现。你知道我最后的希望是什么吗? 也许我们马上会看到,他走进了我们家的房间。"

我脱帽道别。她朝我点了点头,双手藏在袖筒里,将那一封圣彼得堡来信揉得沙沙作响。她走出公园,优雅而坚定。

我一回家,就翻开从伦敦寄来的报纸,浏览了一下来自俄罗斯的通讯。我立刻注意到哈丁的名字。P部长之死已不再是新闻,但那个有敬业心的英国记者很自豪,他挖出了有关这一现代历史事件的一些内幕。他披露了哈丁的名字,提到了他在午夜街头被捕。但从新闻价值的角度来看,这篇报道已失去了轰动效应,所以它在整个版面上不足二十行。但这已足以让我彻夜难眠。我认为,若是让哈丁小姐猝然看到这则新闻,无异于是一种背叛。无疑,它次日就会在法国和瑞士的报纸上转载。直到早上,我一直不踏实,因为焦虑、担心和夜晚的潮湿而失眠,觉得将某种戏剧性的东西和致命影响的东西搅和了起来。我一整晚都能极度痛苦地感觉到,在那对母女的生活中,存在着一种不和谐的纠葛。似乎因为她们都很单纯,所以我才应该永远对她们隐瞒这个秘密。一大早,我就来到她们家门口,觉得好像要开始打劫……

中年女仆带我进入客厅。一把鸡毛掸子放在椅子上,一把扫帚靠在中间的桌子上。灰尘在阳光中舞蹈。我后悔没有写信,而是选择亲自登门。但感谢这是明媚的一天。哈丁小姐穿着普通的黑裙,轻轻地从她妈妈房间走出来,嘴角含着淡淡的笑意。

我将报纸从口袋中拿出来递给她。我没有想到,一份《标准晚邮报》会产生蛇发女怪美杜莎一样的效果。她的脸庞、眼睛、四肢立刻石化。最可怕的是,虽已石化,但她还活着,可以听到心跳。我希望她原谅我的笨嘴拙舌,迟迟没有开口。她没有僵立太久。她可能从头到脚只僵立了一两秒。然后,我听到她缓过气来。似乎,这个震惊的消息已让她的道德抵抗力瘫痪,影响了她肌肉的力量,她脸庞的轮廓似乎已变形。她被可怕地改变。她看上去苍老了许多,被毁了。但只有片刻,她果断地说,"我立刻去告诉妈妈。"

"她现在这样子合适吗?"我表示反对。

"还有什么比她过去一个月的状态更糟糕的呢?我们会用另外的方式理解这件事。他没有犯罪。不要以为我是在你面前为他辩护。"

她走到卧室门边,然后返身低声央求我,在她出来前不要离开。大约漫长的二十分钟,我没有听到卧室里有任何响动。最终,哈丁小姐出来了。她轻快地穿过客厅。她走到扶手椅,一屁股就跌坐进去,似乎已筋疲力尽。

她告诉我,哈丁夫人没有掉一滴眼泪。她坐在床上,一动不动,沉默不语,令人吃惊。最后,她缓缓躺下,示意女儿离开。

"她会随时叫我进去,"哈丁小姐说,"我留了一个响铃在床头。"

我承认,我真正的同情心不带任何立场。这个故事是为西方读者写的。他们会明白我的意思。如果我可以这样说,那是经验的匮乏。死亡是一个无悔的破坏者。无可挽回的损失带来的痛苦,我们大家都熟悉。没有人会如此孤独,逃得掉这种体验。但我带给这两个女人的痛苦,却有着可怕的联想。它让人联想到炸弹和绞刑架:一种过分渲染的俄罗斯红色,使我同情心的肤色变得很不确定。

我感谢哈丁小姐,她没有表露内心情感,免去了我的尴尬。我很佩服她惊人的自制力,即便我对此有点害怕。那是一种巨大的沉默张力。如果突然断裂会怎样?甚至那间卧室的房门,连同那个在里面的孤独老母亲,都让人肃然起敬。

纳塔莉·哈丁幽幽地说:"我猜,你觉得我的感情很奇怪。"

的确如此。正是那种惊奇,削弱了我这个笨拙西方人的同情心。我只能说些陈词滥调,这些空洞的话语表明我们在他人的煎熬面前是多么无力。我吞吞吐吐地说,对于年轻人,生活仍然有希望和补偿。这也算尽到了责任。但我可以肯定,她不需要提醒。

她烦躁地撕扯着手绢。

"我不可能忘记妈妈,"她说,"我们过去是三个人。现在是两个人,两个女人。她还不太老。可能还要活很久。我们未来还有什么希望?为怎样的希望和安慰而活?"

"你必须把眼光放长远。"我坚定地说。我认为对这个不寻常的女孩说话,坚定才是正确的语调。她专注地看了我片刻,然后,一直强忍住的泪水,终于哗哗直流。她跳起来,转身背对着我,望着窗外。

我没有想去打扰她,就悄悄地离开。第二天我去拜访的时候,那个中年女仆在门口告诉我,哈丁夫人好多了。她说,许多俄罗斯人昨天来过,但哈丁小姐谁也没有见。半个月后,我在每日的例行拜访时,被邀请进门,发现哈丁夫人坐在她平常坐的靠窗位置。

初看上去,她似乎什么都没有改变。我望着客厅对面那个熟悉的身影,略为憔悴,面色苍白,是病人常见的那个样子。但没有疾病能够解释她黑色眼睛里的变化,那里不再暗含一丝反讽的笑意。她向我伸出手时抬了抬眼睛。我注意到三周前那份刊载了俄罗斯新闻的《标准晚邮报》放在她扶手椅旁边的小桌上。哈丁夫人的声音惊人地虚弱、平淡。她开口就是一个问题。

"你那份报纸上有没有更多消息?"

我松开她那长长的枯手,摇摇头,坐下来。

"英国媒体很好。什么秘密也瞒不住。全世界都能够看到。只有我们俄罗斯新闻不大好懂。不总是容易理解……但英国的妈妈们不会看那样的新闻……"

她伸手去拿那份报纸,但马上又松开。

我说:"我们历史上也有可悲的时代。"

"很久以前。很久以前。"

"是的。"

"许多民族都已与命运做完了交易,"哈丁小姐走近我们身边说,"我们不必嫉妒。"

"为什么这么轻视?"我轻声问,"也许,我们的交易不是特别高尚。但我们国家和人民从命运那里获得的条件,因付出的代价而变得神圣。"

哈丁夫人扭头望着窗外。她深陷的眼窝,忧伤绝望的眼神,使她像变了一个人。

"那个英国记者,"她突然对我说,"你认为他可能认识我儿子吗?"

对这个奇怪的问题,我只好回答,当然有可能。她看出了我的惊讶。

"要是认识他,可能就会写信给他,"她小声说。

"妈妈的意思是,"哈丁小姐站在我们之间,一只手靠在我椅背上,解释说,"我可怜的哥哥也许没有想法自救。"

我抬起同情的眼神看着哈丁小姐。她正低头平静地看着母亲。

哈丁夫人继续说:"我们不知道他任何朋友的地址。我们对他圣彼得堡的同学一无所知。他结交了许多年轻朋友,但他从来没有提起任何一个。大概他们是他弟子,崇拜他。他是如此低调。让人难免会想,有那么多忠实的……"

她再次扭头看着窗外。哲人大街是一条非常干燥多灰的要道,但此刻那里只有两条狗,一个穿着围裙玩单脚跳的小女孩,远一点儿的地方有一个工人在骑自行车。

"甚至在基督的使徒中,也有一个犹大。"她似乎是在悄声自语,但明显是想要让我听到。

这时,前来探访的俄罗斯人三三两两聚在一起,悄悄交谈。他们不时朝我们的方向瞟几眼。这与他们平时在一起时的大声喧哗形成鲜明反差。哈丁小姐跟随我进了前厅。

"人们会来,"她说,"我们不能把他们拒之门外。"

我穿外套时,她对我谈起了她的母亲。可怜的哈丁夫人渴望得到更多的消息。她想继续打听她那不幸的儿子。她下不了决心,默默地把儿子抛给那个哑然的未知世界。她坚持要到那里去找他。她日复一日地坐在窗前的扶手椅上,一动不动,无言地面对空旷的哲人大街。她不明白为什么他不跑。许多革命者在类似情况下都成功脱逃。简直难以想象,秘密革命组织居然如此不可理喻地没法保护她的儿子。但事实上,最让她觉得难以想象的,是残酷的死神居然如此大胆,越过她的头脑,击中了那个具有高贵心灵的年轻人。

哈丁小姐机械地递给我帽子。她的眼中充满了关切。我从她那里知道,那个可怜的妇人一直有个忧伤的单纯想法:她的儿子之所以死去,是因为他不想被人营救。那不可能是他对俄罗斯的未来绝望。那是不可能的。莫非是这种可能?他的母亲和妹妹不知道如何获得他的信任;在做完他必须做的一切之后,他的精神被一种难以忍受的怀疑压垮,他的心灵被一种突然的不信任分心。

我对她的直率非常吃惊。

"我们三人的命运就像是这样!"哈丁小姐将双手的手指交叉在一起。然后,她慢慢分开双手,直视着我的眼睛。"这正是我可怜的妈妈发现在未来的日子里会折磨我们的东西。"这个奇怪的女孩补充说。在那一刻,我看到了她那难以形容的妩媚、激情和坚韧。我想像她未来可能的生活,陪在有着那个根深蒂固的想法、一动不动的哈丁夫人身边。由于我对她的情感一无所知,我没有将关切说出口。对于我们成分复杂的西方人来说,国别的差异是一个可怕的障碍。哈丁小姐可能太单纯,没有疑心我的尴尬。她没有等我开口,但却似乎从我脸上读懂了我的心思,她继续坦率地说:"起初,像我们同胞说的那样,可怜的妈妈变得麻木;然后她开始想,她一直想,一直想得筋疲力尽。你看那是多么残酷……"

我无比真诚地同意她的看法,那是最残酷的事。她焦虑地叹了口气。

"但那份英国报纸上有全部奇怪的细节,"她突然说,"它们是什么意思?我想它们是真的。但这难道不恐怖吗?我可怜的哥哥被捕时,似乎绝望地独自徘徊在夜晚的街头……"

我们在幽暗的前厅面对面地站着,近得我能看见她紧咬着下嘴唇,在强压住无声的抽泣。她沉默了片刻。

"我暗示妈妈,他可能被某个伪友或懦夫背叛。让她相信这个理由,可能容易一点儿。"

我现在明白,为什么那个可怜的女人要轻声暗示犹大。

"可能容易一点儿。"我一边承认,一边暗地佩服这个姑娘眼光的直接和敏锐。她在与命运打交道。她的命运被俄罗斯的政局改变。她面对残酷的现实,不是死板地空想自己的未来。我对她的敬重油然而生。她继续直率地说道:"他们说时间能够融化一切痛苦。但我不相信时间有力量战胜悔恨。最好让妈妈认为维克多之死是某个人的罪过,好过让她将之归于儿子的脆弱或自身的缺陷。"

"你难道不认为……"我说。

她紧抿双唇摇摇头。她说,她从来不擅以恶意度人;也许,发生的一切自有必要发生。她的声音很低,在幽暗的前厅里听起来很神秘。我们握手告别。这次热烈的握手充满意味。她美丽的手有一种强大的握力,像男人一样惊人的坦率。我不知道她为什么会如此对我友好,可能她认为我比实际能够的还理解她。她最正确的那些说法,在我看来,有着神秘的回声,消失在我难以企及的地方。我只有猜想,她欣赏我的关注和沉默。她能看出这份关注是真诚的,因此,她不会误认我的沉默是冷漠。这似乎令她满意。还需要指出,她对我敞开心扉,显然不是期待什么忠告。事实上,她从来没有要求。

2

有两周时间,我们中断了日常联系。由于意料之外的事情,我不得不离开日内瓦。我再次回来时,就马不停蹄地前往哲人大街。

客厅的门没有关。我扫兴地听到一个来客正在用油滑低沉的声音滔滔不绝地说教。

哈丁夫人窗前的扶手椅空着。纳塔莉·哈丁坐在沙发上,抬起灰色的眼睛,带着一丝不易察觉的笑意,瞄了我一眼表示欢迎。她没有起身。她有力而白皙的手,掌心向内放在穿着丧服的大腿上。她对面是一个男人。我只看到他健壮的后背。他穿着黑色的绒面呢衣服,与他低沉的声音很相配。他突然转过头,但只有片刻就转了回去。

"啊,你的英国友人。我知道,我知道。没关系。"

他戴着一副烟灰色的墨镜。一顶丝绸高帽放在他椅旁的地板上。他轻轻挥了挥软绵绵的大手,略微加快语速,继续侃侃而谈。

"在西伯利亚的森林和沼泽中跋涉时,我从没改变信仰。那时,正是信仰在支撑着我。正如现在,我的信仰还在支撑着我。欧洲的几个大国必将消亡。它们崩溃的原因很简单,它们在与无产阶级的斗争中将耗尽心血。俄罗斯的情况不同。俄罗斯没有阶级斗争:一个阶级掌握了财富和权力,另一个阶级凭人多而势众。我们只有不干净的官僚阶层,以及像大海一样庞大和不朽的人民。我们没有阶级斗争。我们有俄罗斯女性。可敬的俄罗斯女性!我收到最值得注意的信都是女人写的。语气热烈、勇敢,散发出高贵的服务热忱!我们大多数希望都落在女人身上。我认识到她们对知识的渴求。这是可敬的。看她们多么专注,她们怎么成就自我。这是奇迹。但知识是什么?……我知道你没有专业所学——比如学医。没有?那就对。假如我有幸被问到给你建议,要如何利用你现在的时间,我会强烈反对你去学医。知识只是浮渣。"

他是那种满脸络腮胡的俄罗斯人,看不出脸形,只看得见脸肉和胡须,没有任何明显的特征。他的眼睛藏在墨镜后面,看不见任何表情。我见过他。他是著名的俄罗斯流亡者。日内瓦人都认识这个身材高大的黑衣人。一度,整个欧洲都在流传他的人生故事。他的自传翻译成了七八国语言。他年轻时过着放荡的生活。然后,一个他准备迎娶的上流社会姑娘突然死了,他就与上流社会分道扬镳,开始以一种忏悔的精神造反。自此,专制政府密切监视他的一举一动。他被囚禁在监狱,被打得遍体鳞伤,被惩罚与普通犯人一起挖矿。但是,他自传中写得最成功的是那条锁链。

我现在记不起那条一纸"政令"就铐上他手脚的锁链有多重,有多长。但这两个数字无疑表明专制社会的神圣权力有多恐怖。这种权力尽管恐怖,但也无效,因为这个身材高大的男人戴着脚镣手铐——这一政治统治的简单工具——成功逃进了丛林。这条锁链夸张的哐当声一直回响在描述他逃亡之路——奇迹般地穿越了两个大陆——的章节中。刚开始,他藏在河边的一个小洞里,逃过了看守的监视。天将黑时,经过千辛万苦的努力,他的一条腿才挣开脚镣。随着夜幕完全降临,他准备打开另一条腿的脚镣。这时,他突然觉得一阵巨大的不幸,他弄丢了身上的锉刀。

这些精确的细节富有象征意义。这把锉刀也有一段哀怨的故事。那是一天晚上,一个面色苍白、安静的姑娘突然给他的。这个可怜的姑娘离家来到矿区,想追随她的爱人。她的爱人是他的狱友,一个年轻英俊的男子,一个社会民主党人,一张阔脸上大大的眼睛炯炯有神。为了接近所爱的人,她穿越了半个俄罗斯和几乎整个西伯利亚,似乎是带着希望帮助他逃跑。但她来迟了一步。那个年轻人一周前刚去世。

他写道,通过俄罗斯思想史上这黑暗的一幕,这把锉刀落在了他的手里,激起他强烈的决心,要重获自由。当锉刀从他手指间滑落时,似乎就径直沉入了大地。他想尽了办法,在黑暗中也没有再次摸到。他在软土、泥潭和水中仔细地摸索。夜晚在无声地流逝。他原本指望趁这个宝贵的夜晚逃入丛林。这是他惟一脱身的机会。有一阵,他绝望得想要放弃。但回想起那张安静而忧伤的面孔,那个英雄般的姑娘,他对自己的懦弱就感到十分羞愧。她已选择他来接受这份自由的礼物。他必须显示自己配得上她那颗不可征服的灵魂的垂青。似乎那是一份神圣的信任。放弃,无异于是对这份神圣的自我牺牲和女性之爱的背叛。

他的自传中有许多自我分析的成分。像一个白色的人影从黑暗混沌的大海中出现,他对女性灵魂的优越性的信念也逐渐呈现。

他在随后的好几卷中反复坦诚了他的新信念。他第一次对它的赞美,他观念转变的重大时刻,发生在奥克托斯卡省无边丛林里、腰缠锁链的奇异生存中。从他囚衣上撕下一条带子把锁链的一端绑死,用另外的布带将锁链用间隔的方式绑在左腿上,彻底避免锁链发出哐当声,同时防止灌木缠住锁链松动的一端。他变得很勇猛。他锻炼出一种毋庸置疑的能力,知道在被追逐的过程中如何野外生存。他学会爬进村庄,悄无声息,一点儿不泄露行踪。他在一个伐木营里偷了一把斧头,闯进了村舍的外屋。在荒无人烟的地方,他就靠野草莓和蜂蜜度日。他的衣服一件件脱落。穿过灌木,能够隐隐看到他多毛的裸体,他乱草一样的头上围着乌云一样的蚊蝇。他所经之地,都流传着种种恐怖的传闻。随着逃亡日久,他的脾气变得像野人。他高兴地发现身上有那么多畜生的基因。在他的逃亡路上,他身上就好像有两个性情完全不合的人。那个文明的人是一个具有先进人道主义理想的空想家,渴望精神之爱和政治自由的胜利;那个偷偷摸摸、粗野原始的野蛮人,就像被追逐的一头野兽,每天为了保命,不得不穷凶极恶、阴险狡诈。

  他身上的那个野蛮人凭着野兽的直觉朝东走到了太平洋海岸。他身上的那个文明人在恐惧和焦虑的依靠中惊讶地注视这一路程。这几十天里,他下不了决心呼吁人们的同情。在那个警惕的野蛮人身上,这种害羞可能很自然,但在那个文明人——那个思想者、正在逃亡的"政治人"——的身上,也许是由于锁链带来的焦虑和不安,已产生出一种荒诞而致命的悲观主义,一种临时性的疯癫。这条锁链,他想,使他在其他人类面前显得面目可憎。它是一种充满暗示性的厌恶和包袱。看到这个恶心的人带着破碎的锁链潜逃,没有人会心生同情。这条锁链其实也的确禁锢了他的想象力。他认为,人们会情不自禁地将他锁链松动的一端拴在墙上的木钉上,然后前往附近的警局报案。他蜷缩在山洞里,或藏身于荆棘,想法读懂那些自由人的脸。他们在空地里干活,或路过附近,离他的眼睛只有一两步之遥。他的感觉是,由于这条锁链的诱惑,世界上没有人值得信任。

　　然而,有一天,他碰巧遇到一个女人。那是在丛林外一片开阔的野草坡。她坐在小溪的岸边,头上扎着红手绢,手边地上放着小花篮。不远处是一栋栋木屋,在堤坝围成的水池里有水车。水池周围是白桦树。暮色中的水池看上去像玻璃一样明亮。他悄悄靠近她,斧头插在腰间锁链里,手里拿了一根粗大的木棍。他乱草一样的发须中还夹杂了树叶和枯枝;裹住腰间锁链的那些布条片片飘扬。听到轻微的哐当声,那个女人猛地转过头。看到这个幽灵一样的野蛮人,她害怕得难以动弹,更尖叫不出来,但她强大的心灵支撑着她没有晕倒……她只想到要当场被杀,于是用双手蒙住眼睛,避开看那挥来的斧头。当她最终再次鼓起勇气睁开眼睛,她发现这个野蛮人坐在离她有六英尺远的岸边。他瘦而有力的手臂抱住裸露的双腿,长长的胡须遮住膝盖,下巴搁在膝盖头。他交叠的手脚,裸露的肩膀,狂乱的头发,闪着红光的眼睛,还没有开口,就在拼命地摇晃。他还是六周前听到过自己的声音。他似乎已丧失了说话的能力。他已变成了一个哑巴,一个绝望的野蛮人。直到这个女人突然无限怜悯的惊呼——她凭借女性的直觉,发现这个恐怖魔鬼一样的男人心中巨大的痛苦——才唤醒了他的人性。这个观点在他的自传里得到雄辩有力的表达。他写道,她最终为他流下了神圣而解脱的眼泪。他也像一个被施洗的罪人一样欢欣落泪。她嘱咐他藏在灌木中,耐心等待——因为村里有警察巡逻。然后,她走向了村落,答应晚上再来看他。

　　似乎是承受了天命,这个女人是一个新妇,丈夫是村里的铁匠。到了晚上,她说服了丈夫一起出来,带上了打铁的工具,锤子、楔子、小铁砧……"我的锁链"——自传中写道——"在一个宁静的夜晚,在星光下的溪流边,被一个沉默而健壮的年轻人打开。他跪在我的脚边,他的女人站在旁边,双手合十,像一个自由的天使。"显然,这对小夫妻具有象征意义。他们拿了一身干净的衣服给他穿上,他也变成了一个新人。他们还给了他信心,告诉他这个好消息,太平洋岸只有几里之遥。再翻一座山坡,就能够从山顶看见……

他对后来的逃亡之路没有做神秘处理和象征解析。他最终用常规的方式经由苏伊士运河来到西方。在抵达南欧的海岸之后,他开始停下来写自传。这部自传一出版,就成为年度畅销书。他接着写了一些别的书,目的都在宣扬提升人性。在这些作品中,他都在布道女性崇拜。他也亲自实践这一信仰,特别信奉某个S夫人的超验美德。这个思想前卫的女人不再年轻。她一度是个迷人的妻子,丈夫是外交官,已过世,被人遗忘。她大声自诩是现代思想和现代情感的领袖之一;她像伏尔泰和斯塔尔夫人一样,在日内瓦共和国的领土上,庇护这些思想和情感。她乘坐四轮大马车招摇过市,在本地人漠然的眼神和外来旅行者的注目下,展示出一个身子笔挺的神圣形象,一双闪亮的大眼睛,不停地在黑色的面纱后面转动。这面纱只垂到她艳丽的红唇,就像一副面具。通常,这个满脸络腮胡、戴着一副墨镜的"流亡英雄"(这是一篇评论他自传的英文文章授予他的美名)陪同着她。他没有坐在她旁边,而是背对着马匹,坐在她的对面。在那辆大马车里,只有他们两人面对面地坐着,像是在对公众暗示他们故意炫耀。不过,也许是无意识地。为了一些崇高的目的,俄罗斯人的单纯经常无辜地接近犬儒主义的边缘。但对于世故的欧洲人来说,想理解这样的做派是徒劳的事情。考虑到这严肃的风范甚至波及车手的容貌和那四匹高头大马的举止,这种奇怪的亮相可能有一种神秘的意义。只不过对于我这样心智败坏、举止轻佻的西方人而言,看来不大体面而已。

我这样一个寂寂无闻的语言教师,却来批判一个举世闻名的"流亡英雄",的确不合适。我道听途说地得知,他是一个勤奋的忙人,经常到宾馆或私人住所拜访他的同胞。还有人告诉我,只要一有合适的时机,他就会在公园里向同胞馈赠他青睐的荣耀。我有印象,几个月前,拜访了一两次后,他放弃了哈丁母女。无疑他很不甘心,因为他是一个意志坚定的人。作为一个俄罗斯人和革命者,他在这样一个艰难的时刻再次出现,说些真诚安慰的话语,做些该做的事情,也许应在意料之中。但我不喜欢看见他坐在那里。我相信,这与我——作为身份特殊的朋友——的不良嫉妒无关。我没有因为这份默默的友谊而要求有一个特殊的地位。由于年龄和国别的差异,我就像被打入另一个生存空间,我自己觉得如同一个哑然无助的鬼魂,一颗渴望找到身躯的灵魂,只能在空中盘旋,没有力量用私语去保护和引导。由于哈丁小姐凭着坚定的直觉,拒不将我介绍给这个身材高大的名人,如果不是碰到她特别的眼神(我解读为在邀请我留下),我也许会用一个眼神,提前结束这次不受欢迎的拜访,然后默默地离开,稍后再来。

那个黑衣人拿起地上的帽子,放在膝盖上。

"我们会再见,纳塔莉·维克多诺娃。今日来访,只是向你尊贵的母亲和你表达我的心意。这份心意你不用质疑。我不用人来催促,但埃莱诺——S夫人——以某种方式派我来。她向你伸出女性友谊之手。可以说,在全部的人类情感中,无论什么欢喜,无论什么悲伤,那个女人都能理解,都能升华,都能用她的解释来精神化。那个我向你提起过,刚从圣彼得堡来的年轻人,已为她的魅力倾倒。"

听到这点,哈丁小姐突然起身。我很高兴。他显然没有料到她这么坚决地送客。他的头后仰,茫然地推了推墨镜。然后,他恢复了平静,立刻站起来,一把抓住即将从膝盖上掉落的帽子。

"纳塔莉·维克多诺娃,你怎么一直远离——让爱嚼舌头的人想怎么说就怎么说吧——一个努力塑造伟大未来的精神自由的独特中心?至于你尊贵的母亲,我在一定程度上也理解。在她这个年纪,新的思想,新的面孔或许不……但你!那是怀疑,还是没有自信?你必须从你的缄默里走出来。我们俄罗斯人没有权利彼此保持沉默。在我们的情形中,这几乎是违背人性的罪行。奢侈的悲伤不是为我们准备的。现在,用祈祷书和绝食战胜不了魔鬼。绝食与饥饿无异。你不必让自己挨饿,纳塔莉·维克多诺娃。我们需要的是力量。我的意思是,精神力量。至于其他力量,只要我们发挥出精神力量,还有什么能够阻挡我们俄罗斯人?我们生活中的罪恶不同,为了拯救纯洁灵魂的方式也不同。这种拯救方式不再在修道院中找到,而是在这个世界中,在这个……"

那个仿佛从地下冒出来的深沉声音,让人觉得直插喉咙。哈丁小姐打断他的话,就像是努力将一个溺水之人拖出水面。她的声音显得很不耐烦。

"但是,彼得·伊万诺维奇,我不想进修道院。谁会到那里寻求拯救?"

"我只是打个比方。"他瓮声瓮气地说。

"好,那么我也打个比方。但悲伤就是悲伤,痛就是痛,一如既往。它们对人提出了要求。一个人必须去面对它们,用所能最好的方式。我知道打击出人意料地落在我们身上,那只是一个民族命运的片段。你可以放心,我不会忘记这件事。但现在,我只想到妈妈。你怎能指望我抛下她一个人……"

"你在用一种很粗俗的方式表达。"他抗议的声音很大,但却无力。

对方话音未落,哈丁小姐就说:"四处跑去拜访陌生人。我想到这个就不舒服。我不知道你别的意思。"

他居高临下地望着她,非常威严,像在审查一个被告。他那粉红的大头,让我想起一个野人的头,像乱草一样,在树丛中隐约可见多毛的裸露手脚,藏在大片潮湿的树叶之下,头上聚集着一片云一样的蚊蝇。这是对他精彩的自传不由自主的礼赞。没有人会怀疑他在西伯利亚丛林中的逃亡,裸着身子,戴着锁链。然而,他现在穿的这身黑衣,却体现了庄重和神圣,让人想到他是牧师。

"你知道我想要什么,纳塔莉·维克多诺娃?"他严肃地问,"我想要你成为一个狂热分子。"

"狂热分子?"

"是的,单有信仰不够。"

他的声音更加低沉。他抬起一只大手停顿了片刻;另一只大手仍然垂在他的大腿边,手里拿着他的丝绸帽。

"我现在告诉你一些东西,我要求你仔细思考。听着,我们需要能够翻天覆地的力量,真的。"

这个仿佛来自地下的低沉声音"真的"令人不寒而栗,几乎像笛管中风的呜咽。

"我们是不是会在 S 夫人的沙龙里找到那种力量?对不起,彼得·伊万诺维奇,请允许我表示怀疑。那个夫人不是上流社会的贵妇吗?"

"偏见!"他叫道,"你让我吃惊。即便她过去是那样,她现在也是有灵肉的女人。总有东西压倒我们身上的精神。但请不要将这当成是责难。我不希望你这样做。不希望!我没有料到。让人觉得你听到了一些邪恶的流言。"

"我向你保证,我从来没有听到流言。在我们狭隘的生活圈子里,我们怎能听到?但满世界都在谈论她。像我这样默默无闻的乡下姑娘,与她那样世界闻名的贵妇,能有什么共同之处?"

"她是高贵无敌精神的永恒明证,"他说,"她的魅力——不,我不会谈她的魅力。当然,每个人接近她时,都会为她的魅力倾倒……冲突消失,麻烦逃逸……除非我错了——但我在精神事务方面绝不会错——你灵魂不安,纳塔莉·维克多诺娃。"

哈丁小姐的清澈目光直直地看着他柔软的阔脸。我的印象是,在他的墨镜背后,他可能如他选择的一样放肆。

"前天晚上,在与刚从圣彼得堡来的有趣客人一起从波莱尔庄园走回城时,我注意到那巨大的安慰效果——我可以说是慰藉的影响……一路上,沿着日内瓦湖岸好几公里他都沉默不语,像一个被指示了和平之路的人。我能感觉到他的灵魂中像压了沉重的铅块,你知道。有一件事情,他听我耐心地说。那天晚上,我自己也得了启示,被那个坚强、完美的天才——埃莱诺,S 夫人,你知道——启迪。那是一个圆月之夜。我能够看清他的脸。我不可能上当受骗……"

哈丁小姐垂下目光,似乎犹疑不定。

"好！我会考虑一下，彼得·伊万诺维奇。只要我可以放心丢下妈妈一两个小时，我会尽快登门拜访。"

尽管她的口气很冷淡，但她的让步还是让我吃惊。他如此热烈地去牵她的右手，我还以为他会将之压在他的嘴唇或胸膛上。但他只用他的巨手握住她的指尖，轻轻地上下晃了晃。然后，说出了一番告别话。

"这就对了。这就对了。纳塔莉·维克多诺娃，虽然我还没有获得你全部的信任，但那会到来。一切正当其时。维克多·哈丁的妹妹不可能不重要……不可能不重要。没有女人能继续坐在看台上。鲜花、泪水、掌声——那些都过时了；那是中世纪的观念。舞台才是女性应待的地方！"

他松开她的手，然后用力一挥，似乎是送给她的礼物。他静静地站着，在她面前庄重而温顺地低下头。

"舞台！……你必须降临舞台，纳塔莉·维克多诺娃。"

他退后一步，挺起高大的身躯，步履轻快地离开。客厅门在他身后关上。但立刻，就传来他声音的巨大回声。他在前厅对送客的中年女仆说话。他是不是也在劝导她降临舞台，我说不清。只是听上去像在说教。外门轻微一响，突然斩断了他的声音。

3

我们对视了良久。

"你知道他是谁吗？"

哈丁小姐走过来，用英语问。

我握住她主动伸出的手。

"尽人皆知。他是一个革命的女性主义者，一个伟大的作家——我怎么说呢——S夫人神秘革命沙龙里的常客。"

哈丁小姐用手按了按额头。

"你知道,在你进来前,他和我已待了一个多小时了。我很高兴妈妈已躺下。她许多晚上没有合眼了,所以,有时她在白天要休息几个小时。简直疲惫不堪——但我仍然要感谢……要不是这些幕间休息……"

她用一向让我不安的深邃目光看着我,摇了摇头。

"不,她不会疯狂。"

"我亲爱的小姐!"我用惊呼表示了抗议。我更加吃惊,因为在我心里,我没有想过哈丁夫人不正常。

"你不知道,她过去是一个神志清醒的好妈妈。"哈丁小姐继续说。她的目光平静、清澈、单纯,在我看来,总有几分英雄主义的气质。

"我相信……"我的声音很小。

"我关掉了妈妈房间里的灯,然后出来坐在这里。我渴望很久了,可以安静地想一想。"

她沉默了片刻,没有露出任何痛苦的迹象,然后补充说:"太难了。"她用一种奇怪的专注看着我,似乎在提防我有异议或惊讶的表情。

我既没有表示异议,也没有流露惊奇。我情不自禁地说:"我怕那个先生的来访使之更难。"

哈丁小姐站在我面前,眼神里有特别的表情。

"我没有假装完全懂彼得·伊万诺维奇。人都需要向导,即便不完全放弃个人行为的指引。我是一个没有经验的女孩,但我不人云亦云。太多的俄罗斯人在人云亦云。为什么我不听他的?一个人在思想上得到指引没有害处。我不介意告诉你,我对彼得·伊万诺维奇没有完全说实话。我不知道那一刻是什么在阻止我……"

她突然从我身边走开,到客厅另一面的桌子边,打开抽屉,然后关上。她回来时手里拿了一张纸。纸很薄,密密麻麻地写满了字。显然那是一封信。

"我想读给你听,"她说,"这是我可怜的哥哥写的信。他从来不怀疑。他怎么可能怀疑？在我们团结一心的人民面前，那些可怜的压迫者，只是一小撮人。"

"你哥哥相信人民意志的力量能够实现一切？"

"那是他的宗教。"哈丁小姐说。

我看着她平静的脸上生动的眼睛。

"当然，意志必须唤醒、激发、集中，"她继续说，"那是鼓动者的真正使命。一个人必须为之献身。堕落的奴役，集权的谎言，必须被根除。改良是不可能的。没有什么改良的东西。没有合法性，没有制度，可以改良。只有武断的法令。只有一小撮残酷、盲目的官员；他们在对抗一个民族。"

那封信在她手里捏得沙沙作响。我瞟了一眼那些模糊的黑色文字。它们似乎很神秘，像有我这样经历的西方人难以理解。

"似乎是这样说的，"我说，"困难看起来很简单。但我怕看不到它解决。如果你回到俄罗斯，我知道我将不会再见你。我再说一次：回去吧！不要认为我在想保护你。不！我知道你再也回不到个人安全。但我宁愿想你在那里危险，也不愿看到你暴露在这里可能碰到的东西。"

"我告诉你我的想法，"哈丁小姐想了片刻后说，"我相信你仇恨革命；你认为革命不诚实。你们民族已完成了与命运的交易，不愿对命运粗鲁。但我们还没有做交易。这笔交易还从来没有提供给我们：需要那么多现金才能换取那点儿自由。你逃避革命行动的想法，因为你认为它们不过是——我该怎么说呢——不太体面的东西。"

我点了点头。

"你非常正确，"我说，"你令我刮目相看。"

"不要认为我不知道，"她慌乱地说，"你的友情非常珍贵。"

"我什么都没有做，只在旁观。"

她脸颊微红。

"旁观也是珍贵的方式。因为它，我才不会那么孤独。这真是难以解释。"

"真的吗？好,我也感到没那么孤独。但这容易解释。可惜不会长久。我最想告诉你的是:在一场真正的革命——不是简单的王朝更迭或制度改良——在一场真正的革命里,最优秀的人物并不冲到前面。一场暴力革命最初会落入心胸狭隘的狂热分子和独断专行的伪君子手中。接着,各种失意的虚假知识分子开始登场。他们成了革命领袖。你会注意到,我只挑选了些流氓恶棍。那些审慎、正义、高贵、仁慈、忠贞、无私、智慧之人,可能掀起一场革命,但革命的领导权很快就易手。他们不是革命领袖。他们是革命的牺牲品——厌恶、超脱、悔恨的牺牲品。希望被丑陋地背叛,理想被涂鸦成了漫画——这就是所谓的革命胜利。在每场革命中,总有许多心灵被那样的胜利碾碎。总之,我的意思是,我不想你成为牺牲品。"

"即使我相信你说的话,我还是不会只考虑自己,"哈丁小姐抗议道,"像饥饿的人会抓住每一片面包,我会从任何人手中夺取自由。真正的进步随后才能开始。为此,必须找到那些正确的人。他们就在我们中间。我们会碰到那样的人;他们悄悄地在准备……"

她打开一直握在手中的信,低头看着它。

"是的！我们会碰到那样的人！"她重复说,然后,念了一句信中的内容:"纯洁、崇高、孤独的人。"

我好奇地看着她。她叠好信,解释说:"这是我哥哥用来形容他在圣彼得堡结识的一个年轻人。我猜是一个亲密的朋友。肯定是。在写给我的信中,我哥哥只提到他的名字。绝对是惟一的一个名字——你相信吗？——这个人就在这里。他最近到了日内瓦。"

"你见到他了？"我问,"你肯定见到他了。"

"不,没有！我还没有！我不知道他在这里。是彼得·伊万诺维奇告诉我的。你刚才听到他说起一个人刚从圣彼得堡过来……对,就是那一个'纯洁、崇高、孤独的人'。我哥哥的朋友！"

"所以,我猜你是策略性地妥协。"我说。

"我不知道。是的。肯定是那样。谁知道！或许正因为他是我哥哥的朋友……不！不可能。真的,我什么都不知道,只有彼得·伊万诺维奇说的关于他的消息。他带了一封介绍信,是索西穆神父写的。你知道,索西穆,一个神父,一个民主斗士;你听说过索西穆神父吗？"

"听说过。那个著名的索西穆神父大约一年前在日内瓦住了两个月,"我说,"他离开这里后,似乎就从世界上消失了。"

"他好像又在俄罗斯活动。在俄罗斯中部某个地方,"哈丁小姐兴奋地说,"不过,千万不要跟任何人提这件事。你不要走漏风声,要是上了报,他会很危险。"

"你急于想见你哥哥的朋友？"我问。

哈丁小姐将信放进口袋。她的眼光越过我的肩头,望向哈丁夫人的房门。

"不是在这里,"她小声说,"至少第一次不是在这里。"

我沉吟了片刻,起身告辞。哈丁小姐跟随我进了前厅,小心地关上客厅的门。

"我想,你猜得到我明天会去哪里？"

"你已下决心去拜访 S 夫人。"

"是的,我要去波莱尔庄园。我必须去。"

"你想在那里打听到什么？"我低声问。

我想知道她是否在用某些不可能的希望欺骗自己。但不是那样。

"我只是想——那样一个朋友。哥哥信里惟一提到过的人。他应该有东西给我,哪怕几句话。也许是哥哥最后那些日子里说过和想过的东西。你希望我不要见我那可怜的哥哥留下的朋友？"

"当然不是,"我说,"我十分理解你真诚的好奇。"

"一个纯洁、崇高、孤独的人,"她喃喃自语,"就在那里！就在那里！好,我去问他们中的那个人。"

"但你怎么知道,你在那里会碰到他？莫非你认为,他在庄园做客?"

"我真的不知道,"她坦白说,"他带了索西穆神父的介绍信。看来神父也是 S 夫人的朋友。她毕竟不是毫无价值的女人。"

"关于索西穆神父,有许多传言。"我说。

她耸了耸肩。

"抹黑是俄罗斯政权擅长的武器。这大家都知道。好!索西穆神父得到某个州长的庇护,这是事实。我记得,两年前,我与哥哥谈过这个话题。神父做的事很有益。但现在他遭到官方迫害。还有什么比这更好的证据。无论神父过去怎样、现在怎样,对我哥哥的朋友都无影响。要是我在那里碰不到他,我会问那些人他住什么地方。当然,过不了多久,妈妈也要见一见他。我们不会猜他会告诉我们什么。只要妈妈得到抚慰,就是恩赐。你知道她是怎么想的。也许可以找到——哪怕是编造,一个说法。那不是罪过。"

"当然,"我说,"那不是罪过。但可能是一个错误。"

"我只想她恢复一点儿旧日的精神。像现在这个样子,我难以静下心来想任何事情。"

"你的意思是,为了你妈妈好,要编造一些虔诚的谎言?"我问。

"为什么是谎言?那样一个朋友肯定知道一些我哥哥最后日子里的消息。他能够告诉我们……有些东西会让我们不安,我肯定他是想来国外与我们会合——他心里有计划——伟大的爱国行动;他不仅是为自己而来,也是为我们母女而来。我相信这点。我期待见面那一刻!带着希望和焦虑……我对他应该有帮助。只不过现在这样冒失地突然出现——他好像不在意……"

她沉默了良久,坚定地说,"我想知道……"

后来,我慢慢离开哲人大街时,想了再想,严肃地问自己,那真的是她想知道的东西?我听到的她的过去,足以给我一点线索。在女中读书时,哈丁小姐得到的评价相当负面。校方怀疑她对官方定的教学内容有保留意见。后来,她和母亲回到了家乡,仍旧公开谈论公共事件,博得了自由主义者的名声。自此,该区警长的三架马车就经常出现在她们村庄。"我必须看着点儿她们,"他这样解释,"两个孤独的女人,需要照看。"他会检查四壁,像要洞穿墙体。他会瞄几眼照片,翻一翻客厅里的书籍,吃完每日的茶点后才离开。一天晚上,村里的老神父上门,向她们痛苦不安地忏悔。他受命负责监视,不择手段(就像他对仆人的洗脑)要搞清她们家里的一切,特别注意她们的来客,客人是谁,待了多长时间,有无外地人等等。这个可怜的老人羞愧、恐惧、痛苦。"我来提醒你们。看在上帝的份上,小心你们的行动。我羞愧得要命,但没有办法摆脱罗网。我必须告诉他们我看到的东西,如果不告诉他们,我的助祭还在后面盯着。他会添油加醋,前去邀宠。然后,我的女婿,我女儿帕拉莎的丈夫,一个政府部门的速记,很快会被开除,也许还要被发配边疆。"这个老人揉了揉眼睛,悲叹时代的必然逻辑,"人们的意见四分五裂"。他不希望每天晚上光着头在修道院忏悔室里度过。"遵守神职的清规戒律;因为他们不会对一个老人有任何怜悯",他呻吟说。他变得几乎歇斯底里。哈丁夫人和小姐对他充满了同情,百般安慰,然后劝他回家。从那以后,她们很少接待来客。她们的邻居,有些是老朋友,也开始躲避。有几个是由于胆怯,其他的则带着明显的鄙视。那个夏天的来客都是大人物,哈丁小姐解释说,是贵族、反对派。对于一个少女来说,那种生活很孤单。她与母亲的关系是最温柔、最开放的关系;但哈丁夫人已看透了同代人的经历、痛苦、欺骗和背信。她对子女的爱,表现于她隐藏了一切焦虑的痕迹。她保持一种英雄式的缄默。对于哈丁小姐,她的哥哥和他在彼得堡的生活,除了行为有点儿神秘之外,其他一点儿不神秘(她对他的思想和感情毫不怀疑)。他是惟一可见的被压制的自由主义者的代表。自由的意义及其不确定的前途,是他们漫长讨论的话题,散发出对行动的崇高希望和对成功的信念。然后,突然之间,随着那个英国记者抖露的一些细节,这些行动和希望都遽然终结。但最关键的问题是,哥哥的死亡仍是一个谜!在更深沉的原因上,仍然模糊不清。她觉得自己无缘无故被遗弃。但她不会怀疑他。她想要的,是不惜任何代价,学会如何忠诚于他逝去的灵魂。

4

我再次碰见哈丁小姐,已是几天后。那时,我正路过剧院,突然瞥见了她美丽的身影,在巴斯蒂恩公园门口的廊柱间一闪而过。她没有看见我,径直走了,但我知道,除非她直接回家,否则她从公园主道返回时,我们仍会碰面。在那种情况下,我想还是不要与她打招呼。我希望她远离那些革命者。这愿望一如既往地强烈,但我对自己的能力不抱奢望。我只是一个西方人,显然,哈丁小姐不会、也不能听我的建议。至于我想听到她的声音,我想,最好不要过分沉湎于这种快乐。不,我不应该去哲人大街!

走到公园主道一半左右,我看见哈丁小姐迎面走过来。我太好奇,或许还太老实,所以没有绕道躲开。

空气中春寒料峭。天很蓝,嫩叶像轻雾一样缠绕在树上。透明的阳光将散金碎玉洒进哈丁小姐坦荡的灰色眼睛里。她友善地向我打招呼。

我问了一下她母亲的状况。

她耸了耸肩,轻轻一叹。

"你知道,我出来散步……或者照你们英国人的说法,锻炼。"

我笑着点点头。她突然说:"这是明媚的一天。"

她的声音有点沙哑,但具有男儿一样的果断和鸟儿一样的敏捷。她迷人的语气斩钉截铁。我很高兴听到她的声音。她像是想起了自己的青春,因为在那些用铁栏围成正方形的草坪和树木间,明显可见错落有致的民居屋宇,整齐但不优雅,和善但缺乏同情,丝毫没有春光一样的明媚。她行走其间的空气一点不温暖。天空,这片没有地平线的大地的天空,被四月的小雨清洗得干干净净,铺染出一层残酷的冰蓝,陡然之间,在丑陋、阴暗的侏罗山——山上有些地方还残留着可怜的雪迹——的映衬下,突然变得狭窄。这个季节的明媚肯定在她心里。我很高兴这种感觉进入了她的生命,哪怕只有片刻光阴。

"我很高兴听你这样说。"

她迅速看了我一眼。是迅速,不是偷偷。如果有一件事情她绝对不会做,那就是偷看。她的真诚流露于她的步伐。如果要我说,那是我在偷看。我知道她去了哪里,但我不知道她在那个贵族密谋的老窝看见了什么、听到了什么。我用了"贵族"一语,因为我想不到更好的词。波莱尔庄园掩隐在一片树丛和荆棘里,在我们时代很有名,就像在拿破仑时代另一个被流放的危险女人斯塔尔夫人的寓所。只不过,拿破仑,这个穿着军靴的法国大革命后裔,将斯塔尔夫人当成劲敌来监视,他的专制完全不像穿着神秘外衣、受到鞑靼人征服奴役所威胁的沙皇专制。S 夫人也一点不像著有《高里尼》的那个才华横溢的斯塔尔夫人。她四处张扬受了迫害。我不知道她是否在某个圈子里被认为是危险人物。说到监视,我想波莱尔庄园只适于遥望。因为与世隔绝,它倒是孵化阴谋的宝地,无论是成功还是失败的阴谋。但所有这些我都不感兴趣。我想知道的是,它里面那些特别的住客和特殊的氛围,会对哈丁小姐这样如此真实、真诚但又很天真的姑娘,产生什么影响!对于人类本能中的卑鄙,她高贵的、无意识的无知,让她在自己的冲动面前毫无防备。那里还有她哥哥的朋友,那个刚从俄罗斯来的重要人物……我想知道她是否已见到了他。

我们默默地走了一段时间,走得很慢。

"你知道,"我突然出击,"如果你不打算告诉我什么事情,你肯定会明说,我当然也就不问。但我不会考虑那么周到。我就单刀直入,要问你所有的细节。"

听到我威胁的口吻,她淡淡一笑。

"你像个好奇的孩子。"

"不,我只是个焦虑的老人。"我急忙说。

她的目光落在我身上,像是验证我焦虑的程度或我的年龄。我相信,我的表情非常丰富。至于年龄,我还没有老到残废的地步。我没有浪漫传说中善良隐士的长髯。我的脚步还没有蹒跚,不是那种走路慢悠悠、受人尊重的圣人。我没有那些生动的优势。我是用一种轻快而寻常的方式变老。在我看来,哈丁小姐意味深长的目光中夹杂有一丝怜悯。她略微加快步伐走在前面。

"你要问所有的细节。让我想一想。我应该还记得。对于我这样的乡下姑娘,它们显得很新奇。"

她沉默了一会儿,接着说,波莱尔庄园里面与外面一样,无人打理,看上去很平淡。庄园是一个来自汉堡的退休银行家建的,为的是在这里安享晚年。这里能看湖景。精致妩媚的日内瓦湖,对于一个缺乏浪漫想象力的商人来说很有吸引力。但他住了不久就死了。他的妻子也移居意大利。庄园空了好几年,许多人认为没有投资价值,所以廉价出售。通向庄园的是一条砾石车道,中间围着一个没有修剪的大草坪,客人有充足的时间看到庄园粉刷过的门面是多落魄。哈丁小姐说,那印象很不舒服。走得越近,越觉得压抑。

她看到露台的台阶上有青苔。正门大开。附近没有人。她发现自己进了空旷的大厅,里面有许多道门,全都关着。正对她的是宽大石梯。这里好像没有人住。她静静地站着,孤单一人,心神不宁。过了一会儿,她听到有人声,像在某个地方讲话。

"可能有人在监视你,"我说,"肯定有许多双眼睛在监视你。"

"我没有看见那种可能,"她说,"那地方我连一只鸟儿也没有看到。没有听到树上有鸟声。整个庄园非常荒凉,除了那点人声。"

她分辨不出那是俄语、法语还是德语。似乎也没有人应答。就好像是过去的住客,对着空墙独白后留下的回声。这声音绵绵不绝,只是偶尔停顿,听上去孤独而哀伤。哈丁小姐觉得时间过得很漫长。由于不可遏止的反感,她没有去开大厅中的任何一扇门。那是如此绝望。没有人会来。那个声音不会停。她说,她尽力克服转身就走的冲动,想悄悄地来,也悄悄地走。

"真的吗？你有那冲动？"我不无遗憾地问，"很遗憾，你克服了冲动。"

她摇摇头。

"对一个人来说，那是多么奇怪的印象。荒野，空屋，绵绵不绝的人声，但却见不到人，什么都没有，没有一个人。"

这印象应该是独特的、无害的。但她不是有了孤独和神秘的恐怖印象就逃跑的女孩。"不，我不跑，"她说，"我站在原地——我的确看见了一个人，一个奇怪的人。"

她注视着宽大的石梯，确信人声是从楼上传来，这时，一阵衣服的沙沙声吸引了她的注意。一个女人走进大厅，显然是从其中一扇门里出来的。她的脸转到一边，所以一开始没有觉察到哈丁小姐。

她转过头看见一个陌生人，似乎很吃惊。她身材瘦小，哈丁小姐以为她是个小女孩。她只有脸像儿童一样圆。但那张脸蜡黄，布满皱纹，眼睛下是黑眼袋。深棕色的头发像男孩子一样留了偏分，在干枯多皱的前额头上形成斜斜的波浪形。她眨了眨眼睛，沉默了片刻，突然蹲在地上。

"蹲下？"我好奇地问，"这是很奇怪的细节。"

哈丁小姐解释说，这个人手里拿着小碗，她蹲下去将小碗放在地上，是为了喂一只大猫。这只猫从她裙子后跳出来，将头贪婪地伸进碗里。然后，她站起身，走向哈丁小姐，冷冷地问："你干什么？你是谁？"

哈丁小姐报了自己的名字。她也提到了彼得·伊万诺维奇。这个身材像小女孩的老女人点点头，皱着脸，闪过一丝同情的表情。她的黑丝衬衫很旧，有些地方都磨破了；黑色的哔叽裙很短，很寒酸。走到很近的距离，她还在眨巴着眼，她的眼睑和眉毛似乎也很寒酸。哈丁小姐声音很温柔，就像对一个敏感的不幸之人解释说，她的来访应在 S 夫人的意料之中。

"哦！是彼得·伊万诺维奇邀请你来的。我怎么会知道？你想，他们怎么可能告诉我这个女侍。"

她轻笑一声,露出洁白整齐的牙齿,与她寒酸的样子很不协调,像一串珍珠挂在衣服破烂的乞丐脖子上。"彼得·伊万诺维奇也许是本世纪最伟大的天才,但他是最马虎的男人。所以,如果你与他有约,却听说他人不在,你肯定不会吃惊。"

哈丁小姐说,她与彼得·伊万诺维奇没有约。她立刻对眼前奇怪的女人来了兴趣。

"为什么他不出去见你?哦!这些天才。要是你知道就好了!是的!他们的书,我的意思当然是,全世界都崇拜的那些书,那些受过神启的书。你不知道幕后。你必须等待。你必须坐在桌子前,手里拿着笔坐半天。他在房间里徘徊,连续几个小时。我经常手僵脚麻,生怕失去平衡,掉下椅子。"

她双手抱在胸前,不动声色地盯在哈丁小姐的脸上。哈丁小姐心想,这个自称是女侍的女人,对于担任彼得·伊万诺维奇的秘书,一定很自豪,于是恭维了一句。

"你想不到,还有更磨人的体验,"这个女人说,"有个美国记者在采访 S 夫人,否则我会带你上去,"她变换了语气,目光转向楼梯,"我是司仪。"

看来 S 夫人不喜欢用瑞士的仆人。事实上,瑞士的仆人在波莱尔庄园都待不久。总有许多麻烦。哈丁小姐注意到,大厅像用大理石造的谷仓,粉刷过,到处是灰尘,蜘蛛网布满了角落,黑白格子交错的地板上还有泥印。

"我还要照顾这个小东西,"女侍双手环抱安放在胸前,疲惫的目光落在那只猫身上,"我一点不介意。动物有它们的权利。严格来讲,我看不出有什么理由让它们不应该像人一样受罪。你说呢?当然,它们从来不受那么多罪,那是不可能的。它们其实更可怜,因为它们不能发动革命。我过去相信共和。我想你也相信共和?"

哈丁小姐对我说,她不知道怎么回答,于是轻轻地点了点头,反问道:"那你现在不相信共和了?"

"做了两年彼得·伊万诺维奇的速记后,我现在很难相信任何东西。首先,你必须一动不动地坐着。哪怕发出最轻微的声音,也会干扰他的思绪。你不敢出气。要是咳嗽,我的上帝,千万不要!彼得·伊万诺维奇把桌子移到墙角,让我对着墙壁。起初,在等待他说话的间歇,我会不由自主地抬眼望着窗外。但那是不允许的。他说我的目光很愚蠢。他同样不允许我回头看他。否则,他会立刻暴跳如雷,'看纸!'好像我的表情、我的脸蛋惹他生气。我知道我的脸蛋不漂亮,我的表情让人绝望。他说,我傻乎乎望着的表情,他见到就很烦。这是他亲口说的。"

哈丁小姐虽吃惊,但她向我承认,她并不完全觉得意外。

"彼得·伊万诺维奇对女人都这么粗鲁吗?"她问。

女侍惶惶不安地点了点头。不过,她向哈丁小姐强调,她一点儿不介意。最磨人的工作,是替那些摆在面前一览无余的文字保密;是看着这个鼓吹革命的伟大作家像在黑暗中摸索语词表达想说的意义。

"我愿意成为实现更高目的的盲目工具。为了那种事业而献身,没有什么。但一个人的幻想破灭,那才真的难受。我毫不夸张,"她说,"就像冰冻了我身上的信仰。特别是在冬天工作,彼得·伊万诺维奇要求不生壁炉,为了保持体温,他就在房间里徘徊。我们也去了法国南部。那里的冬天很冷。要是你一直坐六个小时,会觉得更冷。里维埃拉度假胜地的墙壁好薄。彼得·伊万诺维奇好像没有意识到这一点。真的,我拼命忍住哆嗦,怕打断他的思绪。我常常咬紧牙关,直到腮帮子都僵住。彼得·伊万诺维奇中断口述时——有时会中断二十分钟之久,他不停地在我身后徘徊或沉吟——我觉得身子在一寸寸死去,真的。要是我牙齿打战,彼得·伊万诺维奇可能会注意到我的痛苦。但我不认为有什么实用的效果。在那些事情上,他的女庇护神很吝啬。"

女侍抬眼瞟了一眼楼梯。那只猫已喝完牛奶,脸乖巧地贴在她的裙边,揉着短须。她弯腰将它从地上抱起。

"你知道,相对而言,吝啬还是比较好的品质,"她双手搂住猫说,"与我们在一起的,不是所谓的慷慨灵魂,而是只肯为值得的对象花钱的吝啬鬼。千万不要以为我是好逸恶劳之徒。我父亲是财政部的小职员,根本没有地位。凭这你也许可以猜到,我们不是大富大贵之家。当然,我们也不至于忍饥挨冻。你知道,我离开父母后,就开始了独立思考。独立思考很不容易。人必须独立思考,才能够直面现实。我要感谢一个卖苹果的老女人,是她帮助我完成了自我拯救。她在我家门口摆摊。她慈祥的脸上布满皱纹,她有着世界上最和蔼的声音。一天,我们无意间聊起一个见过的孩子。那是一个衣服破烂的小女孩,经常在暮色中向过路的男人乞讨。我们从一件事聊到另一件事。我的眼睛慢慢睁开,看到了这人世的苦难。在这个世界上,无辜的人生来就受罪,只是为了维持政府的存在。我一旦明白了上流社会的罪过,就再也不能与父母继续生活下去。一年到头,我在家里听不到一个慈悲的字眼,整日都在谈论官场黑幕,谈论晋级、加薪、溜须拍马。只要想到某天要嫁给像我父亲的男人,我就情不自禁地哆嗦。我的意思不是说有人想娶我。我一点儿不奢望。但,这难道不是罪过吗,半个俄罗斯的人都快饿死了,有人却还在继续领政府薪水过日子?财政部!多么丑陋和恐怖!那些挨饿的、无知的人需要财政部干什么?我吻别了年迈的双亲,逃离了家,来到地下室与无产者一起生活。我希望自己对这些彻底绝望的人有用。我猜你懂我的意思?我指的是那些生活中无路可走、没有盼头的人。你知道那是多么恐怖吗——没有盼头!有时我想,只有俄罗斯才有那样的人,那样深重的苦难。于是,我一头扎进苦难的人群。你知道,在那里做不了什么事。只要还有财政部那样的机构,还有丑陋和恐怖在挡道,就做不了什么事。要不是因为一个男人,我想,在那里反击那些蛆虫,我是会疯的。正是我的老朋友、导师,那个贫穷而神圣的卖苹果老女人,十分偶然地为我找到了他。一天深夜,她悄悄地找到我。我跟她去了一个地方。我那段生命完全在她手中。没有她,我的灵魂会在痛苦中死去。她带我去见一个年轻的工友。他靠做平版画维生。他摊了大事,与散发禁酒传单有关。你知道,许多人为此进了监狱。又是财政部造的孽!要是穷人不用酒精把自己麻醉成猪狗,他们会变成怎样?记住我的话,我认为财政部等机构都是魔鬼的发明;没有必要相信,恶是根源于超自然的东西;只有人,才能干出种种邪恶的事。比如,财政部!"

说出"财政部"这个词时,能听到仇恨和鄙视的咝咝响声。但就在那一刻,她温柔地抚摸那只安躺在她手中的猫。她甚至轻轻举起猫,将面颊贴在它的身上。对于这份亲昵,猫儿完全无动于衷。女侍看着哈丁小姐,再次表示了歉意,不能带她上楼见 S 夫人。采访不能打断。不过,要不了多久,就会看见记者下楼。最好还是待在大厅。底楼这些房间——她环顾了一下四周——还没有装修。

"抱歉没有椅子给你坐,"她说,"要是嫌我唠叨,我就坐在最下一级楼梯上不说话好了。"

哈丁小姐急忙表白,恰恰相反,她对那个平版画师很有兴趣。当然,他也是一个革命者。

"一个烈士,一个淳朴的人。"女侍淡淡地叹息一声,眼神迷离地望着敞开的大门。过了一会儿,她转过蒙眬的棕色眼睛望着哈丁小姐。

"我们共同生活了四个月。简直像一场梦。"

哈丁小姐好奇地望着她。女侍开始描述那个年轻人消瘦的脸,他干巴巴的手脚,他的贫穷。卖苹果的老女人带她去的地方是一个小小的阁楼,是在冰冷的房顶下搭起的可怜的小窝。墙上掉落的石灰满地都是。门打开时,就看见一张还没有编织完的恐怖黑色蜘蛛网。他几天前才获释,从监狱里被扔到大街上。哈丁小姐似乎马上看见了那类受难之人的名字和脸庞。他们艰难的命运一直是她和哥哥在家乡花园里的话题。

在版画禁酒传单事件中,有几十个人被捕,他是其中之一。警方抓到如此多嫌疑人后,认为可能从中榨取其他一些革命宣传的消息。

"在审讯中,他遭到了毒打,"女侍说,"伤及肺腑。他出狱时,已命在旦夕。生活完全不能自理。我扶他躺在一张木床架上,没有床上用品,他的头下只垫了一捆肮脏的破布,还是捡破烂的老人好心借的,那老人碰巧住在那栋房的地下室。年轻人就躺在床上,没有被褥,发着高烧,屋子里甚至找不到罐子盛水给他止渴。什么东西都没有,只有床架和地板。"

"在那个大城市,没有一个自由主义者或革命者伸手帮那个兄弟吗?"哈丁小姐气愤地问。

"没有。你还不知道他最痛苦的地方。听我说。看起来他们下手很重,他最终没有顶住,就供出了一些消息。可怜的人儿,肉体是脆弱的,你知道。究竟是什么消息,他没有说。反正,在他破碎的身体里,是破碎的心灵。我不知道说什么能愈合他的心灵。他放出来后,就爬进了那个小窝,默默地悔恨。他不会去找任何熟人。我本应该为他求助,但我能到哪里去呢?我到哪里去找能帮他的人?周围的人都在挨饿或者醉生梦死。他们是财政部的牺牲品。不要问我们靠什么生活。我不会告诉你。就像是可怜的奇迹。我没有什么可卖,我向你保证,我衣不蔽体,白天不敢出去。我太不体面。我必须等到天黑,才敢贸然上街,讨一点面包屑,任何吃的东西都可以,维持他和我的生计。经常,我什么东西都讨不到,只好又爬回去,躺在他床边的地上。是的,在那空空的地板上,我睡得很香。没关系,我对你提这件事,是希望你不要认为我是贪图享乐之人。比起一连几个小时坐在寒冷书房的桌边,为彼得·伊万诺维奇做速记,那还远远算不上是要命的生活。你可以想一想,我现在的生活是什么样。我不需多说。"

"我不知道会不会为彼得·伊万诺维奇效劳。"哈丁小姐说。

"不知道!"女侍难以置信地叫道,"不知道?你的意思是说你还拿不定主意?"

哈丁小姐说,她和彼得·伊万诺维奇之间根本就不存在那样的问题。女侍抱着猫,紧闭嘴唇,沉默了片刻。

"哦,等你知道你打定主意时,你会发现自己已坐在桌边。不要误会,听彼得·伊万诺维奇口述,一点不神秘,但他口述的时候自有一份魅力。他是一个天才。你的长相肯定不会惹他生气;你或许还会激发他的灵感,使他更好地表达意图。我一见你,就知道你是那种女人,不会阻碍他灵感的迸发。"

哈丁小姐心想,反驳对方也无用。

她沉默了片刻,问道:"那个人,那个平版画师,他在你的照顾下去世了?"

女侍注意到楼上有响动。那里传来两个热烈的声音,你来我往。她没有立即回答。直到楼上热烈的讨论再度沉寂下去时,她才转向哈丁小姐。

"是的,他死了。但严格说来,不是你认为的那样,死在我的怀里。事实上,他气绝身亡时,我正在熟睡。所以,即使现在,我也不能说,我看着有人死去。就在他死前的几天,一些年轻人发现我们生活很困难。你猜到了,他们是革命者。他出狱后,本应该信任他的同志。此前,大家都喜欢他、尊重他。没有人因为他的泄密而想谴责他。人人都知道警方的酷刑,最坚强的人在痛苦面前也有脆弱的时刻。就连饥饿都足以让人产生奇怪的幻觉。他们找来了医生,我的身体逐渐康复,但他的心灵不可能得到慰藉,可怜的人。我向你保证,哈丁小姐,他非常可爱,但我没有力气哭。我自己也差点儿死了。还好有好心人照顾我。我醒来时,发现一件衣服盖在我的裸体上。我告诉你,我太不体面。过了一段时间,革命者送我到一个即将出国的犹太人家,做家庭教师。我当然能教孩子,我在中学读了六年书。但他们真正的目的是要我夹带重要情报过境。情报装在小袋里,我将它缝进衣服,藏在胸口。边检没有怀疑我这个忙着照料三个小孩的家庭女教师。我不知道东家是否晓得我身上带了情报。我是中间人介绍去的,中间人不属于革命组织。自然,我的薪水很少。安抵德国后,我就离开了那个家庭,将情报交给了斯图加特的革命者。此后,我找了许多工作。这些你肯定不爱听。我从来没有觉得我有用。我活着的希望,是看见财政部那些机构通通消灭。我人生中最高兴的时刻,是听到你哥哥的伟业。"

她再次睁大眼睛,望着门外的阳光。那只猫仍然安详地躺在她的怀中,美丽而高贵,像在神秘地沉思。

"是的!我很高兴,"她说,"对于我来说,哈丁这个名字,具有英雄的回声。政府机构中的人,那些邪恶心灵的人,他们肯定因恐惧而颤栗。我站在这里与你说话,我想起所有此刻正在发生的残酷、压迫和不义,我就开始头晕。如果亲眼见的东西都不能相信,我就只有密切关注那些看似难以想象的东西。我看到了那些事情,我恨自己无能为力。我恨我手中没有权力,我恨没有人听见我的声音,我恨我的灵魂不能完全超脱。我看见了那些事情。你呢?"

哈丁小姐很感动。她轻轻地摇了摇头。

"没有,我还没有亲眼看见,"她低声说,"我们一直生活在乡下。那是我哥哥的心愿。"

"这是一次奇怪的见面。这次,你和我,"女侍说,"你相信缘分吗,哈丁小姐?我没有想到会亲眼见到你,他的妹妹!你知道吗?当那个消息传来,这里的革命者又惊又喜。似乎没有人知道你的哥哥。彼得·伊万诺维奇也没料到那一击会发生。我想你的哥哥是受了神启。我认为那样的事应该是受了神启才能完成。得到神启和机遇,那是巨大的特权。他像你一样吗?难道你不高兴,哈丁小姐?"

"你不要对我抱太大的期望,"哈丁小姐努力抑制住突然想哭的冲动,平静地说,"我不是英雄。"

"你认为自己不可能完成那样的事,是吗?"

"我不知道。我甚至不会问我自己这个问题。等我活得长一点儿,看得多一点儿……"

女侍点头表示赞赏。猫儿突然得意地叫了一声,在空旷的大厅里听上去异常响亮。没有声音从楼上传来。哈丁小姐打破了沉默。

"你听人们是怎样议论我的哥哥?你说他们吃惊。是的,我认为他们会吃惊。难道他们不觉得奇怪,我的哥哥在完成了最困难的任务,逃离现场后,却没有成功逃生?他们对这些事情应该很清楚。他没有成功脱生,肯定有许多原因,这些才是我急于想知道的东西。"

女侍已走到大厅的门口。她回头迅速看了哈丁小姐一眼。哈丁小姐仍待在原地。

"没有成功逃生,"她漫不经心地说,"他不是自我牺牲了吗?他不是受神启了吗?那不是自我舍身的行为吗?难道你不确定?"

"我确定的是,那不是绝望的行为。"哈丁小姐说,"关于他不幸的被捕,你在这里听到过一些说法没有?"

女侍在门口沉思了片刻。

"我听到过?当然,在这里一切都讨论过。不是全世界都在议论你哥哥吗?对我来说,只要一提起他的伟业,我就会嫉妒得发狂。一个确信自己不朽的人为什么要顾虑自己的生命呢?"

她转身背对着哈丁小姐。透过底楼的栏杆,可以看到楼上一扇白色和金色相间的大门。从肮脏的门后,传来低沉的声音,嗡嗡地很正式,像在读通报之类。它经常中断,然后完全停止。

"我想我不能久留了,"哈丁小姐说,"我改天再来。"

她等女侍让道;但这个女人似乎陷入了对光影的沉思,分享荒野的宁静。她挡在前面,哈丁看不到门前的车道。

突然,女侍说:"不必了。彼得·伊万诺维奇来了。他不是一个人。他现在很少一个人。"

听说彼得·伊万诺维奇来了,哈丁小姐却没有料想的那样高兴。无论是这个流亡英雄,还是S夫人,她都不想见。在最后一刻,她退缩了,只因为他们一直在虐待这个抱着猫的女人。

"请让一下好吗?"哈丁小姐轻轻地拍了拍女侍的肩。

女侍将猫抱在胸前,没有动。

"我见过与他一起来的人。"她头也没回。

哈丁小姐突然莫名其妙地有了更强烈的离开冲动。

"S夫人的采访可能还要持续一段时间。我只想问彼得·伊万诺维奇一个简单问题。我出门碰到他时可以问。我真的是想走了。我在这里已待了不少时间。我要急着回去见妈妈。请让一下好吗？"

女侍转过头。

"我从来不认为你是想见 S 夫人，"她突然一针见血地说，"从来没有。"她的声音中充满神秘的自信。她走进露台，哈丁小姐跟在后面。她们并肩走下长满青苔的石阶。从门前可以见到的那部分车道上空无一人。

"他们被那边的树挡住了，"女侍说，"很快你就会看到他们。我不知道那个年轻人叫什么名字。彼得·伊万诺维奇很喜欢他。他肯定是我们的人，否则有旁人在这里时，他不可能带来。你知道我说的旁人是谁。但我必须说，他很神秘，很内向。我知道我搞不懂他。自然，我不会在客厅待很久。我总有事做。尽管这里不像里维埃拉的别墅那么大，但总有许多事用得上我。"

在左边的车道，穿过长满藤蔓的马厩角落，出现了彼得·伊万诺维奇和同伴。他们走得很慢，在热烈地交谈。然后，他们停了片刻，可以看见彼得·伊万诺维奇在做手势。那个年轻人不动声色地倾听，双手下垂，微微点头。他穿着一件深棕色的衣服，戴着一顶黑帽。女侍的圆眼睛一直盯在他们身上，看着他们不慌不忙地走近。

"一个很有礼貌的年轻人，"她说，"你会看到他会怎样点头。那不是例外。他在大厅碰到我一个人时，也是那样点头。"

她朝前走了几步。哈丁小姐站在她身边。正如预先得知的那样，见到她们，年轻人脱帽，点头，放慢了脚步。彼得·伊万诺维奇则加快步伐，伸出黑胖的手，高兴地抓住哈丁小姐的两只手上下摇晃，从墨镜后看着她。

"这就对了，这就对了！"他赞许地说，"有人接待你……"他微微皱眉看着仍在抚摸猫儿的女侍。"我知道 S 夫人不空。我知道她今天在等人。那个新闻记者来了吧？她现在不空吗？"

女侍把头转到一边，想着如何回答。

"很遗憾,很遗憾,你应该……"他突然压低声音,"怎么啦?你不会想离开了吧,纳塔莉?你等烦了吗?"

"一点儿没有,"哈丁小姐说,"我只是已待了一些时间,我要急着回去照顾妈妈。"

"时间看起来很漫长,是吗?我担心这个尊贵的朋友,"彼得·伊万诺维奇突然将头扭到右边看了看女侍,接着昂起头:"我们这个尊贵的朋友不懂缩短等候时间的艺术。显然,她没有这艺术。在这方面,只有善意是没有用的。"

女侍突然放下双手。猫掉在地上,仍然保持安详的姿势,一只后腿朝后伸出。哈丁小姐很为女侍抱不平。

"相信我,彼得·伊万诺维奇,我在这里度过的每一刻都很有趣,也很有教益。印象深刻。我不为等候而遗憾。我知道不用耽搁S夫人的时间,就能达到拜访的目的。"

听到这话,我打断了哈丁小姐。上面的部分是以她的叙述为基础,我一点儿没有像可能有人认为的那样添油加醋。她几乎是绘声绘色地描述出那个卖苹果的老女人的弟子,那个永远仇视所有政府部门的人,那个自愿去帮助穷人的人。无论新结识的这个人是女侍、秘书,还是其他角色,她多舛的命运都深深震撼了情感真诚细腻的哈丁小姐。就我而言,我高兴地发现,这里面多了一个障碍,阻止哈丁小姐与S夫人亲密。我非常讨厌彼得·伊万诺维奇那个浓妆艳抹、面如死人、眼神迷离的庇护人。我不知道她对未来的看法,但我知道在对待现世的事务上,她是贪婪的、无耻的,缺乏审慎。就我所知,因为金钱的问题,她与过世的丈夫、那个外交家的家人交恶,一直在激烈地争吵。事实上,一些倍受尊重的人——她在一气之下,指责他们干涉她的事务简直是个丑闻——已招致她的敌意。我完全有理由相信,她的精神已离开了理性的王国,说白了,就是进入了疯人院的地步。但是,一些身居高位的人,出于种种原因,好像反对我的看法……

没有必要说得更细。

人们也许会对这样一个人感到惊奇,他能教多门语言,还清楚这一切细节。一个小说家谈论他的某某人物,只要谈得足够真诚,人们就不会质疑是他头脑的杜撰;这其中,一个信服的词语,一个诗意的意象,一种情感的语气,都足以表明小说家自己的观念。艺术是伟大的!但我没有艺术天赋,S 夫人不是我杜撰的,所以,我觉得有必要解释,我怎么知道她那么多的故事。

我的信息来源是我那个朋友——前面提过的洛桑大学教授——的俄罗斯太太。正是从她那里,我才了解到 S 夫人最近的动向;我想读者会对这一动向感到不安。我相信她的话很可靠。她告诉了我几年前 S 夫人出走俄罗斯的原因:警方怀疑她卷入了沙皇亚历山大谋杀案。至于怀疑的依据,要么是她在大庭广众下口无遮拦的一些话语,要么是有人在她沙龙中偷听到的言论。我认为,肯定是某个客人或朋友偷听的,然后就急忙告了密。无论如何,偷听到的内容似乎暗示她事前知道消息。我认为她很明智,没有等待警方调查指控,她就脚底抹油溜了。有些读者可能记得她写的一本小书,在巴黎出版的,内容杂七杂八,口气神秘乖张。她在书中承认,事前知道消息。她没有装神弄鬼地遮遮掩掩,却用恶毒的影射挑明,罪案与恐怖分子无关,而是一场宫廷政变。当我指出,S 夫人的生活中充满了密室政治、阴谋、诉讼、谄媚、丑闻、驱逐,有股神秘的江湖郎中气,更适合于 18 世纪而不是我们时代,那位教授夫人微笑着点头同意,但片刻后,她若有所思地说:"江湖郎中气?——对,在某种意义上。不过,时代变了。现在的许多力量,在 18 世纪是不存在的。我不应该奇怪,如果她比一个英国人愿意相信的还危险。而且,在我们某些家里人看来,她的确很危险。"

她改用法语说出的"家里人",一般是指俄罗斯人,特指的是俄罗斯的秘密警察。我偏离哈丁小姐对走访波莱尔庄园的叙述——用我的语言——主道,目的就是引出我朋友、那个教授夫人的观点。我想引出她的观点,只是为了让我即将说的拉祖莫夫先生在日内瓦更可信一点儿,因为这是一个写给西方读者的俄罗斯故事,正如我说过,西方读者的耳朵已不习惯听犬儒主义、残酷、道德虚无、伦理痛苦等声音,这些声音在我们欧洲这一端已陷入沉默。我说这些,是要为将哈丁小姐留在那里给个理由:在波莱尔庄园的露台下,两男两女走到了一起。

正如我刚才说,我打断哈丁小姐的时候,脑海里闪过的是上面的信息。我是用很欢快的惊呼打断她的话。

"这么说来你没有见到 S 夫人?"

哈丁小姐摇摇头。这令我很满意。她没有见到 S 夫人!那太好了,太好了!我确信,她现在不应该见 S 夫人。我不能解释这原因,只知道哈丁小姐正与她哥哥的好友面对面地站着。比起 S 夫人,我宁愿他是这个年轻姑娘的同伴和向导。由于哥哥的悲惨结局,她已抛弃了天真。但无论如何,那个现已结束生命的人一直很真诚,或许他的思想很崇高,他伦理的痛苦很深切,他最后的行为是真正的牺牲。因此,我们这些获得了自由和宁静的爱者,不应该冷漠地谴责那种强烈的受挫欲望。

我对热情地关心哈丁小姐一点不羞愧。必须承认,这是一种无私的情感,给予就是回馈。因为这种感情,刚去世的维克多·哈丁在我眼中不是阴险的罪犯,而是纯粹的空想者。老实说,我不想对他进行判断;但他没有脱身,这个给他母亲和妹妹带来如此多困扰的事实,却让我对他心生同情和好感。同时,由于我怕看见哈丁姑娘受到波莱尔庄园中革命女性主义的影响,我更愿意信任维克多·哈丁的朋友。也许你会说,他只是一个名字而已。的确!一个名字!而且,惟一的名字;惟一在哈丁兄妹之间书信中出现的名字。这个年轻人已出现;他们已面对面;幸运的是,没有 S 夫人的直接干预。结果会怎样?哈丁小姐会不会马上告诉我?我问自己。

很自然,我的心思应该转向那个年轻人,那个在哈丁所有关于革命未来的梦谈中惟一提到过名字的人。我在想,为什么他没有去拜访哈丁夫人和小姐。哈丁小姐从彼得·伊万诺维奇口中第一次听说他时,他已到达日内瓦好几天了。我很遗憾上一次见面。我宁愿没有看见那个戴墨镜的人。我心想,这两个年轻人既然在那里碰面,他会介绍他们认识。

我打破沉默,问道:"我想彼得·伊万诺维奇……"

那时,哈丁小姐刚发了一通脾气。彼得·伊万诺维奇从她的话中知道了答案。他立刻转向女侍,用一种可耻的方式对她训话。

"转向她?"我好奇地问,"为什么?"

"闻所未闻;真是太丢人,"哈丁小姐瞪着愤怒的眼睛,"就像这表情,在陌生人面前。为什么?你猜不到。为了些鸡蛋……哦!"

我很吃惊,"你是说鸡蛋?"

"给S夫人的鸡蛋。S女士有一种特别的饮食习惯。她好像前一天向彼得·伊万诺维奇抱怨,鸡蛋没有准备好。彼得·伊万诺维奇突然想起了这件事,就向可怜的女侍发火。简直太吃惊了。我站在那里脚像生了根一样。"

"你的意思是,那个伟大的女性主义者在辱骂女人?"我问。

"哎,不是那样!那是你压根没有想到的东西。是假惺惺的表演。想象一下,他开始举起帽子,声音低沉,但充满鄙夷。'你对我们不好。你不会假装记起……'这种话,这类腔调。那个可怜的女侍非常害怕。她的眼里充满了泪水。她不知道该看哪里。如果说,相比于这种辱骂,她宁愿选择一顿暴揍,我也不应该奇怪。"

我心想,无人在旁的时候,女侍很可能对辱骂和暴揍都不陌生。哈丁小姐默默地走在我身旁,抬着头,一脸蔑视与愤怒。

"与常人一样,伟人也有怪癖,"我空洞地说,"但这类事不应该继续发生。这样代表性的一幕,那个伟大的女性主义者如何收场?"

哈丁小姐没有看我这个方向。她告诉我,是由于那个在密室采访S夫人的人的出现。

他迅速走出来,没有人注意。他轻轻举起帽子,停下脚步,用法语说:"男爵夫人托我带话,假如在出去的路上碰到一位女士,就立刻请她进去。"

说完,他就匆忙地离开。女侍飞奔进屋,彼得·伊万诺维奇神色紧张地跟进。哈丁小姐发现只剩下她和那个年轻人。他无疑就是刚从俄罗斯来的人。她想知道对方是否已猜到她是谁。

我有把握地说,他已猜到。我很清楚,出于种种原因,彼得·伊万诺维奇不会暗示哈丁夫人和小姐在日内瓦。但拉祖莫夫已猜到。这个轻信的姑娘!哈丁说的每个语词都活在拉祖莫夫的记忆中。它们像挥之不去的图案。它们不可能删除。最生动的语词都是关于哈丁小姐的。自那以后,这个姑娘就在他心目中存在。但他没有立刻认出她来。与彼得·伊万诺维奇一起走上来时,他的确注意到了她。他们甚至目光相遇。他情不自禁地回应她整个人的和谐之美,回应她锐利、优雅、平静而坦荡的目光。然后,他移开目光。他对自己说,所有这些美丽不是为他准备的;女人的美丽和男人的友谊不是为他准备的。他用故意装出的严厉接受那种感觉,想往前走。但她主动伸出手,自报家门。这些都记录在他自我忏悔的日记里。他情绪性的反应是仇恨和惊恐,几乎在身体上令他窒息,似乎她的出现是一场设计好的阴谋。

他四处张望。高高的露台正好遮住他们不被门口的人看到。甚至从楼上的窗户也看不到他们。穿过疯长的灌木丛和缓坡的树木,隐约看到冰冷宁静的日内瓦湖水。这一刻,他们获得了完美的隐私。我想知道,他们会怎样利用这样的天时地利。

"你们有时间聊几句话吗?"我问。

她刚才还向我生动地叙述走访波莱尔庄园的遭遇,现在,这份生动已完全离去。她走在我身边,目光直视着前方。我注意到她脸色微红。她没有回答。

我沉默了半晌后说,他们指望不了单独在那里待很久,除非跑进去见S夫人的那两个人发现她因长时间的采访而出现疲累或激动得晕倒。这两种状况都需要尽心服侍。我想像彼得·伊万诺维奇再次光着头冲出房间,穿着黑色的工装外衣,大摇大摆地穿过露台。我坦白,他已将这两个年轻人作为自己的猎物。我心想,他不会让他们逃脱手心。但我把这一切默默地藏在心里,什么都没有对哈丁小姐说,只是见她仍然不说话,我才稍稍紧逼。

"好——但你至少可以告诉你的印象。"

她转头看了我一眼,马上将头扭开。

"印象?"她慢慢重复,像是梦呓;然后加快语气说,"他像是因思想而非厄运而受苦。"

"你说思想?"

"在俄罗斯人身上,这很自然,"她提醒我,"尤其是在年轻的俄罗斯人身上;他们许多人不适合行动,但不会停下思想。"

"你认为他是那种人?"

"不,我对他进行判断;我怎么可能如此突然下判断?你问我的印象——我解释了我的印象。我——我——不懂这个世界,也不懂这个世界里的人;我一直太孤单——我太年轻,不敢相信自己的看法。"

"相信你的直觉,"我建议,"大多数女人都相信直觉,很少比男人犯的错更糟。更何况,你有哥哥的信帮助你。"

她吸了一口气,像在轻轻叹息。

"纯洁、崇高、孤独的人。"她像在自言自语地背诵。但我明显感觉到她声音中的依恋。

"很高的评价。"我悄声说。

"可能是最高的评价。"

"如此高的评价,像幸福的奖赏,更适合在生命的尽头到来。只有卓越、有价值的人,才能如此自信地给出最高的评价⋯⋯"

她急切地打断我:"要是你知道给出这个评价的人就好了!"

她感叹完后没有说话。我趁机回味了一下那句评语。我深知,它们触动这个姑娘感情的天平朝那个年轻人倾斜。他们还没有开始闲谈。他们对于我这个西方人的心灵和情感是陌生的,但我不能忘记,站在哈丁小姐的旁边,我就像身在异国的游客。显然,哈丁小姐不愿意细说。这才是他们拜访波莱尔庄园最具实质的一部分。但我没有觉得受伤害。我也没有觉得失去信任。这里有某种难言之隐。对于这份难处,我不会嫉恨,没有丝毫的嫉恨。我说:"很好。在那样高的平台,我不会与你争辩。但像在那样的环境下的任何人,你肯定对这个特殊朋友有心理印象。请告诉我,你是否失望?"

"你是什么意思?他的个人形象?"

"我不是指他好不好看。"

我们在公园主道尽头转身,走了几步,都没有看对方。

"他的形象不一般。"哈丁小姐最终说。

"不一般!我应该想到不一般,仅凭你说到的那点儿第一印象,毕竟,大家都会想到。印象!我的意思是某些难以描述的特征,可以标示着'不一般'的人。"

我察觉到她没有听我说话。我没有误解她的表情。再一次,我觉得自己是个外人,不是因为我的年纪——如果是这个原因,无论如何是可以推断的——而是因为完全格格不入,我在另一平台,只能远观。于是,我闭口不言,慢下脚步,默默地看着她走在我前面。

"不,"她突然说,"我不可能对一个感情热烈的人失望。"

"感情热烈。"我自责地想,像这样,立刻,马上!

"你说什么?"哈丁小姐迷茫地问。

"哦,没有什么。请你原谅。感情热烈。我不奇怪。"

"你不知道我在他面前的举止多唐突!"她不无后悔地说。

我想我的表情肯定很吃惊,因为,她看我的时候脸更红了。她说她羞于启齿,她不够镇定。她没有控制好符合氛围的言行。她失去了配得上那个生者和那个死者的坚韧;这份坚韧,应该是哈丁的妹妹和他惟一被知道的朋友之间会面的音符。那个年轻人热情地注视着她,但没有说话。她承认,他对理解的渴求痛苦地影响了她。她只说了一句:"你是拉祖莫夫先生。"他的眉头微微一皱,警惕地沉默片刻,轻轻点头,等她继续说下去。

想到她的哥哥如此器重的年轻人——他知道自己的价值——就在面前,对他说话,理解他,听他畅谈,或许还能给他鼓励,她的嘴唇就不停颤抖,眼睛就充满泪水。她伸出手,不由自主地朝他靠近一步,努力克制情绪,说:"你猜不出我是谁吗?"他没有握住她主动送出的手。他甚至退了一步。哈丁小姐心想,他的情绪是否受了不愉快的影响。她原谅了他。她把这份不愉快归咎于自己。她没有表现出应有的品质,像任性的法国女孩。她的表现不可能受到有自制力的严肃男人的欢迎。

我心想,他肯定很严肃,或者在女人面前很害羞,才没有用更人情味的方式回应像哈丁小姐一样女孩的主动。那种崇高、孤独——我突然想起这两个形容词——的生活,经常使年轻人害羞,使老年人遁世。

"好。"我鼓励哈丁小姐。

她仍然对自己的表现很失望。

"我更加失常,"她的神色中有一种少见的沮丧,"我做了一切傻事,就差没有掉眼泪。谢天谢地,我没有掉眼泪。但我也久久难以说话。"

她默默地站在他面前,暗自哭泣。她最终开口时,只说出了她哥哥的名字。"维克多——维克多·哈丁!"她大声说。然后,声音又没了。

"当然,"她对我说,"这让他很痛苦。他很痛苦。我告诉过你,他是感情深沉的人。毫无疑问。你应该看见他的脸。他扭曲的脸。他靠在露台边的墙上。他们的友情肯定是那种灵魂的兄弟情谊!我对他的情绪反应充满了感激。这让我对自己缺乏自制力不那么觉得羞愧。我几乎马上就恢复了话语能力。所有这一切都是瞬间发生的事。'我是他的妹妹,'我说,'你也许听说过我。'"

"他听说过吗?"我问。

"我不知道。怎么可能没有听说?但……但那重要吗?在那里,我站在他面前,很近,伸手就能碰到。他肯定看上去不像是骗子。我所知道的是,他突然伸出双手给我。我以为是冲我而来,做好了充分的准备,带着全部的热情。我抓住它们,紧紧握住,感觉再次找回一点我以为随着哥哥的失去而永远失去的东西:我习惯于从我死去的亲爱哥哥那里获得的希望、灵感和支持……"

我完全理解她的意思。我们继续慢慢前行。我忍住不看她,似乎是在回应我自己的想法,我轻声地自言自语。

"正如你说,无疑那是一份伟大的友情。所以,那个年轻人最终张开双手欢迎你。此后,你们会相互理解。是的,你们很快会相互理解。"

过了一会儿我才听到她的声音。

"拉祖莫夫先生似乎是个话不多的人。一个沉默寡言的人,哪怕在他激动的时候。"

我忘不了——也不能原谅——革命党的主要推手彼得·伊万诺维奇滔滔不绝的低音,于是,我说,我认为沉默寡言倒是很好的品质。在我心目中,与之相联系的是真诚。

"此外,我们的时间不多。"她补充说。

"当然,你们没有太多时间,"我对那个女性主义者和他的庇护人的怀疑乃至恐惧,是如此难以磨灭,我情不自已地问,"你们立刻逃了?"我装出笑来掩饰不安。

她理解我的不安,也笑了笑。

"是的!我逃了,如果你愿意那样说。我迅速地走开。没有必要跑。我既不害怕,也不兴奋,像那个奇怪地接待我的可怜女人。"

"那——拉祖莫夫先生……"

"当然,他留在了那里。我想他在我离开后就进去了。你知道他来到这里,是有人向彼得·伊万诺维奇强力推荐,可能带了些重要情报。"

"是的!是那个神父……"

"索西穆神父。是的。也可能是别人。"

"你就这么离开了他。但我可不可以问,那以后你见过他吗?"

哈丁小姐很久没有回答我单刀直入的问题。

"我今天来这里就是盼望见到他。"她飞快地说。

"你在盼望!那么,你们是在这公园见面?既然是这样,我还是马上离开好。"

"不用,为什么要离开?我们不在这里见面。自那一次,我再也没有见过拉祖莫夫先生。再也没有。但我一直盼望他……"

她住口不言。我心想,为什么那个年轻的革命者如此不通人情。

"分手前,我告诉拉祖莫夫先生,我每天这时候要在这里散一小时步。那时,我没有对他解释,为什么我不立刻邀请他上门来看我们。妈妈肯定准备好了那样一场见面。然后,你晓得,我真不知道拉祖莫夫先生会告诉我们什么。我哥哥肯定也告诉过他,如何与我那可怜的母亲相处。所有这些念头立刻在我的脑海里闪过。于是,我匆忙告诉他,我有理由不邀请他登门,但我习惯在这里散步……这里虽是公共场所,但这个时候很少有人来。我想这样比较好。这里离我家不远。我不喜欢离妈妈太远。要是突然有事找我,家中的女仆也知道我在这里。"

"是的。从这个角度说是很方便。"我点头同意。

我的确认为,巴斯蒂恩公园是很便利的地方。哈丁姑娘认为,贸然介绍那个年轻人给她母亲不大好。那么,我想,就是在这里——我环顾了一下公园里简陋而普通的设施——他们会逐渐认识,加深了解,交换丰富的感情和意见。这些感情和意见可能很偏激、辛辣,像我这样的西方人无法想象。我似乎看见他们行走在公园里的树下,年轻的头颅靠在一起。他们从俄罗斯逃出来。那里还有八千万同胞在上下两层磨石中被挤压。是的,这里是散步和闲谈的好地方。当我们再次从公园宽大的铁门处转身时,我甚至突然想到,疲累的他们还有充足的地方休息。公园里有许多桌椅,摆在小木屋餐馆和室外音乐台之间。树下有许多上漆的松木桌。木桌中间,只有一对瑞士夫妇。在这个几乎只有一巴掌大的共和国,完美的民主制度保障他们的命运从摇篮到坟墓都很安全。那个粗鲁的男人拿着闪亮的杯子在喝啤酒;那个朴实安静的女人躺在粗糙的椅子上,无所事事地张望。

在这个世界上,无论是思想的事情,还是情感的事情,都很少能指望有逻辑。我吃惊地发现自己对那个无名的年轻人不满意。自从他们上次见面后,一周已过去。他是冷漠、害羞还是愚蠢?我琢磨不透。

"你认为,"我们沿着公园主道走了一段路程后,我问,"拉祖莫夫先生明白你的意图吗?"

"明白我的意图?"她很茫然,"他非常感动。这是我知道的!我虽然很惶恐,但我能看出来那一点儿。我说得很清楚。他听见了我说的话;他好像还思考了我的话……"

她不知不觉地加快了步伐,说话的节奏也随之变快。

我沉默了一会儿,若有所思地说:"他将让这些日子白白过去。"

"我们怎知道他在这里要完成的任务?他不是无所事事的人,来这游山玩水,找寻乐趣。他的时间可能难以自己做主,他的想法或许也难以自己做主。"

她突然慢下脚步,压低声音。

"或许他的生命也难以自己做主。"她站着不动说,"我想,他可能在见到我那天就离开了日内瓦。"

"他没有告诉你!"我难以置信。

"我没有给他机会。我走得很急。从头到尾,我的表现都很任性。为此,我真难过。即便我给了他机会,他也有理由认为我是不可信的人。一个任性、爱落泪的女孩,不值得推心置腹。话说回来,即便他离开了日内瓦,我相信我们还会重逢。"

"啊!我敢说……你很自信。但理由是什么?"

"因为我告诉过他,我很需要一个具有共同信仰、值得我信赖的同胞。"

"我明白。我不问你他的回答。我承认这是你相信拉祖莫夫不久后会再出现的好理由。但他今天还是没有出现?"

"没有,"她平静地说,"今天没有。"我们默默地站了片刻,像话已说尽,在分别之前,任思绪纷飞。哈丁小姐看了一下腕表,突然一惊。看来她停留的时间过久。

"我不想离开妈妈,"她摇了摇头,低声说,"不是因为她现在病重,而是因为我不在她身边时,我就心神不宁。"

过去一周多,哈丁夫人丝毫没提儿子。她像往常一样坐在靠窗的扶手椅上,默默望着窗外的哲人大街。她开口时,只用几个毫无生命气息的语词,漠不关心地谈点琐事。

"要是你知道那可怜的人儿在想什么,你就明白她在谈话时比沉默还痛苦。情况太糟了,我难以忍受,但我改变不了。"

哈丁小姐叹了口气,重新扣上手套扣。我很体谅她的艰辛。那种压力——其原因和本质——会影响这个东方女孩的健康。但俄罗斯人在面对不公正的生活压力时有独特的抵抗力。她穿了一袭黑裙,套了一件敞开的短外衣,身材更苗条,清新的脸更苍白。她站得笔直,身段柔和,令人惊艳。

"我不能再久留。你应尽快来看妈妈。你知道她叫你'这位朋友'。那是一个很好的称呼。她是真心的。我必须走了。"

她茫然地瞥了一眼宽阔的公园主道。她伸向我的手突然朝上一扬,脱离了我的手心,然后落在我的肩头。她红唇轻启,但绽放出的不是微笑,而是惊喜。她望着公园大门,飞快地说,"那里!我看到了。他来了!"

我知道她指的是拉祖莫夫先生。这个年轻人正不慌不忙地走进公园。他穿着深棕色的衣服,拿着手杖。我的目光第一次落在他身上。他正低着头,像在深思。我打量着他。他猛地抬起头,停下脚步。我敢肯定他停下了脚步,但那停顿不易察觉,就像是脚下一晃,马上就恢复了。然后,他继续走来,平静地看着我们。哈丁小姐示意我不要动。她趋前一两步,迎了上去。

我把头扭向一边。直到听见哈丁小姐介绍我,我才转回头。哈丁小姐的声音很温柔。她告诉拉祖莫夫先生,我是很好的语言教师,"在我们痛苦的时候"提供了大力支持。

当然,她也介绍了我是英国人。语速很快。我从来没听到她讲话这么快过。相比之下,她丰富的眼神显得更加沉静。

"我很信任他。"她一直望着拉祖莫夫先生。这个年轻人的目光也落在哈丁小姐身上,但没有直视她做好迎接准备的眼神。他来回瞄了瞄我和哈丁小姐,最初还强装出一点笑意,随之就是一串怀疑的皱眉。这些都没有逃过我的眼睛。我不知道哈丁小姐注意到没有,但我捕捉到了他表情的变化。那强装的笑意被抛弃,那初生的皱眉被阻止,舒展得了无痕迹。我想他在暗地里嘀咕,"信任!信任这个外国老头儿!"

我有这想法,是因为他看上去是十足的俄罗斯人。总体来看,我对他的印象不错。他有书卷气,比"小俄罗斯"地区的普通学生和侨民都要引人注目。他的面容比一般俄罗斯人更分明。他有下巴线,面色蜡黄,胡子刮得很干净。他的鼻梁挺拔。帽子刚刚压在眉梢,脖颈后露出卷曲的黑发。深棕色的衣服不太合身,衬出强健的四肢。他略略低头,带出了令人满意的肩宽。总体来看,我没有失望。书卷气——强健——腼腆……

哈丁小姐还没介绍完,我就感到他握住了我的手。一次坚定有力的握手,但他的手出人意料的干涩。在这次短暂而干涩的握手中,他没有说一个字,没有吭一声。

我准备离开,给他们留下安静的空间,但哈丁小姐轻轻碰了碰我的手臂,明显暗示我不要走。就让他见笑吧,我还是乐意在哈丁小姐身边。我毫不羞愧地说,我不觉得这好笑。我留下来,不是作为一个应该留下来的年轻人。我感觉像是被抬举,架在了空中。但我还是很冷静,双脚站在地上,用心参透她的意图。

她转向拉祖莫夫先生说:"对,就是这个地方。是的,我想你来这里。我每天都在这里散步……不要找借口——我理解。谢谢你今天来了,但抱歉的是,我不能久留。不可能久留。我必须马上回家。是的。哪怕你站在我面前,我也必须离开。我出来太久了……你知道是怎么回事?"

她最后的一句话是针对我说的。我注意到拉祖莫夫先生的舌尖舔了一下嘴皮,像是在发高烧。他握住她戴着黑手套的手。我注意到他的手明显地停留了一会儿,阻止她的手从他的掌心抽出。

"再次谢谢你的——理解。"她的声音很温柔。但他却突然略为粗暴地打断。我不喜欢他帽子压在眉梢对这样率真的姑娘说话。他的声音虚弱、刺耳,很像喉咙干涩发出的声音。

"谢谢什么?理解你……我怎么理解你?……你最好知道我什么也不理解。我知道你想在这里见我。我此前不能来,我有事。今天虽来了,但你看……也晚了。"

她的手仍然在他的手中。

"无论如何,谢谢你没有将我当成情感脆弱的女孩忘掉。无疑我要继续等下去。我不懂事。但我值得你信任。我真的值得你信任。"

"你不是不懂事,"他若有所思地说。他抬头直视着她。他还握着她的手。他们这样站了很长时间。然后,她抽出手。

"是的。你来迟了。我时间消磨光了,你才来。我在与这个好朋友聊天。我们谈到了你。是的,基里诺·西多诺维奇,谈到了你。我第一次听说你在日内瓦时,他也在场。他可以告诉你,那消息对我迷茫的心灵是多大慰藉。他知道我想见你。那是我接受彼得·伊万诺维奇邀请的惟一目的……"

"彼得·伊万诺维奇对我谈到了你。"他声音颤抖而沙哑,暗示他的嗓子很干涩。

"他没有告诉我太多的消息,只是提到你的名字,说你到了这里。为什么我不多问一些呢?我从哥哥的信中了解的东西,他能告诉我吗?只有三行!但对我多有意义!有一天我会给你看,基里诺·西多诺维奇。但现在我必须走了。我们之间的第一次谈话不超过五分钟时间,所以我们最好不要开始……"

我一直站在旁边看着他们。那时,我突然觉得,拉祖莫夫先生似乎比实际年龄要大。

哈丁小姐转向我说,"要是妈妈在我外出时醒来(我今天已严重超时），会问我去了哪里。她最近好像更需要我，你知道，她想知道我为什么事耽搁了。你知道，要我在她面前撒谎，那会很痛苦。"

我明白她的意思。出于同样的原因，她抑制住了想要拉祖莫夫陪她回家的念头。

"不！不！我一个人回去。不过，尽快到这里来见我。"然后，她小声郑重地对我说，"妈妈这时也许坐在窗前，望着哲人大街。不要让她知道拉祖莫夫先生在这里，等安排好了再说。"她停顿了片刻，提高了一点儿嗓音，对我说："拉祖莫夫先生不理解我的难处，但你理解。"

5

哈丁小姐朝我们两人友好地点了点头，然后热烈地望了一眼拉祖莫夫，匆忙离开。我们脱帽与她道别。等她走远，我们重新戴上帽子，目送她挺拔而丰满的身影迅速远去。她的步伐不像小女子般扭捏，而是坦荡、坚定、积极向前。她越走越快，最终突然消失。这时，我才发现拉祖莫夫先生整理了一下压在眉梢的帽子，上上下下地打量我。我敢说，我的出现完全出乎这个俄罗斯年轻人的意料。我在他的神色中捕捉到惊奇和嘲讽。我没有看他时，他似乎一直在屏住呼吸。当我们四目交接，他的目光很坦率。那时，我第一次见到他明亮的棕色眼睛，带有浓黑的眼睑。眼睛是他脸上最青春的部分。但它们却很忧郁。他身子有点儿摇晃，斜靠在手杖上，任风飘摇。我突然闪过念头，哈丁小姐留下我，是有目的的。纯粹出于偶然，她发现我用得上，就将某样使命托付给我。凭着这个想当然的理由，我认为我的举止要尽可能友善。我寻思如何搭话才不会错。突然，在哈丁小姐离开时的最后一句话中，我找到了她托付给我的真正使命。

"不，"我面带微笑，但声音很严肃，"她不指望你能理解。"

他刮得很干净的嘴角边微微一抖,像是不怀好意的笑。

"你刚才没有听到吗?那个年轻姑娘谢谢我的理解。"

我认真地看着他。他的回击中是否藏着一丝难以解释的嘲弄?没有。不是那样。那可能是嫉恨。是的。但他要嫉恨什么?他看起来最近一直没有睡好。我几乎能感觉到他那目不斜视的重量。那是一个躺在黑暗中不眨眼、被一些灾难性的念头折磨得愤怒的男人的目光。现在,我知道了真相,我老实承认,当时,这正是他给我的印象。那目光很痛苦,但我奇怪地说不出是怎样的痛苦(当然,我现在坐下来写作时,知道了他故事的来龙去脉,明白了那是怎样的痛苦)。他似乎将陌生的不安强加给了我。我装出轻松健谈的熟人样子,努力压制住不安。

"那个年轻姑娘很漂亮,值得崇拜。你看,我年纪够大,可以口无遮拦。她提到了自己的感觉。当然,你肯定理解?"

他的身子突然摇晃了一下。

"肯定理解!她没有期待我理解!我有别的事。姑娘是很漂亮,值得崇拜。的确如此!我想我看得出来。"

要不是他的声音消失在他干涩的喉咙中,他的回答听上去会更刺耳。他沙哑的声音充满了痛苦,我才不觉得是真正的冒犯。

我仍然保持沉默,在明显的事实和微妙的印象之间保持平衡。在那时,在那个地方,我可以自由选择走人。但一想到哈丁小姐离开时的眼神,觉得是在委托我一个使命。我心里有这种强烈的感觉。我沉思了片刻,主动提议,"我们一起走走?"

他猛烈地耸了耸肩,脚步再次蹒跚。我一边往前走,一边用眼角的余光打量身边的人。他越走越慢,已不在我的余光里,只有转身才能看见。我没有显得特别的好奇,与他拉开距离。对一个年轻的神秘流亡者,他故土的真实面目一直笼罩在致命的阴影里,如果对他过于好奇,他会很反感。那致命的阴影,在他的同胞身上如影随形,延伸出来,跨过了中欧,也落在了他的身上,暗淡了他在我心目中的身影。"毫无疑问,"我想,"他是一个忧郁、甚至绝望的革命者;但他年轻、无私、仁慈,有同情心,有……"

我听见他清了清干涩的喉咙。我侧耳倾听。

"全都不可理喻,"他开口说,"简直不可理喻!我莫名其妙发现你在这里,知道一些不指望我能够理解的东西!一个知己!一个外国人!谈论一个值得崇拜的俄罗斯姑娘。我开始想,那个值得崇拜的女孩是不是傻瓜?你想做什么?你的目的是什么?"

他的话含糊不清。他的喉咙就像一块干抹布,一块火种,显得如此可怜,我发现我很容易压住怒气。

"等你上了年纪,拉祖莫夫先生,你会发现,没有女人是绝对的傻瓜。我不是女性主义者,像那个著名作家彼得·伊万诺维奇。说实话,他对我不是一点点怀疑……"

他打断我的话,声音很小,充满惊奇。

"怀疑你!彼得·伊万诺维奇怀疑你!怀疑你!……"

"是的,他肯定怀疑,"我故作轻松,"我说了,拉祖莫夫先生,等你上了年纪,你将学会分辨,哪些女人不卑不亢,是值得信赖的高贵灵魂,哪些女人依靠虚情假意,偷取信任。有些可信的女人,尽管可能笨,可能不开心,但绝对不是傻子。我认为,没有女人会完全上当。那些上当的女人,如果说不上是了解全部的真相,也是睁着眼睛心甘情愿地跳下深渊。"

"说真的,"他在我身边说道,"女人是傻子,还是疯子,与我何干?我不关心你对她们的看法。我对她们不感兴趣。随她们便。我不是小说中的年轻人。你怎么知道我想学会了解女人?……你这样做是什么居心?"

"你是想问我们谈话的目的?我承认,某种程度上,是我主动与你搭话。"

"主动!目的!"他仍然落后半步左右。"你显然想谈女人。这个话题我不关心。我从来没有……事实上,我有别的事要考虑。"

"在这里,我只关心一个女人——那个年轻的女孩——你死去朋友的妹妹,哈丁小姐。显然你会想一想她。我一开始就说了,有一种情形不指望你能理解。"

我听到他蹒跚的步履,已然落在身后几步之遥。

"要是我告诉了你,我想你可以做好准备,下次与哈丁小姐谈一谈。我猜她离开时心里可能有类似的想法。我相信是她让我说的。我暗示的这一特殊情形,首先出现在维克多·哈丁被处决带来的悲痛中。他被捕的环境有些特殊。你无疑知道全部的真相……"

我觉得胳膊被人抓住。我立刻转身望着拉祖莫夫先生。

"你突然从地下冒出来,站在我面前说这种话。你这个魔鬼是谁?简直难以忍受!为什么?为什么?你知道什么特殊?你含糊其辞地说,发生在俄罗斯的事情环境特殊,这跟你有什么关系?"

他另一手沉重地靠在手杖上。他松开抓住我胳膊的那只手时,我担心他站不稳。

"我们去那边的空桌子旁坐一坐。"我提议。对于他突然爆发出的强烈情感,我装作没看见。我承认对我不是没有影响。我为他难过。

"什么桌子?你在说什么?哦——空桌子?那边的桌子。好,在空桌子那边坐一坐。"

我带着他离开公园主道,走到餐馆小木屋前那些松木椅中间。那对瑞士夫妇已走了。也就是说,只有我们在那里。拉祖莫夫先生放下手杖,跌坐在一张椅子里。他支起胳膊,两手托着头,目不转睛地看着我。我示意侍者,点了些啤酒。我忍受不了他无言的审讯,老实讲,我觉得有点罪恶,就像他所说,"突然从地下冒出来",扑向他。

等啤酒上来之时,我说起我的出生,父母在圣彼得堡工作,所以自小就学会了俄语。我九岁时离开了圣彼得堡,此后再也没有回去。对圣彼得堡的印象,现已完全模糊。但在后来的岁月中,我一直在加深对俄语的理解。他默默地听着,眼皮一动不动。啤酒上来时,他侧了一下身,干了他那杯酒,立刻来了精神。他仰靠在椅子上,手抱在胸前,继续望着我。我突然想,他刮得很干净、几乎黝黑的脸其实很有动感。他脸上一动不动的表情其实是革命者后天养成的习惯，是永远提防自己，在一个谍影重重的世界里不要暴露身份。

"你是英国人，教英国文学，"他的声音依然很小，但不再干涩，"我听说过你。人们告诉我，你在这里生活了多年。"

"不错。二十多年。我在辅导哈丁小姐学英语。"

"你教她读英诗。"他一动不动，像变了个样，与刚才那个在我身边摇摇晃晃的人判若两样。

"是的，英诗。"我说，"对了，我刚才提到的疑惑，是一家英国报纸引出的。"

他继续看着我。我想，他不知道有英国记者挖出了哈丁午夜被捕的消息，已公之于众。我告诉他后，他不无轻蔑地嘟哝道："完全可能是假的。"

"我想你是最好的裁判，"我有点儿忐忑不安，"老实说，在我看来，那则消息大体是真的。"

"你怎么区分真与假？"他不动声色地问。

"我不知道你们俄罗斯人是怎么区分。"他的态度让我相当生气。

"俄罗斯与其他地方一样。比如，从报纸上。墨水的颜色和文字的形状是一样的。"

"但人们会轻易放过其他细节。报纸的立场，新闻的真实性，动机的考虑，等等。我不盲信某个记者的报道就很准确，但为什么他会为一件无关世界痛痒的事，煞费苦心编造周密的谎言？"

"正是这个原因！"他抱怨道，"俄罗斯发生的一切，都无关世界的痛痒，只是花边新闻，娱乐读者开心。这恰是可鄙的欧洲心态，自以为高人一等。想到就觉得可鄙。就让他们等着瞧！"

他的威胁针对整个西方世界。我没有在意他愤怒的目光。我说，无论记者是好心还是恶意，哈丁夫人和小姐的朋友关心的是那几行新闻产生的实际影响。显然，因为哈丁——他刚去世的亲密同志和革命战友——的缘故,她们也把他算成是朋友。说到这点时,我想他会反应激烈;但让我震惊的是,他突然跳了起来。他努力克制住自己,双手紧紧地抱在胸前,再次坐下。他的笑容中有一丝蔑视和怨恨。

"是的,同志,亲密……很好。"他说。

"因此,我才冒昧地对你说。我不希望你误解。彼得·伊万诺维奇告诉哈丁小姐,你到了日内瓦,那时我也在场。我看见她听到你的名字后,松了一口气,充满了感激。后来,她给我看了她哥哥的信,念了一些提到你的文字。如果不是朋友,你还会是谁?"

"显然。众所周知。一个朋友,非常正确……继续,你刚才提到了影响。"

我自言自语:"他献身于一种毁灭性的思想,染上了革命者的冷漠和严酷,所以对普通人的感情无动于衷。他年轻。在一个陌生的外国老头儿面前,他的诚恳是装出来的。年轻人肯定……"我尽可能准确地告诉他,可怜的哈丁夫人获悉儿子英年早逝后是怎样的精神状态。

我感觉到他听得很专心。他平视的目光离开我的脸,慢慢下垂,落在搁脚的地方。

"你能进入哈丁小姐的感情世界。正如你说,我只教她读读英诗。我提起她,难免让你见笑。你亲眼看见她了,她这样的人很稀罕,这不需要解释。至少,我是如此认为。哈丁夫人只有通过那个儿子,哈丁小姐只有通过那个哥哥,才与更广阔的世界和未来有了联系。哈丁小姐积极生活的那片大地已随她的哥哥永远沉沦。那时,你能想象吗,她是多么急切,想求助哥哥信中惟一提到的人?某种意义上,你的名字是她哥哥留给她的一份遗产。"

"他在信中是怎么说我的?"他低沉的声音充满愤怒。

"只有几行字。拉祖莫夫先生,不应由我来复述。但你可以相信我,这几行字很有分量,足以使哈丁的母亲和妹妹相信你的判断与价值,相信你对她们说的每一个字都是真的。现在,你不可能像陌路人那样对她们视而不见。"

我坐着沉默了片刻，听见几个往来路人的脚步声从宽阔的公园主道上传来。我说话时，他的头垂在双手环抱的胸前。他突然抬起头。

"我必须立刻去向老太太撒谎。"

那不是气话；那是别的东西，某种辛辣的东西，不是那么简单。尽管我对他说的话大惑不解，但我意识到对他充满了同情。

"我的天！难道说点真话不成？我希望你说些安慰她们的话。我现在想起了那个可怜的母亲。你们的俄罗斯是一个残酷的国度。"

他在椅子上动了动。

"是的，"我说，"我认为你应该说点真话。"

他嘴角奇怪地抽搐了一下。

"要是不值得说呢？"

"不值得！从什么角度而言？我不明白。"

"任何角度。"

我非常生气。

"我应该想到，那天半夜被捕的一切细节……"

"都被记者报道了，为了娱乐文明的欧洲。"他的话里充满了讥讽。

"是的，报道了……但它们难道不是真相？我搞不清楚你对那篇报道的态度？对你来说，那人要么是英雄，要么是……"

他高高的鼻梁突然凑到我眼前，我努力保持镇静，才没有因惊吓而后退。

"你问我！我想你对这一切好奇。看这里！我是一个大学生。我在学习。是的，我努力学习。这里有智慧，"他用指尖敲了敲额头，"难道你认为俄罗斯人就没有美好的抱负？是的，我有抱负。当然，我有。现在，你看我在这里，在国外，一切都消失了，失去了，毁灭了。你看我在这里。你还问！难道你看不见？——我就坐在你前面。"

他猛地抽回身。我努力保持平静。

"是的,我看见你在这里。我猜你在这里是因为哈丁事件?"

他态度一变。

"你称那是哈丁事件,是吗?"他冷漠地问。

"我不认为我无权问你任何东西,"我说,"但在这件事情上,你眼中那个英雄的母亲和妹妹,不可能对你冷漠。哈丁小姐是率真宽容的人,有最美好的幻想。你可以什么都不告诉她,你也可以告诉她一切。至于我接近你的目的,首先,我们得应对哈丁夫人的严峻状况。你说的话有权威性,也许可以编些东西,安慰一颗充满母爱、受尽疯癫折磨的灵魂。"

他疲惫的神情更加冷漠。我情不自禁地想,他是故意装的。

"哦,好,可以编些东西。"他漫不经心地嘟哝。

他将手放在嘴唇上掩饰住呵欠。他放开手时,嘴角浮出淡淡的笑意。

"抱歉,我们谈了太长时间。我两个晚上都没睡觉。"

他突然的道歉虽略显无礼,但至少不是谎言。自那天在波莱尔庄园,哈丁小姐出现在他面前,他就根本没在晚上合眼。失眠的焦虑和恐惧记录在我将看到的日记里。那本日记是这部小说的主要蓝本。那一刻,他在我眼中看起来的确很累,像刚刚度过了某种危机,全身瘫软。

"我有许多紧要的东西写。"他说。

我立刻从椅子上起身。他慢慢地站起来,略显吃力。

"抱歉耽搁了你太长时间。"我说。

"为什么说抱歉?离上床睡觉的时间还早。你又没有强留我。我随时都可以走。"

我没有继续自讨没趣。

"我很高兴你有足够的兴趣,"我平静地说,"关心你朋友的母亲,那不是了不起的美德,只是最普通的情感……至于哈丁小姐,她一度想,可能是有人出卖了哥哥。"

让我很奇怪的是,拉祖莫夫先生突然再次坐下来。我看着他。我必须说,他很长一段时间目不转睛地看着我。

"可能。"他嘟哝道。他像不理解我说的话,或者是不敢相信自己的耳朵。

"一件难以预料的事,一次纯粹的偶然,都可能造成那样的后果,"我说,"或者,正如哈丁小姐特别对我强调的,是因为某个不幸革命同志的愚蠢和脆弱。"

"愚蠢和脆弱。"他痛苦地重复我的话。

"她是很宽容的女孩。"我过了一会儿说。这个被哈丁盛赞的年轻人注视着地上。我转身走开。显然,他没有注意。对于他的反复无常,我没有任何怨恨。谈话结束时,我感觉到的是绝望。在我要走出那片摆满桌椅的地方时,他追上了我。

"嗨,等一等!"我听到他在我身边问,"你是怎么想的?"

我没有看他。

"我想你们这些人该被诅咒。"

他没有出声。直到在公园门外的大街上,我才再次听到他的声音。

"我想再陪你走走。"

比起他那个著名同胞,伟大的彼得·伊万诺维奇,我更喜欢这个神秘的年轻人。但我看不见有任何理由表示特别的亲切。

"我要从这里抄近路,去火车站接一个英国来的朋友。"对于他突然的提议,我这样说。我以为他会告诉我一些秘密。我们站在路缘石上等一辆电车通过时,他忧郁地说:"我喜欢你刚才的说法。"

"是吗?"

我们一起穿过大街。

"难的是,"他继续说,"是要完全理解那种诅咒的性质。"

"我认为,那不是很难。"

"我也那么认为,"他居然认同我的看法,但一点儿没有减少他身上的神秘。

"诅咒就是魔咒，"我说，"重要的是找到办法破解。"

"是的，要找到办法。"

这回答也是一种赞同，但他似乎在想别的东西。我们对直穿过剧院前的广场，走过一条开阔但人烟稀少的街道，朝一座小桥的方向走去。他继续跟我走，一直没有说话。

"你不想马上离开日内瓦？"我问。

他沉默了很久。我开始想是不是我问得太冒昧，他根本就不会回答。我看了他一眼，立刻相信我的问题让他十分痛苦。我主要的依据是他紧握的双手，他在偷偷地加力。他最终克服了那份迟疑的痛苦，说他没有那样的打算。他变得相当健谈，至少相对于刚才他随意的简答而言。此时他也更温和。他告诉我，他打算读书和写作。他甚至告诉我，他去了斯图加特。我知道，斯图加特是革命中心。一个俄罗斯政党的指挥委员会（我现在记不清名字）就设在那城市。正是在那里，他与国外的俄罗斯革命者接上了头。

"我之前没有到过国外，"他的声音突然变得暮气沉沉。然后，他略微迟疑——完全不同于我刚才问他是否"马上离开日内瓦"时的痛苦的迟疑——出人意料地向我透露，"事实上，我从他们那里接受了一项使命。"

"就是你来日内瓦的使命？"

"是的。在这里。在这个可恶的……"

我推测，他的使命与大人物彼得·伊万诺维奇有关。我觉得这是明摆着的事。我自然没有说破。拉祖莫夫很长时间也没有说话。就在我们即将上桥时，他才突然问："我在哪里可以看到那一则重要新闻？"

我想了一会儿，才明白他的意思。

"本地媒体都有转载。许多地方都有存档。我记得，我那份英文报纸到手的次日就带给了哈丁小姐。我看见它几周来一直放在哈丁夫人扶手椅旁的小桌子上。为此我还很担心。然后，它就不见了。我向你保证,我松了一口气。"

他突然停下脚步。

"我相信,"我说,"你会抽出时间经常去看看她们。你会抽出时间。"

他奇怪地看着我,我不知如何描述他的表情。这种情况下,它让我难以理解,究竟是什么让他痛苦?我问自己。究竟是什么奇怪的念头进入了他的脑海?在他那绝望的国度,他看见过怎样的恐怖画面,现在突然闯进他的心灵,挥之不去?如果那与哈丁的命运有关,我真希望他永埋在心里。坦白说,我很震惊。为了掩饰我的震惊,请上天原谅,我故作轻松地一笑。

"当然,"我说,"对于你,那只是举手之劳。"

他转过身,趴在桥栏上。我看着他的背影,等了片刻。相信我,那时我不急于再见到他的脸。他一动不动。他不打算走了。我慢慢朝火车站走去。走到桥头,我回头看了他一眼。他还是没有动。他趴在桥栏上,像对虹桥下光滑的蓝色急流很着迷。那里的水流很急,非常急,快得令人晕眩。每次看那急流,我都不敢看太久,总觉得有一种恐惧,怕它毁灭性的力量突然将我带走。有些人抵制不了它那不可抗拒之力的诱引,会有一头扎下去的冲动。显然,它对拉祖莫夫有一种魔力。我任由他趴在桥栏上。

他对待我的方式不能简单地视为粗鲁。在他的嘲讽和烦燥背后,有别的东西。也许,我想(我突然接近了潜藏的真相),正是同样的东西,使他在过去一周(事实上差不多十天)不敢接近哈丁小姐。但那东西究竟是什么,我说不清。

第三章

1

　　桥下的水流急而深。奔流似乎能够冲刷出一条渠道,穿过坚硬的花岗石。但是,如果它流过拉祖莫夫的心上,也冲不走他破碎的生命淤积的痛苦。

　　"这是什么意思?"他凝视着一往无前的奔流。流水看似柔滑清澈。只有淡淡的气泡流过,或细如银丝的浮沫转瞬即逝,才显露出它晕眩的速度和可怕的力量。"为什么那个爱管闲事的英国老头儿要特意找我说话?他告诉我那个疯狂的老女人干什么?"

　　他故意胡思乱想,但他避免想那个年轻女孩。"一个疯狂的老女人,"他重复道。"真该死!我是否该鄙视这一切,将它们当成是荒诞?不!我错了!我没有资格鄙视任何东西。荒诞可能是棘手难题的起点。一个人该如何防止荒诞?荒诞会击溃一个人的智力。越聪明的人,越不会怀疑荒诞。"

　　一阵怒涛窒息了他的思绪。他趴在桥栏上的身子不由自主地哆嗦。片刻之后,他恢复了平静,继续默默地思考,像与自己秘密地对话。就连在这属己的空间,他也隐约觉得,有些地方他的思绪不想去触碰。

　　"这不是荒诞。但它没有多大意义。绝对没有多大意义。绝对。一个疯狂的老女人。一个爱管闲事莽撞的英国老头儿。是什么鬼让他挡我的道?我对他还不够客气?我不够吗?对爱管闲事的人就该那样。他不会仍站在我身后等吧?"

拉祖莫夫感到脊背一阵寒意。那不是恐惧。他确信那不是恐惧；不是为自己而恐惧，而是像为另一个人担心，为某个他认识的人，但他不能说出那个名字。想起那个爱管闲事的英国老头儿要去接站，他的心情稍稍平静一点儿。英国老头儿会浪费时间等他，这想法也太蠢了。没有必要回头确认。

"但，他胡说八道那张报纸和那个疯狂老女人是什么意思？"他突然想。那是可恶的猜测，只有英国人才做得出来。对英国人来说，这不过是游戏，革命的游戏，可以高高在上俯瞰的游戏。他说那句"难道说点真话不成？"到底是什么意思？

拉祖莫夫抱着双手用力挤压桥栏的压顶石。"难道说点真话不成？跟那个疯狂的老女人说真话——"

拉祖莫夫再次哆嗦。是的。真话会起作用！显然会起作用。真的。"千恩万谢，"他讥讽地想着闷在心里的话，"无疑，他们会对我感激不尽，"他暗地里嘲笑。但嘲讽的心思立刻抛弃了他。他觉得悲伤，心儿像突然空落落的。"我必须小心，"他回过神来，像恍然惊醒，"没有什么事，没有什么人，是太不重要，太荒诞，可以被忽视，"他疲惫地想，"我必须小心。"

拉祖莫夫双手一推，离开了桥栏。他沿桥返回，直接回到住处。好几天来，他过着孤单的隐居生活。他忘掉了斯图加特的革命组织介绍他认识的彼得·伊万诺维奇。他从来没有走近流亡日内瓦的革命者。他在抵达之时就被介绍给了他们。他完全与革命圈子分离。他觉得，这样做引起了吃惊和怀疑，对自己有点不利。

这不是说，在那些日子，他从来没有出去。我在街头碰见过他几次，但他没有认出我。有一天晚上，我拜访完哈丁夫人和小姐，在回家的路上，我看见他穿过黑暗的哲人大街。他戴着一顶宽边软帽，衣领竖起。我看见他朝哈丁小姐家走去，但他没有进门，只是站在亮灯的窗户前。不久，他拐进了一条小道。

我知道他还没有去见哈丁夫人。哈丁小姐告诉我，他很迟疑。而且，哈丁夫人的精神状态已发生了变化。她似乎现在认为，她的儿子还活着,她在等他回家。她静静地坐在窗前宽大的扶手椅中,好像一直在等待,哪怕拉下了百叶窗,掌起了灯。

我相信,她已接受了死神之约。当然,我没有对哈丁小姐说出预感。这种情况下,哈丁小姐认为,引见拉祖莫夫先生没有任何好处。对此,我深表赞同。我知道,她在巴斯蒂恩公园与这个年轻人约会。有一两次,我看见他们在公园主道散步。几周来,他们天天见面。为了避免尴尬,哈丁小姐在那里散步时,我就故意绕开。但是,有一天,我不经意地进了公园大门,碰见她一个人在散步。我停下来寒暄了几句。拉祖莫夫先生没有出现。我们的话题自然落在他的身上。

"他说了你哥哥生前最后的活动细节没有?"我贸然问。

"没有,"哈丁小姐略微迟疑后说,"什么细节都没有说。"

我很清楚,他们谈话的时候,心里一直挂念着将他们带到一起的那个死者。这是不可避免的。但她感兴趣的是那个生者。我想,这也是不可避免的。当我进一步追问,我发现他已向她透露,他绝非传统的革命者,他蔑视革命的口号和理论。我对他这些说法虽感高兴,但有点迷惑。

"他的精神超前,远远超越了目前这场斗争,"哈丁小姐解释说,"当然,他也是现实的革命者。"

"你了解他吗?"我直接问。

她再次有点儿犹豫。"不完全了解。"她轻声说。

我看出来,他神秘的缄默已迷住了她。

"你知道我想什么?"她摆脱了迟疑的口吻,"我想,他是在观察我,研究我,发现我,看我是否值得他信任……"

"这让你高兴?"

她沉默了片刻,然后自信地说:"我深信,这个不一般的男人在思考宏伟的计划,一项伟大的事业。他为之着迷,也为之受苦,因为无人理解。"

"所以,他在找帮手?"我转过头说。

她再次沉默。

"为什么不呢?"她最后说。

那个亡兄,那个病母,那个异国友人,已进入遥远的背景。彼得·伊万诺维奇也不知所踪。这个想法令我宽慰。但我看见,俄罗斯生活的巨大阴影在她身边逐渐加深,像即将逼近的黑夜,把她吞噬。我询问了哈丁夫人的病况。她是那致命阴影的另一个牺牲品。

她率真的眼神中流露出后悔与不安。哈丁夫人好像没有恶化,但天知道,她有时候是什么奇怪的想法!然后,哈丁小姐看了看表,说她不奉陪了。我们匆忙握手道别。她轻快地离开。

拉祖莫夫先生那天肯定不会露面。难以理解的年轻人!……

大约半个多时辰后,我穿过莫纳德广场时,看见他坐上一辆朝南岸开的电车。

"他要去波莱尔庄园。"我心想。

———

波莱尔庄园在城郊半英里左右。电车将拉祖莫夫送到庄园门口后,继续沿着笔直的林荫道前行。阳光洒在路面上,路对面有一座木头搭建的小码头,向灰色的浅水岸伸出去。小码头顶端涂着深蓝色,与对岸有序的绿色缓坡形成杂乱的反差。左手面,白石筑成的港口防波堤,使城市幽暗的正面显得更加凝重;右手面,不断扩大的水域中,可以看到普通的岬角伸出。整个风景,就像一张刚完成的石印油画,流光溢彩,但毫无灵性。拉祖莫夫轻蔑地转过身。在这件毫无灵性的作品中,他闻到的是令人作呕的气息,非常压抑。这是经过几个世纪的劳作,才栽培出的完美的平庸。他转身背对湖景,面向波莱尔庄园的入口。

大门的铁栅栏和两座久经风雨的灰石墩之间的铁拱,都已锈迹斑斑。尽管地上有新鲜的车痕,但大门看起来好像长时间没有打开。门房是用石墩一样的灰石建成,窗户紧闭。紧邻门房的地方,有一道小门。门栏也生了锈,门没有合上,好像长时间没有关。拉祖莫夫想把它推开一点儿,发现根本动不了。

"民主制的好处。显然,这里没有小偷。"他闷闷不乐地嘟哝。在进入庄园前,他回头酸酸地看到一个无所事事的伙计,躺在干净大道边的公共休闲椅上。这个家伙跷起脚;一只手搭在椅子头上。他像个老爷一样偷闲一天,似乎他才是眼前风景的主人。

"选举人!有文化!受过启蒙!"拉祖莫夫自言自语,"畜生,没有区别。"

拉祖莫夫进入庄园,快步走上宽阔的车道,什么都不想,就让头脑休息,让心情平静。但就要走到露台的脚下时,他突然迟疑了,身体像被看不见的东西干扰。他大吃一惊,觉得心跳奇怪地加快。他停下脚步,看着露台的砖墙。墙上有浅拱装饰,稀疏地爬了几根枯藤。墙角有小小的花床,无人打理。

"就在这里!"他有点惊讶地想,"就在这里,在这个地点……"

想起他在这里第一次见到纳塔莉·哈丁,他就有想逃的冲动。他对自己承认了这点。但他没有动,不是因为他想抵制这种丢人的懦弱,而是因为他知道没地方可逃。而且,他不能离开日内瓦。他甚至想也没想就知道,那是不可能的。那会是一种致命的屈服,一种道德的自杀行为。那会危及他的人身安全。他慢慢地登上露台的台阶。台阶两侧各有一件漆成绿色的石瓮葬器。

宽阔的露台铺了白色砾石,砾石间偶尔冒出几片草叶。正对他的屋门大开,但落地窗却紧闭。他知道进来的时候已有人看到,因为彼得·伊万诺维奇就站在门里,脱下了高帽,像在恭候他的光临。

这个欧洲最有名的女性主义者,穿着一件肃穆的黑色僧袍,光着头,突出了他在这庄园里暧昧的地位。庄园是 S 夫人——他的保护神——租下的。他的风范既有客人的矜持,又有主人的随和。他面色红润,留着胡须,戴着一副墨镜。见到拉祖莫夫先生前来,立刻像熟人一样地挽住他的手臂。

拉祖莫夫努力压抑住任何反感的迹象。他一贯需要保持谨慎,因此,早就有了修炼,表情像铁铸一样严肃,几乎如疯子一样冷漠。"流亡英雄"伊万诺维奇对这个新来的、一脸严肃的俄罗斯革命者印象深刻。他的声音里充满了安抚和信任。S夫人折腾了一晚上后正在休息。她夜里经常失眠。他把帽子留在楼梯口,然后下楼建议这个年轻朋友,到屋后的一条林荫道去散散步、聊聊天。提完建议后,这个伟人瞟了一眼身边那张不动声色的脸,情不自禁地惊叹道:"凭我的人格起誓,年轻人,你不是一般的人。"

"我想你错了,彼得·伊万诺维奇。如果我真的不一般,就不该在这里,与你在瑞士日内瓦的庄园里散步。这里是什么城区?我想不起名字了……不要紧,反正这里是民主的中心。这里很适合做民主的心脏,虽不过一粒干豆子大,却很有价值。与流亡海外的俄罗斯人一样,我没有什么不一般。"

彼得·伊万诺维奇坚持他的看法。

"不!不!你不一般。我熟悉流亡海外的俄罗斯人。无论是我,还是别人,都认为你不一般。"

"他这样说是什么意思?"拉祖莫夫问自己。他上下打量了一下身边的人。彼得·伊万诺维奇好像在严肃思考。

"你不要认为,基里诺·西多诺维奇,我没有听说过你?你一路到这里,处处留下美誉,好几个地方的人都告诉了我。我这里收到过几封信。"

一直仔细倾听的拉祖莫夫突然插话:"呵,我们互相摸一下底,很好嘛。流言,传说,怀疑,所有这一切,我们都用得炉火纯青。甚至,包括诽谤。"

拉祖莫夫一口气说完,将心中突然涌起的焦虑感掩饰得天衣无缝。同时,他心想,这份焦虑不可能无缘无故。直到听到对方真诚的反驳,他才松了口气。

"天!"彼得·伊万诺维奇叫道,"你在说什么?你有什么理由……"

这个伟大的流亡者张开双手,似乎言辞不足以表达严肃的真理。拉祖莫夫对自己话语产生的效果很满意。他不由自主地顺口说了下去。

"我是说那些有毒的植物,在阴谋家的世界里疯长,像黑暗地窖里的毒蘑菇。"

"你在诽谤,"彼得·伊万诺维奇反驳说,"你——"

"不!"拉祖莫夫冷冷地打断,"与其说我是诽谤,不如说我不抱幻想。"

彼得·伊万诺维奇的墨镜背后给了他一个深不可测的眼神和一个淡淡的微笑。

"说不抱幻想的人,至少有那幻想。"他的声音很友好,"我知道你的意思,基里诺·西多诺维奇,你指的是斯多葛主义。"

"斯多葛主义!那是希腊人和罗马人的姿态。就留给他们好了。我们是俄罗斯人,是孩子;是真诚;要是你喜欢,也可以说是犬儒。但那不是姿态。"

一阵漫长的沉默。他们在酸橙树下漫步。彼得·伊万诺维奇双手背在身后。拉祖莫夫感到没有铺砾石的林荫路有点湿滑。他不安地自问,他是否说错了话。他反省,他应该更好地控制谈话的方向。伊万诺维奇似乎也在反省。他轻轻一咳,拉祖莫夫立刻觉得蔑视和恐惧在痛苦地苏醒。

"我很吃惊,"彼得·伊万诺维奇温柔地说,"即使你的指责是对的,但你怎会说关于你的消息是诽谤和谣言?这是没有道理的。其实,基里诺·西多诺维奇,关于你的消息不多,不足以构成谣言和诽谤。现在,你是与一桩大事有关。这样的大事以前梦想过,也尝试过,可惜没有成功。尝试过的人都牺牲了。只有你和哈丁干成了。你离开俄罗斯,带着荣耀加入我们。但你不能否认,你没有好好沟通,基里诺·西多诺维奇。碰到过你的人将他们的印象传递给了我。一个人这样写,另一个人那样写,但我自有主张。我等着先见一见你再说。你不一般,这是绝对的。你很封闭,很封闭。你的缄默,你的剑眉,你的固执,你的神秘,让人对你寄予厚望,也让人对你的心思有点儿好奇。你有点儿像勃鲁图斯……"

"请不要把我和罗马古人相提并论!"拉祖莫夫紧张地说,"勃鲁图斯到这里来做什么?简直好笑!"他压低声音,不无讥讽,"你的意思是,俄罗斯革命者都是贵族,我也是贵族?"

彼得·伊万诺维奇一直在借助手势表达意义。他再次将手背在身后,若有所思地走了几步。

"不全是贵族,"他最终嘟哝道,"但,无论如何,你是我们中的一员。"

拉祖莫夫苦笑。

"当然,我不是古根海默,"他自嘲地说,"我不是信奉民主制的犹太人。我无能为力。不是人人都有那样的运气。我无名无姓,我没有……"

彼得·伊万诺维奇流露出非常关心的样子。他退了一步,伸出双手,像是讨好,甚至像在恳求。他浑厚的男低音充满了痛苦。

"我亲爱的年轻朋友!"他叫道,"我亲爱的基里诺·西多诺维奇……"

拉祖莫夫摇摇头。

"你的姓氏是如此尊贵,所以你那样称呼我,我受之有愧。我不希望你那样称呼我。我没有父亲。那样更好。我告诉你,我外曾祖父是一个农夫,一个农奴。你看看我在多大程度上是你们中的一员。我不想任何人那样称呼我。只有俄罗斯不会嫌弃我。俄罗斯不会嫌弃!"

拉祖莫夫捶胸顿足地说。

"我是俄罗斯人!"

彼得·伊万诺维奇低着头慢慢前行。拉祖莫夫生着闷气跟在后面。这不是合适的谈话方式。严肃是一种谨慎。但一个人不能完全放弃真理,他绝望地想。躲在墨镜后沉思的彼得·伊万诺维奇对他来说突然很可恶。他想,如果手里有刀,他会砍伊万诺维奇,不但不计后果,而且还带着可怕的成就感。尽管他努力克制,但他的心思还是停留在这恶念上,似乎他正变得冲动。"那不是我该做的,"他反复告诫自己,"不是我现在该做的,哪怕我能溜之大吉。我看见后墙有道小门,锁得不严实,我可以从那里溜走。庄园里好像没有人知道他和我在这里。啊,天。他的帽子!里面的女人应该很快发现他留在楼梯口的帽子。她们会找到他,躺在这潮湿阴森的林荫道上,死了——但我已消失,神不知鬼不觉……上帝!我是不是疯了?"他惊恐地问自己。

他听见伊万诺维奇若有所思的低语。

"啊,是的!那——无疑——在某种意义上……"他提高了声音,"你有许多的骄傲……"

彼得·伊万诺维奇的声音听上去如兄弟般的温馨。他承认拉祖莫夫是农民的后裔。

"基里诺兄弟,你有许多值得骄傲的东西。我不是说你没有理由骄傲。我承认你有。我冒昧地暗示你的身世,只是因为我很在意。你是我们中的一员。我仔细思考了这一点,很满意。"

"我也很在意,"拉祖莫夫平静地说,"我甚至不否认,那可能对你也有意义。"他停顿了一会儿后,生气地意识到自己过于严肃。他希望彼得·伊万诺维奇没有注意。"我们谈点别的好吗?"

"好,基里诺·西多诺维奇,"这个高贵的革命大祭司说,"这是最后一次。你暂时还不会相信,我丝毫没有想伤害你的感情。你显然是一个品质优秀的人。这是我对你的看法。你有非同寻常的感受力。但在俄罗斯外,几乎无人知道你!"

"你一直在关注我?"拉祖莫夫问。

"是的。"

彼得·伊万诺维奇回答得很干脆。但他们四目交接时,拉祖莫夫却觉得对方的墨镜看不透。伊万诺维奇说,长时间来,他需要一个有活力、正直的人,去完成某项任务。他没有细说什么任务,转而逐一点评了斯图加特革命圈中的各色人物。然后,他陷入了长长的沉默。他们在小道上来回徘徊。拉祖莫夫也沉默不语,只是偶尔抬头,瞄了瞄庄园背后。那里似乎没有人住。阴森的墙体久经风雨;

窗户遮得严严实实。庄园看上去潮湿、阴森和荒凉。它那传统风格的建筑里，像住着一个忧伤、痛苦、徒劳的中产阶级鬼影。据传，S夫人在这里会见政客、外交官、欧洲各国议会代表。她让人联想到另一类的阴影。除了在街上碰到她一闪而过的马车，拉祖莫夫还从来没有见过S夫人。

彼得·伊万诺维奇打破了沉默。

"有两件事我要立刻给你讲。首先，我认为，无论是领袖，还是关键行动，都不可能出自民族渣滓。现在，如果你问民族渣滓是哪些，需要费很多口舌来解释。你会奇怪，在我眼里，民族渣滓的成分是那么复杂，他们应该、甚至必须留在底层。这个观点有商榷的余地，但我不妨告诉你，哪些人不属于民族渣滓。在这点上，我们之间不可能有异议。最底层的农民不是民族渣滓；最上流的贵族也不是民族渣滓。思考一下这个观点，基里诺·西多诺维奇！我相信你很适合做这种反思。一个民族中，那些虚假的东西，那些不是土生土长的东西，都是渣滓！误用的智慧是渣滓。域外学说是渣滓。渣滓！垃圾！我要提出来供你思考的第二个观点是：我们认为，在这个时刻，过去和未来之间出现了分裂。这道鸿沟，舶来的自由主义弥合不了。任何弥合的企图，不是愚蠢，就是自欺。这道鸿沟永远不能弥合！它只能被填满。"

身材魁梧的伊万诺维奇，声音中潜藏着可笑的阴柔。他抓住拉祖莫夫的胳膊，轻轻一摇。

"你明白吗，神秘的年轻人？鸿沟只能被填满。"

拉祖莫夫的神色依旧。

"难道你不认为我已超越思考这些问题的阶段了吗？"他悄悄地挣脱手，拉开一点儿距离，继续与伊万诺维奇并肩漫步。他补充说，可以肯定，几卡车的语词和理论都不可能填满那道鸿沟。没有必要思考。只有许多人的牺牲才能……

彼得·伊万诺维奇慢慢低下毛茸茸的大脑袋。沉默了片刻，提议去看一看S夫人是否有空。

"我们去喝茶。"他一转身,轻快地走出幽暗的小道。

女侍一直站在门口观望。他们刚转过墙角,她黑色的裙裾就轻轻一拂,闪进了屋内。他们走进大厅,已不见了她的踪影。阳光透过布满灰尘的玻璃天窗,洒在黑白格子交错的地板上。地上留下了一条条泥印。走在上面,隐约听到脚步的回声。伊万诺维奇率先上楼。楼梯口扶手上,放着一顶闪亮的黑色高帽,帽沿朝上,正对着客厅的两扇大门。据说,里面常有鬼影;其实,那是流亡革命者光临。破裂的白漆隔墙板,失去了光泽的镀金线角,让人联想到客厅里面的尘灰与空洞。在转动大铜把手前,彼得·伊万诺维奇飞快地瞄了年轻的拉祖莫夫一眼,示意他做好准备。

"没有人是完美的。"他一本正经地小声说。就像一件珍宝的主人,在打开匣子前,会先向口无遮拦的客人郑重交代,没有珠宝是无瑕的。

他的手在门把上停了良久,直到拉祖莫夫生气地点头称"是"。

"在一个生来就不完美的世界,完美不会产生那样的效果,"彼得·伊万诺维奇说,"但你将发现那里有一颗心灵。不!女性直觉的精华。她有不可抗拒的、受到启蒙后的同情力量,能够理解你的任何痛苦和困惑。在她那受到神启(是受到神启!)的敏锐目光、真正的女性之光面前,什么都一览无余。"

他墨镜后的目光显得光华而镇定,让他的表情平添了一份绝对的自信。拉祖莫夫突然觉得,自己想在这两扇紧闭的门前撤退。

"敏锐?光,"他吞吞吐吐地说,"你的意思是她会读心术?"

彼得·伊万诺维奇露出很吃惊的样子。

"我的意思完全不同。"他脸上浮出淡淡的悲悯笑容。

拉祖莫夫禁不住很生气。

"这很神秘。"他从牙缝里挤出话来。

"你不反对有人理解你、引导你吧?"彼得·伊万诺维奇问。

拉祖莫夫情绪有些激动,他压低声音问:"什么意思?我很高兴知道,我是严肃的人。你要带我见谁?"

他们近距离地对视了一眼。拉祖莫夫冷静下来。他看见墨镜后的眼神很真诚。彼得·伊万诺维奇最终转动了门把。

"你马上会看到。"他推开门。

屋里传来一个低沉刺耳的声音。

"终于来啦。"

彼得·伊万诺维奇站在门口,他的黑色袍服挡住了拉祖莫夫的视线。他欢快的声音里带有炫耀的成分。

"是的。来了!"

他回头看了看等他进门的拉祖莫夫。

"我这次给你带来了一个久经考验的同志,一个真正的革命同志。就在那里。"

在门口的暂停给了这个"久经考验的同志"时间确信,他的脸上没有露出任何愤怒、好奇和厌恶。

在拉祖莫夫先生回忆初遇 S 夫人的日记中,如实记录了这些感受。我在小说中引的这些话,都来自他的日记。他写日记的真诚态度毋庸置疑。他只是写给自己看的。因此,我认为,这些日记不是冲动的奇怪产物。冲动是所有过着秘密生活之人的共性,它解释了历史情节和阴谋中"无所不包的素材"。我想,拉祖莫夫先生看着自己的日记时,就如一个人看着镜中的自我,带有惊奇,或许还带有痛苦,带有愤怒和绝望。是的,正如一个受到威胁之人怕在镜中看到自己的脸,反复在心里为面貌编织自我安慰的理由,这本身就表明染上了隐伏的遗传病。

2

第一眼看上去,这个为"俄罗斯的马志尼"提供庇护的女人,给人最深刻的印象是她死水一样平静、但明显涂脂抹粉的脸。只有那双眼睛显得格外明亮。她穿着精心剪裁但并非时新的紧身裙,既有几分优雅,也有几分僵硬。那邀请他入座的刺耳声音,那僵直的身子,那放在沙发背上的一只手,那闪着白光的大眼球,那放大的瞳仁中黑得深不可测的凝视,都给拉祖莫夫留下了深刻印象,超过了他秘密逃离圣彼得堡以来见过的一切。他想,这是一个穿着巴黎服饰的巫婆。一个不祥之兆!他犹豫不前,甚至一开始没有明白那刺耳的声音在说什么。

"坐下。椅子靠我近一点儿。那里——"

他就近坐下后,看清那抹了胭脂的颧骨,皱巴巴的脸,红唇两边优美的嘴角线。他很吃惊。她给了他一个优雅的微笑,但却让他想起狞笑的骷髅。

"我们听说你好一阵了。"

他不知道怎么回答,就支吾了几声。那狞笑的骷髅幽灵消失了。

"你知不知道,大家都在抱怨,你太沉默寡言?"

拉祖莫夫沉默了片刻,想着该如何回答。

"你看不出来吗,我是一个行胜于言的人。"他抬头一望,声音沙哑。

彼得·伊万诺维奇默默地站在他的椅子旁。拉祖莫夫突然感到有点恶心。这两人是什么关系?她像是从霍夫曼灵异故事中走出来的一具导电的尸体。他是一个卓越的革命家,是向全世界宣扬男女平等的福音使者!一个是眼睛深不可测、涂脂抹粉的古老木乃伊,一个是身材魁梧、肥头大耳、望而生畏的现代伟人……他们是什么关系?巫术、魅惑……"肯定是为了钱,"他心想,"她是百万富婆!"

客厅四壁和地板都空荡荡的,像一个谷仓。只有几件在阁楼找到的家具,连灰都没有抹干净,就拖下来派上用场。它们是那个银行家遗孀留下的废物。没有挂窗帘的窗子,就像穷得合不拢眼。只有两扇窗,拉下了脏兮兮的黄白色百叶窗。这暗示的不是贫穷,而是极度的可怜。

沙发上传来的沙哑声音有点儿生气。

"你在东张西望,基里诺·西多诺维奇。我的财产被偷了,被毁了。真丢人。"

一阵格格的笑声,像不受她的控制,打断了她的话。

"奴性会从中发现安慰。这个大偷儿是崇高、几乎神圣不可侵犯的人;一个大公。你明白吗,拉祖莫夫先生?一个大公!不!你没有概念,这样的人怎会是小偷!彻头彻尾的小偷!"

她的胸脯剧烈起伏,但她的左手仍然僵硬地放在沙发背上。

"你消消气。"一个低沉的声音传来。拉祖莫夫吃惊地抬头一看。这声音好像来自彼得·伊万诺维奇专注的墨镜后面,而不是来自他几乎一动不动的嘴里。

"你说他们是什么?我说是小偷!小偷!小偷!"

拉祖莫夫被这突然的大吼大叫弄得摸不着头脑。它不只像是歇斯底里的叫喊,里面还有痛哭和哀号。

"小偷!小偷!小偷……"

"世上没有什么力量能够偷走你的智慧。"传来彼得·伊万诺维奇浑厚的男低音。他似乎没有动嘴皮,也没有动手势。一阵沉默降临。

拉祖莫夫外表仍然平静。"这演的是哪出戏?"他心想。他听到身后的门外响过几下撞击声,随即看到穿着破旧黑裙和罩衫的女侍踮着脚尖快步进来,双手托着大茶炊,显得很吃力。拉祖莫夫本能地站起身,想去帮她一把。她悚然一惊,哐哐作响的茶炊差点儿掉在地上。她把茶炊搁在桌子上,看上去很害怕。拉祖莫夫急忙坐下。然后,她从隔壁拿来四个平底玻璃杯、一个茶壶和一个糖盅,放在黑色的铁盘上。

沙发上的刺耳声音突然响起。

"蛋糕?你记得带蛋糕没有?"

彼得·伊万诺维奇默默走出客厅,从门外取回一个白色的釉纸包。他肯定是从帽子里拿出来的。他一脸严肃地解开绳子,将包装纸摊开在桌上 S 夫人可以拿到的地方。女侍上完茶,退到隐蔽的角落。S 夫人戴着闪亮的昂贵戒指,不时伸出手去取一片蛋糕,狼吞虎咽,露出她的假牙。同时,她用刺耳的声音大谈巴尔干半岛的政局。她对那里的复杂局势寄予厚望,希望激发愤怒的俄罗斯人,对"那些小偷、小偷、小偷"掀起轰轰烈烈的民族运动。

"你消消气。"彼得·伊万诺维奇抬了抬蒙眬的眼神,继续默默地抽烟、喝茶。他喝完一杯茶后,扬手一挥。像蛰伏在角落里的警惕动物,瞪大眼睛的女侍立即冲到桌边,为他续杯。

拉祖莫夫看了她一两眼。她很紧张,浑身哆嗦。S 夫人和彼得·伊万诺维奇仿佛对她视而不见。"对这个可怜的人儿,他们做了些什么?"拉祖莫夫心想,"他们像鬼魂一样吓得她六神无主,还是只打了她?"她给他续第二杯茶时,他注意到她的嘴唇在颤抖,就像受到惊吓的人,欲言又止。当然,她什么都没说,就退回到角落,好像将他表示感谢的微笑埋在心里。

"她也许值得栽培。"拉祖莫夫突然想。

他平静下来,回到了他被抛入的现实。也许是自从维克多·哈丁进入他的房间……接着旋即消失之后,他第一次能够把握住现实。他清醒地意识到,自己是那个著名或臭名的 S 夫人的客人。但她的那份好心却是那么恐怖。

S 夫人高兴地发现这个年轻人与众不同。过去,围绕彼得·伊万诺维奇转的都是些疯子、理想主义者、无产者。他们中有各色革命者、密使、粗俗流亡教授、少不更事的大学生、一脸使徒相的补鞋匠、衣着破烂但又喜欢挥霍的空想家、犹太青年以及普通人。她与这个特别英俊的年轻人谈话很愉快,不会老处于歇斯底里的状态。拉祖莫夫的缄默只会刺激她更滔滔不绝。话题仍然围绕着巴尔干。她知道那里所有的政客,土耳其、保加利亚、黑山、罗马尼亚、希腊、亚美尼亚等的政客,无论老少,无论死活。她说,用一些钱,就能挑起矛盾,将巴尔干半岛送入火海,点燃俄罗斯人民愤怒的激情。那些被抛弃的弟兄们将会发出呼救声,然后,俄罗斯民族在愤怒中沸腾。只需要两三个团的人马,就可以在圣彼得堡发动军事革命,结束那些小偷……

"显然我只有坐着倾听的份,"拉祖莫夫心想,至于"那个诲淫诲盗的危险畜生"——拉祖莫夫先生心里用此来指代那个鼓吹男女权利平等学说的伊万诺维奇——"尽管很狡猾,有一天也会露出狐狸的尾巴。"

拉祖莫夫思维暂停了片刻。突然,一个忧郁的声音出现在他脑海,听上去充满讽刺和痛苦。"我有逗人信任的天赋",他听见自己在大笑。这笑声像是在鼓励沙发上那个涂脂抹粉、眼睛闪亮的老女人。

"让你见笑了!"她声音沙哑,"不笑还能做别的什么!绝对是骗子。卑鄙的骗子! 廉价的德国人。来自荷斯坦－戈德普地区!尽管说不清他们是谁,是怎样的人。你懂的,那家人的祖上指望像凯瑟琳女皇那样的人!"

"你消消气。"彼得·伊万诺维奇耐心地说。这话对他的保护神有了效果。她低下失血的沉重眼睑,变化了一下在沙发上的位置。由于她闭着眼,她一切了无声息的动作像是自动完成。现在,她张大眼睛。彼得·伊万诺维奇面色平静,继续不慌不忙地喝茶。

"好,我宣布!"她直接对拉祖莫夫说,"那些一路上碰到你的人,他们说得没错,你很内向。打你进客厅来,你总共说了不到二十字。你脸上没有透露任何心思。"

"我一直在倾听,夫人。"拉祖莫夫第一次用法语说"夫人"。他有些迟疑,拿不定发音是否正确。但这声法语似乎博得了好感。S夫人意味深长地看了看戴着墨镜的彼得·伊万诺维奇,像在传达她对这个年轻人才华的欣赏。她甚至朝伊万诺维奇点了点头,拉祖莫夫听到她压低声音在说,"以后可办理外交"。这表明他给她留下了良好的印象。但其中的疯狂与荒唐令他反感,因为像在用一个虚假经历的幽灵刺激他已破灭的希望。彼得·伊万诺维奇,依然不动声色,像个聋子,继续喝茶。拉祖莫夫觉得自己有必要说点什么。

"是的,很显然,"他的表情很审慎,像要发表深思熟虑的意见,"即使在策划一场纯粹的军事革命,也应该考虑到人民的脾性。"

"你完全明白我的话。应该净化人民的不满。这是革命委员会的平庸头脑们不能明白的。他们不懂。比如,上月到了日内瓦的莫达铁夫。彼得·伊万诺维奇带他来过这里。你知道莫达铁夫?好,不错,你听说过他。他们叫他老鹰。一个英雄!他的成就不到你的一半。从没有指望!不到一半……"

斜靠在沙发上的 S 夫人有些激动。

"当然,我们和他谈了话。你知道他对我说什么?'对于巴尔干的复杂局势,我们该怎么办?我们只需要消灭那些恶棍。'消灭当然很好——但然后呢?那个白痴!我对他大叫,'你难道不明白吗?你必须净化那些不满。'……"

她急忙从口袋里摸出手帕,按在嘴唇上。

"净化?"拉祖莫夫望着她起伏的胸脯问。她头上的一条黑色花边旧围巾,滑落到她的肩上,挂在她可怕的玫瑰红腮的两侧。

"一个讨厌的家伙,"她突然又说,"想象一个人,在他的茶里要放五块方糖……是的,我说到净化!还有什么别的方法能够使不满变得普世有效?"

"听着这一点,年轻人,"彼得·伊万诺维奇的声音很严肃,"普世有效。"

拉祖莫夫狐疑地看着他。

"有人说,饥饿能做到。"他说。

"是的,我知道。我们的人民在成群结队地挨饿。但你不能使饥荒普世化。我们想创造的不是绝望。从绝望中得不到任何道义支持。只有愤怒……"

S 夫人搁在沙发背上那只瘦瘦的手落在她的膝盖上。

"我不是莫达铁夫那样的人。"拉祖莫夫说。

"当然!"S 夫人小声说,"虽然我也准备说消灭,消灭,但我对政治不懂,请允许我问一个问题:策划一场巴尔干阴谋,会花很长时间吗？"

彼得·伊万诺维奇起身悄悄地走开，站在窗前望着窗外。拉祖莫夫听见关门声；他转过头，看见女侍已离开了房间。

"政治上，我不是自然主义者。"S夫人刺耳的声音打破了宁静。

彼得·伊万诺维奇离开窗前，轻轻拍了拍拉祖莫夫的肩膀。这是示意他告辞。同时，他用特别的语调提醒S夫人："埃莱诺！"

无论那是什么意思，她好像没有听到。她像木偶一样背靠在沙发角落。她那张生气的脸，一动不动，定格在那条柔滑的旧头巾上，显得有点残酷。

"说到消灭，"她用刺耳的声音对专注的拉祖莫夫说，"在俄罗斯，只有一个阶级必须被消灭。只有一个。那个阶级只包含了一个家庭。你明白我的意思吗？那个家庭必须被消灭。"

她的样子很可怕，像一具僵硬的尸体，突然被谋杀和仇恨的电力击打后，有了活力，发出刺耳的声音和闪光的眼神。这景象让拉祖莫夫好奇，但他感到更加镇静，比他进入这个神秘的空房间之后的任何时刻都镇静。他很有兴趣。那个伟大的女性主义者在他的旁边再次提醒。

"埃莱诺！"

S夫人还是置若罔闻。她的胭脂红唇在用特别快的语速发出预言。无论是什么河流分开了约旦，无论多少如杰里科城墙一样的障碍，在它们面前，自由精神将挥舞起武器。它会用瘟疫、灵符、奇迹和战争去斩断束缚。女人……

"埃莱诺！"

她最终听到他的呼唤，将手抚在前额，停顿了片刻。

"什么？是的！那个女孩，妹妹……"

她指的是哈丁小姐。那个年轻的女孩和她的母亲一直过着隐居生活。她们是乡下女人。不是吗？那个母亲很漂亮，风韵犹存。彼得·伊万诺维奇第一次登门拜访，大吃一惊……她们接待他的冷淡态度真的令人吃惊。

"他是我们民族的骄傲,"S夫人突然大声说,"全世界都要听他的话。"

"我不认识那对母女。"拉祖莫夫从椅子上站起来,大声说。

"你在说什么,基里诺·西多诺维奇?我知道那一天她在这里的花园和你说过话。"

"是的,在花园,"拉祖莫夫忧伤地承认,接着,他费力地补充了一句,"她主动做了自我介绍。"

"然后,你们就离开了,"S夫人继续说,"刚来到我们的门口!多么奇怪的过程!对了,我过去也是害羞的乡下小女孩。是的,拉祖莫夫"——她故意套近乎,扮了一个慈祥的鬼脸,明显吓了拉祖莫夫一跳——"是的,那是我的出身,淳朴的乡下人家。"

"你是一个奇迹。"彼得·伊万诺维奇尽量小声说。

她对拉祖莫夫像骷髅一样笑了笑,语气十分骄横。

"你必须将那个野姑娘带来。我要她。注意,我指望你成功!"

"她不是野姑娘。"拉祖莫夫生气地嘟哝道。

"好,那都一样。她可能是自负的民主人士。你知道我在想什么吗?我认为她性格很像你。你身上有鄙视的怒火。你神秘地自足自立,但我能看穿你的灵魂。"

她闪亮的眼睛热烈而专注,但却没有看拉祖莫夫。他突然冒出一个荒唐的想法,她在看他身后出现的幽灵。他骂自己居然有这种傻乎乎的想法。他故做平静地问:"你看见了什么?跟我一样吗?"

她摇了摇僵硬的脸,表示否认。

"是我的幽灵吗?"拉祖莫夫慢慢地追问,"因为,我想,看见幽灵时就是那样的表情。幽灵!死人有幽灵,活人也有幽灵。"

S夫人目光开始游离。她默默地看着拉祖莫夫。令人难受的沉默。

"我有过类似的经历,"他吞吞吐吐地说,像是迫不情愿,"我有一次看见了幽灵。"

她那不自然的红唇里冒出刺耳的声音。

"死人?"

"不,活人。"

"朋友?"

"不。"

"敌人?"

"我恨他。"

"女人?"

"女人!"拉祖莫夫直瞪着 S 夫人的眼睛。"为什么是女人?为什么是这结论?为什么我不能恨女人?"

事实上,恨女人的念头对他来说是新的。在那一刻,他恨 S 夫人。但不完全是恨,更像是讨厌的木偶或石膏像所引起的厌恶。她的举动就像木偶或石膏像。她一直盯着他的眼睛,虽明亮,但缺乏生气,与她的假牙一样假。拉祖莫夫第一次闻到淡淡的香水味,虽淡,但令他恶心。彼得·伊万诺维奇再次轻拍他的肩。他鞠了一躬,准备转身离开。这时,一只枯瘦、毫无生命气息的手向他伸来。他接住这份意想不到的恩惠,同时,听到那刺耳的声音用法语说:"再见!"

他对着那只枯手弯了弯腰,然后在伊万诺维奇的陪伴下准备离开。伊万诺维奇让他先行一步。他们刚要走出房间,身后沙发上传来了声音。

"你留下,皮埃尔。"

"好的,我亲爱的朋友。"

但伊万诺维奇没有留下,他继续跟着拉祖莫夫走出房间,然后把门关上。长长的楼道空荡荡的,没有铺地毯。楼道尽头一扇大窗户里透进来的天光,看上去尘埃密布。楼梯口白色大理石栏杆上有一个孤独的斑点,那是伊万诺维奇的丝绸高帽。在一片纯白色中,那点闪亮的黑色非常醒目。

彼得·伊万诺维奇默默地送客。一直到楼梯口,他也没有开口。拉祖莫夫心想,就不用点头告别了,干脆直接下楼一走了之。

但这种冲动转瞬即逝。他停在下楼的第一级台阶上,背靠着墙。下面是大厅,黑白相间的地板,看上去宽阔得有些荒诞,像公共广场,随时等待脚步和声音的挑衅,发出巨大的回声。拉祖莫夫像是害怕惊醒那回声,有意压低了声音。

"我不想成为江湖骗子。"

彼得·伊万诺维奇轻轻地摇摇头,一本正经。

"我也没有想过要花时间埋首思考男女平等理论,"拉祖莫夫继续说,"我到这里来,是要参与行动,尊敬的彼得·伊万诺维奇!吸引我到这个讨厌的自由都市的,不是那个伟大的欧洲作家,而是一个更伟大的领袖。正是他的学说吸引了我。在俄罗斯,有许多忍饥挨饿的年轻人信奉你的学说,似乎你的学说是他们在痛苦中活下去的惟一理由。想一想这点,彼得·伊万诺维奇!只要想一想这点!"

面对恳求,伊万诺维奇依然不动声色,充满了耐心、平常心和自尊心。

"当然,我不是说人民。他们是畜生。"拉祖莫夫声音低沉有力。

"是孩子。"伊万诺维奇小声而威严地纠正。

"不!是畜生!"拉祖莫夫大胆顶撞。

"但他们理性,他们无辜。"伟人轻声反驳。

"当然,畜生也足够理性。"拉祖莫夫最终提高了声音,"你不能否认一个畜生生来无辜。但争论是畜生还是孩子有什么用?只是名字不同而已。你只要给那些孩子们人的权力和地位,看他们会是什么样子。你只要给他们试试看……不要紧。我告诉你,彼得·伊万诺维奇,今日,只要六个年轻人走到一起,在寒酸的大学生宿舍,就会悄声念叨你的名字,不是作为他们的思想领袖,而是作为革命能量的中心,行动的中心。你想,还有别的东西吸引我靠近你吗?当然,不是全世界都知道你的东西,恰恰是全世界都不知道的东西,我被不可抗拒地吸引,让我们说,推动,是的,推动,或者说是被迫,被驱使——驱使。"拉祖莫夫大声重复,最后突然停止,似乎被"驱使"一词在空荡的走廊和空阔的大厅中的回声吓倒。

彼得·伊万诺维奇看上去一点不吃惊。紧张的拉祖莫夫不由自主地一声干笑。这个伟大的革命者仍然无动于衷,一副高高在上的父亲模样。

"我诅咒他,"拉祖莫夫对自己说,"他躲在墨镜后面等我暴露。"他突然有一种魔鬼的愉快冲动,想要暗讽一下这个伟人的伟大。于是,他大声说:"啊,彼得·伊万诺维奇,要是你知道这种吸引——不,是驱使——我靠近你的力量就好了!这不可抗拒的力量。"

他现在没有任何想笑的意思。这次,彼得·伊万诺维奇的头一偏,似乎心知肚明地在说,"是吗?"这富有深意的动作几乎难以察觉。拉祖莫夫继续暗中嘲讽。

"这些天来你一直在观察我,彼得·伊万诺维奇。那是自然的。我已觉察到了。我很坦荡。你也许会想,我会不会很自大?对于一个像你这样的男人,自大没有必要,那看上去会有点鲁莽。更何况,一般来讲,我们俄罗斯人往往话太多。我总感觉到那点。但,作为一个民族,我们却哑然无声。我向你保证,下不为例,我再也不可能与你说这么多话——"

拉祖莫夫仍然站在下楼的第一级台阶,靠近伊万诺维奇一点儿。

"你一直很客气。我知道,那是在引导我前进。你肯定对我很公平,哪怕我没有主动争取。是有人推动、促使甚至可以说是派遣我到你身边来卧底,完成一件非我莫属的使命。你会说这是无害的幻觉。这种可笑的幻觉,你甚至懒得一笑置之。我这样说话是很可笑,但我希望有一天你会记得我的话。这就够了。我站在这里,在你面前,忏悔!但还有一件事,我必须把它说完:我绝不同意成为盲目的工具。"

拉祖莫夫想过对方许多致谢的方式,但他没料到这个伟人会紧握他的双手。这突然出击的动作让人很吃惊。要是他想在楼道上给拉祖莫夫下阴招,把他绑起来丢到旁边门窗紧闭的黑屋子里,这个鼓吹男女平等的壮汉动作不可能更快。这念头实际上闪过拉祖莫夫的脑海。伊万诺维奇给了他一次意味深长的紧握,然后松了手。拉祖莫夫直视着这个深不可测之人的胡须和墨镜,笑了笑,心怦怦直跳。

他对自己说——他在日记里袒露心迹——"我不会离开这里一步,除非他开口或走人。这是一场决斗。"

良久的沉默。

"是的,是的,"彼得·伊万诺维奇突然开口。他压低声音,像是怕被人监听地紧张谈话,"好。你过几天来这里看我们。你我之间的谈话肯定会更深入。推心置腹,推心置腹……不过,你务必带上纳塔莉·维克多诺娃——你知道,那个哈丁小姐……"

"我是不是该把这当成你给我的第一条指令?"拉祖莫夫语气生硬地问。

彼得·伊万诺维奇看上去对他态度的转变很迷惑。

"嗯!你自然是合适的人选——合适的人选。我们需要每一个人。每一个人。"

拉祖莫夫低下头。彼得·伊万诺维奇站在楼道里,俯身靠近他低声说:"行动的时刻到了。"

拉祖莫夫没有抬头。直到听见客厅的门关上,知道伊万诺维奇回到了那个涂脂抹粉的保护神身边,他才慢慢下楼,步入大厅。大门仍然开着,屋子的阴影斜落在大部分露台。慢慢穿过露台时,拉祖莫夫揭下帽子,擦了一下汗津津的额头,用力吐了一口气,想除掉在屋里呼吸的最后一丝空气。他看了看手掌,在大腿上轻轻地擦了擦。

看起来挺奇怪,他觉得像有另一个自我,一个精神的秘密分享者,能够清楚地洞察他整个人。"这很奇怪,"他想,过了片刻,他得出结论,心里一声惊呼,"兽性!"他的厌恶感随之被明显的焦虑感取代,"这是神经衰弱所致。"他疲惫的心智在反思,"如果我没有承受力,道德承受力,我该如何一天天活下去?"

他沿着露台下的小道而行。"道德承受力,道德承受力",他脑子里在反复念叨。道德承受力,是的,那才是现在最需要的东西。他非常渴望走出这片郊野,回到城市的另一端,把自己扔在床上,睡上几个小时,暂时忘记一切。"那可能吗,我只是一个懦夫?"他突然一惊,心想,"哎!那是什么?"

他像从梦里惊醒,摇晃了一下,才回过神来。

"啊!你偷跑开,原来在这里散步,"他说。

女侍站在他面前。她神不知鬼不觉就到了他跟前,怀里紧紧搂着猫。

"我无意间就走到了这里",拉祖莫夫一边惊奇地想,一边抬帽向女侍致意。

女侍蜡黄的脸上突然泛起一丝红晕。她依然是一副惊恐的表情,像刚听到可怕的消息。但拉祖莫夫注意到,她站在原地没有动,毫不胆怯。"她穿得太寒酸了",他心想。阳光下,她那身黑衣看上去有点发绿,许多地方打了补丁,面料像被岁月分解,有些地方是天鹅绒,有些地方是黑布,有些地方是毛皮。她的头发和眉毛都很稀疏。拉祖莫夫估摸她有六十岁了。但她的身材还显年轻。他注意到,她不像没吃东西,倒像吃的是残羹冷炙。

拉祖莫夫微笑着让道。她转头惊恐地看着他。

"我知道你在那里听到些什么。"她突然没头没脑地说。与她惊慌失措的举止不同,她的声音出乎意料地沉稳自信,让人听上去很舒坦。

"你知道?你肯定多次听到类似的谈话。"

她换了说法,同样充满了与举止不合的自信。

"我知道他们要你干什么。"

"真的?"拉祖莫夫耸了耸肩,他弯了弯腰,准备离开,突然,他冒出一个想法,"是的。肯定!你地位不一般,深得他们信任,肯定知道许多内幕。"他看着那只猫,轻声说。

女侍突然一阵哆嗦,抱紧了猫。

"我早就知道一切。"她说。

"一切。"拉祖莫夫漫不经心地说。

"彼得·伊万诺维奇是暴君。"她突然说。

拉祖莫夫继续打量那只灰猫的皮纹。

"那种人必须有钢铁意志,否则怎么可能做领袖?我想你误会了——"

"误会!"她叫道,"你说我误会。我告诉你,他谁也不关心。"她突然抬起头,"不要带那女孩来。他要你干的,就是带那女孩来。听我的话,你最好在她脖子上拴一块石头,沉进日内瓦湖溺死。"

拉祖莫夫突然觉得一股寒意,像乌云遮住了阳光。

"那女孩?"他问,"我对她能做什么?"

"他要你带纳塔莉·哈丁来这里。我说的不对吗?当然我说对了。我不在房间,但我知道。我了解彼得·伊万诺维奇。他是一个伟人。伟人都可怕。对,是那样。远离她。那才是你最该做的,除非你希望她变成我一样。幻灭!幻灭!"

"像你一样。"拉祖莫夫看着她的脸。像穷到极点的乞丐,身上没有一文钱,她的五官和皮肤无一值得称道之处。他笑了笑,但寒意驱之不去。这种奇怪的感觉让他很生气。"对彼得·伊万诺维奇产生了幻灭!那就是你失去的全部?"

她看起来战战兢兢,但话语里却充满了自信,"彼得·伊万诺维奇代表了一切。"她用另一种语调补充说,"让那个女孩远离这里。"

"你在鼓动我抗令,只是因为你觉得幻灭?"

她眨了眨眼。

"直接说吧,我第一次看见你,我感到宽慰。你向我脱帽致意。你看起来像是可以信任的人!"

拉祖莫夫一声野蛮的咆哮:"这样的话我听过。"

她吓得退了一步,不知所措,眼睛眨巴了良久。

"那是因为你的礼貌,"她幽幽地解释道,"我不知多久以来,我渴望得到的,不是善良,而是一丁点礼貌。现在,你却生气……"

"不,相反,"他抗议道,"你信任我,我很高兴。我不久可能会……"

"是的,要是你病了,"她急忙打断,"或是碰到大麻烦,你会发现我不是无用的傻瓜。你只要知会我一声,我就会来帮你。我会的。我会守住你。痛苦和我是老熟人,但这里的生活,还不如饿死。"

她焦急地打住话头,沉默了片刻,然后第一次看上去是真正的害羞,继续说:"如果你在干危险的活,有时会需要一个谦卑的伙计。我不想知道你的底细。但我会高兴地听你吩咐。我会执行命令。我有勇气。"

拉祖莫夫严肃地看着她惊恐的圆眼睛,看着她干枯、蜡黄的脸。她的嘴角一直在颤动。

"她想离开这里。"他想。

"要是我告诉你,我在干危险的活呢?"他慢悠悠地说。

她把猫贴在胸脯破旧的衣服上,屏住呼吸一声惊叹,"啊!"然后如同耳语说,"受彼得·伊万诺维奇的指挥?"

"不,不是。"

他在她的眼神中读到了崇拜,于是笑了笑。

"单干?"

他举起拳头,然后竖起食指。

"像这样。"他说。

她轻轻地哆嗦。拉祖莫夫突然想到,有人会不会从屋子里监视他们。他急着要离开。她眨了眨眼睛,抬起枯瘦的脸,像是无声地乞求,多告诉她点儿东西,多给她一些鼓励,鼓励她忍饥挨饿、古怪病态地忠诚。

"从屋子里可以看到我们吗?"拉祖莫夫悄声问。

她毫不吃惊。

"看不到我们。这是马厩角落,"她的机警令人称道,"不过,从楼梯间的窗户看出来,会知道你没有走出大门。"

"谁会在那里看?"拉祖莫夫问,"是彼得·伊万诺维奇吗?"

她点了点头。

"他站在那里干什么?"

"等人。"

"你认识那人?"

"不止一个人。"

她低下头。拉祖莫夫奇怪地望着她。

"你听到他们说的一切。"

她冷漠地低语:"桌椅也听得到。"

他知道,这个绝望的女人,胸中淤积的痛苦已渗入了她的血脉,像无形的毒药,分解了她对屋里那两个可恨之人的忠诚。这对他来说是大幸,他心想。因为女人很少像男人那样能够用金钱收买。她应该是很好的盟友,哪怕她难以像桌椅一样听到一切。那不可指望。但仍然……无论如何,谈话时她会在场。

她抬眼遇见他专注的目光。拉祖莫夫突然开口。

"好,好,亲爱的……我发誓,我还不知道你的名字。这不奇怪吗?"

她第一次耸了耸肩。

"奇怪?没有人问过我的名字。没有人在意。没有人与我说话。没有人给我写信。就连父母也不知道我死活。我用不着名字。我差不多忘了自己名字。"

拉祖莫夫认真地嘀咕:"是的,但……"

她的语速越来越慢,声音很冷漠。

"就叫我特卡拉吧。可怜的安德烈也这样叫我。我忠诚于他。他生于贫困,死于痛苦。那是我们这些俄罗斯人——无名无姓的俄罗斯人——的命。我们一无所有,在哪里都没有希望,除非……"

"除非什么?"

"除非消灭一切有名有姓的人。"她眨了眨眼睛,抿紧嘴唇。

"我给你指令时,叫你特卡拉方便一点儿,"拉祖莫夫说,"要是你同意叫我基里诺,当我们像这样秘密地谈话时,只有你和我。"

他对自己说:"这个人肯定很怕外面的世界,否则她早就逃离目前的处境了。"但他转念一想,突然离开那个伟人,会使她成为嫌疑犯。她不能指望有人支持或鼓励。这个革命者不适合独立生存。

她跟着他走了几步,眨巴着眼睛,轻摇手臂,爱抚那只猫。

"是的,只有你和我。我与可怜的安德烈就是那样,只是他死了,被那些当官的畜生害死了。而你!你强大。你杀死了那些魔鬼。你干了件大事。彼得·伊万诺维奇肯定考虑了你。好,不要忘了我,尤其是你要回俄罗斯时。我会当你随从,与你保持一定距离,携带所需的东西,你知道。我可以在街头望风,若有必要,几个小时都可以,无论刮风下雨,整天也行。我可以帮你抄机密文件、名录或指令,即使万一暴露,笔迹也不会把你牵连出来。你不必担心他们会来抓我。我会装聋作哑。我们女人不容易被痛苦吓倒。我听彼得·伊万诺维奇说,这是由于我们神经迟钝。我们能更好地忍受痛苦,这倒是真的。我会立刻咬断舌头,吐向他们。话语能力对我有什么用?有谁想听我说话?自从我合上可怜的安德烈的眼睛,我从没碰到看上去关心我声音的男人。如果你第一次出现在这里,不是和气地注意我,我也不会向你说这些。我情不自禁地对那个迷人的小姑娘讲起你。啊,多么甜蜜的女孩!坚强的女孩!一眼能够看出来。如果你还有良心,不要带她来这里。再见!"

拉祖莫夫抓住她的手,她的情绪有点儿激动。她挣扎了片刻,停住了脚步,但却没有看他。

"你可以告诉我,"他在她耳边说,"为什么他们,房子里的那些人,急于要得到她?"

她挣脱他的手,转身面向着他,像被这个问题惹怒。

"难道你不知道,彼得·伊万诺维奇必须指使人、启发人、影响人?这是他的生命。无论多少信徒都不够。想到有人会逃离他的控制,他就难以忍受。特别是一个女人!他说,没有女人,一事无成。他在书中就是这样写的。他——"

拉祖莫夫看着她情绪激动的样子。突然,她话没说完,一溜烟躲到了马厩后面。

3

拉祖莫夫朝庄园大门口的方向走去。这一天,他经历了多次谈话。他发现,很可能还要遭遇一次谈话,才能离开这里。

从门房走进来两男一女。他们可能就是彼得·伊万诺维奇等候的客人。这三人注意到了他。他们马上停下来,像是在商量什么。过了一会儿,那个女人闪到一边,朝那两个男人挥了挥手。那两个男人立刻离开车道,穿过中间无人打理的大草坪,径直朝屋子走去。那个站在车道上的女人,等待拉祖莫夫先生走近。她已认出他来。他第一眼也认出了对方。他们是在苏黎世结识的。他从德累斯顿来日内瓦的路上,在苏黎世停留了三天。那期间,他们差不多天天在一起。

她穿着第一次见面时同样的衣服。一件粉红色的丝绸罩衫,很远看去都醒目。她穿了一件棕色短裙,扎了一条皮带。皮肤就像咖啡加了牛奶的颜色,非常干净。柳眉下的眼睛黑亮,身材笔直。浓密的头发几乎全白,随意地散落在一顶黑色的蒂罗林软帽下。落满灰尘的帽子,像掉了一些花饰。

她脸上的表情严肃而专注。拉祖莫夫走近她时,情不自禁地笑了笑。她像男人一样用力握手招呼他。

"什么!你要走了?"她说,"怎么样,拉祖莫夫?"

"我要走了,没有人请我留下。"拉祖莫夫一边回答,一边用同样大的力度握住对方的手。

她突然将头一扭,像明白他的话。拉祖莫夫瞟了一眼那两个男人。他们正不慌不忙地斜穿草坪。其中的矮个儿穿了一件不合身的浅灰色外衣,几乎长到脚边,鼓囊得像个肉包子。大块头穿了一件紧身的短夹克,紧身裤腿扎在破烂的高帮鞋里。

显然,这个女人指示他们避开拉祖莫夫。她用一种正儿八经的口吻说:"我匆忙从苏黎世赶来,从火车站接到他们,带来见彼得·伊万诺维奇。我任务完成了。"

"哦,"拉祖莫夫敷衍了一声,对她站在身后说话很生气,"苏黎世,那两个人,他们来自……"

她打断他的话,平淡地说:"从另一个方向来。来自远方。很远的地方。"

拉祖莫夫耸了耸肩。那两个远方来客已到了露台的墙边,突然消失在墙脚,像大地开裂将他们吞噬。

"他们刚从美国来,"穿粉红罩衫的女人说话前也耸了耸肩,"时机临近了,"她像在自言自语,"我没有告诉他们你是谁。要是知道了你,雅科夫里奇会拥抱你。"

"是那个穿长外衣、一缕头发飘在下颌的人?"

"猜对了,那是雅科夫里奇。"

"你不专门从苏黎世赶来,他们从火车站就找不到这里,对吧?真是的,没有女人,一事无成。难怪他的书上那样写,看来是真的。"

他意识到自己装出讽刺的样子,心里其实是巨大的疲惫。他明白,自己的疲惫逃不过对方那双专注而明亮的黑眼睛。

"你怎么啦?"

"我不知道。没什么。我今天很累。"

她的黑眼睛一直盯着他的脸上。

"什么原因?你们男人敏感,自我意识太强。一日复一日,累,累——总有尽头,直到那伟大的一天到来。我过来,有充足的理由。他们写信告诉彼得·伊万诺维奇,说他们来了。但从哪里来?只是说从瑟堡,写在一张轮船上用的便笺纸上,任何人都可以那样做。雅科夫里奇在美国生活了多年,我是惟一熟悉他历史的人。我对他很熟,所以,彼得·伊万诺维奇发来电报,要求我来。这很自然,不是吗?"

"你是来为他担保?"拉祖莫夫问。

"是的。差不多。像他那样在美国生活了十五年的人,足以发生许多改变。一个人,像一头牛,在一个陌生的国度。我想起雅科夫里奇去美国前……"

她的声音很温柔。拉祖莫夫瞟了一眼她的侧影。她叹了口气,头转向一边。她的右手指插进全白的头发里,茫然地摸索着。她收回手时,头上的小帽子有点斜,显得有点怪异,与她脱口而出的回忆呢喃形成鲜明反差。

"即使是那时,我们也不是第一春。但男人总是孩子,长不大。"

拉祖莫夫突然想,"他们肯定一起生活过"。

"为什么你不跟他去美国?"他直接问。

她抬头惊慌地看着他。

"难道你不记得十五年前在发生什么? 那是火红的年代。那时,革命已走了一段历程。你在革命的洪流中,但你似乎不觉得。雅科夫里奇是带着使命离开的;我回到了俄罗斯。必须是那样的结果。后来,他没有必要再回来了。"

"没有必要!"拉祖莫夫装出吃惊的样子低声说。

"你想暗示什么?"她立刻问,"哪怕那时他有点儿灰心又如何……"

"他看起来像美国北方人,下巴上留着山羊胡。典型的山姆大叔,"拉祖莫夫瓮声瓮气地说,"你呢? 你回到俄罗斯? 你不灰心。"

"不要紧。雅科夫里奇是无可置疑的人。无论如何,他是好人。"

她犀利的黑眼睛仍然停留在拉祖莫夫身上。

"抱歉,"拉祖莫夫沉默了片刻,冷冷地问,"那是不是等于说,你认为我不是好人?"

她没有反驳,装作没有听到他的话。她继续看着他。他判断她的眼神没有不友善。他路过苏黎世时,停留了三天,是她照顾的,从早到晚他们都在一起。她带他四处转,见了几个人。最初,她对他谈了许多,相当坦率,只是不愿谈论自己。到了第二天中午,她变得沉默,但照旧热心地照顾他,甚至在火车站送行时,她还把手伸进车窗,用力握他的手。火车开动时,她才默默地退后一步。他注意到,她受到无言的尊重。他对她的身世一无所知,对她的过去和政治表现一无所知。他从个人的经验判断,她是他前进道路上明显的威胁。或许,"判断"不是合适的词汇。那更多地是一种感觉,点滴印象的综合。他还发现,他难以像鄙视其他人一样鄙视她。他没有想到,他们这么快就会重逢。

不,她的表情没有不友善。但他察觉到自己的心跳在加速。谈话不可能到此结束。他继续问。

"是不是因为我看起来没有盲目接受彼得·伊万诺维奇的伟大思想?如果那是怀疑我的原因,那么,我只能说,我鄙视做思想的奴隶。"

她一直看着他,不是像一个听者看着说话者,倒像他说的话不如他这个人有趣。他说完时,她突然坚定地伸出手,挽住他的胳膊,温柔地拥着他走向庄园门口。他感觉到了她坚定的手,没有反抗,正如刚才那两个男人,服从她的指令。

他们挽着手走了几步。

"不,拉祖莫夫,你的想法也许是对的,"她说,"你也许有价值,很有价值。问题是,你不喜欢我们。"

她松开手。他碰到她冷冰冰的笑容。

"你们期望我有信仰和爱?"

她耸了耸肩。

"你很清楚我的意思。大家认为你不够投入。我已听到许多人这样说。我在认识你的第一天时就理解了你……"

拉祖莫夫平静地打断她的话。

"我保证,在这点上你错了。"

"你在说什么!"她插话道,"基里诺·西多诺维奇,你像其他男人一样过分挑剔,过分爱惜羽毛,怕麻烦。而且,你没有受过训练。你需要女人调教。抱歉我在这里待不了几天。我明天就要回苏黎世,准备带雅科夫里奇一起走。"

这消息让拉祖莫夫松了一口气。

"抱歉,"他说,"我认为你不理解我。"

他的呼吸开始自如。她没有反驳,只是问道:"你与彼得·伊万诺维奇相处得如何?你们一定见了多次面。你们之间究竟怎样?"

拉祖莫夫不知如何回答,只好慢慢低下头。

她一直张嘴等待他的回答。见他没有开口,她也紧抿双唇,像在沉思。

"没关系。"她说。

这话听上去有告别的意思。但她没有走开。他猜不透她的心思。拉祖莫夫低声说:"你不应该问我这个问题。过一会儿,你见到彼得·伊万诺维奇,自然会谈到。他会好奇地问,你在花园里为什么耽搁这么长时间。"

"彼得·伊万诺维奇肯定有话对我说。好几件事情。他也许会提起你,问我一些问题。彼得·伊万诺维奇通常会相信我。"

"问你?很可能。"

她调皮地笑了笑。

"哦,我会对他怎么说呢?"

"我不知道。你不妨告诉他你的发现。"

"发现什么?"

"我缺乏爱,对于……"

"哦!那是我们之间的事情。"她打断他。她不知说的是真话还是开玩笑。

"我知道,你想告诉彼得·伊万诺维奇对我有利的东西,"拉祖莫夫一脸严肃地调侃,"那好,你可以告诉他,我对我的使命非常热心。我想成功。"

"你已分派了任务!"她惊呼。

"可以那么说。他告诉我要做一件事。"

她好奇地看着他。

"一件事,"她既严肃,又很好奇,"什么样的事?"

"相当于宣传工作。"

"啊!离这里远吗?"

"不远,不太远。"拉祖莫夫抑制住想笑的冲动,尽管他一点也不觉得好笑。

"那好!"她若有所思地说,"我不问了。彼得·伊万诺维奇知道我们在做什么就够了。一切终有好结果。"

"你这样认为?"

"我不这样认为,年轻人。我只是相信。"

"你的信仰来自彼得·伊万诺维奇?"

她没有回答。他们默默地站着,似乎迟迟不想说再见。

"像个男人一样,"她最后低声说,"可以说清楚信仰是怎么来的。"她柳眉轻扬,"不错,俄罗斯有几百万人羡慕这里狗的生活。即使你我承认了这个事实,也是恐怖和羞耻。出于怜悯,我们必须相信。这种状况不能继续下去。不能!不能继续。二十年来,我一直来来去去,从不左顾右盼……你笑什么?你才出道。你的起点不错,但你还得等结果,直到你来来去去走过脚下的每一寸土地。结果是将来的事。你必须走过你情感的每一寸土地。你不能停下,你不必停下。我一直年轻;但也许你认为我是在抱怨?"

"我不那样认为。"拉祖莫夫冷冷地说。

"亲爱的小兄弟,我敢说你不关心。"

她将手指插进左边的头发。这突然的举动歪打正着,将歪斜的软帽扶正。她帽子下的皱眉没有敌意。她像在做问卷调查。拉祖莫夫漫不经心地别过脸。

"你们男人都一个样。你们将幸运误会为应有的奖赏。你们对此深信不疑!我不会对你苛刻。那是男性的本能。你们男人很可怜,以为能够怀抱着儿时的梦想一直到坟墓。我们中许多人一直干了十五年,尝试了种种道路,明的暗的,从不左顾右盼!我有资格这样说。因为我就是那样的人,从没停歇……看这里!光说有什么用……看我灰白的头发!然后,过来了两个孩子,我是指你和哈丁,你们过来了,一出手,就是成功一击。"

听到这个女革命者快速有力的嘴里吐出哈丁的名字,拉祖莫夫生气地想起那不可挽回的生命。过去几个月,对于那件事,他的心肠已变硬。现在想起,他已不像当初那样茫然惊奇和盲目愤怒。他说服自己,有了新的信仰。他为自己营造了一个精神空间,里面充满了忧伤而讥讽的幽灵。就像透过一面模糊的镜子,那件事看起来朦朦胧胧,只有一个模糊的人影。一个很熟悉的人影,但完全没有表情,隐约像在黄昏中等候,不令人吃惊。

"哈丁什么模样?"这个女革命者突然问。

"什么模样?"拉祖莫夫竭力不让自己翻脸。他借余光偷偷瞄了她一眼,轻轻一笑,放松心情。他的回应令她忐忑不安。

"要是像个女人又如何,"拉祖莫夫说,"你关心他的模样有什么用? 无论什么模样,他现在都不受男女平等思想的影响。"

她皱了一下眉头,鼻根处出现了三道皱纹,柳眉显得更突兀。

"你很痛苦,拉祖莫夫。"她声音很低,充满了信任。

"废话!"拉祖莫夫看着眼前这个女人,"我现在想起这件事。我肯定他至少受了一个女人的影响。这个女人就在那里,S 夫人,你知道。以前,我们让死者长眠,但现在,他们好像受一个疯狂的老巫婆调遣。我们革命者做出了神奇的发明。真的,他们与我们完全不一样。我们一无所有。彼得·伊万诺维奇的守护神不能满足你女性的好奇吗? 她难道不会编造哈丁的故事骗你吗?"——拉祖莫夫像一个痛苦万分的男人那样说话。

她舒展开眉头,有点疲惫地说:"还是希望她给我们泡一壶好茶吧。不过,这肯定是奢望。我累了,拉祖莫夫。"

"你累了! 多么坦白! 好,那里有茶水。我已饮过。要是你急起直追雅科夫里奇,不是把时间浪费在我这个牢骚满腹的可疑分子身上,你也许会看到游荡在这座革命神庙里的幽灵,冷冰冰的幽灵。不过,你说累了,我难以相信。他们从来不认为我们会累。我们不会累。我们不能累。前一天,我在报纸上读到一篇奇怪的文章,写的是革命者不怕苦、不怕累。这篇文章轰动全球。这是我们的骄傲。"

"他在不断奚落,"这个穿粉红色罩衫的女人说话的口气像在呼吁第三者保持冷静,但她的黑眼睛从未离开过拉祖莫夫的脸,"求求你,这是为什么?莫非只是因为他的一些传统观念、他那些小气的男性标准受到了惊吓?你可能认为他是神经过敏,下场不好。"她沉默了片刻想了想,然后变换了口气说,"通过我了解到的一些信息,我认为,你是有骨气的人,基里诺·西多诺维奇。是的!有骨气的人。"

这句神秘的肯定使拉祖莫夫很吃惊。他们对望了一眼。他移开目光,透过生锈的铁门栅栏,可以看到外面干净开阔的林荫道。一辆空荡荡的电车哐当哐当地驶过。他心想,自己应该独自坐在车里面。他的疲惫难以言表,深入到每一个神经细胞末梢。但他有理由不选择率先结束谈话。随时,这些革命者幻想的罪恶话语泡沫里,一些关键的信息会落入他的耳里,不论是从她的嘴里吐出,还是从别人的嘴里。只要保持清醒的头脑,压制焦躁的心情,就没有什么可怕的。他提醒自己,成功和安全的惟一保障是坚不可摧的意志力。

他渴望自己在铁门之外。波莱尔庄园是革命的中心、阴谋的摇篮,充满了愚蠢、盲目、邪恶和罪行。在这里,他就像是囚徒。他默默地纵容自己受伤的灵魂,想像自己的道德和精神都在千里之外。听到对方在重复那句话时,他甚至没有笑。

"是的!有骨气的人。"

他的目光穿过铁门栅栏。像一个忧伤的囚徒,他没有想到逃跑,只是追忆渐行渐远的自由。

"如果你不注意,"他仍然没有回头地自言自语,"你就会错过看到那里的茶树精。"

她不为所动。事实上,他也不指望能说动她。

"不要紧,那不是什么了不起的损失。我的意思是错过她的茶和那里的茶树精。至于 S 夫人,你知道,她很有用。你看,拉祖莫夫。"

听到急切的请求,他转回头,看见她的手在做数钱的动作。

"是这样。你明白吗?"

拉祖莫夫慢吞吞地说"明白",然后,继续像个囚徒一样凝望着铁门外干净的林荫道。

"必须采取方式搞到钱。这比抢银行容易,也更保险。我是在开玩笑……你在嘟囔些什么?"她低声问。

"我很佩服彼得·伊万诺维奇的自我牺牲精神。真恶心。"

"哦,你这个胆小鬼。恶心!他恶心!你知道什么真相?你根本洞察不了他心灵的秘密。早在他是年轻的禁卫军官时,他们就认识多年。一个受到神启的人,不该由女人来判断。那是男人的专利。有时,你们思想和行动都受到神启。我承认,男人受到神启后,丢下了懦弱和拘谨,女人就赶不上男人。只是,很少……然而,最愚蠢的女人都有用。为什么?因为女人有激情,不可遏止的激情……我想知道你在笑什么?"

"我没有笑。"拉祖莫夫忧郁地抗议。

"好的!怎样说呢?你的脸色变了。是的,我知道!你们男人只能在这里爱,在那里恨,渴望这,渴望那——你们制订宏伟计划,你们称之为激情!是的!只要激情能持续。但我们女人会爱上爱,爱上恨,爱上我告诉你的一切,爱上欲望本身。这就是为什么我们女人不像你们男人那样容易被收买。你知道,生活中没有太多选择。男人要么腐朽,要么燃烧。女人无论是否涂脂抹粉,无不宁愿选择燃烧,而不选择腐朽。"

她掷地有声。但拉祖莫夫的注意力在自己的心思上,在铁门栅栏之外,根本没有听她说的话。他将双手插进外衣口袋。

"腐朽,或燃烧！说得好。无论是否涂脂抹粉。很有力。涂脂抹粉……请告诉我——她心里会不会嫉妒他,会不会?"

"谁？什么？男爵夫人？埃莱诺·马克西莫娃？嫉妒彼得·伊万诺维奇？我的天！你脑子里想的是什么？她根本没有那念头 。"

"为什么？难道富有的老女人就不会嫉妒？难道他们是纯粹的精神伴侣？"

"你究竟在想什么,要问这个问题？"她很好奇。

"没什么。我只是随便问一问。你就当我是轻佻的男人。"

"我不喜欢,"她立刻说,"这不是轻佻的时候。你的心到底向着哪里？也许你只是在演戏。"

拉祖莫夫感到,这个女人对他的观察,像一次身体的接触,像一只手轻轻地落在肩头。那时,他有种神秘的预感,她已决心再次用力握住他的手。他提前做好了准备。

"演戏,"他装出不动声色的样子,"我肯定演得很差,因为你都能看穿。"

她注视着他。她的额头缩成直立的皱纹,柳眉朝上分开,像昆虫的两只触角。他的声音几不可闻:"你错了。我演得跟其他人没有区别。"

"谁在演戏？"她厉声问。

"谁？每个人,"他不耐烦地说,"你是唯物主义者,对吧？"

"嗯！亲爱的小兄弟,我已活过了说废话的时候。"

"你肯定记得卡巴尼斯给人下的定义:'人是一条消化管道。'我现在想……"

"我呸。"

"什么？对卡巴尼斯？好。但你不能忽视一条好的消化管道很重要。生活的乐趣——你知道生活的乐趣吗？——依靠健康的胃,消化不良往往使人疑神疑鬼,滋生黑暗的幻想和致命的思想。这些都被生理学家证实。我向你保证,自从离开俄罗斯,我的胃里已塞满了难以消化、恶心的国外调制品！"

"你在开玩笑。"她将信将疑。他漠然地点头。

"是的,全是玩笑。与我这样的人谈话毫无价值。因此,大家才知道各顾各的生活。"

"相反,我认为与你谈话有价值。"

他用余光看着她。她似乎在想尖锐地回击,但最终只耸了耸肩。

"浅薄!我想人们会原谅你身上这个缺点。"她故意强调了"缺点"两字。她宽容的结论里有一丝焦虑。

拉祖莫夫注意到这一丝焦虑。这出乎他的意料,他没有做好准备。是这样。"我没有准备,"他对自己说,"太出其不意。"在他看来,只有像一条狗一样喘息一段时间,才能扛过这阵压抑。"我以后一定要做好准备",他绝望地想。他轻轻一笑,若无其事地说:"谢谢。我没有要求你慈悲。"然后,他装出调皮的担忧:"难道你不怕彼得·伊万诺维奇怀疑我们在大门口图谋不轨?"

"不,我不怕。亲爱的小兄弟,你和我在一起,没有人会怀疑你。"她黑眼睛里那道幽默的光芒熄灭了。"彼得·伊万诺维奇信任我,"她严肃地说,"他接受我的建议。一直以来,在许多大事上,我是他的副手……你觉得好笑是不是?你以为我在说大话?"

"绝对没有。我只是想,彼得·伊万诺维奇好像彻底解决了女人问题。"

他话音未落,就在责备自己的用词和语气。一整天,他老说错话。这很愚蠢,比愚蠢还不如。这是缺点。这是压倒他意志的怪病。这难道是该用的对话方式?要知道对方的地位举足轻重,明显知道许多内幕,她的话里肯定会有未来的机密。为什么要给她这种迷惑的印象?她看起来没有敌意。她的声音里没有生气,只是若有所思。

"不知道你在想什么,拉祖莫夫。你肯定在摇篮里就吃了什么苦头。"

拉祖莫夫斜睨了她一眼。

"苦头？是一种解释，"他嘟哝道，"但那是后来的事。难道你不认为，索菲亚·安东诺娃，你和我来自同一个摇篮？"

尽管舌尖上有一种恶心的味道，他最终还是叫出了这个女人的名字。安东诺娃沉默了片刻，悄声问："你是指俄罗斯？"

他甚至懒得点头。她心头一暖，黑眼睛非常宁静，脑海里像在寻找与这个比喻一切温柔的联系。突然，她蛾眉一皱，紧锁眉头。

"是的。也许没有奇迹。是的。一个人躺在那里，深陷邪恶之中，周围是比食人魔、食尸怪、吸血鬼还可恶的看客。他们必须被驱散，必须被消灭。在这种使命面前，别的都不重要，只要男人和女人下定决心，彼此忠诚。那是我最终的感觉。当务之急，不是争论鸡毛蒜皮之事。切记，拉祖莫夫。"

拉祖莫夫没有在倾听。他甚至没有感觉到，她在默默地看着他。他的不安，他的敏感，他的蔑视，经过几小时的折磨，最终变得愚钝。在他看来，它们已永远钝化。"我是他们所有人的对手"，他用一种坚定而冷漠的信念想。安东诺娃停止了说话。他没有看她。外面的路上没有行人。他几乎忘记了不是一个人。他再次听到她的声音，简洁，客套，但透露了她沉默的真正原因。

"听我说，拉祖莫夫！"

拉祖莫夫的头依然扭到一边。他做了个鬼脸，像听到刺耳的音符。

"告诉我，你那天上午真的去上课了？"

谢天谢地，他有一秒的时间，来思考这个问题的真正用意。就像一颗子弹，在火光一闪之后，要过瞬间才能击中目标。很幸运，他的手已伸出去拉铁门的栅栏。他用力抓住铁门，但已失魂落魄，只发出一阵咯咯的怒声。

"基里诺·西多诺维奇！"她在催他，"我知道你不是说大话的人。你是一个沉默的人。也许太沉默。你在喂养自己的痛苦。你不是空想家。也许，你因为沉默而变得更强大。但你可以告诉我。我们想多了解你一点儿。我非常吃惊……你真去上课了？"

他恢复了话语能力。那颗子弹没有击中他。完全是胡乱一枪,更像一个信号,要他回到现实。那是自我保护的明显挣扎。她是一个危险的敌手。但他做好了战斗准备。他准备好了。他转身面对着她,脸上的肌肉纹丝不动。

"当然,"他冷冷地说,暗地绷紧神经但完全充满自信,"上课去了。你问这个是什么意思?"

倒是她很激动。

"是这封信里写的,一个圣彼得堡的年轻人写的。当然,他是我们的人。他看见你去上课,带着笔记本,面无表情,做笔记……"

他上下打量着她。

"那又怎样?"

"我认为你非常冷静。足以证明你非凡的意志力。那个年轻人写道,没有人会从你表情和举止中猜到,就在两个小时前,你扮演了那个伟大、重要、光荣的角色……"

"哦,不。没有人会猜到,"拉祖莫夫一脸严肃,"是因为,难道你不知道,那时候没有人……"

"是的,是的。不过,你是一个特别坚强的人。你看起来与过去完全一样。后来,有人惊讶地回忆起……"

"我毫不费力。"拉祖莫依然面无表情。

"那更了不起!"她感叹了一声,突然陷入了沉默。拉祖莫夫心想,自己是否说了什么不必要的东西,甚至更糟糕的东西。

她突然抬起头。

"你那时打算待在俄罗斯?你已计划……"

"不,"拉祖莫夫不慌不忙地说,"我没有任何计划。"

"你只是走开了?"她追问。

他垂下头,缓缓表示认同:"是的。"他慢慢松开抓在铁门上的手,似乎确认现在没有乱枪将他打翻。突然,他像受了神启一样补充说:"你知道,当时雪下得很大。"

她点点头表示赞赏,像一个感兴趣的暗杀专家,能够老练地把握每一个细节。拉祖莫夫想起了他听到的东西。

"你知道,我拐进了一条狭窄的小胡同。"他继续若无其事地说完,就住了嘴,像不值得细谈。然后,他想起了另一个细节,又抛给了她,像轻蔑地施舍一点东西满足她的好奇。

"我很想躺在地上睡一觉。"

她舔了舔嘴唇,显得非常吃惊。

"但你的笔记本呢!那个令人惊奇的笔记本。你不会说是事先就放在口袋中了吧!"她突然说。

拉祖莫夫一惊,好像挺烦躁。

"我回到家。直接进了我房间。"他清晰地说。

"冷静的男人!你敢吗?"

"为什么不敢?我向你保证,我非常冷静。也许比我现在还冷静。"

"我喜欢你现在的样子,不喜欢你沉溺于痛苦,拉祖莫夫。屋里没有人看见你回去吗?那可能有点奇怪。"

"没有人,"拉祖莫夫肯定地说,"德沃里克,房东太太,女仆,都没有碰上。我像幽灵一样上楼。那是一个阴森森的早上。楼梯很暗。我像幽灵一样溜上去。命运?运气?你认为呢?"

"我知道!"这个女革命者的两眼放光,"好,然后你就考虑……"

拉祖莫夫心里早有准备。

"不。我看了看表,因为想知道时间。还有时间。我带上笔记本,踮着脚尖冲下楼。你听到过男人跑下很深的楼梯井时发出的吧嗒声吗?底楼有一盏煤气灯日夜都亮着。我想它现在还发着光……灯焰一闪,吧嗒声就消失了……"

他注意到一丝惊奇掠过一直盯着他脸庞的那双黑眼睛,似乎他的声音进入的是那个女革命者的眼瞳,而不是她的耳朵。他反省了一下自己,伸手摸了摸前额,像刚从梦中被吵醒的人一样迷惑不解。

"早上不去上课,学生能往哪里跑?若是晚上,当然是另一回事。我不在意屋里是否有人看到我。我认为是没有人。最好不要有人看到听到。在俄罗斯,既没有被看到、又没有被听到的人是幸运儿。难道你不羡慕我的运气?"

"令人吃惊,"她说,"要是你有决心和运气,你很可能成为一个得力干将,帮我们完成手上的任务。"

她的口吻很真诚。但在拉祖莫夫看来,她的话里还不确定,哪怕她已在心目中估量他,估量他的使命。她垂下目光。他在默默等待,现在已不是很警惕,但挥之不去的危险感依然让他很谨慎。那封圣彼得堡来信是谁写的?肯定是一个同学,一个白痴,一个革命宣传的牺牲品,一个国外反动思想的愚蠢奴隶。他脑子里搜寻了一圈,突然闪出那个面黄肌瘦、红鼻子的高个同学。肯定是那家伙!

他暗自嘲笑整桩事情简直错得离谱。一个自以为是的理想主义罪犯,像晴天霹雳一样打碎了他的生活。在他生活的残骸中,这样的自以为是不断回荡在其他傻瓜的错误幻想中。想想那个饥饿、虔诚的白痴,他把一个完全疯狂的细节,提供给了这些好奇的流亡革命者!他认为这绝非构成危险。相反,正如事态的发展表明,这对他是个好消息,而不是厄运,需要慎重对付。

"拉祖莫夫,"他听到这个女人若有所思的声音,"你的表情不像一个幸运之人,"她抬起眼睛,重新燃起了兴趣,"照你所说,你完事后,就走开了,直接回房间。这种事情有时会成功。我想,你们事前商量过,一旦得手,就各奔东西?"

拉祖莫夫表情严肃,内心谨慎,但说话却故作轻松。

"那不是上策吗?"他不动声色地问。"不过,"他停留了片刻,继续说,"我们没有考虑太多接下来的事。我们没有正式讨论过行动路线。我认为,这可以理解。"

她点头表示赞同。

"你们是想待在俄罗斯?"

"待在圣彼得堡,"拉祖莫夫强调说,"对我来说,那是惟一安全的地方。而且,我没有地方可去。"

"是的,是的!我知道。显然。那个神奇的哈丁,似乎只有让人痛惜了。你不知道他的打算?"

拉祖莫夫已预料到,她早晚会抛出这个问题。他略微抬起手,然后无奈地放下。没有多余的动作。

还是这个白发苍苍的女革命者率先打破沉默。

"很奇怪,"她慢慢说,"基里诺·西多诺维奇,你想过没有,他也许还想与你联系?"

拉祖莫夫发现,他的嘴唇在不由自主地颤动。他想是因为有话要说的缘故。千万不要再露出破绽。他必须说话,一定要摸清那封来信的底细。

"我第二天待在家,"他头一低,凝视着这个女人的黑眼睛,不让她注意他颤动的嘴唇。"是的,我待在家。我回忆起行动过程,就将它们记录下来。你可能知道,他们第二天没有看到我去上课。对吧?你不知道?哦,我就在家,待了一整天。"

像是被他激动的语气打动,她满怀同情地低语:"我知道!那肯定是煎熬。"

"你很善解人意,"拉祖莫夫平静地说,"是煎熬。很恐怖。痛苦的一天。但不是最后一天。"

"是的,我理解。然后,你听说他被捕了。在美好的战斗中失去战友,那种感受我难道不知道吗?感觉像是被抛弃,像是丢人。这是我全部的感受。没关系。我们不久就为他们报仇。死亡是什么?不像有些人的人生,死亡不是丢人的事情。"

拉祖莫夫感觉心中一动,是微弱、不安的恐惧。

"有些人生?"他狐疑地看着她。

"那种奴性人生。人生?不!行尸走肉。拉祖莫夫,人生,若想不卑微,就必须不断地革命,不停地无情反抗。"

她平静下来,眼睛里含着泪光;但转瞬之间,泪水就被火热的激情灼干。她以干练高效的口吻继续说:"你理解我,拉祖莫夫。你不是空想家,但你身上有巨大的革命力量。我第一眼见你时就感觉到了。你记得,在苏黎世。你充满了痛苦的革命激情,那是好的。愤怒有时会退却,复仇有时会疲惫,但那不妥协的必然性和正义感,武装了你和哈丁的手,消灭那个疯狂的畜生……就是这么回事!我已想明白。肯定就是这么回事。"

拉祖莫夫轻轻弯下腰,这个动作的反讽意味掩藏在几近阴险的面无表情中。

"我不能替逝者代言。至于我自己,我向你保证,我的行为是受必然性和因果报应的指引。"

"很好。"他对自己说。她的目光落在他身上,幽暗,琢磨不透,像心理洞穴。那里,革命思想在谋划暴力手段,以实现翻天覆地之梦。似乎一切都可改变!在这个人间,没有什么不能改变。无论是幸福,还是痛苦,都能够被置换,代价不过是堕落的心灵和破碎的生命。革命是目空一切的哲人和血腥暴力的宵小之徒玩的徒劳把戏。这些念头在拉祖莫夫的脑海飞驰。他面前站的就是一员革命老将,受人尊敬、信赖、有影响力的索菲亚·安东诺娃。她在"暴力"革命阵营里一言九鼎。她比伟大的彼得·伊万诺维奇更有代表性。撕下了修辞话语、神秘主义和理论学说的面纱,她代表着赤裸裸暴力革命的真精神。她是他必将遭遇的对手。这给了他胜利的快感,去骗取她的信任。他突然想起一句格言,上天赋予人类语言能力,为的是掩盖所思所想。巧妙、嘲讽地利用这句玩世不恭的格言,等于以其人之道,亵渎这个女人象征的无情革命精神。这种精神表现在她的白发上,表现在她淡墨线条一样的柳眉上。她像在沉思,皱着眉头,眉毛像连在一起,眉间露出一道道垂直的皱纹。

"正是。因果报应。无情!"她激动之下,打破了沉默,简洁而有力地说:"听我的故事,拉祖莫夫!……"

她的父亲是一个聪明的匠人,命运多舛。没有快乐燃亮他每日的劳作。他死时才五十岁。他的人生岁月都在东家的颐指气使之下喘息。贪婪的东家讹诈他的水费、盐费、空气呼吸费。连他眉毛的汗水也要收费,甚至要喝他子女的血。没有人保护他,没有人引导他!社会对他怎么说?温顺,老实。要是反抗,就杀了你。要是偷东西,就让你坐牢。但如果受苦,没有什么给你。什么都没有,除了施舍一点面包,但不会慰藉你的苦难,不会尊重你的人格,不会怜悯你的痛苦。

就这样,他劳作,受苦,然后死去。他死在医院。站在简陋的坟前,她想起了父亲多难的一生。她完全看清楚了。他人生中简单的快乐时光屈指可数。他温柔心灵中的简单快乐时光,这一份穷人的生存福利,已被这不可救药的万恶社会剥夺。

"是的,拉祖莫夫,"她低沉的声音很动人,"我就像站在一道红光里。那时,我还是一个孩子。我没有诅咒劳作,没有诅咒他的艰苦命运。我诅咒这个万恶的社会制度,它建立在没有回报的劳作和没有怜悯的痛苦之上。从那一刻起,我走上了革命道路。"

拉祖莫夫依旧面无表情。他极力避免流露出鄙夷或同情。这些感情都很危险。自从认识她以来,他还是第一次见到她袒露痛苦。她继续说:"我不能去教堂,那个社会的牧师鼓励我这样无人照顾的蛆虫听天由命。一旦我知道如何找路,我就加入了秘密革命组织。那年我十六岁。只有十六岁,拉祖莫夫!你看我现在的白发。"

她最后一句话里,没有骄傲,没有悲伤。痛苦也已远去。

"许多白发。我过去的头发很好,当丫头的时候就很好。只是,在那时,我们要剪短,认为这是摧毁万恶社会的第一步。摧毁万恶社会!一个漂亮的口号!我要将它贴在监狱和宫殿的墙上,刻在坚硬的石头上,写成烟幕字悬挂在天空中,作为希望和恐惧的符号,末日的不详之兆……"

"你说得很好,索菲亚·安东诺娃,"拉祖莫夫突然插话,"只是,到现在为止,你好像一直把它写在水上……"

她被揶揄了一次,但她却并没有觉得冒犯,"谁知道?也许很快就会变成现实,写在我们伟大的土地上,"她意味深长地暗示,"那时,我们会活得很长。白发算不了什么。"

拉祖莫夫望着她的白发。这是动荡岁月的标志,见证了她不屈的革命精神。它给了她舒展的脸,明亮的黑眼睛,挺拔的身材,单纯、活泼、成熟的自信,一种惊人的宽慰。似乎在革命的朝圣之旅中,她发现的不是青春永驻的秘密,而是永远忍耐的秘密。

她看上去一点儿不像俄罗斯人,拉祖莫夫想,她的母亲可能是犹太人或亚美尼亚人。天知道!他想,革命者很少是一个固定类型。一切革命都是强烈个人主义的表达。他的思绪像在狂飙。在任何社会,在任何环境下,都能在很远的地方把他们分辨出来。奇怪的是,警方……

"我想,我们不会很快再见了,"她说,"我明天就走。"

"去苏黎世?"拉祖莫夫漫不经心地问。他觉得松了一口气,不是摆脱了明显的忧虑,而是像完成摔跤比赛之后释放了压力。

"是的,苏黎世。也许更远、更远的地方。另一次旅行。我想起了所有的旅行!有一天,最后一次旅行终将到来。不要紧,拉祖莫夫。我们必须好好长谈一次。要是偶遇不到,我一定专门去看你。彼得·伊万诺维奇知道你住哪里吗?肯定知道。我打算问他。但最好像这样,不期而遇。你知道,我们需要两个帮手。但我宁愿在这里和你谈话,在这里等他们,也不想进屋里……"

她的目光望着门外,"他们来了,"她飞快地说,"好,基里诺·西多诺维奇,我们只好说再见了。"

4

拉祖莫夫觉得脚下的地面有些不踏实。他迅速转过头,看见两个男人在马路对面。知道已被索菲亚·安东诺娃发现,他们立刻穿过马路,一前一后从无人的门房旁边的小门进入庄园。他们面色严肃地看着拉祖莫夫,但没有对他这个陌生人产生怀疑,因为穿着粉红色罩衫的安东诺娃就是醒目的安全标志。走在前面的是个胖子,肥头大耳,面白无须,双下巴,啤酒肚有意藏在非常宽大的外衣下。他只点了点头,就偷偷地移开视线。走在后面的是个瘦子,腮帮赤红,醒目的尖鼻下是剑拔弩张的红胡须。他立刻走近索菲亚·安东诺娃,热情地与她打招呼。他的嗓门大,但听上去瓮声瓮气地嘈杂。安东诺娃平静而真诚……

"这是拉祖莫夫。"她的声音很清晰。

瘦子立刻半转身。"他会来拥抱我",拉祖莫夫想后退一大步,却发现手脚沉重得不听使唤。这是不必要的紧张。他现在要打交道的是新一代革命者。他们不会拥抱,行吻脸礼。他伸出像灌了铅一样的手,放入瘦子那只张开的枯掌。瘦子的枯掌很干燥,像发高烧失了水分,但却有力度和表现力,似乎是在说,"我们之间,话语纯属多余"。

瘦子圆睁的大眼睛里满是忧伤。拉祖莫夫想像,在这双忧伤的眼睛里看见了笑容。

"这是拉祖莫夫。"索菲亚·安东诺娃大声向胖子再介绍了一遍。此时,胖子已走了一段距离,露出大肚子的侧影。

双方都没有动。声音,态度,动作,沉默,这一切似乎都是实验的一部分。最后,一个尖细的声音怒气冲冲地打破了沉默。

"哦,是的!拉祖莫夫。几个月来,我们一直都在听说拉祖莫夫先生的大名。不过,我承认,我宁愿在这里看见的是哈丁先生,也不是拉祖莫夫先生。"

这尖细的声音故意强调了"拉祖莫夫先生",听上去十分刺耳,像马戏团小丑用假声在讲精致的笑话。拉祖莫夫的第一反应是惊讶,接下来才是愤慨。

"你是什么意思?"他厉声质问。

"呸!坏蛋。他老是这样。"索菲亚·安东诺娃显然很生气。但她透露了一点信息。"尼卡托",她嘴里大声吐出的这个名字,拉祖莫夫听得很清楚。胖子尖细的声音像是从外套下气球一样的肚皮里发出的。他态度冷漠,一双大脚,下垂的铁手,苍白的大脸,粗脖子后面露出几缕头发。拉祖莫夫好奇地看了一眼,觉得恐怖而滑稽。

"尼卡托"是尼基塔的绰号。这个贴切的称呼散发出邪恶的气息!拉祖莫夫听说过他。自从打入革命核心圈后,他听到太多关于他的故事。这些故事,或传奇,或真实,不时会出现在将信将疑的世人面前。据说,尼基塔杀死的宪兵和秘密警察,比任何革命者都多。他是革命阵营中的屠夫。

有一桩轰动的谋杀案,报章已活灵活现地披露了细节。一个著名的间谍,被人开肠破肚,胸前留下一张纸,上面有"尼·尼"的落款,代表着匿名的杀手。这就是尼基塔的杰作。"根据革命委员会的指令——尼·尼",这道帷幕只要拉开一角,就足以让目瞪口呆的世人发挥想象力。据说,他无数次出入俄罗斯,伪装成贵族、地方官僚或无名间谍。他在两地生活。拉祖莫夫听说,在意大利北部的科莫湖畔,他有一个忠诚于革命的娇妻,带着两个小孩生活。但这样一个人,长得如此丑陋,城里的狗一见他就会汪汪叫,怎样完成那些危险的任务,逃过官方的天罗地网?

"怎么样?怎么样?"尖细的声音在抗议,"我很真诚。不可否认,哈丁才是领头人。要是哈丁留下来给我们,岂不更好,更有用。我不是感伤主义者。我说实话……太自然不过。"

尖细声音,尖细声音,尖细声音,没有手势,没有动作。这恐怖、丑陋、尖细的声音是出于职业性的嫉妒。这个有着阴险绰号的人,革命阵营的屠夫,恐怖的"尼·尼",像一个被激怒的著名男高音,只因为观众的注意力被无名的歌者吸引。索菲亚·安东诺娃耸了耸肩。留着红胡子的瘦子赶忙走向拉祖莫夫。他用瓮声瓮气的声音出来打圆场。

"他见鬼了!在这个地方,公共场合,居然这样说话。你是明白人。他说的是俏皮的疯话。别当回事。"

"谢谢你的好意,"拉祖莫夫打着哈哈说,"算了。"

腮帮赤红的瘦子看了他片刻,也打了一串哈哈。拉祖莫夫笑声刚落,朝前走了一步。

"够了,"他的声音清晰果断,但他快控制不住双腿的哆嗦。

"我再也不想听到类似的疯话。我不会允许任何人……我清楚你的暗示……盘问,审查!我会向你挑战。我不会做盲目的工具。"

他说过同样的话。面对其他人的怀疑,他被迫重复。像他人生致命的必然性,轮回的邪恶带回了这声抗议。但抗议没有用,他总会被人当工具使。幸运的是,生活并不会永远继续。

"我不会做盲目的工具!"他猛地一抱拳。

"基里诺·西多诺维奇,你怎么了?"索菲亚·安东诺娃严肃地问。他们全都看着拉祖莫夫。尼基塔也转过身,完全露出盾牌一样的啤酒肚。

"不要叫嚷。有许多路人。"索菲亚·安东诺娃担心拉祖莫夫再次爆发。从门罗波斯公园来的一艘大汽艇在庄园门口对着的站台靠岸。他们居然都没有听到沙哑的汽笛声和激起的波涛声。从船上下来几个本地的乘客,各自四散而去。只有一个穿灯笼裤的游客,带着很醒目的全新黄色双筒望远镜套子,游荡了一会儿,似乎嗅到了这座闲置的私家花园生锈铁门后面四个人的怪味。要是他知道这是多么好的参观机会就好了!但他是有教养的人。他移开目光,慢悠悠地沿着路边走,密切注意电车的到来。

索菲亚·安东诺娃做了一个手势,示意"把他交给我",然后支走了两人。那瓮声瓮气的声音越来越小。那尖细的声音——"现在干什么?有什么关系?"——像出自远处的一件小玩具。现在只剩下拉祖莫夫和安东诺娃。许多事情都可放心地交给经验丰富的安东诺娃。她的黑眼睛立刻转向拉祖莫夫,似乎在询问他情绪突然失控的原因。那声呼喊有意义。没有人生来就是积极的革命者。那变化来得太让人不安:突然的喊声,流露出痛苦的怀疑、暴力的冲动和灵魂的骚动,最后是归于平静,获得了强烈的新信念。她见证过几十个年轻的男女经历情感的危机。眼前的年轻人看起来像一个任性的自我中心主义者。他是一个特殊的个体,独特的个案。她从来没有碰到一个人,这样令她着迷和迷惑。

"小心,拉祖莫夫,我的好朋友。你继续这样下去,你会疯掉。

你生每个人的气,是在自找苦吃,折磨自己。"

"简直难以忍受!"拉祖莫夫像喘不过气,"你必须承认,我对那态度不抱幻想……那态度不明显……不如说……太明显。"

他做了个绝望的手势。不是他失去了勇气,而是令人窒息的谬误浓烟,堵住了他的喉咙。他心想,他将在谬误的浓烟里挣扎,这是他受到的惩罚,没有希望呼吸到新鲜空气,恢复体力。

"你需要来一杯凉水。"索菲亚·安东诺娃瞟了一下庄园大宅。她摇了摇头,目光投向庄园门外平静的日内瓦湖。她耸了耸肩,面对那漫溢的湖水,放弃了说安慰他的话。

"我亲爱的小兄弟,是你在与虚空搏斗。那是什么?自责?荒唐!不能因为同志被捕了,你就一走了之,自暴自弃。"

她说了一大堆话,有理有据地反驳他。别人怎样对待他,他没有什么可以抱怨。每个新人多少都会被议论。在被接纳进革命组织前,每个人都要讲清楚历史。就她所知,没有人一开始就得到如此多的信任。他会很快,很快,也许比他预想的快,得到机会显示他对神圣使命的忠诚,摧毁这个万恶的社会。

拉祖莫夫默默地听着,心想:"她也许是在麻痹我,让我放松警惕。显然,他们中大多数人都是傻瓜。"他走了几步,双手抱在胸前,靠在门口的石柱上。

"那个可怜的哈丁,他的遭遇还有些疑问,"索菲亚·安东诺娃一字一顿的话语,在拉祖莫夫看来,就像是一滴一滴下落的铅液,"这件事上,虽然没有人暗示,但无论是出于恐惧,还是出于疏忽,你的行为有点反常……好,我有一点情报……"

拉祖莫夫不由自主地抬起头。索菲亚·安东诺娃略微颔首。

"我有一点情报。你记得刚才说的那封信?"

"信?当然。有个爱管闲事的人汇报了我那天的表现。相当恶心。我想,警方要是打开那些有趣的多余的信,一定会大开眼界。"

"亲爱的,不!警方不会像你所想的那么容易拦截我们的信。这封信开春后才送出彼得堡。首先是送到今春离开涅瓦河的一艘英国轮船上,船上有个司炉工,是我们的人。他抵达英国北部的哈尔港后才托人转交给我……"

她看到拉祖莫夫阴沉的目光盯着她,非常吃惊。她沉默了片刻,然后快速说,"我们有人在那里……不要紧。写信的人讲了一件小事,他认为可能与哈丁被捕有关。我正想说的时候,那两人就来了。"

"那也是一件小事,"拉祖莫夫嘟哝道,"对我来说,一件美妙的小事。"

"算啦!"索菲亚·安东诺娃说,"没有人在意尼基塔疯狗一样的话。他没有恶意。你仔细听我讲。也许你能提供一点线索。圣彼得堡有一个马车老板,他原来是农民,几年前进了城,凭关系当了马车手,后来挣钱买了两辆马车。"

"且慢",拉祖莫夫打了个手势,可能干扰了一点她的注意。但他并没有要说话的意思。不是为了保命,他现在不可能打断她。他脸部的肌肉情不自禁地抽搐。但只有刹那,犹如面皮动了一下,他又阴沉着脸,专心地听。

"看起来,他是那个阶层中相当不一般的人,"她继续道,"贫民窟的人——写信人提到好些人——你知道,有许多充满苦难与羞辱的贫民窟……"

索菲亚·安东诺娃没有夸大贫民窟的特征。拉祖莫夫仿佛清晰地看到,在她身后,出现了一团黑压压的石头房,覆盖在雪花里,底楼那个小饭馆的一排长窗,闪着油腻的灯光。那一夜的幽灵在追逐着他。他面对着这幽灵,愤怒而疲惫。

"去世的哈丁偶然对你提过那个贫民窟吗?"索菲亚·安东诺娃焦急地问。

"是,"拉祖莫夫一边回答,一边想是不是落入了圈套。对这些他可能从不说"不"的人撒谎,真是丢人的事。"他向我提起过一次,"他补充说,似乎在尽力回忆,"那样的贫民窟。他经常去那里探访。"

"正是。"

索菲亚·安东诺娃得意地说,写信人是十分偶然地发现这个情况的。他与住在那里的一个工友是朋友。贫民窟的人详细地描述了哈丁的外貌。哈丁给他们痛苦的生活带去了希望和安慰。他不定期去,但去得很频繁。写信人透露,哈丁有时候要在贫民窟过夜。他是睡在通往内院的马厩里。

"注意这点,拉祖莫夫!马厩。"

拉祖莫夫凶巴巴地默认,显得很好笑。

"是的。睡在草料中。那可能是贫民窟最干净的地方。"

"毫无疑问。"安东诺娃眉头紧锁,表示同意。她的黑眼睛看起来奇怪地连在一起。四条腿的动物都不能忍受的肮脏和破败,却有那么多俄罗斯人不得不在此环境下生活。这个发现表明,哈丁与那个马车老板很熟。马车老板是一个卤莽的家伙,独来独往,居无定所,贫民窟的人都不喜欢他。据说,他与一群入室的强盗有牵连。有些强盗被抓了。虽然不是在他用马车送的时候被抓,但仍有人怀疑他向警方通风报信……

安东诺娃突然住口。

"你听哈丁提起一个叫扎米尼奇的人吗?"

对这个名字,拉祖莫夫早有准备。他一直在防范这个问题。"等问起的时候,我就立刻交待",他对自己说,但他故意拖延时间。

"当然听过!"他慢吞吞地说,"扎米尼奇,就是那个马车老板。是的,提起过一次。扎米尼奇!当然听过!有马车的扎米尼奇……我怎么可能忘掉他呢?我们最后那几次谈话中,哈丁有一次就提到了他。"

"你的意思是,"索菲亚·安东诺娃严肃地问,"拉祖莫夫,你的意思是,在事发不久前?"

"在什么前?"拉祖莫夫靠近安东诺娃叫道。安东诺娃看起来虽很吃惊,但仍站在原地不动。"在什么前!当然,是在事前!怎么可能是在事后?只是事发前几个小时。"

"哈丁对他的印象好吗?"

"热情洋溢地赞美!有马车的扎米尼奇!自由灵魂的扎米尼奇!"

拉祖莫大声说出扎米尼奇的名字,心里一阵狂喜。在此之前,他对这个名字守口如瓶。他热烈的目光盯在眼前女人的身上,直到她好奇的表情令他清醒。

"刚去世的哈丁,"他目光下垂,平静下来,"生来就会对人(我认为,是凭空)突发奇想。"

"且慢!"索菲亚·安东诺娃拍了拍手,"在我看来,正是这样。给我写信的人怀疑……"

"给你写信的人,"拉祖莫夫的口气明显充满嘲讽,"什么怀疑?怎么引起?是扎米尼奇引起的?他也许只是一个烂醉如泥、胡言乱语、似是而非……"

"你好像认识他。"

拉祖莫夫抬起头。

"不。但我认识哈丁。"

索菲亚·安东诺娃认真地点了点头。

"我明白。你说的每个字都揭开了那封有趣的信在我心中留下的疑虑。有天早上,人们发现扎米尼奇在马厩吊死了。"

拉祖莫夫感到很难过。这是显而易见的表情,因为索菲亚·安东诺娃激动之下绘声绘色地说:"啊,你开始明白了。"

他似乎清晰地看到:在地窖一样的马厩里,一盏灯笼投射出马车轮辐的影子,那个穿着羊皮外套和长靴子的身子,挂在墙上,一顶尖帽,两端垂到眼前,盖住了他的脸。"那不关我的事,"他想,"对我根本没有影响。他不知道是谁打了他。他不可能知道。"拉祖莫夫为这个喜欢酒色的老头儿感到难过。

"是的。有些人的结果就像那样,"他嘟哝道,"你怎么想的,索菲亚·安东诺娃?"

那其实是写信人的想法,但索菲亚·安东诺娃全盘接受。她只说了两个字:"悔恨。"听到这个答案,拉祖莫夫双眼圆睁。写信人听到贫民窟里人的谈话,东拼西凑,居然很接近哈丁嘴里的扎米尼奇。

"你拿不准的事,我来告诉你。哈丁有逃生的计划,想离开圣彼得堡。可能只有这件事,他将一切都交给了运气。那家伙的马车是他逃生计划的关键。"

"他们接近真相了",拉祖莫夫心惊胆战,但他还是故作镇定地点点头,"是的,可能,很可能",但安东诺娃却断定必然是那样。首先,有人隐约偷听到哈丁和扎米尼奇谈到了马车。其次,当"年轻的朋友"(他们不知道哈丁的名字)突然不再登门时,贫民窟里有人就怀疑是他。一些人经常指责扎米尼奇,知道他为什么不再光临。扎米尼奇断然否认,但事实上,自哈丁消失后,他也像变了个人,爱发脾气,人也消瘦下去。最后,有一次他与一个相好的女人吵架时,当着贫民窟许多人的面,被他的情敌,一个强壮的小贩,骂成是奸细,说他"像对待那些破门而入的年轻强盗一样,把我们年轻的朋友送往了西伯利亚"。这次争吵以打斗结束。扎米尼奇从几级台阶上摔下来。他喝酒痛哭了一周,然后就上吊了。

索菲亚·安东诺娃从这个传闻中得出结论,她指责扎米尼奇要么因酒误事——不小心说漏了嘴,透露了马车出发的时间,被某个小酒馆(也许就是贫民窟底楼的那个小饭馆)的奸细偷听到了——要么是彻底的背叛,然后才追悔莫及。那样的一个人,能做出任何事。人们说他是一个反复无常的老狐狸。如果他此前因那些强盗与警察有瓜葛——似乎是真的,尽管他老是否认——他会认识一些便衣,随时前去通风报信。很可能,开始的时候他的情报没有引起重视。直到那一天,那个畜生一样的 P 部长得到应有的惩罚。然后,他提供的蛛丝马迹都起了作用,致命的结果是,哈丁必然落网。

索菲亚·安东诺娃摊开双手:"必然。"

必然!偶然!拉祖莫夫暗中惊喜,反省这一系列奇怪的推论。它们明显对他有利。

"现在到了盖棺定论的时候。"索菲亚·安东诺娃再次显得平静审慎。她三天前就接到那封信,但没有立刻写信告诉彼得·伊万诺维奇。那时,她知道马上有机会与几个革命核心成员聚首,商量一件大事。

"我认为当着大家的面亲自展示这封信,会更加有效。它就放在我的口袋里。你知道,我是多么高兴遇见你。"

拉祖莫夫对自己说:"她不会主动向我出示这封信。不可能。信里的内容,她都告诉我了吗?"他想见到这封信,但他觉得最好不要主动提。

"请告诉我,你是在受命调查我的底细吗?"

"不,不,"她极力否认,"你又敏感了。敏感让人愚蠢。难道你不明白,即便有人想到,调查也无从下手。完全是一片空白!正是这个原因,有些人才指出,接纳你要谨慎。这完全是巧合。写信给我的人正好认识一个住在那贫民窟的工友。完全是惊人的巧合!"

"一个虔诚的人会说,"拉祖莫夫惨淡一笑,"这一切都出自上帝之手。"

"我可怜的父亲会那样说,"索菲亚·安东诺娃没有笑。她垂下目光,"但他的上帝从来没有帮助过他。上帝很久没有帮这个民族了。无论如何,真相大白了。"

"一切都将真相大白,"拉祖莫夫显出一副客观反思的样子,"只要能够断定那些人口中的'我们的朋友'就是维克多·哈丁。我们怎么断定呢?"

"是的。没错。写信人不但熟悉你,还熟悉哈丁。"安东诺娃非常肯定。

"无疑是那个红鼻子同学",拉祖莫夫心想。他再次不安起来。怎么没有提及他去那个该死的贫民窟?这不可能。极不可能。那不正是爱管闲事的人喜欢嚼舌头的东西。可那封信像一字不提。除非安东诺娃在隐瞒。若是,目的何在?如果真是那面黄肌瘦的同学——该死的他居然有本事从别人的描绘中识别人——漏了打探,那也只能躲得过一时。不久,他就会打探出来,连忙再写一封信。到时……

尽管他涂了毒药的急脾气喂养了仇恨和鄙视,但拉祖莫夫的内心在颤栗。他能够远离普通的恐惧;但对于这些人待他的方式,他还是情不自禁地恶心。那是一种神秘的恐惧。由于他们的愚蠢,将扎米尼奇当成了替罪羊,让他的地位相对安全。现在,他觉得需要绝对的安全,不用直接撒谎,还能在他们中间游走,保持沉默,不受怀疑,认真倾听,让人捉摸不透。这是他们的罪行和他们的愚蠢应得的命运。他已有了这种优势吗?或者还没有?或者永远不会有?

"好,索菲亚·安东诺娃,"他吞吞吐吐的样子不是伪装。他不甘心就此和她分手说再见。他还要问一个问题,试探她的真心,"好,索菲亚·安东诺娃,如果是那样,那么——"

"那家伙已自行了断。"安东诺娃大声说。

"什么?啊,对!悔恨。"拉祖莫夫鄙夷地嘟哝。

"不要太苛责,基里诺·西多诺维奇,如果你失去了一个朋友。"她的声音里没有任何温柔的迹象,但她明亮的黑眼睛中的复仇目光似乎有一瞬间已消失。"他是人民的一分子。没有一个俄罗斯灵魂是冥顽不化的。应该知道这点。"

"你是在安慰我?"拉祖莫夫讥讽地问道。

"不要生气,"她劝他安静下来,"记住,拉祖莫夫,女人、孩子和革命者,他们都讨厌讥讽。讥讽是对一切生命本能、一切信仰、一切忠诚、一切行动的否定。不要发怒!不要……我不知道怎么会这样,但有时候你非常恨我……"

她别过脸去。一阵疲惫的沉默,像通了电的激情燃亮了一段时间后突然熄灭。拉祖莫夫没有畏缩。突然,她用指尖扯了扯他的衣袖。

"不必介意。"

"我不介意。"他平静地说。

他骄傲地感觉到,她没有读出他的任何表情。他真的放松了、解脱了,哪怕只有片刻,脱离了那无名的压抑感。他突然问自己:"为什么他妈的要去那个贫民窟?那样做简直是个白痴。"

他感到一阵强烈的恶心。索菲亚·安东诺娃继续用和蔼的口吻说话,明显是想安抚他。仍然是关于那封信。诸多细节表明写信人没有看见过扎米尼奇。在他开始光顾贫民窟的前几周,那个"悔恨死了的人"已下葬了。那个贫民窟包含了许多好的革命素材。哈丁的英灵已渗透进黑暗可怜的贫民窟,允诺他们获得普世的救赎,脱离一切压迫人类的苦难。拉祖莫夫在倾听,但却仿佛没有听见。新生的渴望在咬啮着他。他渴望绝对的安全,不要再用谎言这种堕落的手段。有时候,他发现,要自己撒谎,简直比登天还难。

不要撒谎。他想听到的东西没有出现。没有办法问出来。他后悔没有编一个圆满的故事在海外使用,让他与贫民窟的致命牵连能够自圆其说。他离开俄罗斯时,还不知道扎米尼奇已上吊。话说回来,谁能想到那个写信人碰巧到了那个贫民窟?那么多的贫民窟都等着在社会革命的净化火焰中毁灭!谁能够想到?没有人!"这完全是恶毒的意外",拉祖莫夫心想。他神色平静,但抹杀不了他的傲气。他相当冷漠地点头同意索菲亚·安东诺娃对"人民"心理的看法:"是的,当然。"但在他的心里,却有一种疯狂的渴望,用手指从她的喉咙里抠出一点儿忏悔。

然而,就在告别的那一刻,他已浑身放松,却听到索菲亚·安东诺娃暗示令他不安的东西。究竟是怎么说起的,他只能靠猜。他的头脑在那一刻一片空白。不过,肯定是索菲亚·安东诺娃抱怨人民不合逻辑的荒唐所引起的。比如,众所周知,扎米尼奇不信神,但是,在他生命的最后几周,他却为这个想法受尽折磨:他被魔鬼打了一顿。

"魔鬼。"拉祖莫夫像要证实他没有听错。

"真正的魔鬼。一个化装成人形的魔鬼。你看上去很吃惊,基里诺·西多诺维奇。就在可怜的哈丁被捕的那个傍晚,一个陌生人出现,痛打了扎米尼奇一顿。当时,他躺在马厩的地上,醉得不省人事。这个可怜的家伙被打得浑身青紫。他脱光身子给贫民窟的人都看了。"

"索菲亚·安东诺娃,你真相信有魔鬼?"

"你呢?"安东诺娃径直反问,"我不相信。但有许多人比魔鬼还坏。他们将这个人间变成了地狱。"她低声说。

拉祖莫夫看着她。她精力充沛,白发苍苍,柳眉之间有一道很深的皱纹。她的目光懒懒地移开。显然,她不想多谈。除非,这是精心设计的圈套。"那是一个皮肤黝黑的年轻人,"她继续解释道,"在那晚之前,贫民窟的人没有见过他;在那晚之后,贫民窟的人也没有见过他。你在笑什么,拉祖莫夫?"

"笑那个魔鬼,历尽沧桑还年轻。"他平静地回答,"但谁能描述他的样子?因为你说扎米尼奇当时醉得不省人事?"

"哦!是那个小饭馆老板描述的。一个皮肤黝黑、盛气凌人的年轻人,穿着学生服,冲进去见了扎米尼奇,愤怒地捶了他一顿,然后一句话没有说就跑了,留下那个小饭馆老板,吓得瘫软在地。"

"他也相信那是魔鬼?"

"我说不清。写信人告诉我,他对这件事三缄其口。那些出卖灵魂的人往往都是些大坏蛋。我想他比任何人都知道内情。"

"索菲亚·安东诺娃,你怎么看?"拉祖莫夫饶有兴趣地问,"给你写信的人又怎么看?他到过现场。"

"我同意他的看法。那是某个伪装的警犬。别的人会那么绝情地暴打一个无助的人吗?很可能他们那日当差,四处搜寻线索。他们心想,也许可以找扎米尼奇帮忙,或者找他指认。有个被派去找他的恶棍便衣,发现他醉得不省人事,一气之下,顺手抄起马厩里的棍子,对着他的肋骨一顿猛打。后来,他们网到大鱼后,就没有再理那个倒霉的家伙。"

这是安东诺娃的结论,与真相差之毫厘,却又失之千里。她貌似正确的推理,让人情不自禁地感叹,人皆有错是至理名言,从中可以瞥见人类的自欺可以达到多深的程度。拉祖莫夫与索菲亚·安东诺娃握手告别,离开了波莱尔庄园。他穿过林荫道,走上停靠汽船的小码头,斜倚在栏杆上。

他的心情很轻松。自从那个夜晚以来,他就再没有品尝过这份轻松。在与安东诺娃谈话时,他看见了危险,但就在千钧一发之际,危险消失了。"我应该早就想到,那些人会怀疑",他心想。然后,他的注意力被水底的一块奇石吸引。他开始推测那个位置的水深。但很快,他猛地一惊,觉得这次奇怪的走神来得不合时宜。他回到了思路的原点。"我应该一开始就编造一个完美的谎言",他对自己说。但这个念头让他反感。很长一段时间,他的心头一片寂寞。"很幸运,现在一切都好了"。过了一会儿,他轻笑一声,有点大声地自言自语,"谢谢那个魔鬼"。

扎米尼奇的结局吸引了他的游思。那个解释让他不觉得很好笑,但他禁不住从中品尝到一些刺激。他对自己说,即使他离开俄罗斯前就知道那人自杀了,他也难以出色地利用它来为自己的目的服务。他应该无限感激红鼻子同学,感谢他的耐心和天赋,"显然他是一个非常好的心理学家",他不无嘲讽地想。悔恨,的确!这是一个典型的例子,表明你真正的伙伴瞎了眼,表明执迷于一种理念之人愚蠢的敏锐。这是一幕爱情剧,不是一幕道德剧,拉祖莫夫继续嘲讽地想。那个老家伙勾搭的女人!那个健壮的小贩,显然是他的情敌,将他打下几级楼梯……这件丢人的事,对于一个在情场上纵横了数十载的老将,不是容易过得去的坎儿。他是与彼得·伊万诺维奇不同类型的女性主义者。可以想见,即使借酒浇愁,也难帮他闯过难关。那样一把年纪,只有套索才能彻底医治他不可遏制的情殇。更何况,贫民窟邻居不公正的诽谤、责难和羞辱,对那神秘毒打的疯狂解释,更令他怒火中烧,无异于对他的痛苦火上浇油。"魔鬼?"拉祖莫夫兴奋地感叹,像得到一个有趣的发现。"扎米尼奇最终陷入了神秘主义。许多真正的俄罗斯灵魂最终都陷入了神秘主义!非常典型。"他为扎米尼奇感到难受,一种不带任何偏见的难受,正如一个人会为无意识的杂众感到难受。他站在高处俯瞰杂众。他们像爬行的蚁群,自己寻找出路。除了上吊,扎米尼奇似乎不可能有别的出路。索菲亚·安东诺娃自信轻蔑地说出的那个"警犬",是另一类典型的俄罗斯人。但在俄罗斯,没有悲剧,只有错误的喜剧。似乎魔鬼在与他们玩轮盘赌。首先是和他,然后是和扎米尼奇,再然后是和那些革命者。这一次,魔鬼在与自己玩游戏……他打断了自己激烈的内心独白,与自己开了一个玩笑,"哈!我也陷入了神秘主义"。

他的心情更加放松。他转过身,将背舒服地靠在栏杆上。"这些神奇而合适的间歇,"他继续想,"我被剥夺的才华不再被哈丁的命运投下的阴影笼罩。那个神秘的扎米尼奇成了替罪羊。一个神奇的机会拯救了我。不再需要谎言。我将只是倾听,再也不用借助嘲笑掩饰谨慎。"

他叹了口气,抱着双臂,头垂在胸前。过了很长时间,他才离开那里,突然想起他那天还决定要做一件大事。至于究竟是什么大事,他一时想不起。他也没有挖空心思去想,因为他隐隐知道,过不了多久自然就会想起。

他朝城里只走了一百来码,慢下脚步,几乎有点蹒跚。他看见一个人迎面走来。这人丝毫不管是相当暖和的一天,还穿着一件西班牙风格的旧披风,戴着一顶宽边的软帽。他的人影清晰但很小,像是从观剧镜中看到的样子。拉祖莫夫不可能避开这个矮子,因为没有退的余地。

"还有一个人要去参加那神秘会议",拉祖莫夫心想。他猜对了,只是这个人不像其他远道而来的人,是他认识的。他希望点点头就擦肩而过。但是,他不可能对那只瘦小的手视而不见。从那件披风下面,这只毛茸茸的、指关节突出的手在友好地向他打招呼。来人的肩头扛了一块三角板。

"你好,拉祖莫夫先生!"对方老远就用德语开心地招呼。但就凭这一声招呼,拉祖莫夫就觉得更恶心。走到近前,这人看起来像是普通身材的缩小版。他抬帽的那一瞬间露出浓眉。浓密的花白胡须飘散在相称的宽阔胸膛上。他鼻如悬胆,但下面是一张小嘴,藏在浓密的胡须里。醒目的面孔,粗短的四肢,使他显得精干,没有一点虚弱的迹象。只有那双大大的棕色杏眼,由于长期在灯下伏案工作,眼白布满血丝。拉祖莫夫对这个矮子的名声早有耳闻。这人精通多门语言,身世是谜,国籍是谜。他是无政府主义者,有书呆子气,但性子暴烈,像吃了炸药,很容易发火。他是幕后的主脑,写出激昂的檄文,高呼革命的正义。他叫朱利斯·拉斯帕拉,《活字》的主编,革命团体的智囊,战斗檄文的主笔,行动背后的主谋。拉斯帕拉住在城中老区一处阴森狭小的房子里。这房子是一个天真的中产阶级送的,因为他很崇拜拉斯帕拉充满人文精神的雄辩。与拉斯帕拉生活在一起的是他两个女儿。她们高出他一头,带了一个六岁的男孩。那个男孩有一张面饼脸,瘦瘦的,穿着蓝布外衣和不合适的鞋子,无精打采地坐在黑屋子里。他可能是某个女儿生的,也可能不是。外人都不知道。拉斯帕拉无疑知道是哪一个女儿的。她突然失踪了几年,又带着那男孩突然回来。他的书呆子气值得佩服,他没有刨根问底,没有,连这个小孩的父亲是谁也没问。那套房子在底楼,隔成几间小黑屋子,拉祖莫夫去过两次。他注意到布满灰尘的窗棱,四处丢弃的垃圾,喝了一半就留在桌上的茶水。拉斯帕拉的两个女儿来回神秘地晃荡,沉默不语,睡眼惺忪,没有穿紧身胸衣,就像用旧的玩偶,皱巴巴的衣服乱七八糟,看不出身材。那个幕后的大人物拉斯帕拉,脚缠在三脚凳子上,随时准备接待客人。见到有来客,他就马上丢下笔,凳子一旋转,展示出他的浓眉和威严的花白胡子,令人印象深刻。他从凳子上下来时,像是走下奥林匹斯山。他比两个女儿、屋中家具、任何普通身材的来客都要矮得多。他很少离开家,更难看到他行走在光天化日之下。

　　那个下午肯定有极其重要的会议,才会促使他离开家前往波莱尔庄园。显然,他想对这个在流亡的政治人物圈中引起轰动的年轻人表示好感。他现在改用俄语问拉祖莫夫(无论说还是写,他都能轻松自如地驾驭四五门欧洲语言,发脾气的时候也不例外),是否已到日内瓦大学注册。拉祖莫夫摇了摇头。

"注册还有大把时间。这期间,你愿不愿给我们写点东西?"

拉斯帕拉不理解为什么人们不写点东西。无论是社会、经济,还是历史的东西,都可以。任何题材,只要上心,为了社会革命的目标,都可以写。碰巧,他在伦敦的朋友写了一篇关于进步思想的评论,"我们必须教育,教育每个人,发扬绝对自由和革命正义的伟大思想"。

拉祖莫夫低声抱怨,他不懂英语。

"用俄语写。我们找人翻译。不难。为什么不求上进,是不是因为哈丁小姐?我女儿有时会去看她。"他意味深长地点了点头,"哈丁小姐无所事事。她一生中还没有做任何事。只要稍微帮助她,她应该很能干。只是写作。你知道必须写作。我们等会儿再见。"

他挥了挥手,继续前行。拉祖莫夫靠在矮墙上,看着他的背影,猛啐了一口,愤怒地嘟哝了一声,"该死的犹太人!"然后走自己的路。

他不知道为什么会骂"该死的犹太人"。拉斯帕拉也许是罗马尼亚人、土耳其人、西班牙人或瑞士人。这不是发生在西方的故事,我必须记录下这句骂声。我要补充说,它只是一种表达仇恨和蔑视的方式,非常契合拉祖莫夫当时的心情。他气得浑身发抖,像受到粗暴侮辱。他像瞎了眼一样,凭着本能沿着小码头的驳岸而行。他穿过一个普通的小公园,公园树下的椅子上坐了一些凡人。他生完气时,发现已到了一座大桥中间。他立刻慢下脚步。在右手边像玩具一样的登岸码头之外,他看见镶嵌在绿坡中的日内瓦湖惊人地平庸,如一张展板上的宣传画。远处绵延的湖水,像一张亮晶晶的锡纸,毫无灵气。

一群游客进入他的眼帘。他转过目光,盯着脚下,继续慢行。有一两个必须让道的人,转身奇怪地看着陷入沉思中的拉祖莫夫。拉斯帕拉的话在他的脑海里奇怪地发炎。写作。必须写作!他!

写作！他突然灵光一闪。写作，恰是他那天决心要做的事。他初下决心时，发誓不后悔，但却立刻忘得一干二净。逃避，这种不可救药的倾向充满了危险。他时刻为此而鄙视自己。究竟是什么原因使他逃避？是反复无常的本性，是根深蒂固的儒弱，还是下意识的恐惧？

"我在逃避吗？不可能是逃避！不可能逃避！现在逃避比道德自杀更糟。逃避无异于道德谴责，"他心想，"我可能有一颗常人的良心吗？"

他鄙夷地拒绝了这个念头。他停在路边，准备过马路，继续沿着正对桥头的大街而行。他选择那条街，没有别的原因，只是因为恰好在他前面。但就在准备过马路的时刻，两辆马车和一辆慢悠悠的小推车先后挡住道。他突然来了个左转，沿着驳岸前行，只不过这次是朝日内瓦湖相反的方向。

"可能是我的身体原因"，他居然主动怀疑起自己的健康状况。这是罕有的事情。除了一两次小病，他几乎从来没有生过病（不过，这也是危险）。他看起来像得到命运的垂青。"如果我相信天命，"拉祖莫夫用黑色幽默的口吻对自己说，"我在这里会看到一只充满讽刺意味的手在起作用。让我路遇拉斯帕拉，像是急于提醒我，我的目的是写作，正如他说，我必须写作，必须写作，是的！我要写作，不要怕。当然要写作。那就是为什么我在这里的原因。我有东西要写，写给未来。"

内心的独白使他很兴奋。一想到写作，接下来的问题是在哪里写作，需要一个地方，一个安静的地方。自然，他首先想到的是寓所。但想到回寓所还要费时间和精力，他就不由自主地烦躁。更何况，他对在寓所里写作也不信任。那讨厌的四壁之内，像有一个魔鬼在等待着他。

"要是一个革命者在我写作时突然登门，我该怎么办？"这个念头令他不寒而栗。可以把门反锁，或者要求楼下卖香烟的人（他可能也是流亡者！）告诉来客我不在。这些都不是好借口。他觉得，他的生活方式不要留任何痕迹,引人怀疑或好奇,哪怕像开门迟了一丁点儿这等小事也要避免。"我希望在一片开阔地写作,四周什么都没有",他心想。

他无意识地再次左转,发现自己到了另一座桥上。这座桥小许多,不是直桥,而是像长臂和短臂组合成锐角状的胳膊肘。桥的短臂与一个六边形的小岛相连。小岛上是砾土,临岸的石头经过了雕琢,显得非常光洁。在干净的黑色砾土之间,长着两棵高大的白杨和别的一些树,树下有几张休闲椅和一尊铜雕,基座上是让-雅克·卢梭的雕像。

走上小岛,拉祖莫夫立刻意识到,除了打理茶点小屋的那个女人,岛上只有他一人。这个以卢梭命名的偏僻小岛,显得有点天真、可憎、病态、简陋,有点做作,有点寒酸。他要了一杯牛奶,站着一饮而尽(大半天里他只喝了点茶水),然后,拖着疲惫的脚步准备离开。这时,他灵光一闪,停下脚步。这正是他想找的地方!如果在城中有什么公共场合能够找到孤独,应该就是这个偏僻的小岛。在这里,他可以监视惟一出入口的动静。

他步履沉重地走到一张休闲椅旁,一屁股坐进去。这是他开始动笔的地方。内容都在他心上。"我会经常来这里",他对自己说。他坐了很长时间,一动不动,没有想,没有看,也没有听,甚至没有生命。他一直坐着。直到夕阳落在他身后城市建筑的屋顶后面,将那些房屋投影在小岛前的湖面上。这时,他才从口袋里掏出墨水笔,打开小小的笔记本,放在膝盖上,奋笔疾书。他偶尔抬起眼睛,看看桥的出入口。这完全没有必要,远远的过客,似乎压根儿不愿正眼瞧一眼小岛。拉祖莫夫垂着头写作。他的头上是《社会契约论》的作者被放逐的铜像,像登基的帝王,巍然屹立在肃穆的铜基座上。拉祖莫夫潦草地写完,焦躁地抛下笔,以一种几乎是猛烈的粗暴,匆匆将写下的几页纸撕下,然后把笔记本塞进口袋。但他把撕下来的部分放在膝盖上,小心翼翼地折叠好,握在左手中。然后,他靠在坐椅上,一动不动。暮色更浓。他起身,开始在树下慢慢徘徊。

"无疑,我现在安全了",他心想。他敏锐的耳朵能够捕捉到湖水撞击小岛顶端发出的渐强的声音。他饶有兴趣地倾听,渐渐忘记了自己。但即使他的听觉再敏锐,这水声还是难以捉摸。

"我很专心",他呢喃道。他突然想起,这大约是惟一的声音,他能心无旁骛地倾听,纯粹自娱自乐。是的,这水声,这风声,完全与人类的情感无关。这个世界别的声音,都会毒害孤独的灵魂。

这是拉祖莫夫先生的感受。当然,此处的"灵魂",是他的灵魂。这里使用的"灵魂"一词,不是指其神学意义,而是,照我的理解,代表了与拉祖莫夫身体相对的那部分,更确切地说,代表了拉祖莫夫受到世界之火威胁的那部分。必须承认,拉祖莫夫承受的孤独之痛,不完全是一种病态现象。

第四章

1

在开始追忆前,我应该再次声明,世界上真的没有一个人了解拉祖莫夫这个青年。正如摸着良心讲,没有人敢打包票说真正了解别人。我如此声明,是我相信事实的心理价值,或许,还想做到审慎和公正。这个故事包含了许多光荣和耻辱,它们与西方世界的理念相去遥远。我不认同故事中的任何人,我只基于普遍人性的立场。但我不想在此扫兴地说,每个读者很可能在其中发现自己。这份迟疑也许很奇怪和荒唐,幸好,我想,在展示赤裸裸的真相时,由于语言的缺陷,总会留下一些令人不快(甚至丢脸)的地方。

现在,我们不应该继续冷落米枯宁委员。他那个简单问题"去哪里?"——他问完后,我们就抛下了在圣彼得堡的拉祖莫夫——可以帮助我们理解这个故事的普遍意义。

拉祖莫夫先生说出的"离去"两字,我们可称之为他的独立宣言。但米枯宁温和的反问"去哪里?"算是对他的答复。这个问题没有威胁,反而还显得有点儿天真。如果只从地理意义来理解,那么,惟一的答案应该足令拉祖莫夫惊骇。去哪里?回他的寓所。但革命的风暴已将他从中逼出来,突然考验他冬眠的本能,考验他懵懂的思想和几乎完全无意识的抱负,就像一种愤怒固执的宗教,召唤他疯狂的牺牲,召唤他温柔的臣服,用它的梦想和希望,提升他陷入阴郁和绝望的灵魂。拉祖莫夫放开了门把手,重新回到屋中间,愤怒地质问米枯宁,"你什么意思?"

就我所知,米枯宁没有回答他。他留下拉祖莫夫谈论一些熟悉的话题。这是俄罗斯人的特性,无论多么强烈地卷入戏剧性的行动,他们仍会留心抽象观念的低语。这次谈话(以及后来的多次谈话)不需要记录。可以说,它让我们现在知悉的拉祖莫夫经受了另一种信仰的考验。这种信仰没有正式诉诸文字,但拉祖莫夫被迫捍卫他的超脱。米枯宁断然否认他的立场。"你这样的人,"他最后强调,"那样的立场是不可能的。不要忘记,我看到了你写在那张纸上有趣的东西。我明白你的自由主义。我也有那样的理解力。对我来说,改良主要是方法问题。但革命主要是身体迷醉,是必须与大众隔离的歇斯底里。你毫无保留地同意这个看法,对吧?因为,你知道,基里诺·西多诺维奇,逃避、沉默,某些情况下接近于政治犯罪。古希腊人很清楚这一点。"

拉祖莫夫带着淡淡的微笑倾听。他单刀直入地问米枯宁,是不是要派人监视他。

米枯宁听出了他话中的讽刺,但却不以为忤。

"不,基里诺·西多诺维奇,"他严肃地说,"我没有想监视你。"

拉祖莫夫怀疑这是谎言。但在余下短暂的谈话里,他装出思想最为自由的样子。米枯宁一直在用日常的简洁话语表达观点。拉祖莫夫得出结论,要摸清这人的底细,是不可能完成的任务。他惶惶不安,心跳加速。这时,米枯宁从桌子后面伸出手,主动送客。

"再见,拉祖莫夫先生。聪明人之间的理解,总是一件愉快的事。不是吗?幸好,反动派没有垄断聪明。"

"我想你们不会再次要求见我吧?"拉祖莫夫趁握手的时候问。米枯宁慢慢地松开手。

"拉祖莫夫先生,"他很恳切地说,"应该是吧。只有上帝能够预知未来。不过,你放心,我从没想过监视你。你是很独立的年轻人。是的。你会像空气一样自由地离开,但你最终会回到我们身边。"

"我!我!"惊恐的拉祖莫夫低声抗议,"为什么?"他有气无力地问。

"是的!你,基里诺·西多诺维奇,"米枯宁的声音依然低沉、严肃、自信,"你会回到我们身边。我们中最伟大的一些心灵最终都选择了这条路。"

"我们中最伟大的心灵。"拉祖莫夫茫然地重复。

"是的,的确!我们中最伟大的心灵……再见。"

米枯宁送他到门口。拉祖莫夫刚走到廊道尽头,就听见身后传来急匆匆的脚步声。一个声音在叫他停住。他转过身,惊讶地发现米枯宁有点上气不接下气地赶上来。

"耽搁一分钟。我想我们刚才的谈话,应该是上帝的指令。但我可能会再次要求见你。你看起来很吃惊,基里诺·西多诺维奇。是的,再次……弄清可能出现的状况。"

"可我不知道任何状况,"拉祖莫夫吞吞吐吐地说,"我不可能知道任何状况。"

"谁说得清呢?一切都以神奇的方式获得上帝的指令。在今日结束前,谁敢保证没有人不会向你透露点东西?你已是天命的工具。你笑了,基里诺·西多诺维奇;你是一个坚强的灵魂。"(拉祖莫夫没有意识到自己笑过。)"但我坚信天命。我这样一个老朽如此坦白,也许你听来觉得好笑。但你有一天会认识到……否则,发生在你身上的事根本无从解释。是的,我绝对有机会再见到你,但不是在这里。这里不太……我会找个方便的地方告诉你。也许,我们之间以那种或其他方式进行的书信沟通,最好通过那个中间人,要是我可以这样说的话,我们共同的朋友 K 王爷。现在,我请求你,基里诺·西多诺维奇,不要拒绝!我保证 K 王爷会同意。你必须告诉我,你知道我的意思。你没有比 K 王爷更好的朋友;至于我,很长时间来,我一直得到他的恩宠……"

米枯宁低头看着自己的胡须。

"我不再耽搁你时间。我们生活在群魔乱舞、恶梦横行的艰难时世。我们肯定会再见。也许就是不久后。到那时,愿上天给你送去了卓有成效的反思!"

一走上街头,拉祖莫夫立刻狂奔,完全不管什么方向。他起初什么都没有想,但不久,他意识到了自己当前的处境,如此尴尬、危险、荒诞,永远难以摆脱。想到这种困境如此难以解决,他的脑海里就闪过这一念头,正如他对自己说,回去,向米枯宁忏悔。

回去!为什么?忏悔!忏悔什么?"我一直在坦诚地与他谈话,"拉祖莫夫十分真诚地自言自语,"还有别的告诉他吗?我帮忙带信给扎米尼奇那个畜生?不为任何目的,却耍了一个花招儿,毁了我已获得的安全。我是多么愚蠢!"

他不由自主地想,米枯宁也许是世界上惟一能理解他行为的人。能够被人理解,真的很迷人。

在回家的路上,他休息了好几次。他四肢的力量几乎全部用尽。走在繁华的街头,他却如在沙漠中独行。他会突然停下不动,歇息一两分钟。他最终回到了他寓所。

随后,他生了一场病,像是发低烧,立刻将他远远地带离烦恼的现实,甚至带离他的房间。他没有失去意识。他只是觉得自己无精打采地生活在某个地方,远离发生在他身上的一切。他慢慢走出了这种状态,可以说是很慢,尽管实际的天数并不很多。当他回到了现实生活中,突然发现一切都有了细微而恼人的变化:死气沉沉的东西,人脸,房东太太,土气的女仆,楼梯,街道,空气。他以冷酷的态度对待周围环境的变化。他上学,放学,登楼,穿过走廊,听讲,做笔记,穿过校园,心里窝火,一脸冷漠,牙关紧咬得腮帮子痛。

他意识到,疯子科斯提亚在远远地观察他;这个面黄肌瘦、红鼻子的同学故意与他保持一段距离。也许,他还意识到其他二十个同学的目光。他与他们都熟悉,说过话。他们都满脸好奇和关心,似乎在期待什么事发生。"这不可能持续太久",拉祖莫夫不止一次地想。有时候,他怕同学突然跟他搭腔,会吓得他狂叫,骂出许多脏话。经常,回到家后,没有脱帽更衣,他就坐在椅子上,拿着一本图书馆借的书,几个小时一动不动。有时,他会拿起铅笔刀,坐在那里不停地削指甲,生闷气,只是生气。"这是不可能的",他会突然对着空荡荡的屋子小声抱怨。

值得指出的是,有人可能会想,这个房间在身体上令他厌恶,在情感上不可忍受,在道德上不适合人居。但不!这些东西什么都没发生(他最初的确害怕过)。相反,他喜欢这个房间,胜过他以前租住过的任何公寓(他从来不知家为何物)。正因为他太喜欢窝在房间,他经常发现要决心外出都有点儿痛苦,就像一种身体的诱惑,一个人在冷天不愿离开身边的火堆。

那期间,除了去学校(他有别的地方可去吗?),他很少动。只要一外出,他就觉得自己立刻卷入了行为的道德后果。在外面的地方,哈丁神秘的声望落在他的身上,像一件毒衣穿在他身上,不可能脱掉。他为此痛苦万分。同样让他痛苦的是与同学不可避免的闲聊交谈。"他们肯定奇怪我身上的变化",他焦虑地想。他不安地想起,他态度野蛮地叫一两个要好的同学去见鬼。还有一次,一个他从前常去拜访的已婚教授,在路遇时问他:"你怎么啦,基里诺·西多诺维奇,我们周三的课上怎么没有见你?"对于这类主动询问,拉祖莫夫意识到自己总是报以讨厌的粗话。那个教授显然太吃惊而没有觉得被冒犯。这一切都很糟糕。都是因为哈丁。哈丁,只有哈丁。到处都是哈丁。这个道德的幽灵远比任何可见的亡魂吓人。只有在这间屋子,哈丁一路错到底,从犯罪走向死亡。他的幽灵似乎不能在此游荡。准确地说,并非他从这里彻底消失,而是说他在这里没有力量。在这里,拉祖莫夫占上风,沉着而自信。哈丁不过是一个消逝的幽灵,仅此而已。经常在夜里,他修好的表在桌上的台灯旁轻轻滴答,拉祖莫夫会停下笔,抬眼望一望床上,目光充满了冷静的期盼。但那里什么也没有。他从来没有真的认为,那里能够看到什么东西。过了一会儿,他会耸一耸肩,再次伏身奋笔疾书。他已开始写作,并且初见成效。他不愿意离开房间,在这里他避开了哈丁的幽灵。他变得越来越不想出门,最终他干脆禁足。从清晨到夜深,他一直在写东西,差不多写了一周。他没有看时间,眼皮实在睁不开时,才躺在床上和衣而睡。然后,有一天下午,他偶然看了一下表,才慢慢搁下笔。

"就是这个时刻,"他心想,"那家伙趁我不在,神不知鬼不觉地潜入了我的房间,像一只老鼠,静静地坐在那里,也许就坐在这把椅子上。"

拉祖莫夫站起身,在地板上沉稳地踱步。他时而看一下表。"这个时候我回来了,看见他站在壁炉那里",他对自己说。天黑时,他点亮了桌灯。不久,他再次中断了踱步。女仆用托盘端了些茶点想进屋。他生气地挥手示意她走。他立刻注意到,表针指向了他出发的时刻,他要走入风雪中去办那件可怕的差事。

"阴谋",他轻声嘟哝,继续踱步,目光落在表的时针上。时针慢慢地爬向他回来的时刻。

"也许",他突然想,"我是天命选定的工具。这是一种说法,但每种说法可能自有道理。要是这荒诞的说法本质上是真的怎么办?"

他沉思了片刻,然后坐下。他伸直双腿,目不转睛,双手垂在椅子旁,像完全被天命遗弃的人,孤单。

他看见时针指向了哈丁离开的时刻。他继续静静地坐了半个时辰,然后自言自语地说,"现在该工作了"。他起身走到桌边,拿起笔,但立刻又放下,非常不安地想,"三周时间都过了,没有米枯宁的一点消息"。

这是什么意思!他被忘了?有可能。那么,为什么不永远被遗忘,潜伏在某地?藏起来。但藏在哪里?如何藏?和谁一起藏?藏在什么洞里?能够永远藏吗?为什么要藏?

如果藏起来,很有潜在的危险。社会革命的眼睛在注视着他。有一阵,拉祖莫夫感觉到莫名的绝望和恐惧,混合着讨厌的羞辱感。他会不会不再属于自己?这太可恶。但为什么不能如前呢?学习。进步。努力工作。像什么都没有发生,首先是要在征文比赛中获奖,然后争取卓越,成为具有革新精神的伟大仆人,为这世上最伟大的国家服务,为万众一心、力量无穷的人民服务;这些人民在兄弟般团结的力量和目标中,能够有逻辑地、受指引地前进;这个国家,是这个世界从来没有梦想过的……俄罗斯!……

他默默地下了决心,坚定了伟大的目标。他伸出右手去拿笔。目光碰巧落到床头。他冲了过去,非常生气,心里在尖叫,"就是你,死疯子,挡了我的路!"他狠狠地将枕头扔到地上,将被褥扯到一边……那里什么也没有。

他转过身,茫然看着空中,像看到两颗人头的活体切片,T将军和米枯宁委员的眼睛同时落在他身上。他们的目光截然不同,但同样无畏、同样疲惫、同样意味深长……他们都是国家的仆人!

拉祖莫夫猛然一惊,摇摇晃晃地走向洗手池,喝了点水,洗了洗额头。"这将过去,不留痕迹",他自信地想,"我完全好了"。至于认为他已被遗忘,这是彻底的胡说八道。在那边,他是一个被挂了号的人。但那没有任何用。现在必须赶走的,是那个可怜的幽灵象征的东西……"只要去向他们中某个人吐露一切,就要承担后果"。

他想象自己跟红鼻子同学搭讪,突然挥拳砸在他脸上。"但从那家伙那里什么都得不到,"他想,"他连自己是谁都不知道。他活在民主的红色迷梦中。啊!你想砸出一条通向普世幸福的道路吗,孩子?我要给你普世幸福,你这个傻乎乎、被催眠的食尸鬼,你!但我自己的幸福是什么?难道只因为我为自己作想,就没有任何权利获得自己的幸福?……"

再次,拉祖莫夫用不同的心声对自己说:"我年轻。一切都能够通过行动而获得人们的原谅。"那时,他正在屋子中慢慢地走,打算坐在沙发上,整理一下思绪。但他还没有走近沙发,一切东西——希望、勇气、自信、信任——都已抛弃了他。他的心突然空空的,继续挣扎没有用。休息、工作、孤独,与同类的坦率交流,他无权享受,一切都消失了。他的存在是一块巨大、寒冷的空白,有点像广袤的俄罗斯大地,在白雪覆盖下成为一个庞大的平原,四周渐渐消隐入阴影和迷雾。

他迷糊糊地在沙发上坐下,闭上眼睛,身体笔直,一直坐到天亮,直到那个年轻女仆端着茶炊冲进外间,拳头砰的一声砸在门上,大叫:"基里诺·西多诺维奇,请开门!起床了!"

然后,像一具面色苍白的僵尸,服从审判的可怕召唤,拉祖莫夫睁开眼睛,站起身。

———

我想,听到这个消息后,没有人会觉得奇怪:当召唤来临时,拉祖莫夫去见了米枯宁。米枯宁的召唤正是那天早上传来的。那时,拉祖莫夫面色苍白、摇摇晃晃,像一个刚下床的病人,想修一下面。信封上是那个小律师的手迹,里面还装了一个信封,封面是 K 王爷手迹,写着"拉祖莫夫收",信封一角里注明"请立刻密封转交"。信是米枯宁写的。他坦白地说,没有出现需要澄清的事情,但却约了拉祖莫夫见一面,地点好像是城里的一个眼科诊所。

拉祖莫夫读完信,修完面,穿衣,再次看了一眼信,忧郁地嘟哝了一句,"眼科诊所"。他想了一阵,点了一根火柴,小心翼翼地烧了两个信封和里面的内容。然后,他无所事事地坐着等待,没有特别注意任何东西,直到约会的时间临近,他才出门。

看见那封非正式的召唤信,他可否置之不理,这很难说,可能不行。无论如何,他去了;但,更重要的是,他是带着迫切心情去的。这似乎不可信,但我们应该记得,米枯宁是拉祖莫夫在世界上惟一可以敞开谈论哈丁事件的人。哈丁一旦被视为理所当然,就不再是一个挥之不去、滋生谬误的幽灵。无论他在世界其他地方会制造多大麻烦,拉祖莫夫非常清楚,在眼科诊所,他只是谋杀了 P 部长而被绞死的刺客,仅此而已。因为死者要被人记住,只有靠活人赋予他们的生命强度和质量。所以,确信解脱了的拉祖莫夫先生会急于去见米枯宁,像一个被四处通缉的人,欢迎任何避难所。

前面说过,关于第一次会面和接下来的几次会面,没有必要记录更多的东西。对于一个有道德感的西方读者来说,记录这些会面,也许有点像阴险的古老传奇,在那里,人类的敌人与某个被勾引的灵魂进行有点虚假的对话。这不是我该抗议的东西。我只是说,从更开阔的现代眼光来看,邪恶的敌人,尽管对惟一的勾引动机有着撒旦般的专注、激情与自豪,却不会像过去被描绘成的那样黑暗一团。因此,我们在衡量世人投下的幽暗时,有了更大的范围和空间,要考虑到他被误用的激情和痛苦的心灵,总是因复杂动机的虚假光芒而目眩,永远被短视的智慧背叛。

米枯宁是那样一种有权力的官员,地位不暧昧、不神秘,只是不显眼,其巨大的影响力不在于行事而在于谋事。对宗教和王权的忠诚,本身不是一种罪恶的情感。喜欢专制胜于民主,并不必然表明其人心灵黑暗、天生白痴。米枯宁不仅是聪明的官员,还是忠诚的官员。他没有结婚,喜欢舒适,独住在一套装修豪华的五房公寓。熟人都知道,他大力支持女性舞蹈艺术。后来,他为世界上更多人的所知,是在他倒台的那一刻。他是被国家审判的官员之一。那一系列审判让普通人感到吃惊和迷惑,他们只能通过报刊一瞥那些猜不透的情节。在那隐约可见的恶浪中,在那瞬间搅动的神秘浊水里,米枯宁不失尊严地走进去,无言地为他的清白申辩,仅此而已。他没有泄露秘密危害这个饱受折磨的专制制度。他完全忠诚于珍藏在他爱国心中的这个苦难帝国的秘密。在他对真相不可磨灭、几乎是崇高的鄙视中,他展示了俄罗斯专制制度的坚韧。这种沉默的坚韧,只能被少数同道中人理解,但在一个骄奢淫逸之徒看来,却是在嘲讽自我牺牲的辉煌之光,因为可怕的重判将温文尔雅的米枯宁变成了一具死尸,结局实际上与一个普通罪犯无异。

看起来,这野蛮的专制与神圣的民主一样,其胃口不只限于吞噬敌人的身体,它也吞噬友人和仆人。米枯宁的倒台(这是多年后的事)让我们知道了他最后的结局。但在 P 部长被谋杀(或处决)之时,米枯宁正担任秘密警察总局的局长。他行事低调,却有巨大的影响。他是 T 将军的校友、至交、心腹和臂膀。人们可能会想,他们会谈起拉祖莫夫先生,因为手中操有俄罗斯人的生杀大权,所以会像两个奥林匹亚山神睥睨一条虫子。但拉祖莫夫与 K 王爷的关系足以使他逃过草草的审判。也有可能,在那次秘密警察总局会面之后,他们不会再去打扰他。米枯宁虽不会忘了他(他不会忘记任何注意到的人),但应该会永远放开他。米枯宁是好心人,不想伤害任何人。此外,他倾向于社会改良的道路。他对拉祖莫夫这个年轻学子印象良好。这个 K 王爷的私生子,显然不是傻瓜。

但正如命运使然,拉祖莫夫发现无路可走时,米枯宁的谨慎与才能正得到奖赏。他被委以重任,负责整个欧洲的秘密情报活动。正是在那个时候,只是在那个时候,着手完善情报机构,监视境外的革命活动,米枯宁再次想起了拉祖莫夫。米枯宁看见已掌握在手心的这个不平凡的年轻人大有用途:拉祖莫夫特殊的气质、游移的精神和动摇的良心,在一个错误位置徒劳地挣扎……就像革命者放在他手中的工具,比普通的工具好得多,只要给予足够的信任,就很适合安插进一般间谍渗透不了的地方。天意!天意!参与密商的 K 王爷也立刻接受了这个神秘的天意。"但必须为他安排好后路",K 王爷急切地下命令。"当然,他的事,就是我们的事",米枯宁表示同意。K 王爷的话说得很直接;米枯宁的话才挑明两人是多么精明。

无论是事,还是人,总有其特殊的意义和特点;要完全理解和牢固把握人和事,就必须抓住这些意义和特点。米枯宁的力量就在于有能力抓住他要利用之人身上的特性。那特性究竟是什么,对他并不重要。无论是虚荣、绝望、爱恨、贪婪、聪明的骄傲或愚蠢的自负,在他眼里都一样,只要这人可以用来为他服务。这个默默无名、举目无亲的年轻学子拉祖莫夫,在伦理孤独的关键时刻,应该让他感觉到,几个身居重位的人对他感兴趣。米枯宁说动 K 王爷亲自插手,在某个时刻流露出一个男人的情感。这份情感完全出乎意料,令拉祖莫夫深感不安。K 王爷的突然拥抱,是出于他对王权的忠诚,出于他那被压抑的父爱,让拉祖莫夫看到了他胸中的某种东西。

"就这样吧!"拉祖莫夫对自己感叹。当他回忆起与K王爷的那次激动的谈话,一点傲慢的温柔融化了他对自己地位的悲观看法。K王爷柔软威严的灰色胡须已拂过他的面颊。这个头脑简单、很世俗化的前禁卫军官、在任的议员,就是他势利的深信的父亲,难道他比那个面黄肌瘦、红鼻子的疯狂革命者一样更不值得尊敬或更加荒诞?

除了这种说服力之外,也有其他一些压力。他们让拉祖莫夫老感觉到,是他主动的选择。没有办法撇开这种感觉,摆脱米枯宁那一声柔软、难以回答的问题"去哪里?"。但这个问题没有伤害他的感情。在一个关键的时刻,前去日内瓦,从一个很难打入的革命核心圈子里获得绝对可靠的情报,这是一个危险的使命。种种迹象表明,一个大阴谋即将诞生……必将威胁一个大国必不可少的安宁……必将威胁伟大而有序的变革方案……俄罗斯大地上所有爱国的高层人士对此都忧心忡忡。总之,米枯宁知道怎么劝说。他的劝说策略都是从拉祖莫夫的精神自白和心理分析中推导出来的。由于身边没有可信赖的密友,自然的情感无处发泄,这个年轻人才借助可怜的纸笔一吐衷肠。

所有这些前期工作如何秘密进行而不为人知,不需要在此赘叙。选择眼科诊所作为见面地点,这个策略足以说明问题。米枯宁足智多谋,办成这事易如反掌。拉祖莫夫的同学,包括那个红鼻子同学,也欢迎拉祖莫夫出趟门,去私家诊所看一看眼睛。最终的成功完全依赖于革命者的自欺,他们相信拉祖莫夫是哈丁的神秘同谋。受哈丁事件牵连就是充足的证据。这是他们的逻辑。正是这种逻辑,为拉祖莫夫打上了"天赐"的烙印,与从事"欧洲侦察"的一般特务相去万里。

正是这种逻辑,秘密警察总局经过精心策划,故意露了一点马脚,走漏了一丝风声。

一天晚上,一个"有思想"的同学突然前来拜访拉祖莫夫。在哈丁事件前,他们经常在各种聚会中碰面。这个同学安静、谦逊,声音悦耳。

他在前厅大声问,"我可以进来吗?"拉祖莫夫懒洋洋地躺在沙发上,听到同学的声音,连忙跳了起来。"他是不是前来刺杀我?"他一边讽刺地想,一边装出左眼上青了一块的样子,不动声色地说:"请进。"

来客连声说抱歉打扰。

"好几天没见你了,我一直觉得奇怪。"他轻咳了一声,"眼睛好点啦?"

"差不多好了。"

"很好。我耽搁你一分钟。你知道,我有义务来提醒你,基里诺·西多诺维奇,你的安全可能有问题。"

拉祖莫夫坐着没有动。他的头靠在手上,几乎盖住了右眼睛。

"我也是这么想。"

"那就对了。现在,一切看起来风平浪静,但他们正准备全面压制。这是肯定的。不过,这不是我要来告诉你的东西。"他把椅子靠近他一点,压低声音说,"我们怕你很快会被捕。"

他说,一个秘密警察总局的小抄写员偶然听闻一次谈话的片段,瞥见了一份文件,这份情报不应忽视。

拉祖莫夫淡然一笑。来客很紧张。

"基里诺·西多诺维奇,这不是好笑的事。他们虽暂时放过你,但……只要还有时间,你最好早点出国,基里诺·西多诺维奇。"

拉祖莫夫跳起来,对这番好心的建议一顿奚落。来客脸色绯红,连忙告辞,心想,这个神秘的拉祖莫夫是不会听从我们这些凡夫俗子的忠告和建议的。

米枯宁在次日得知了此事,得意洋洋地说,"哈哈!不出我所料……"他低头看着胡须。

"我认为,"拉祖莫夫说,"时机已来临,我可以开始行动了。"

"是心理时机!"米枯宁温柔严肃的声音中似乎夹杂了一丝惊讶。

他们策划了一场逼真的艰难潜逃。米枯宁不希望在拉祖莫夫离开前再碰面。碰面会有危险,况且一切都安排就绪。

"我们可以说彼此了如指掌,基里诺·西多诺维奇,"米枯宁动情地说。他握着拉祖莫夫的手,用他的方式传递出一个俄罗斯人毫无保留的快乐,"我们中间没有任何隔膜。这就是我要告诉你的话!我觉得我很幸运,有你……"

他低头看着胡须,沉思了片刻,递给拉祖莫夫半张纸,上面罗列了讨论过的注意事项,询问要点,制定的行动路线,关键人物的特征,等等。这是放在行李中的惟一密件,但正如米枯宁说,很容易销毁。他提醒拉祖莫夫,在过了国境线前,最好不要见任何人;到时……再看,再听……

他瞟了一眼胡须。拉祖莫夫说,离开圣彼得堡前,他要去见一个人。米枯宁掩饰不住突如其来的不安。这个年轻人勤奋、孤单、严肃的生活,他是熟知的。这是他成为最佳卧底人选的保证。米枯宁表示了反对,他要拉祖莫夫考虑一下,那样一项重大的使命,是不是应该牺牲一切感情……

拉祖莫夫轻蔑地打断了他的告诫。他说,他带着目的要去见的不是一个年轻女人,而是一个年轻傻瓜。米枯宁松了口气,但觉得很奇怪。

"你究竟是去见谁?"

"为了增加潜逃的逼真效果,"拉祖莫夫简略地说,他渴望强调他的独立性,"你必须信任我做的一切。"

米枯宁顺水推舟,悄声说:"当然,当然。你的判断……"

他们再次握手告别。

拉祖莫夫想到的傻瓜是那个整天乐呵呵的有钱同学、疯子科斯提亚。这个卤莽、贫嘴、躁动的家伙,一眼就能看出完全不靠谱。当拉祖莫夫提醒他不久前主动提出过帮助时,他却不像平时那样激动万分,而是无尽的绝望。

"啊,基里诺·西多诺维奇,我最亲爱的朋友,我的救世主,我该怎么办？我昨夜花光了最后的卢布。那是我爸爸前几天才给的。你能否宽限到周三？我会跑遍我认识的放高利贷的人……不，当然，你等不及！不要那样看我。我该怎么办？问那个老家伙要没有用。我告诉你，他三天前才给我一大把钞票。我是多么痛苦。"

他绝望地拧着手。不可能向那个老家伙透露。就在去年，"他们"才颁发给他一枚勋章，挂在脖子上。他一直诅咒现代的潮流。他宁愿看到所有的俄罗斯知识分子一排排绞死，也不愿给他们一个卢布。

"基里诺·西多诺维奇，你等一等。不要鄙视我。我有办法。我会有办法。是的，我会有办法，我会撬开他的柜子。不需要帮忙。我知道他保管钱财的抽屉。我在回家路上会买一把凿刀。当然，他会很伤心。但你知道，那个可爱的老笨蛋真的爱我。他会想开的，会原谅我的。基里诺，我亲爱的朋友，只要你能等几个小时，请给我几个小时，最迟到今晚，我会偷到钱！你不相信我！为什么？你说句话。"

"想尽办法偷。"拉祖莫夫冷冷地盯着科斯提亚。

"去见鬼吧，摩西十诫！"科斯提亚充满激情地呐喊，"现在，是新的未来。"

那天深夜，他走进拉祖莫夫的房间，一反常态。

"事办完了。"他冷静、甚至有些严肃地说。

拉祖莫夫坐着点了点头。他双手握在一起，放在两膝之间。"事办完了。"这声熟悉的话语让他一阵哆嗦。科斯提亚将一个缠了线的棕色小纸袋慢慢放在桌灯下。

"这是我到手的东西。那老家伙一定会认为世界末日到了。"

拉祖莫夫坐在沙发上点点头，看着这个疯狂的同学一脸严肃的样子，禁不住心生一种邪恶的快感。

"我已做了一点牺牲，"疯子科斯提亚叹了口气，"谢谢你给我机会，基里诺·西多诺维奇。"

"值得你破费吗？"

"当然。你知道,那个老笨蛋真的爱我。他会心疼。"

"你相信他们所说的全新的未来和人民的神圣意志吗?"

"绝对相信。我会献出我的生命……只是,你知道,我就像槽圈里的一头猪。我一无是处。我生来如此。"

拉祖莫夫陷入了沉思,忘记了科斯提亚的存在。直到这个年轻人请求他火速逃亡,他才惊醒。

"好的。好,再见。"

"我要亲自送你出城,"科斯提亚突然平静地宣布,语气坚定,"不要拒绝我。看在上帝的份上,基里诺,我的朋友,警察随时可能上门。要是抓到你,他们会把你关在某个地方,关你很多年,直到你白头。楼下我已安排了我爸爸最好的马车和小雪橇。天亮前我们可赶三十里地,找到火车站……"

拉祖莫夫惊讶地抬起头。路线已定,不可避免。他本来预计第二天上路。现在,他突然发现,他有点不敢相信自己眼睛,真的要上路了。他反复听过、谈过、想过、计划过模拟的潜逃。他越来越相信,这事很荒唐,似乎是别人在做!就像是替身游戏。现在,他真的吃惊了!这里居然有一个人真的相信这回事。"如果我现在不走,"拉祖莫夫突然惊恐地想,"我就永远走不了啦。"他默默地起身。焦急的科斯提亚塞给他帽子,帮助他穿上披风。拉祖莫夫悄悄走出房间,突然听到背后一声尖叫。

"基里诺!"

"什么事?"他在门口很不情愿地转过身。科斯提亚站在那里,绷着惨白的脸,伸出僵直的手,指着遗忘在桌灯下的棕色小纸包。拉祖莫夫迟疑了片刻,回身带上。科斯提亚一直严肃地看着他。拉祖莫夫想对科斯提亚笑了笑,但这个疯子一直皱着眉头。"这是一场梦,"拉祖莫夫将小纸包放进口袋,边下楼边想,"没有人做过这样的事。"科斯提亚挽住他的手,叮嘱他前路危险,遇到紧急情况下该怎么做。"荒唐",拉祖莫夫被塞进雪橇时自言自语。他任由自己密切注意这场梦的进程。这场梦按照可预见的情节和逻辑进行:

长途奔袭到火车站,坐在壁炉前候车。他们一路上最多只交流了五六个字。科斯提亚很伤感,不想打破沉默。分手时,他们拥抱了两次。必须拥抱!然后,科斯提亚从他的梦中消失。

　　破晓时分,拉祖莫夫平静地坐在一节闷热的卧铺车厢里。乘客都在睡觉,在昏暗灯光下,能够分辨出他们的体形。拉祖莫夫悄悄起身,把窗玻璃放低几寸,将棕色小纸包扔到窗外广袤的雪原上。他再次坐下,蒙住头,一动不动。"为了人民",他盯着窗外想。这片冰封的坚硬大地,像辽阔的白色沙漠,在他的眼前滑过,没有一丝人气。他就这样一直醒着。

　　然后,这场梦再次笼罩他:普鲁士、萨克森、乌腾伯格、面孔、眼神、语词,全是梦。他被迫在梦中当一个愤怒的看客。瑞士的日内瓦,仍然是一场梦,如影随形,逼着人厉笑、疯狂、毁灭——怕梦醒时分……

2

　　"也许生活就是这样。"拉祖莫夫心想。他在小岛的树下徘徊,除了卢梭的铜像,周围空无一人。"梦和怕。"暮霭更浓。他在笔记本上撕下的那几页是他"使命"的第一份成果。它们不是梦。它们包含了自信:他处于真正发现的前夜。"我认为不再有障碍,阻止革命者们完全接纳我。"

　　他回想起这几页中的内容,有些是关于谈话的印象。他甚至如此写道:"我逐渐发现了那个恐怖'尼·尼'的性格。他是一个大腹便便的可怕畜生。如果我听到他的动向,我会立刻送出预警。"

　　但像遭到了诅咒,他突然觉得这一切都是梦。他甚至怀疑他使命的现实感。他绝望地四顾,像在寻找一条途径,将他从这种不可战胜的虚无状态中解脱出来。他愤怒地将手中的几页情报捏得皱巴巴的。"必须寄出去",他想。

他走上小桥,回到北岸。他记得在附近小街上看见过一家小店,里面堆了廉价的木雕,四壁放了许多脏兮兮的薄纸装订的书,是在小小的流动图书馆常见的货色。小店也卖文具。一个忧郁寒酸的老头儿在柜台后打盹。一个穿黑衣的瘦小女人,满脸病容,拿出了他想买的信封,连正眼也没有瞧他。拉祖莫夫想,与这些人打交道安全,因为他们不关心世事。他在柜台上填写的收信人,是一个住在维也纳的德国人。但拉祖莫夫知道,他第一次写给米枯宁的这封信,会送到维也纳的俄国大使馆。然后,一个可靠的家伙会用暗语抄下,连同其他外交信函,一起安全送达圣彼得堡。这样安排,旨在掩饰情报来源,免得落入不可靠之人的耳目,由于不慎、意外或背叛而遭泄密。这都是为了他的安全,绝对的安全。

他走出那个破落的小店,前往邮局。正是在那时,我那天第二次看见他。他正穿过勃朗峰大街,像在漫无目的地闲逛。他没有看见我,但我老远就认出了他。我想,哈丁的好朋友真的很帅。我看见他走向邮筒,然后退后几步,再转身离开。他从我附近走过。我依然确信他没有看见我。他昂着头,表情如一个梦游者,像在与驱使他前往险地的噩梦抗争。我不由自主地想到哈丁小姐和哈丁夫人。他是哈丁留给她们的一切。

他脸上的表情令我这个西方人很不安。如果我是他的同胞,一个俄罗斯的流亡者,我也许能够从这偶然一瞥中得出一些有用的结论。如其所是,它只让我很不安。我开始莫名担心起哈丁小姐,这种担心相当难以解释。我当即决定,吃完晚饭后,就去拜访她们母女。诚然,几个小时前我才碰到哈丁小姐,但哈丁夫人可是好久未见。事实上,最近我是有意不去登门。

可怜的哈丁夫人!我承认看到她时我吓了一跳。她是那种让人不由自主感兴趣的人,因为既恐怖,又可怜。人们怕与他们打交道,更怕照料他们。显然,他们生来就受苦,也连累别人受苦。这种想法很奇怪。我不会说,自由或自由主义的观念问题,对于我们而言,只是一个话语问题、欲望问题、投票权问题(如果说得上是情感问题,那也是我们最深情感之外的问题),但对像我们一样、活在同一片天空下的其他人而言,可能是一场对毅力的沉重考验,一个关乎眼泪、痛苦和鲜血的问题。哈丁夫人感觉到她那代人的剧痛。她做官的兄弟就充满了激情和梦想,在沙皇尼古拉时代被枪杀。一种略带反讽的认命,已不是一颗脆弱心灵的铠甲。哈丁夫人的子女再遭打击,必定会勾起她昔日的苦难,感觉到未来的痛苦。她是不知道如何愈合自己的那种人,自我意识太强,专注着自己的伤口,计算着代价。她这样做,既不是因为怯懦,也不是因为自私。

我一个人吃着简便的晚餐,脑子里满是这样的想法。如果有人说,这是间接思念哈丁小姐,我只会回答,她的确值得关心。她的人生之路才开始。我承认,我在谈哈丁夫人的性格时,心里是在挂念哈丁小姐。这样思念一个女孩的方式,对于一个老人而言是可以允许的,况且我还没有昏聩到不知同情为何物的地步。她的前面还有青春。她的青春被任意剥夺了自然的光明和喜悦,被一种让欧洲人陌生的专制制度的阴影遮蔽。她的青春夹在两股旗鼓相当的邪恶势力之间,愤怒忧伤,命悬一线。

我想得多,却做得少。我感觉到无助,甚至更糟的是,在某种意义上,她的青春与我无关。在最后关头,我竟然迟疑,到底该不该去看她们。去看她们有什么好处?

我走到哲人大街时,夜幕已降临。我看见她们房间窗子的灯光,百叶窗已拉下。但我能想象,哈丁夫人坐在扶手椅上,像寻常那样,凝望着窗外,等候哈丁的出现。近来,她期盼的目光变得更加疯狂、执着。

我想,那灯光足以给了我去敲门的理由,她们还没有休息。我只希望里面不会有其他俄罗斯客人。有时,晚上会有一个病退的俄罗斯官员在那里。他满脸疲惫和忧伤。我想哈丁夫人和小姐容忍他常来,是因为他是老哈丁的故交。我决定,要是看见他在里面低声唠叨,我只待几分钟就离开。

我正要按门铃,门却突然打开,吓了我一跳。我看见哈丁小姐戴着帽子,穿着短上衣,正准备出门。这个时候!去找医生?

她热情欢迎我进屋。我悬着的心放了下来。看来我正是她想找的人。我起了好奇心。她把我带进屋。忠诚的安娜,那个年老的德国女仆,关上门,然后坐在门边,像随时准备送客。哈丁小姐的确是要出门时才碰到我。

她一反常态,慌里慌张地说,尽管天晚了,她还是要去敲齐格勒夫人的门,因为齐格勒夫人习惯……

齐格勒先生是我的知交,一个已故的名教授。齐格勒夫人独自孀居在丈夫留下的那套豪华公寓。她借了其中三间给我住;我在楼道另开了一扇门方便出入,一住就十余年了。我说,我很高兴去……

哈丁小姐没有打算脱下外出的装束。我见她脸色越来越红。最终,她问我是否知道拉祖莫夫先生的住处。

拉祖莫夫先生的住处?拉祖莫夫先生?这个时候!如此急迫?我摊开双手,表示完全不知道。我的确不知道拉祖莫夫的住处。如果三个小时前料想得到她会要,我会在邮政新大楼前大胆问拉祖莫夫。他可能会告诉我,也可能会一口拒绝,叫我莫管闲事。我回忆起他脸上迷幻、痛苦、慵懒的表情,心想,要是突然有人搭腔,说不定他会吓倒在地。这事我没有告诉哈丁小姐。我甚至没有提不久前看到过拉祖莫夫。他的表情让我极不舒服,我巴不得赶快忘记。

"我不知道到哪里去打听。"我无助地嘟囔道。我本来应该开心,能帮上一点儿忙。我应该立刻出发去找人打听,男女老少都行。我相信她的常识判断。"你为什么想找我问他的住处?"我问。

"完全不是为那事。"她小声说,像面临一件棘手的任务。

"你今晚一定要找到拉祖莫夫先生吗?"

哈丁小姐点了点头。她瞟了一眼客厅的门,改用法语说:"是因为妈妈。"说完,她神秘地沉默了片刻,一脸严肃,不像是被任何可想象的困难吓倒的女孩。我好奇地看着她。她继续沉默。拉祖莫夫与哈丁夫人有什么关联?她根本不知道儿子的好朋友到了日内瓦。

"今晚我可不可以见一见你妈妈?"我问。

哈丁小姐伸出手像要阻拦。

"她现在很激动。你看不出来……是在内心,但我知道妈妈,我很怕。我没有勇气继续面对。全是我的错,我认为我起不了作用,我从来没有对妈妈隐瞒过东西。我们之间没有秘密。但你知道原因,为什么我没有立刻告诉她,拉祖莫夫到这里了。你知道,是不是? 因为她很可怜。在这里,我不是演员。我情感太投入,我有些……我不知怎么说。她注意到我最近的行为有点儿不对。她认为我对她有隐瞒。她发现我离家的时间越来越长。其实,我每天都在见拉祖莫夫先生。我外出的时间长了点。天知道,她心里在怎么怀疑。你知道,从那以后她完全变了样儿……几周来一直奇怪地沉默,但她今晚突然说话了。她说不想责备我;我有我的性格,正如她有她的性格;她不想打探我的事情和心思;她从来没有什么要对子女隐瞒……我听到这些话真觉得残酷。她说的时候声音平静,那张可怜而憔悴的脸像一块冰冷的石头。简直难以忍受。"

哈丁小姐压低声音飞快地说。我从来没听她这样快说话,这表明了她的不安。前厅的灯很亮,我能看见她头巾下的脸色绯红。她笔直地站着,左手轻放在一张小桌上,右手垂在身边。她不时轻声哀叹。

"这很震惊。只要想一想! 她认为我在准备不辞而别。我跪在她椅子旁,求她不要胡思乱想! 她把手放在我的头上,坚持说她的话是真的。她一直以为,孩子们会信任她,但显然不是那么回事。她的儿子不信任她的爱,也不信任她的理解。现在,我也要用同样残酷不公道的方式抛弃她。我还是什么都没有说……这是致命的固执……她说她感觉到我身上有些变化……如果我的信念在召唤我离开,那为什么不能告诉她这个秘密,似乎她一直是个懦夫、弱者,无法信任? '似乎我的心在背叛我的孩子们',她说……这简直难以忍受。她说话时一直在抚摸我的头。……抗议完全没有用。她病了。她的灵魂……"

我不敢打破沉默。我看着她头巾下的眼睛,泪光闪烁。

"我变了!"她轻声叹息。"我的信念在召唤我离开!听到这句话很残酷,因为我的问题是,我很脆弱,不清楚应该做什么。你知道。为了彻底摆脱,我做了一件自私的事。为了消除她的怀疑,我告诉了她拉祖莫夫的事。我很自私。你知道,我们向她隐瞒,这样做是完全对的。完全对。我直接告诉她,我们可怜的维克多的好朋友来这里了。那时,我明白我们一直以来的做法多么正确。她应该有所准备。而我是在痛苦中脱口而出。妈妈立刻很激动。维克多的朋友在这里多久了?他知道些什么消息?为什么不马上过来看我们?那是怎么回事?难道连维克多留下来的朋友也不信任她?……你想一想,看着她苍白如纸,一动不动,枯手抓住椅子扶手上,我是什么感觉?我告诉她,全都是我的错。"

我能够想象这个一动不动坐在椅子上的沉默母亲形象。她就在哈丁小姐身边的门后。门后的沉默,似乎在大声地呐喊着向历史复仇。这个念头闪过我的脑海。我相信,哈丁小姐也早有此想法。当她说想到那一幕就睡不着时,我很理解她的心情。哈丁夫人已沉湎于最可怕的想象,最疯狂、最残酷的怀疑。这些想象和怀疑必须不惜一切代价、不失时机地消弭。当得知哈丁小姐大声对妈妈说:"我立刻就去找他来见你。"我毫不吃惊。这一声不荒唐,感情不夸张。我一点不怀疑。

但我问:"很好。你怎么办?"

她想到向我寻求帮助是完全自然的,但我能做什么?我对拉祖莫夫的住地一无所知。

"我猜他可能就住在附近,也许就在一箭之地!"她说。

我表示怀疑。如果我知道他在日内瓦城的另一边,我也很高兴立刻出发去把他找来。我想她肯定知道我乐意相助,因为她首先想到的就是我。但她真正请求我帮助的,是陪她前往波莱尔庄园。

想起那条漆黑的马路,那个阴森的地方,那个据说充满巫术、阴谋和女性崇拜的荒凉庄园,我就觉得不愉快。我反对说,S夫人很可能不知道我们想要的消息。我也认为不可能在那里找到拉祖莫夫。我回忆起瞥见的那张脸,深信一个看上去比见了鬼还可怕的人,应该想独自藏起来。我有一种奇怪的自信,我看到拉祖莫夫时,他正在回住处的途中。

"我其实想找彼得·伊万诺维奇。"哈丁小姐平静地说。

他应该知道。我看了看表,刚好九点二十分。

"那去他酒店试试,"我提议,"他在国际大酒店有包房,在顶楼某个房间。"

我没有主动请缨,是怕去了会碰壁。他们会怀疑我这个西方人,拒绝接待。我暗示让老仆人安娜带一张条子去问。

我们在小声商量这件事时,安娜仍在屋子另一端的门边静候。哈丁小姐说她必须亲自去。安娜胆子小,动作慢,带回消息时不知多晚。她说的有道理,天是很晚了,况且还不确定拉祖莫夫就住附近。

"我亲自去,"哈丁小姐说,"我从酒店出来后就直接去找拉祖莫夫先生。无论如何,我应该去,因为我必须当面向他解释,让他有心理准备。他不了解我妈妈的精神状态。"

她的脸红了片刻。她甚至想到,为了母亲的缘故,也是为了自己的缘故,她和妈妈最好分开一会儿。有妈妈喜欢的安娜在身边,她也放心。

"她可以拿着针线活进屋做,"哈丁小姐走向门边,用德语对我们开门的女仆说,"你告诉妈妈,这位老先生来了,和我一起去找拉祖莫夫先生。如果我长时间没回来,也请她放心。"

我们立刻出门上了大街。她深吸了几口夜晚的凉气,悄声说,"我还没问你愿不愿意。"

"我认为不必问。"我笑着说。我已不考虑伊万诺维奇会怎么接待我。我敢肯定,他看见我应该很恼火,甚至有些严肃和傲慢,但我想他绝对不会把我轰出门。只要不轰出门就好。"你挽着我的手好吗?"我说。

哈丁小姐默默地挽住我的手。我们两人都没有说任何值得记录的话。到了酒店,我让她先进入大堂。大堂灯火通明,许多人在这里消磨时间。

"我独自上去好了。"我说。

"我不想在这里等,"她低声说,"我也去。"

我带着她直接走向电梯。到了顶楼,服务生指示我们朝右:"走廊尽头。"

白色的墙壁,红色的地毯,电灯怒放光芒,空旷,寂静,房门都关着,门上有房号。这一切令我想起一座豪华监狱里的完美秩序,似乎每间房都关着一个要犯。这栋大酒店住了许多过往的旅客,但隔音效果很好,没有任何声音传来,厚厚的红地毯像是将我们的脚步声完全吞噬。我们步履匆匆,到了楼道尽头的房间,我们才对视一眼,静静地站了片刻,听到房间内隐隐传来人声。

"我想就是这间。"我毫无必要地小声说。我看见哈丁小姐的嘴唇动了动,没有说话。我快速敲门后,里面的人声停歇。沉默了几秒钟后,门突然打开。开门的是一个穿红罩衫的矮女人,眼睛黑溜溜的,头发浓密,几乎全白,随意地扎着,显得有点脏乱。她浓黑的瘦眉像连在一起。我后来才颇有兴趣地获悉,她就是声名远扬的索菲亚·安东诺娃。当时,给我留下最深刻印象的是她疑惑眼神中的古怪气质,因为很奇怪,里面看不到邪恶,可以说,不是魔鬼的眼神。她抬头看见哈丁小姐的时候,眼神柔和了许多。哈丁小姐平静地说,她希望见一见彼得·伊万诺维奇。

"我是哈丁小姐。"她补充说。

穿红罩衫的女人眉头立刻舒展开来。她没有说话,默默地走到一张沙发上坐下,将门大大敞开。

她坐在沙发上,双手放在大腿上,闪亮的黑眼睛看着我们进门。

哈丁小姐走到屋中央。我只是她的陪同,关上门后,就本分地站在门边。房间很大,但天花板很低,几乎没有装修,一个戴着瓷罩的电灯泡吊得很低,灯下是一张大桌(桌上铺了一张大地图),房间的远角在黄色灯光下显得很暗淡。没有看见彼得·伊万诺维奇,拉祖莫夫先生也不在。索菲亚·安东诺娃身边的沙发上,坐着一个瘦子,留着山羊胡,身体前倾,双手放在膝盖上,面色和善,神情专注。在一个远角里,隐约可见一张苍白的大脸、一个胖胖的身影,举止粗俗,像坐在一张摇摇晃晃的矮凳子上。我惟一认识的人,是矮小的裘尼斯·拉斯帕拉。他像一直在研究地图,双脚紧紧缠在椅子脚上。他看见我们进来,立刻起身,向哈丁小姐弯腰致意。他看起来很滑稽,像长着鹰钩鼻子的男孩,戴了一把花白的美髯。他走上来主动让座。哈丁小姐婉言谢绝。她说只是进来问彼得·伊万诺维奇几句话。

拉斯帕拉的大嗓门在房间里听起来很痛苦。

"真奇怪,我今天下午还想起你,纳塔莉·维克多诺娃。我碰到了拉祖莫夫先生。我请他为我写文章,任何东西都行。你可以和这位老师一起帮他翻译成英文。"

他朝我恭维地点点头。听到拉祖莫夫的名字,一个无法形容的尖细声音从角落传来,像愤怒的小动物发出的。说话的正是那个胖得矮凳子都承受不住的人。我没有听清哈丁小姐说了些什么。这时,拉斯帕拉再次开口。

"该为我们做点儿事了,纳塔莉·维克多诺娃。我认为你有自己的想法。为什么不写点儿东西?我想你会很快来见我们。我们可以好好谈一谈。任何建议……"

我依然没有听清哈丁小姐的话。还是拉斯帕拉的声音。

"彼得·伊万诺维奇?他到另一间房去了一会儿。我们都在等他。"

伊万诺维奇进屋的时候,看起来更高大、更气派。他穿着黑色的长袍,袍服笔挺,直达脚部。他令人联想起高僧或先知,一个生活在亚洲某片沙漠中的高人。他的墨镜与袍服很般配,使他在暗淡的灯光下显得更神秘。

拉斯帕拉回到椅子上继续看地图。那张地图是房间里惟一被照亮的东西。我在门边这么远的距离,都能从代表水域的蓝色部分,分辨出那是波罗的海。彼得·伊万诺维奇低低惊呼一声,走向哈丁小姐。他看到我的时候,略微停顿了一下,瞟了我一眼。他肯定从我灰白的头发认出了我,因为他宽阔的肩膀耸了一耸,才一团和气地转向哈丁小姐。他先伸出一只肥厚的手掌抓住哈丁小姐的手,接着另一只大爪子像盖子一样压上去。

他们站在屋子中间说了几句悄悄话。房间里的其他人没有动。拉斯帕拉背对着我们,跪在椅子上,手肘支在大比例的地图上细心研究。那个在角落里看起来像一大坨东西的胖子,那个坐在沙发上目光坦荡、留着山羊胡的瘦子,以及他身边穿红罩衫的老女人,都没有动。我想他们真的是没有时间,因为哈丁小姐立刻从彼得·伊万诺维奇那里抽出手,我还没有来得及准备开门,她就到了门边。我这个被冷落的西方人急忙开门,跟在她后面走了出去。我最后扫视屋中人一眼时,他们仍然无动于衷,在各自的位置保持原有的姿势。只有彼得·伊万诺维奇戴着墨镜站着,像一个身材高大的盲人教师。他的身后是那盏明灯,照在拉斯帕拉仔细察看的彩图上。

后来,我在报纸上看到有传言(很含糊,不久就绝迹),俄罗斯挫败了一场军事暴动,我突然想起我看到的那一幕,那个小群体围着他们的中心人物一动不动。报上没有透露细节,但据说,海外的革命党提供了支持,提前派了密使,甚至筹钱送一艘汽船装载军火和革命者潜入波罗的海各省。我瞄了一眼那些零星的报道(世人对这些消息不感兴趣),我想,正是我这个哈丁小姐的陪同,将幕后的东西带给了古老安定的欧洲。在国际大酒店顶楼短暂而奇怪的一瞥:那个伟人;那个杀了许多间谍和宪兵、在角落里一动不动的胖子;恐怖运动的元老雅科夫里奇;那个头发与我一样白、眼睛黑溜溜的女人,全都笼罩在朦胧的神秘之光里。只有桌上的俄罗斯地图在明亮的灯光之下。那个穿红罩衫的女人我还有机会再见。我们等电梯时,她从走道匆忙赶来。她凝视着哈丁小姐的脸,把她拉到一边,像在密谈。时间不长,只说了几句话。

坐电梯下楼时,哈丁小姐没有说话。我们走出酒店,沿码头走在黑暗的新鲜空气里。我们的右手边是一片气派的酒店,左手边是小港口。码头的灯光反射在黑色的水中,像点点星光闪烁。这时她才打破沉默。

"那是索菲亚·安东诺娃。你知道她吗?……"

"是的,我知道。她是一个著名的……"

"对。我们出来后,彼得·伊万诺维奇好像告诉了他们我来的目的,所以她才跑出来追我们。她自报了家门,然后对我说:'你哥哥是一个勇敢的男人,他将永远活在人们心中。你会看见美好的时代来临。'我告诉她,我希望看见美好时代到来时,这一切都被遗忘,甚至我哥哥的名字也被遗忘。我这样说是有感而发,你明白吗?"

"是的,"我说,"你想到的是充满和谐的正义时代。"

"是的。在革命工作里,有太多的仇恨和复仇。必须的。既然是牺牲,那就牺牲更大吧。毁灭是愤怒的结果。让专制者及其毁灭者一起被遗忘吧。只有重建者才应该被记忆。"

"索菲亚·安东诺娃同意你说的吗?"我怀疑地问。

"她没有说别的,只是说'相信爱,对你有好处'。我想她理解我。然后,她问我是不是想马上见到拉祖莫夫先生。我说,我相信今晚能找到他,带他去见妈妈,因为妈妈已知道他到了这里,所以很想知道他能不能告诉我们关于维克多的消息。他是我们所知哥哥惟一的朋友和最亲近的人。她说:'啊!你哥哥,是的。请转告拉祖莫夫先生,我已公开了那封圣彼得堡来信。那关系到你哥哥的被捕。'她补充说:'他被我们人民中的一员背叛,那人不久后自杀了。拉祖莫夫会向你解释一切。我今天下午告诉了他一切。请转告拉祖莫夫先生,索菲亚·安东诺娃向他问好。我明天一早就走,远走。'"

哈丁小姐沉默了片刻后说:"突然听到她那样说,我很激动,所以刚才没法与你说话……人民中的一员!啊,我们可怜的俄罗斯人!"

她走得很慢,似乎突然筋疲力尽。她垂着头。从一栋带露台和阳台的建筑楼的窗户里,传来老掉牙的酒店音乐。在赌场的低矮简陋入口,两张红色的广告牌在路灯下闪光,俗不可耐。空旷的码头,寥落的街道,散发出装腔作势和莫名凄凉的味道。

我以为她得到了拉祖莫夫先生的地址,只好跟着她走。走到勃朗峰桥,只见几个黑色的人影,像迷失在宽阔长长的灯影里。这时,她说:"这里离家不远了。我刚才想不太可能是这里。地址是卡鲁大街。我想一定是艺术家住的某栋别墅。"

她挽起我的手,加快了步伐。她的动作很亲密,充满了信任。我们选择了原始的步行。一辆晚班电车超过了我们。一排马车停在公园的铁栏旁。我们没有想过利用现代交通工具。也许,她是由于走得太匆忙,而我,是由于她信任地挽住了我的手。我们走上科拉特里大街的缓坡,商店都已打烊,橱窗里没有光(商人们好像在天黑前都跑了)。她以商量的口吻说:"我跑回家看一眼妈妈。绕不了多少路。"

我劝她不要回去。如果哈丁夫人晚上真的想见到拉祖莫夫,最好是带他一起回。越快找到拉祖莫夫,越快带他去安抚激动的哈丁夫人,就越好。她接受了意见。我们斜穿过剧院前的广场。在电灯光下,地上的石板像是蓝灰色。广场中央那尊孤独的马雕黑漆漆一团。在卡鲁大街,我们到了接近城郊的贫民区。一栋栋新建的高楼之间是许多建筑空地,在一条小街的角落,有一家墙壁粉白的商店,暗淡灯光从敞开的大门射进外面的黑夜,形成一把扇子一样的光影。我们老远就能看到店里的墙壁,货架几乎是空的,柜台漆成了棕色。我们沿着涂了焦油的木栅栏走近那家小店。我们看见建筑正面轮廓分明、狭窄苍白。这是一栋五层建筑。五扇单窗黑洞洞的,最上面是突出的斜屋顶,黑压压的一片。

"你到店里去打听一下。"哈丁小姐吩咐我。

店主是一个脸色蜡黄、有几根胡须的男人,白色的领子脏兮兮的,领带有几处磨损。他放下手中的报纸,胳膊肘随意地靠在空柜台上。他说，我打听的那人确实是他的房客，住在三楼，但碰巧暂时外出了。

"暂时，"我回头看了一眼哈丁小姐，然后转身问店主，"你的意思是他马上会回来？"

店主温和的眼神讨人喜欢，嘴唇也很柔和亲切。他淡淡一笑，像个万事通。他告诉我，拉祖莫夫先生一整天都在外面，直到晚上才回来，但只待了半个时辰左右又出门了。拉祖莫夫先生留下钥匙时，与他聊了几句，说要出去透透气。

他站在柜台后笑看着我们，两手托着脸。透气，透气。究竟要透多长时间的气，很难说。当然，夜已深了。

过了一会儿，他温和的眼睛转向门口。

"快要下暴雨了，他会赶回来。"

"会有暴雨？"我问。

"是的！"

像是要应验他的话，我们听到天边传来了惊雷。

我用目光征求哈丁小姐的意见。我看见她有些不甘心，于是对店主说，要是拉祖莫夫先生半个时辰内回来，请他就在店里等候，我们过一会儿再来。

他不易察觉地点了点头，算是回答。哈丁小姐默默地表示同意。我们沿街慢慢朝城郊走去。即将拆迁的花园住宅，茂盛的枝叶压在矮墙上空，被下面的煤气灯照亮。阿尔维河中雪水流过低坝的单调轰鸣，带着刺骨的寒气穿过旷野扑面而来。旷野中只有两排灯光勾勒出一条空旷的街道。河对岸阴云密布，是可怕的雷电云。那里有一盏微暗的孤灯，像在用瞌睡的眼睛监视我们。

走到桥边时，我说："最好回去……"

那个病快快的店主在看那份模糊不清的报纸。报纸摊开在柜台上。我刚进店一瞄，他抬头摇了摇，没有说话。我立刻转身，与哈丁小姐快步离开。哈丁小姐说明天一早会派安娜带便条过来。我默默地赞同。沉默也许是表示关切的最佳方式。

走完这条城郊的小街,我们进入一条普通的城市大道,宽阔而寥落。一路上总共只碰到四个行人。这条大道似乎没有尽头。哈丁小姐的焦虑自然感染了我。我们最终回到了哲人大街。此时,哲人大街显得更宽阔、更空旷、更死寂、更荒凉。它在体面地酣睡。远远地,我看见两扇亮着灯的窗,很醒目。我脑海里立刻浮现出哈丁夫人的形象:坐在扶手椅中,像中了专制制度的魔咒,睁着恐惧而痛苦的眼睛。她是专制和革命的牺牲品。这个形象残酷而荒诞。

3

"进去坐一会儿好吗?"哈丁小姐问。

我想到时间太晚,有点犹豫。"你知道妈妈很喜欢你。"她鼓动我。

"我只进去看一看你妈妈。"

她像是自言自语地说:"我不知道她会不会相信,我没有找到拉祖莫夫先生。她一直认为,我有事瞒着她。你也许能劝劝她……"

"你妈妈可能也不相信我。"我说。

"你!为什么?你有必要向她隐瞒什么?你又不是俄罗斯人,不是革命者。"

我深深地意识到,在她眼里,我是一个多么遥远的欧洲人。我没有说什么,但我决定从头到尾只当一个无助的看客。滚滚的雷声从遥远的罗讷河谷传来,逐渐接近这座睡眠中美丽好客的城市。我们穿过街道,迎面就是黑乎乎的大门口。哈丁小姐按响门铃,门几乎立刻就打开,老女仆像一直在前厅等候我们回来。她扁平的脸上有一丝满意的神色,她边关门边说,那位先生来了。

我们都没听懂她的意思。哈丁小姐突然转身问:"谁?"

"拉祖莫夫先生。"女仆说。

在我们出门前,她听到我们的谈话,知道年轻的小姐为什么要出门。因此,拉祖莫夫先生在门口自报家门后,她立刻欢迎他进来。

"真没想到。"哈丁小姐轻声说。她严肃的灰色眼睛看着我。我想起四个小时前那个年轻人的表情,一副梦游者的样子,禁不住也有点惊奇。

"你先征求了妈妈的意见没有?"哈丁小姐问。

"没有。我只说那位先生来了。"女仆见到我们迷惑的脸色有些吃惊。

"放心,"我低声说,"你妈妈有准备。"

"是的,但他不知道……"

我想,哈丁小姐是在怀疑他的机智。她问,那位先生和妈妈在一起待了多久了。女仆说,进客厅大约一刻钟了。

她等了片刻,看上去有点害怕,然后无言地走开。哈丁小姐默默地看着我。

"事情水落石出了,"我说,"你碰巧知道哥哥的朋友要告诉你妈妈的消息。在那之后,你们肯定……"

"是的,"哈丁小姐缓慢地说,"我只是想,由于他来的时候我不在,是否现在最好不进去打扰。"

我们没有说话。我想,我们都尖起耳朵倾听,但客厅里没有传来任何声音。哈丁小姐脸上是痛苦的犹疑神色。她作势欲进,但马上止步。她听到门后有脚步声。门突然打开,拉祖莫夫径直从里面出来,走进前厅。那天的疲惫和内心的挣扎使他面目全非,我差点认不出他的脸。就在几个小时前,我与他在邮局前擦肩而过,他的面目就变得让我大吃一惊。但那时,他的脸色还没有现在这么阴沉,眼神也没有现在这般忧伤。尽管他的眼睛现在看上去清醒得多,但眼神里明显有一丝邪恶的阴影。

我那样说,是因为他的目光首先落在我身上,像不认识我,更不会怕我。我恰好在他的目光下。我不知道他是否听到了门铃,也不知道他是否想到会碰到任何人。他走出来时,我相信,他没有看见哈丁小姐。哈丁小姐向他走了一两步,主动伸出手。他仿佛视而不见。

"是你,纳塔莉·维克多诺娃……也许你会意外……在这么晚的时候。但你知道,我记得我们在公园里的谈话。我想你是希望我应该抓住时机……所以我就来了。没有别的原因。只是来告诉……"

他呼吸很困难。我注意到这点,突然想起他对那个店主说,他出来是要"透透气"。如果那是他的目的,显然他非常失败。他眼神忧郁,垂着头,结结巴巴。

"只是来告诉我今天——今天才听到的消息……"

从他身后开着的门,我能够看到客厅,那里只开了一盏罩灯,哈丁夫人的眼睛不适应煤气灯和电灯。相比于明亮的前厅,半透明的宽敞客厅像被沉重的阴影笼罩。在客厅地板上,我看见哈丁夫人一动不动的影子。她慢慢前倾,一只苍白的手放在椅子扶手上。

她一动不动。她不再期盼地望着身前的窗外。百叶窗拉下了,窗外的夜空布满了雷电云。这个城市以其近乎嘲讽的宽容方式体现了漠然和好客。这是一个值得尊敬的流亡之都。所有的痛苦和希望对它来说都是空无。她垂下了头颅。

我突然想,真正的专制戏剧并不是在政治大舞台上演。注定了是一个旁观者,我对幕后有了别样的眼光,见到的东西远多于台前的言语和动作。我坚信,这个母亲在内心中拒绝完全放弃她的儿子,那是不可抚慰的哀伤。在那恐怖的沉默中,有更深沉的东西、更不可接近的东西。坐在那宽大的高背椅中,她前倾的身影暗示她在对着大腿沉思,好像那里正枕着一颗心爱之人的头颅。

我看到这幕后的一个场景。然后,哈丁小姐绕过年轻人,关上客厅门。她这样做,不无犹豫。有一会儿,我想,她应该走到她妈妈身边,但她只送去一个焦虑的眼神。要是哈丁夫人动一下……但没有。在那一动不动的苍白脸上,是无药可救的可怕冷漠之痛苦。

那个年轻人眼睛一直盯在地上。他应该重复刚才说的话,这念头对他来说难以忍受。他本来期望哈丁母女都在家。最后,他自言自语地说,永远结束了,永远。"幸运的是,我不相信另一个世界。"他愤世嫉俗地想。

在邮寄了那封密信后,他一个人待在房间。通过写秘密日记,他重新获得了些许镇静。他意识到这种神秘的自我放纵有危险。他预感到了这一点,但他不能克制。写日记让他安宁,让他与生存和解。他坐在那里,借着烛光疯狂地写,直到他突然想,既然听到了索菲亚·安东诺娃说的哈丁被捕的原因,他有义务亲自去告诉哈丁的妈妈和妹妹。她们肯定从别的渠道也会听到,如果他再不登门,情理上说不过去,不光是她们会这么看,其他人也会这么认为。既然下了决心,他就没有任何明显的迟疑,反对这样做的必要性。很快,必须完成这件事情的焦虑感开始折磨他。他看了看表,不迟!绝对还不太迟。

与哈丁夫人在一起的一刻钟就像她的复仇:那张苍白的脸;那微弱清晰的声音;那颗急切地转向他、然后立即垂下去一动不动的头颅。在幽静的客厅里,他虽压低了声音但听上去还是有巨大的回声,这一切像某种奇怪的发现一样令他不安。在她的悲伤中似乎有一种神秘的固执,某种他无法理解的东西。无论如何,这是他没有预料到的。那是敌意吗?这不重要了,现在什么也不能触动他了。在革命者们眼中,他的过去没有阴影。哈丁的幽灵已被跨过,抛在身后,软弱无力地躺在白雪覆盖的人行道上。这是那个幽灵的母亲,深受痛苦折磨,脸白得像鬼一样。他感觉到一阵莫名的怜悯。当然,这也不重要了。母亲们不重要。他脑海里摆脱不了这个沉默、安静、白发女人的悲惨形象,但一丝冷酷爬进他的思想。这些就是结果,那又怎样?"然后我就躺在玫瑰床上吗?"他坐在那里想。他的眼睛落在不远处那个痛苦的身影上。他已说了他必须对她说的一切。他说完后,她没有出声。他还在说话时,她已转过头。他说完最后一个字已有五分多钟了,她依然沉默。这是什么意思?在这个不可思议的女人面前,他意识到自己冷漠语气中的愤怒。本来是针对哈丁的愤怒,现在被哈丁沉默的母亲重新弄醒。这难道不像某种邪恶的东西揪住他的心,就像来到人世上的所有人都享有的权利,只有自己一个人被剥夺?是哈丁,另一个人,才获得了宁静,才继续活在这个悲伤的老女人的爱中,才继续活在所有那些装成是人类爱者的心目中。不可能消灭他。"是我将自己推向了毁灭,"拉祖莫夫想,"他诱使我做的。我摆脱不了他。"

他对这个发现很吃惊。他站起身,大步走出幽静的客厅,将这个沉默的老女人、哈丁母亲留在椅子上。他没有回头。这简直是逃离。但当他打开门,他看见退路被切断。是哈丁的妹妹。他从来没有忘记那个妹妹。只是他没有料到这时候会见到——或再见到。他没有料到她会出现在前厅,正如他没有料到她哥哥的幽灵以前会出现。拉祖莫夫吃了一惊,像发现自己落入了巧妙的陷阱。他想笑一笑,但没有成功。他垂下眼帘。"我现在必须重复那个傻乎乎的故事吗?"他问自己,感觉到脚底一沉。自从前天起,他没有吃过一粒饭,但他没有心情分析他虚弱的原因。他想拿上帽子离开,尽量少说话,但哈丁小姐迅速关上客厅门,让他吃了一惊。他不由自主地随着她半转身,就像一片微风吹起的羽毛。但他没有抬眼睛,接下来,她回到原位,他也跟着半转身,继续保持同样的位置。

"是的,是的,"哈丁小姐连忙说,"我很感谢你,基里诺·西多诺维奇,谢谢你马上过来——像这样……只是,我希望,我……妈妈告诉你了吗?"

"我想,她会告诉我一些我以前不知道的东西,"拉祖莫夫显然是在自言自语,但却清晰可闻,"因为我的确知道这事。"他大声补充说,似乎陷入了绝望。

他垂着头。他强烈意识到哈丁小姐的存在。只要看见她,他就觉得是一种解脱。正是她,现在让他日思夜想。自从她在波莱尔庄园突然出现在面前,伸出手说出哈丁的名字,他就受够了折磨……前厅的墙上有一排挂钩,最外的一颗挂钩就在大门边,墙对面有一张小黑桌和一把椅子。白色的墙纸上有淡淡的图案。天花板上悬挂着一盏高高的电灯泡,灯光把正方形的前厅照亮,空荡荡的角落没有一丝阴影。这里就像一个陌生的舞台，在上演一出无名的戏剧。

"你说什么？"哈丁小姐问，"你的确知道的是什么事？"

他抬起头，面色苍白，满是莫名的痛苦。但他那让每一个与他说话之人惊讶的呆滞、茫然、固执的眼神，开始消失。似乎他清醒过来，重新意识到面前这个女孩如此珍贵，意识到她的五官、轮廓、眼光、声音是如此神奇和谐，远远超越了普通人的美丽观念。他长久地看着她。她脸色微红。

"你知道的是什么事？"她低声再问了一次。

他强颜欢笑。

"其实，要不是那一两声招呼，我都怀疑你母亲是否意识到我的存在。你明白吗？"

哈丁小姐点点头。她的手在身边动了一下。

"是的。那是不是伤心？她没有掉一滴泪，根本没有一滴泪。"

"没有一滴泪！你，纳塔莉·维克多诺娃？你会掉泪吗？"

"掉过泪。基里诺·西多诺维奇，那时，我还很小，相信未来。但当我看见妈妈如此可怕地神不守舍，我几乎忘了一切。我问自己，究竟该感到骄傲，还是仅仅认命。有许多人来看我们。也有许多陌生人，写信登门求见致敬。要让我们的门永远关住，是不可能的。你知道，彼得·伊万诺维奇就亲自登门……是的，有许多人同情，但也有人对那种死亡公开欢呼雀跃。然后，在只留下我和可怜的妈妈之时，这一切似乎在本质上是如此错误，是不值得她为之而付出的代价。听说你在日内瓦，基里诺·西多诺维奇，我觉得你是惟一可以帮助我的人……"

"帮助你安慰一个悲伤的母亲？是的！"他突然打断她的话——她睁开天真的眼睛——"但有一个合不合适的问题。这你想过吗？"

他呼吸急促，与他恶意的讥讽恰成对比。

"为什么！"哈丁小姐深情地低语，"谁比你更合适？"

拉祖莫夫生气得直哆嗦，但他控制住脾气。

"的确！你还没有见我前,就听说我在日内瓦？那是另一种证据,你信任……"

他的语气突然变得更尖锐、更冷漠。

"男人是可怜的动物。纳塔莉·维克多诺娃。他们没有情感的直觉。为了合适地安慰一个丧子之痛的母亲,必须有过母子关系的体验。如果你知道整个真相,你就明白,我没有那样的体验。正如某个诗人所言,你的希望是寄托在'一个没有被任何爱温暖的人'身上……不过,那并不意味着他就无情。"他用更小的声音补充说。

"我相信你的心不是无情的。"哈丁小姐温柔地说。

"不。不是如石头一样坚硬,"他继续用同样沉思的声音说,看起来他的心如一块沉重的石头,躺在他所说的那个"没有被任何爱温暖过"的胸中,"不,不是那么坚硬。但如何证明你给我的信任！那是另一个问题。以前没有人对我有那样的期望。我的柔情对任何人都没有用。现在,你来了。你！现在！不,纳塔莉·维克多诺娃。太迟了。你来得太迟了。我不能给你任何期望的东西。"

尽管他没有动,但她后退了一点儿,似乎她已看到他脸色的变化。这些变化赋予他的话语以他们共享的重要的秘密情感。在我这个沉默的旁观者眼中,他们看起来都像意识到同一种魔力；这种魔力自从第一次见面就存在于他们身上。如果那时其中一人朝我看一眼,我会默默地开门离开。但是两人都没有看我。我留在原地。我对冒失的担心,被一种巨大的超脱感取代。他们像两个囚徒,囚禁在俄罗斯问题忧郁阴沉的地平线里,囚禁在他们目光与情感的疆域内,囚禁在他们灵魂的监狱。

尽管不安,但真诚勇敢的哈丁小姐依然控制住声音。

"这是什么意思？"她像在问自己。

"可能意味着,你在沉溺于空想,而我努力面对现实生活,我们俄罗斯人的生活。"

"它们是残酷的。"她低声说。

"而且丑陋。不要忘记,还有丑陋。看一看你喜欢的地方。看一看你身边,你所在的国外,然后,再回头看一看家园,你来的那个地方。"

"我们的目光必须超越现实。"她的声音中充满了热烈的信念。

"瞎子最能超越现实。我不幸生来眼睛明亮。要是你知道我看到了多么古怪的事情就好了!多么出人意料的神奇幽灵!……我为什么要谈这一切?"

"不,我想和你谈这一切。"她非常冷静地说。拉祖莫夫的忧伤让她无动于衷,似乎他的痛苦和愤懑是正直的象征。她知道他不是普通人,或许她只想他是自己轻信的眼睛看到的那种人。"是的,尤其是和你,"她坚持说,"和你谈天下所有的俄罗斯人……"她的嘴边泛起一丝淡淡的笑意,"我有点儿像可怜的妈妈。我好像也不能放弃我深爱的哥哥。不要忘记,他是我们的全部。我不想滥用你的同情,但你必须理解,正是在你身上,我们能够发现他大度的灵魂留下来的一切。"

我正注视着拉祖莫夫,他脸上沉静如水。但是,即便在那时,我也没有怀疑他是一个无情之人,那是在全神贯注地沉思。然后,他微微动了一下。

"你要走了,基里诺·西多诺维奇?"她问。

"我!走?去哪里?哦,是的,但我必须首先告诉你……"他的声音含含糊糊。他明显厌恶自己言不由衷,似乎话语是反感或致命的东西。"那个消息,你知道——我今天下午听到的消息……"

"我已知道那个消息。"她悲伤地说。

"你知道!圣彼得堡也有人给你写信?"

"不,是索菲亚·安东诺娃告诉我的。我刚刚见到她。她叫我向你代致问候。她明天就要远走。"

拉祖莫夫最终低下了迷醉的眼睛。哈丁小姐也看着脚下。他们就那样面对面地站在耀眼的灯光下,站在空荡的四壁之间。他们像从东方辽远的边疆而来,无情地暴露在我这个西方人的目光之下。我注视着他们,我没有别的事可做,我的存在似乎完全被他们遗忘,现在,我不敢有任何轻举妄动。我想,他们必须走到一起。一个是死者的妹妹,一个是死者的朋友。那些思想、希望、梦想、自由事业,体现在他们对维克多·哈丁——这个专制制度的伦理牺牲品——共同的爱中,必将致命地吸引他们走到一起。拉祖莫夫的孤独,哈丁小姐对他奇怪暗示之事的无知,必将为他们走到一起助力。事实上,我看见那种助力已完成。当然,很显然,在相遇之前很久,他们肯定就在彼此思念。她深爱的哥哥写的那封信,包含了一个极度褒赞的名字,点燃了她的想象。对他来说,只想见到这个特别的姑娘就足矣。惟一让人吃惊的是,在她明确表示了欢迎之后,他却依然忧伤超脱。但他年轻,无论他对革命理想多么严肃忠诚,他不是瞎子。缄默的阶段已结束,他以自己的方式前来。我不会误解他这次晚间来访的重要意义,因为他说的那些东西中没有什么要紧的。我突然明白真正的理由:他发现自己需要她;她也被同样的情感打动。这是我第二次看见他们在一起。我知道他们下次碰面时我不会在场,我要么被追忆,要么被忘却。其实,对这两个年轻人而言,我已停止存在。

我在几秒钟之内就有了这个发现。当时,哈丁小姐正在三言两语向拉祖莫夫交待,我们如何从日内瓦的城东走到城西。她边说话边举起双手解开头巾。有一瞬间,她展示出笼罩在悲伤中、但充满青春气息的曼妙身躯。在帽檐落在她脸上的透明影子里,她灰色的眼睛中有一片旖旎之光。她声音柔和,音质美妙,毫无小女子的忸怩。她语速极快,坦荡自信。她拿母亲的精神状态来为自己的行为辩护时,一丝痛苦的痉挛破坏了她五官之间宽容信任的和谐。我察觉到,拉祖莫夫垂下目光,像在听一曲音乐而不是听一席谈话。哈丁小姐沉默不语时,他似乎仍在倾听,一动不动,像受到魔音的暗示。他渐渐清醒过来,开始小声抱怨。

"是的,是的。她没有掉一滴泪。她似乎没有听我在说。我也许告诉了她一切。她看起来好像不再属于这个世界。"

哈丁小姐露出非常痛苦的表情。她的声音开始颤动。"你不知道情况会多糟。她现在想见他！"头巾从她的指间滑落，她十指痛苦地交叉紧握，"她看见他就完了。"她哭道。

拉祖莫夫突然抬起头，给了哈丁小姐一个意味深长的目光。

"他。很可能，"他奇怪地咕哝，像在就事论事，"我想……"他突然住口不言。

"那就完了。到时她的精神就会失常，她的灵魂也就跟着去了。"

哈丁小姐松开双手，垂在身边。

"你也是那样认为？"拉祖莫夫问。哈丁小姐轻启芳唇。那年轻人有一种神秘的气质，从一开始就迷住了她。"不！亡灵给不了真相和慰藉，"拉祖莫夫沉默了片刻后强调，"我也许告诉了你妈妈一些真相；比如，你哥哥本来准备逃跑——逃命。毫无疑问。但我没有准备逃命。"

"你没有！为什么？"

"我不知道。我有别的想法。"他说。在我看来，他像在审视内心，数着心跳，但他的眼睛片刻都没有离开她的脸。"你不在那里，"他继续说，"我已决定不再见你。"

有一瞬间，她像停止了呼吸。

"你……怎么可能？"

"你不妨问……但是，我想是出于谨慎，就没有告诉你妈妈。我本来可以向你妈妈保证，他还是自由身的最后一次谈话中，提到了你们母女俩……"

"他最后一次谈话是和你在一起，"哈丁小姐低沉的声音听上去很激动，"那天，你们肯定……"

"是和我。他说，你有一双轻信的眼睛。为什么我一直忘不了'轻信'一词，我不知道。这意味着在你身上，没有诡计、没有欺骗、没有谎言、没有怀疑；即使谎言朝你走来，你心中也毫无防备，不明白有活着、做着、说着的谎言。这意味着你注定是牺牲品……天啊！

多么邪恶的暗示!"

拉祖莫夫说最后几个字时,声音颤栗,失去了控制,暴露了他先前的谨慎。他像在挑战恐高症,站在高处,突然蹒跚地接近悬崖。哈丁小姐手按在胸前,掉落的黑头巾就在他们之间的地上。她用手示意他恢复平静。他紧张地看着那只手,直到它缓缓放下。他再次抬眼注视着她的脸,没有等她开口,就抢先说:"不?你不明白?很好。"他依靠神奇的意志力恢复了平静,"你与索菲亚·安东诺娃谈过?"

"是的,索菲亚·安东诺娃告诉我……"哈丁小姐突然住口,圆睁的眼睛里弥漫了好奇。

"她是值得尊敬的敌人。"拉祖莫夫像独自在嘟囔。

"她说起你时,很友善。"哈丁小姐沉默了片刻后说。

"那是你的印象?她也是那群人中最聪明的一个。一切进展顺利,一切都是阴谋,为了……啊!那些阴谋家。"他用讥讽的声音缓缓说,"他们会立刻抓住你!你知道,纳塔莉·维克多诺娃,我很难从积极的天命观中挣扎出来。那种信念无法抗拒……当然,还有一条路,就是我们淳朴的先人所秉持的信念,人人都是魔鬼。若是,他把自己的魔性表演得太过头了。撒旦是我们民族的恩主,是我们的家神,即使我们到了国外,依然随身携带。他把自己的魔性演绎得过头了。看起来我还不够……就是这样!我应该知道……我的确知道。"拉祖莫夫极端痛苦的声音压倒了我的惊奇。

"这个人疯了。"我很害怕地想。

他给了我一个特别的印象,难以言表。他像在外面自戕后,进门来展示伤口;不止如此——他像在伤口中转动刀锋,观察伤口的效果。这只是用物理术语来传达我的印象。他难免让人不由得心生怜悯。但我真正担心的是哈丁小姐,她的深情已备受考验。她的态度,她的表情,既包含了同情,又包含了怀疑和恐惧。

"怎么啦,基里诺·西多诺维奇?"她温柔地问。拉祖莫夫只是望着她,非常温顺,像一个幸福的情人,听到令他狂喜的名字。

"你为什么这样望着我,基里诺·西多诺维奇?我已坦然接近你。这时候,我需要看清自己的……"她沉默了片刻,像要给他机会说出最后的字眼。因为这个字眼,才值得她热烈地去信赖他。他的沉默让人印象深刻,像在做重大的决定。

哈丁小姐只好继续恳求。

"我一直在焦急地等你。你已被感动,带着好心前来看我们,但你却令我吃惊,你说话含含糊糊,像有什么要瞒我。"

"告诉我,纳塔莉·维克多诺娃,"拉祖莫夫终于开口,声音奇怪地沙哑,"你在那地方还看见了谁?"

她很吃惊,像期望落了空。

"什么地方?是在彼得·伊万诺维奇的酒店套房?有拉斯帕拉先生和另外三人。"

"哈!这些革命先锋,伟大阴谋的渺茫希望。"他自言自语,"开始引燃爆炸的导火线,想彻底改变数百万人的生活,想要彼得·伊万诺维奇成为国家的领袖。"

"你在考验我,"她说,"我们亲爱的哥哥曾告诉我要记住,人总得服务于高于自身的伟大东西——理想。"

"我们亲爱的哥哥",拉祖莫夫缓缓重复了一次。他屏心静气,努力不要显得太激动。他站在她面前,像只有最后一口气息。他的眼睛,在巨大的身体痛苦之下,已失去了火花。"啊!你的哥哥……但在你的嘴里,在你的声音里,听起来……事实上在你这里一切都很神圣……我希望我能知道你心中最深处的想法、最深处的情感。"

"为什么,基里诺·西多诺维奇?"从他死气沉沉的嘴里说出来的怪话,让她很吃惊。

"不要怕。不是要背叛你。你去了那里?……索菲亚·安东诺娃告诉你了些什么?"

"她说的不多,真的。她知道你会告诉我一切。她时间不多,只说了几句。"哈丁小姐的声音低下来,沉默了片刻,"好像是那个人要了他的命。"她悲伤地说。

"告诉我,纳塔莉·维克多诺娃,"他过了片刻后问,"你相信悔恨吗?"

"什么!"

"你知道什么是悔恨吗?"他口齿不清地咕哝道,"当然,你这样的人不会……我想问的是,你相信悔恨有用吗?"

她迟疑了片刻,像不明白他的问题。然后,她的脸红了起来。

"相信。"她坚定地说。

"所以,那个扎米尼奇被宣告无罪了。他只是一个畜生,一个酒鬼。"

哈丁小姐浑身一阵哆嗦。

"他只是人民中的一员,"拉祖莫夫继续说,"那些革命者为这个民族编了一个故事,充满了梦想和辉煌。好,这个民族必须被原谅……"他不祥地沉默了片刻,继续说,"但你不要相信从她那里听到的一切。"

"你瞒了我一些事。"她说。

"纳塔莉·维克多诺娃,你相信复仇的义务吗?"

"听着,基里诺·西多诺维奇。我相信未来应该对我们所有人都会仁慈。当光明最终穿透我们头顶的乌云,无论革命者与反动派,牺牲品与屠杀者,叛徒与英雄,他们都应该被怜悯。被怜悯,被遗忘;如果不这样,就没有团结,没有友爱。"

"我听到你的话。那么,对你来说,不会有复仇? 永远不会? 一点也不会?"他痛苦地笑了笑,嘴唇苍白。"你就像是仁慈未来的精灵。很奇怪,但那不会让未来更好过一点儿……不! 假如真正背叛你哥哥的人——扎米尼奇也在其中有一席之地,尽管无足轻重,身不由己——假如他是有文化、有知识、有思想的年轻人,是你哥哥轻信的人,甚至假如……那里有一个完整的故事。"

"你知道那个故事! 那为什么——"

"我听说过。在那个故事中,有楼道,有幽灵,但这都不重要,如果一个人总得服务于高于自身的伟大东西——理想。我想知道,在那个故事里谁是最大的牺牲品?"

"在那个故事里!"哈丁小姐重复道。她像变成了一块石头。

"你知道为什么我来见你吗?只是因为在这个世界里,我没有人去见。你明白我说的吗?没有人去见。你想得出我荒凉的心境吗?没有人——去——见!"

受她对孤单岁月之怕的影响,在她们那充满痛苦挣扎的幽暗世界,完全被自己对信中那两行文字的热情阐释所误导,她不能看到挣扎于他嘴边的真相。她只认为这是他无名的痛苦形式。就在她要向他伸出手时,他再次开口。

"第一次见到你后一个小时,我就明白事情将会怎样。那天,在那该死的庄园,当你出现在我面前,你的声音,你的脸庞,就像摆在我道路上的邪恶诱引。相比之下,对于悔恨、复仇、忏悔、愤怒和仇恨的恐惧,简直等于零。"

她一时完全一头雾水;然后,她似乎绝望地猛醒过来。

"那个故事,基里诺·西多诺维奇,那个故事!"

"我的话说完了!"他向前走去。她将手放在他的肩头,想将他推开;但她没有力气,他站稳脚跟,尽管浑身颤栗。"到此结束——就在这里。"他对着胸前用力戳了一指,然后一动不动。

眼见哈丁小姐摇摇欲坠,我抓起身边的椅子,立刻冲上去,及时扶住,将她放下。她坐在椅子上,幸好靠在我手臂中半转身,我们才没有掉在椅子背上。拉祖莫夫看着她,惊人地平静。我难以置信,又惊,又怒,又厌恶,一时难以说话。然后,我转向他,尽管非常愤怒,但还是压低声音说:"魔鬼。你还待在这里干什么?不要让她再见到你。滚开!⋯⋯"他没有动。"你难道不知道,你在这里难以忍受——连我都受不了?如果你还有点羞耻感⋯⋯"

他忧伤的眼睛慢慢看着我。"这个老头儿怎么在这里?"他惊讶地咕哝。

突然,哈丁小姐从椅子上跳起来,踉踉跄跄地走了几步。我忘记了愤怒,也忘记了那个年轻人,匆忙上前去扶。我抓住哈丁小姐的手,她让我带她去客厅。客厅里没有灯。在幽暗的远角,哈丁夫人的影子,她的手,她的整个身子,犹如一幅忧伤的静物画。哈丁小姐停住脚步,哀伤地指着她静止的妈妈。悲伤的哈丁夫人像在看着靠在大腿上的一颗可爱的头颅。

　　那个姿势有难以言表的力量,如此深重的痛苦,让人难以相信它指出的只是政治制度的无情运转。我扶哈丁小姐到沙发上后,转身离开客厅,关上客厅门。走进空荡、刺眼、白壁的前厅,我的目光落在拉祖莫夫身上,他仍站在原地,站在那把空椅子前,像永远生了根,在那个忏悔恶行的地点。我禁不住好奇地想,那种将他的忏悔扯出来的神秘力量,为什么没有摧毁他的生活,没有让他遍体鳞伤。他在那里毫发无损。我看见他宽阔的肩膀,他黑色的头发,他纹丝不动的四肢。在他脚下,哈丁小姐掉落的头巾在刺目的白光下看上去尤其黑。拉祖莫夫像着魔一样看着头巾。然后,他用不可思议的敏捷速度,俯身拾起头巾,用双手贴在脸上。可能是由于特别惊奇,我眼前一暗,他好像还没有动就已消失。

　　听到大门哐当一声,我的视力才恢复。我继续在这空荡荡的前厅对着那把空椅子沉思。我猛地一惊,明白了在想什么。我冲进客厅,抓住哈丁小姐的肩头。

　　"那个可怜的家伙带走了你的头巾!"我用痛到麻木的声音告诉她这个可怕的发现。"他……"

　　我没有把话说完。我退后一步,默默地看着哈丁小姐,非常害怕。她的手掌朝上,无力地放在大腿上。她缓缓抬起灰色的眼睛。在她的眼睛里,阴影似乎来来去去,似乎她灵魂的稳定火苗,在有毒气流的交替攻击下最终动摇。这股有毒气流,来自那片腐朽的黑暗大地。那片黑暗大地宣称她是自己所生。在那片黑暗大地上,美德,受到专制和革命犬儒主义的浸染,溃烂成了罪恶。

　　"不可能更不幸……"她软弱无力的声音令我忧伤不已,"不可能……我觉得我的心凝结成了冰。"

4

拉祖莫夫径直朝住处走。湿漉漉的街道闪闪发亮。一阵雷雨无情地浇在头上。远处的闪电在无声的街面隐约回荡。卡鲁大街的店铺都拉下了百叶窗。时而,微弱的闪电过后,是一声昏昏欲睡的闷雷。雷雨的主力聚集在罗讷河谷,像是厌恶攻击这个值得尊敬但又冷漠无情的自由民主之城。这个严肃的城市有许多沉闷的酒店,向各国的游客和各色的阴谋家提供同样冷漠的款待。

拉祖莫夫回来时,店主正准备关门。他没有一句话,伸手要房间的钥匙。店主从架子上取下钥匙,准备开一个小小的玩笑,问在雷雨中透气的感觉,但看到拉祖莫夫那张脸,就只客观地说了一句。

"你浑身都湿透了。"

"是的,我洗干净了。"拉祖莫夫嘟囔道。他从头到脚都在滴水。他穿过内门,走向通向他房间的楼梯。

他没有换衣服。他点亮蜡烛,解下表和表链,放在桌上,立刻坐下来写日记。日记本放在上锁的抽屉内。他猛地拉开抽屉,取出就动笔。他甚至等不及将抽屉复位。

这个书卷气浓郁的奇怪青年,一直在读书、思考、体验。他手握着笔,真诚地希望用书写方式把握住另一种更深邃的知识。前面几段逻辑连贯(它们已被用于本书的叙事,对于他的自我精神分析没有提供新见;在上一则日记中,他甚至再次暗示到那枚银质奖章),然后,出现了一页半不连贯的内容,表达了他对我们新奇神秘情感生活的困惑。那是他孤寂的人生无法体验的情感生活。接下来,他开始直接对心目中的那个女孩诉说,里面充满了令人惊叹的破碎语句,其中埋藏着她哥哥的沉睡言辞种子,表达了他的想象力如何被她主宰(他用了"主宰"一词)。

"……世界上最轻信的眼睛——你的哥哥说起你,就如已是一个死人。当你站在我面前,伸出手,我想起了他说的话,我盯着你的眼睛——够了。我知道有事情已发生,但那时候我不知道是什么事……不要上当,纳塔莉·维克多诺娃。我相信,我心里只有对你们兄妹无穷的愤怒和仇恨。我想起他一直在寻找你继承他浪漫的灵魂。就是他,剥夺了我勤劳、有意义的人生。我也有我自己的根本信念。我认为,在我们中间,过一种劳碌的忘我生活,比上街为了信念杀人还要难。但那够了。恨,还是不恨,我立刻感觉到,尽管躲开了你的目光,我不能赶走你的影子。我会对那个死人说:'这是你阴魂不散追逐我的方式吗?'只是在后来,我才明白——就是在今天,就在几个小时前。我知道究竟是什么将我撕成粉碎,将那永远的秘密扯出我的喉咙?你被派来驱魔,使我背叛自己,重新回到真相和安宁。你!你也成功了,用他毁灭我的方式:通过强加信任于我。只是我仇恨他的理由,在你这里结束时却显得高贵和崇高。但,我再次重复一句,不要上当。我已把自己交给了魔鬼。我很高兴引诱了那个天真的傻小子,去偷他爸爸的钱。他是傻瓜,但不是小偷。我引诱他既当傻瓜又当小偷。这是必需的。我不得不确认,我鄙视仇恨我所背叛的东西。我心里的那些毒蛇,空虚、野心、嫉妒、耻念、羡慕和报复的邪恶激情,都让我受罪。那些社会民主人士也令我痛苦。我的安全,多年的努力,我最美好的希望,都被偷走了。听着——现在是真正的忏悔,别的都是废话。为了拯救我,你轻信的眼睛必须引诱我的心思走到最黑暗的背叛边缘。我知道你的眼睛在不停地打量我。你充满自信,心灵纯洁,没有被任何邪恶污染。维克多·哈丁偷走了我生活的真相。我在这世界上别无所有。他夸耀说他会靠你在这大地上继续生活,而我在这大地上却没有地方安放我的头颅。你有一天会出嫁,他说过——你有一双轻信的眼睛。你知道我那时在自言自语什么吗?我要偷他妹妹的灵魂。那天上午,我们在波莱尔庄园第一次见面,你用大度的灵魂坦荡地对我说话,我就在想,'是的,他提起她有一双轻信的眼睛时,就将她送到我的掌心!'那时,如果你可以看透我的心,你会因惊恐厌恶而尖叫。

"也许没有人会相信那样一个卑鄙的意图是可能的。但确实,我们那天上午分手时,我对此洋洋得意。我想了最好的策略。你引见的那个老人坚持继续与我散步。我不知道他是谁。他谈到了你,谈到了你孤独无助的境遇。你那个朋友说的每个字,都在撺掇我干出这不可原谅的罪行,偷走你的灵魂。他也可能是魔鬼,只不过伪装成一个英国老人?纳塔莉·维克多诺娃,我着魔了!我每天都来看你,当着你的面,饮着我装满恶意的毒药。我预见到了困难。然后,索菲亚·安东诺娃——我现在没有想她,我已忘记了她的存在——突然出现,带着那个从圣彼得堡传来的故事……我要得到安全,惟一需要的东西就是——永远成为一个可信的革命者。

"上吊的扎米尼奇好像在帮助我继续犯罪。谬误的力量似乎不可抗拒。那些人注定被他们身上的愚昧和幻觉毁灭。他们是谬误的奴隶。纳塔莉·维克多诺娃,我拥抱谬误的力量,我为谬误而欢呼,我一度将自己交给谬误。谁能够抗拒谬误!你就是谬误的奖赏。我独自坐在我的房间里规划生活。想到那生活,我现在就不寒而栗。我像一个信徒,被引诱去做了一件邪恶的渎神之事。我热烈地思考着那生活的意象。惟一确定的是,那种生活里像没有空气。我也怕你的母亲。我从来不知道我自己的母亲。我从来不知道什么是爱,在那个字眼里有某些东西……至于你,我不怕——原谅我告诉你这一点。不,我不怕你,你就是真理之光,你不会怀疑我。至于你母亲,你怕她的心智因悲伤而失常。谁会相信任何事情对我不利?扎米尼奇不是因为悔恨上吊了吗?我对自己说,'就试一试,一劳永逸地解决问题'。当我进去的时候,我浑身哆嗦;但你母亲根本没有听我在对她说什么,只一会儿,她就好像忘了我的存在。我坐在那里看着她。在你我之间不再有任何东西。你毫无防备——很快,很快,你就会是一个人……我想起了你。毫无防备,几天来,你一直在跟我谈话——敞开你的心扉。我想起你的睫毛投在你那双轻信的灰色眼睛上的阴影。你纯净的额头!低得像雕塑的额头——平静、一尘不染。你纯净的眉头好像戴着一盏探照灯,对着我身上,探照我的心,将我从耻辱中、从终极毁灭中挽救出来,它也挽救了你。原谅我的放肆。但在你的目光中有那样东西,像要告诉我,你……你的光芒!你的真理之光!我觉得我必须告诉你,我最终爱上了你。我要告诉你,我必须首先忏悔。忏悔,出门——毁灭。

"突然你就站在我面前!在这个世界上,我必须只对你一个人忏悔。你让我着迷——你将我从盲目的愤怒和仇恨中解放出来——你身上闪耀的真理之光让我说出了真相。现在,我忏悔完了。当我在这里写日记的时候,我置身于痛苦的深渊,但最终有空气呼吸——空气!在我跟你说话时,那个老头儿突然从某个地方跳出来,像一个失望的魔鬼对我怒吼。我很痛苦,但我没有绝望。我还有一件事要做,在那之后,我将离开(如果他们让我离开),在默默的痛苦中埋葬自己。在出卖维克多·哈丁这件事上,我最卑鄙背叛了的人,毕竟是我自己。你必须相信我现在说的话,你不能拒绝相信。最卑鄙。正是通过你,我才逐渐深刻地意识到了这一点。毕竟,他们怎么做,是他们的权利,不是我的权利!他们的力量看不见。让它去吧,只要不上当,纳塔莉·维克多诺娃,我没有改变信仰。那时,我有一颗奴性的灵魂吗?不!我是独立的——因此,毁灭是我的宿命。"

写下这些文字,他搁下笔,合上日记本,用他带回的哈丁小姐那条黑头巾包住。他在抽屉中翻找出包装纸和线,扎成一个包裹,写着寄给哲人大街的哈丁小姐。然后,他将笔扔到房间远角。

做完这一切后,他坐下来。表就在他面前。他能够立刻出去,但时钟还没有敲响。应该在子夜。选择子夜出发的惟一原因,是过去某个晚上的言行在为他现在的行为定时。哈丁小姐突然获得压倒他的力量,他认为也是同样的原因。"你不能不受惩罚地走过一个幽灵的胸膛",他听到自己在咕哝。"因此,他拯救了我,"他突然想,"他,那个被背叛的人。"哈丁小姐鲜活的形象似乎就站在他旁边,无情地注视着他。她没有不安。他扼杀了生活。即使当着她的面,他也尽力公平地审视。现在,他的嘲讽延伸向了自己。"我既不单纯也无勇气更无自信成为恶棍或伟人。有谁能够在我们俄罗斯人中分辨恶棍和伟人？……"

他是自己过去岁月的傀儡，因为在子夜钟声响起的时候，他跳起来，迅速冲下楼，似乎相信，命运的力量会将大门打开，送他出去办那件必须办的差事。事实上，他走到楼底时，大门真的为他打开了，进来几个晚归的住客，两男一女。他从中间溜上大街，迎面就是一阵狂风。当然，那三个人吓了一跳。借着一道闪电，他们看见他迅速消失的背影。其中一个男人边叫边追。那个女人认出了他。"没事。是三楼那个年轻的俄罗斯人。"一声炸雷响起，像一声枪响，警告他不要逃离谬误的监狱。接下来，一片漆黑。

他肯定是在某个时刻听说过，现在才无意识地想起，革命者那天晚上在拉斯帕拉家中聚会。反正，他直奔拉斯帕拉的家，毫不迟疑地按响门铃。当然，门紧闭着，暴雨下得正急。这条陡峭的街道上到处是流水。瓢泼大雨在闪电中像一条亮闪闪的头巾将他裹住。他非常镇静，趁着惊雷的间歇，仔细聆听门铃在屋里发出清脆的叮咚声。

他费了一番周折才得以进屋。一个客人主动下楼来看是怎么回事，但他不认识来客。拉祖莫夫耐心地讲道理，放他进来没有危害，他有急事告诉楼上诸人。

"急事？"

"要由听者来判断。"

"很急吗？"

"一刻不能耽搁。"

就在此时，拉斯帕拉的一个女儿走下楼。她手里提着一盏小灯，穿着一件脏兮兮、皱巴巴、像奇迹般挂在身上的睡袍，看上去更像刚从沙发下掏出来、戴着深棕色假发的旧玩偶。她立刻认出了拉祖莫夫。

"你好！请进。"

拉祖莫夫跟着灯光，从黑乎乎的底楼到了三楼。拉斯帕拉的女儿将小灯放在楼道的一个支架上,打开一道门走了进去,将他留给那位一脸狐疑的客人陪着。拉祖莫夫最终被允许进去。他关上身后的门,站到一边,背靠在墙上。

这是由三个小间组合成的一个套房,天花板很低,看上去雾腾腾的,点燃了石蜡灯,挤满了人。三个小间里的人都在大声喧哗。满杯、半杯、空杯的茶水四处乱放,甚至放在地板上。拉斯帕拉的另一个女儿披头散发地坐着,懒洋洋的,面前摆着大茶炊。拉祖莫夫瞥见里屋有一个凸出的大肚子,他认出是那个胖子。拉斯帕拉在几步远地方,看见他进屋,赶忙从高脚凳上下来迎客。

他这个午夜来客的出现,起初没有引起什么响动。拉斯帕拉在回忆当晚发生的事情时语焉不详。他上来打了招呼,拉祖莫夫反应冷漠。拉斯帕拉故意忽视来客浑身湿透冒雨前来的原因,只提写文章一事。他越来越担心,因为拉祖莫夫显得心不在焉,"我已写完要写的东西。"拉祖莫夫淡然一笑说。

这时,所有人的注意力才集中到他这个新来者的身上。拉祖莫夫背靠着墙,浑身滴着水,脸色苍白如死者。他将拉斯帕拉轻轻拉到一边,似乎不希望每个人从头到脚都看见他。所有的喧哗声都已寂灭,就连最偏僻的角落也一片岑寂。拉祖莫夫身前的门道被男男女女堵住。他们伸长脖子,像在等待他宣布惊人的消息。

人群中传来傲慢的尖细声音。

"我认识这个很自负的家伙。"

"家伙?"拉祖莫夫抬起头,逐一打量那些落在他身上的眼睛。一阵令人惊讶的沉默,"如果是我……"

他停住口,思考该如何忏悔。他突然发现,生命中命运攸关的那一晚给了他暗示。

"我来这里,"他清晰地说,"是要讲一个名叫扎米尼奇的家伙的故事。索菲亚·安东诺娃告诉我,她会公开一封圣彼得堡来信……"

"索菲亚·安东诺娃今天傍晚走了,"拉斯帕拉说,"是的。这里每个人都听说了……"

"很好。"拉祖莫夫打断话。他有一点儿烦躁,心跳得厉害。他竭力稳住声音,甚至在他清晰有力的声音中出现了一丝反讽。

"为了还那个家伙一个公道,那个受到许多不公正对待的农民扎米尼奇,我现在庄严宣布,那封信的结论是对他的诽谤。扎米尼奇有一颗光明的俄罗斯灵魂,他与维克多·哈丁的被捕没有关系。"

拉祖莫夫重点强调了"哈丁"这个名字,然后,等待着它引出的悲伤低语逐渐平息。

"维克多·哈丁,"他说,"他的行为无疑是高尚的,但也是轻率的。他找到一个同学处去避难。他对那个同学的立场一无所知,但他凭空认定对方有大度的心灵。这是不明智地显示信任。我在这里来不是赞赏维克多·哈丁的。我是来讲那个同学的感受。他被驱逐出无名的孤独,受到强加于他的同谋关系的威胁。我是来讲他所做的一切。这是一个相当曲折的故事。最后,那个同学去见了T将军,说'我把暗杀P部长的人锁在我的房间,他叫维克多·哈丁,一个像我一样的大学生'。"

房间里像炸了锅,嗡嗡声四起。拉祖莫夫提高了声音。

"注意,那个同学心目中有真诚的信念。但我来这里不是要为他开脱。"

"不。你必须解释你怎么知道这一切。"一个严厉的声音传来。

"一个卑鄙的懦夫!"这句骂声带着愤怒在回荡。"说出他的名字!"其他人跟着大吼。

"你们在叫嚣什么?"拉祖莫夫举起手鄙夷地说。众人默默地看着他的手。"难道你们不知道那个人就是我吗?"

拉斯帕拉突然离开他的身边,爬回高脚凳上。在第一波冲来的人潮中,拉祖莫夫希望能被撕得粉碎,但人潮退后,没有人碰他,只有闹哄哄的声音,让人晕头转向。他头痛欲裂。喧嚣声中,他几次听到有人叫喊"彼得·伊万诺维奇",有人高呼"审判",也有人在声嘶力竭地宣布"这是忏悔"。这时,一个比他还年轻的人,从混乱的人群中走出,眼睛里冒着怒火来到他身边。

"我请求你,"他假惺惺地说,"在我们告诉你之前,最好待在这里别动。"

拉祖莫夫耸了耸肩。

"我是主动来的。"

"没错。但没有许可,你不能走。"这个年轻人说。

他打了个手势,叫了一声"路易莎!路易莎!请来这里"。拉斯帕拉的一个女儿(她一直在茶炊后面看着拉祖莫夫)立刻走过来。她拖了一条湿漉漉的辫子,用脏兮兮的荷叶边带子扎着。她拉了一把椅子,靠在门上,盘腿坐下。年轻人连声感谢她,然后重新回到一群人中,开始悄声议论。有那么一会儿,拉祖莫夫像失去了知觉。

一个尖细的声音传来:"不管忏不忏悔,你都是间谍!"

尼基塔冲到拉祖莫夫面前,带着他铁青的大脸,他的大肚腩,他牛一样粗壮的脖子和他的巨掌。拉祖莫夫鄙夷地看着这个著名的屠夫。

"你是谁?"他沉默了一会儿才问。他的声音非常低。然后,他闭上眼睛,将后脑靠在墙上。

"你最好现在就走。"拉祖莫夫听到一个温柔而悲伤的声音。他睁开眼睛,见到说话者是一个老人,一头银发如同银色的光环,套在他睿智的头上。"彼得·伊万诺维奇会得知你的忏悔,他会命令你……"

然后,他转向站在身边绰号叫尼卡托的尼基塔,低声求情。

"我们是不是换个别的做法?他这么真诚,不可能再有威胁。"

尼基塔嘟囔道:"我们放他走前,最好确保那样。把这事交给我。我知道如何处理这位先生。"

他和另外两三个人交换了一个意味深长的目光。他们微微点头,立刻转向拉祖莫夫:"你听到了吗?你在这里不受欢迎。为什么你还不走?"

拉斯帕拉当看守的女儿站起身,不动声色地拉开椅子,让出门道。她睡眼惺忪地看了拉祖莫夫一眼。拉祖莫夫吃了一惊,环顾了一下房间,慢慢从她身边走过。

"请你们放心,"进入楼道时,他像突然想起了什么,说,"我会守口如瓶。无论是今天,还是我与你们在一起的日子,我都会守口如瓶。今天,我摆脱了谬误,摆脱了悔恨,我不依靠世界上的任何人。"

他背对着房间,走向楼梯。身后的门猛地关上,他回头看见尼基塔带着三个人跟着他出来。"他们是要杀我",他心想。

还没等他转身公平面对,他们就猛扑过来,把他的头顶在墙上。"我想知道为什么",他心想。尼基塔对着他的脸冷笑,尖声说道:"我们会让你无害。你稍等。"

拉祖莫夫没有挣扎,另外三个人把他按在墙上。尼基塔选了旁边一个位置,故意扬起巨掌。拉祖莫夫还在找那手里是否有刀,就突然看见那巨掌朝他袭来。他毫无防备,一边耳朵就挨了一记重击。同时,他听到一声闷响,像有人在墙壁的另一面开枪。遭此打击,他身上的愤怒苏醒过来。拉斯帕拉屋间里的人都在屏住呼吸,倾听他们在楼道扭打。拳击声在墙上回荡,房门震得咔嚓作响,然后,突然砰的一声,整栋楼都像在摇晃,五个人一起滚到第二层楼。拉祖莫夫毫无招架之力,出不了气,瘫在地上。他看见邪恶的尼基塔蹲下来,脚就在他头边,另外三个打手把他按住,一个人跪在他的胸膛上,一个人掐住他的脖子,一个人骑在他的脚上。

"把他的脸转那边。"大腹便便的尼基塔用兴奋得意的尖细声下命令。

拉祖莫夫不再反抗,他筋疲力尽,只好被动地看着那个流氓挥起巨掌打在他的另一个耳朵上。这一击似乎将他的头劈成两半。立刻,那三个按着他的人突然寂静,像影子一样悄无声息。在一片寂静声中,他们野蛮地拖起他的脚,匆匆拉着他悄无声息地下楼,打开门,将他抛在大街上。

他朝前扑倒在地,立刻顺着斜坡跟着奔腾而下的雨水无助地翻滚。他最后停在坡底的街道中间,仰面朝天,闪电的强光照在他的脸上。那沉默的亮光非常刺目。他爬起来,什么都看不到。他举手蒙住眼睛想恢复视力,四周听不到任何声音,他开始摇摇晃晃地沿着一条空旷的长街走。闪电在他周围翻滚追逐,投下沉默的火焰,大雨倾盆而下,流水在地上奔跑、跳跃、追逐,无声无息,如雾流。在这非人间的寂静中,他的脚步无声地落在街头,一阵哑风不断地驱赶他,他像迷失在无声的雷雨肆虐的幽灵世界。只有上帝知道,那一夜他无声的脚步会带他去什么地方,他来来回回四处乱转,没有停歇。只有一个地方,我们后来才听说,那天早上,头班南岸线电车的司机看见一个浑身湿透的人,没有戴帽子,低着头,正在路上歪歪斜斜地走动,突然朝右走到电车前,他拼命地按喇叭,还没有来得及刹车,那人就倒在电车下。

拉祖莫夫半边身子碎裂。他被从车底抬出来时,还有意识。他像是自己摔倒,摔进了一个无声的世界。沉默的人群,无声的动作,将他抬起来放在路边。他们围着他在比画,脸上写满了惊恐和同情。一张长满胡须的红脸俯身靠近他,嘴皮动了动,眼睛转了转。拉祖莫夫很想弄明白为什么这是场哑剧。对那些站在他周围的人而言,这个伤势很重的陌生人,样子看上去在冥想。后来他看着他们,眼睛里露出畏惧的目光,然后,他慢慢闭上眼睛。他们看着他。拉祖莫夫努力想起了一句法语。

"我聋了。"他刚刚虚弱地说完,就昏迷过去。

"他聋了。"他们互相感慨,"难怪他没有听到车来。"

他们把他抬上电车。正要开走的时候,一个穿着破烂黑衣的女人,从路边一处私家庄园的铁门里跑出来,爬到车尾,赶都赶不走。

"我是他的亲人,"她用蹩脚的法语说,"这个年轻人是俄罗斯人,我是他的亲人。"

听到这声请求,他们就让她上了车。她安静地坐下,将他的头放在她的大腿上;她惊恐的眼睛黯然无神,避免直视他死者一样的脸。在城市另一面的一个街角,一副担架在等着接车。她跟随担架到了医院门口。她被允许进去,看着他躺在一张病床上。她没有掉一滴眼泪。院方好不容易才劝她离开。医院的门卫看着她在对面的街上徘徊了很长一段时间。突然,像想起了什么,她匆忙跑开。

这个仇视财政部的女人,这个 S 夫人的奴仆,下决心辞去工作,不再当彼得·伊万诺维奇女庇护神的女侍。现在,她找到了顺心如意的工作。

就在几个小时前,当雷雨仍然在夜晚肆虐的时候,拉斯帕拉的房间里出现了一阵巨大的骚动。恐怖的尼基塔从楼道走进屋,阴森森地笑着,用尖细的声音,当众宣布:"拉祖莫夫!拉祖莫夫先生!奇妙的拉祖莫夫!他再也当不了间谍,监视任何人。他不会说话了。他这辈子再也听不见,再也听不见!我击穿了他的耳膜。你们可以相信我。我有这手段。哈!哈!哈!小菜一碟。"

5

我最后一次见到哈丁小姐,是在她母亲的葬礼举办完大约半个月后。

在那段沉默哀伤的日子里,哲人大街上那栋屋的大门只对我一人敞开。我相信我有些用。正因为此,只有我才知道那些难以置信的场景。哈丁小姐独自照顾母亲走完最后一程。如果拉祖莫夫的来访与哈丁夫人之死有任何关系(我情不自禁地想,他的来访大大加速了她的死亡),那是因为,这个被不幸的维克多·哈丁鲁莽信任的男人,没有获得哈丁夫人的信任。准确地说,他究竟给她讲的什么故事,不可能有人知道。无论如何,反正我不知道。但在我看来,她似乎是死于震惊,一种诞生于沉默的终极失望所带来的震惊。她不相信他。也许她不再相信任何人,因此,她也就没有任何东西告诉任何人,甚至对女儿也无话可说。我怀疑哈丁夫人临终之前的那段沉默时光,是哈丁小姐生命中最沉重的时光。我坦承,我对那个心碎的老母亲很生气。在生命的最后一刻,她依然沉默,固执地选择不信任自己的女儿。

她临终时,我站在旁边,许多俄罗斯同胞围着哈丁小姐表示安慰。他们大多参加了葬礼,我也出席了葬礼。葬礼办完后,我刻意与哈丁小姐保持距离。直到我接到一份短笺,表达了对我无私帮助的谢意。"这是你应得的奖赏。我要马上回俄罗斯。我决心已下,来看看我吧。"

可以说,这是一份矜持的奖赏,我毫不犹豫地笑纳。哲人大街那栋房屋出现了即将被抛弃的凄凉景象,它看上去荒凉,在我眼里似乎已空无一人。

我们站着聊了一下彼此的健康和俄罗斯圈里的几个熟人,然后,哈丁小姐邀请我坐在沙发上,讲述她未来的工作、她的打算。这是我以前希望她成为的样子,这才是为了生活。我们应该再也不见,永远不见!

我默默地祝愿她能成功。经历了身心的考验,哈丁小姐看上去成熟了许多。她抱着双臂在屋子里缓缓徘徊,从一头到另一头。她眉头舒展,神色坚定。她给了我全新的形象。她的声音、步伐、举止,都有着令我惊叹的庄严分寸,表明她完全独立自信。她的自然之力浮出了水面,因为幽暗的深处已被搅动。

"我们现在可以说说他,"她沉默了片刻,在我面前突然停下说,"你最近到那家医院去过吗?"

"是的,去过。"我凝视着她的眼睛,"医生说,他会活下来。但我想,特卡拉……"

"特卡拉好几天没有来看我了,"哈丁小姐迅速解释道。"我没有主动提出与她一起去医院,所以她以为我没心没肺。她对我很失望。"

哈丁小姐淡淡一笑。

"是的。只要得到允许,她就经常去,一直守着他,"我说,"她表示绝不会放弃他——只要她活着,就绝不放弃。他的确需要人照顾。一个无助的废人,完全聋了。"

"聋了？我还不知道。"哈丁小姐轻轻说。

"是的。看来很奇怪。我听人说,他的头部没有明伤。还听说,要是没有特卡拉照顾,他很可能活不长。"

哈丁小姐摇了摇头。

"尽管有些来客随时会搭把手,但特卡拉也不会闲着。她是个善人,在做一份不可抗拒的事。革命者们不理解她。想像一下她那样一个虔诚的人,却受雇随身在衣缝里夹带情报,或做一个速记。"

"这个世界上有眼光的人太少。"

我话音刚落,就暗自后悔。哈丁小姐直视着我的脸,轻轻点头表示同意。她虽不以为忤,但却转过身,在房间再次踱步。在我这个西方人的眼中,她似乎离我越来越远,遥不可及,然而,在日益增加的距离中,她的身影却没有变小。我依然沉默,似乎没有办法发声。她的声音,如此接近我,让我有些吃惊。

"车祸发生后,特卡拉看见他被人扶起。她没有对我解释,车祸是怎么发生的。她宣称,他们之间达成了某种理解或约定,在急需的时候,在不幸、困难或痛苦的时候,他会向她求助。"

"约定？"我说,"要是有约定,那么,他很幸运。他需要这个善人的照料。"

事实是这样的。不知道什么原因,特卡拉在早上五点望出窗外,她看到拉祖莫夫静静地站在波莱尔庄园的露台下,没有戴帽子,淋着雨。她大喊他的名字,想知道是怎么回事。他没有抬头。她穿好衣服跑下楼,他已走了。她立刻追出来,冲到大路上,正好碰到那辆停住的电车。几个人正在扶起拉祖莫夫。那是某天下午特卡拉亲口告诉我的,我们正巧在医院门口碰到。她没有多说。我不想深究那个窗前细节的意义。

"是的,纳塔莉·维克多诺娃,他挂着拐杖,双耳失聪出院后,需要人照顾。但我并不认为,他像逃离疯人院的疯子冲进波莱尔庄园,是去找善良的特卡拉帮助。"

"不,"哈丁小姐在我面前突然停下说,"也许不是。"她坐下来,手托着腮沉思。我们沉默了几分钟。那时,我想起那一晚他骇人听闻的忏悔后,她像已没有足够的一口气说完"不可能更不幸……"假如我不是对她的力量和冷静感到惊奇,想起这一幕,我会一阵哆嗦。不再有任何纳塔莉·哈丁,因为她已完全不想自己。在压抑自我方面,这是一场伟大的胜利,是俄罗斯人的特定功勋。

她突然起身,像做出了决定。我回过神来。她走到书桌前,桌上的日用品已清理干净。这张冷冰冰的家具里面还包含了鲜活的东西。她从抽屉角落拿出一个扁平包裹递给我。

"里面是一本日记,"她说,"用我的头巾包着寄给我的。我收到后没有告诉你,但现在我决定将它送给你。我有权这样做。既然是给我的,就是我的。你读完后,可以保留,也可以销毁。读的时候,请记住,我那时毫无防备。他……"

"毫无防备!"我吃惊地盯着她。

"你会在其中找到这句话,"她轻声说,"是的,没错!我那时毫无防备。也许你看了就明白。"她脸一红,然后像是死者一样的苍白,"为了对得住那个人,我想你要记住,我那时毫无防备。是的,没错!"

我站起身,有点摇晃。

"你这次分别时说的话,我会永远记在心。"

她握住我的手。

"难以相信,我们必须说再见。"

她用同样的力度回应着我,然后松开手。

"是的,我明天就离开。我的眼睛终于睁开了,我的手终于自由了。至于别的——我们有谁听不到被扼杀的哀号?对于这个世界来说,别的也许等于零。"

"但人们更多意识到的是不和谐,"我说,"世道如此。"

"是的。"她迟疑了片刻,点头表示同意,"我向你保证,我不会放弃期盼那一天,所有的不和谐将归于宁静。想一想那一天的黎明!打击和诅咒的暴风雨已过去。一切归于宁静。新的太阳升起,疲累的人们终于团结,在他们的良心中盘点那场已结束的争斗,为他们的胜利感觉悲伤。为了那惟一的理想的胜利,太多的理想被毁灭;由于没有得到支持,太多的信念不得不放弃。他们感觉到在世的孤单,所以紧紧地拥抱在一起。诚然,肯定有许多痛苦的时刻!但心灵的痛苦终将在爱中熄灭。"

"爱"!一个如此甜蜜、如此痛苦,有时又如此残忍的字眼,哈丁小姐说完后,我向她告别。很难想象,我将再也看不到她那双轻信的眼睛。她获得了不可战胜的信念,相信爱的和谐终将来临,像天国的鲜花,盛开在这片被鲜血浸泡、被斗争撕裂、被泪水浇灌的人间大地。

———

我必须说清楚,那时,我并不知道拉祖莫夫先生在革命者聚会上的忏悔。纳塔莉·哈丁可能猜到,他"还有一件事情"要做的是什么;但这一点,是我这个西方人的目光无法看见的。

特卡拉,S夫人过去的女侍,经常到医院守护在他的床前。我们在医院门口碰到一两次,但在那样的场合她不太爱说话。她简略告诉我拉祖莫夫先生的消息。他在慢慢康复,但已终生落下残疾。老实说,我没有接近他。自从那个可怕的晚上,我站在旁边,作为一个密切关注他们但却被他们忽略的看客,旁观了他和哈丁小姐那一幕之后,我再也没有见过他。他及时出了院,有人告诉我,他的"亲人"把他接到了某个地方。

大约两年后,我的消息才得以补充完整。当然,机会不是我主动追求的。相当偶然,我碰到一个深受信任的女革命者,是在一个著名的俄罗斯自由主义者家中。这家人到日内瓦来生活一段时间。

这个自由主义者是不同于彼得·伊万诺维奇的名流。他头发乌黑,眼神温和,肩膀宽阔,彬彬有礼,举止沉稳节制。他趁四周无人时,带着一个头发灰白、目光警惕、穿着红罩衫的女士走近我。

"我们的索菲亚·安东诺娃想认识你,"他小心翼翼地对我说,"我想让你们单独聊一会儿。"

"我不会强迫引你注意,"这个头发灰白的女士开口便说,"如果不是有人托我带消息给你。"

是哈丁小姐带的消息,几句善意的问候。索菲亚·安东诺娃刚秘密潜回俄罗斯,见到了哈丁小姐。她生活在一个"中部"小城,奔波于人满为患的恐怖监狱和撕心裂肺的丧亲家庭之间,播撒她的爱。她一心行善,索菲亚·安东诺娃说。

"她有忠实的灵魂、大无畏的精神和不知疲倦的身体。"这个女革命者说完时有点激动。

她的话勾起了我的兴趣。我们选了一个无人打扰的偏僻角落,坐着继续聊。谈起哈丁小姐时,索菲亚·安东诺娃突然说——

"我想你应该记得我们见过一面?那天晚上,纳塔莉·哈丁来找彼得·伊万诺维奇,要一个名叫拉祖莫夫的地址,那个年轻人……"

"我完全记得。"我说。当索菲亚·安东诺娃听说我还保留着哈丁小姐送给我的拉祖莫夫日记时,她很感兴趣,毫不掩饰她的好奇,想看一看日记。

我主动表示可以,她立刻决定次日就来登门。

她兴致勃勃地看了一个多小时,然后轻轻一叹,将日记还给了我。她说,在俄罗斯四处活动期间,她也见过拉祖莫夫。他没有生活"在中部",而是"在南方"某个小城的郊区。她告诉我,那是一处很隐蔽的两间小木屋,长满荨麻的小院周围是高高的木栅栏。他又残又病,日益憔悴。善人特卡拉不知疲倦地照料他,在无私的奉献中自得其乐。在那种使命中,没有什么东西可以让她觉得幻灭。

当着索菲亚·安东诺娃的面,我毫不掩饰自己很吃惊,她居然去看望了拉祖莫夫先生。我不理解她的动机。但她告诉我,她不是惟一去看望拉祖莫夫先生的革命者。

"路过的时候,我们中的人总会去看望他。他聪明,有理想……也健谈。"

这时,我才第一次听到拉祖莫夫在拉斯帕拉家中的公开忏悔。索菲亚·安东诺娃细说了那里发生的一切。她说这都是拉祖莫夫亲自告诉她的。

她那双明亮的黑眼睛紧盯着我说——

"每一个人生命中都有邪恶的时刻。一个错误的想法进了头脑,然后恐惧诞生,恐惧自己,为自己恐惧。或者是一种错误的勇气进入了头脑——谁知道呢?好吧,随你喜欢怎么称呼它;但请告诉我,多少人会故意去送命(正如拉祖莫夫先生在日记中所说),而不想继续生活,在自己的眼里秘密地堕落?多少人……请注意这一点,他这样做时,他已得到了安全。正是当他相信自己已安全、更安全、无限安全时,当他突然第一次明白可能被那个值得崇拜的女孩爱上时,他却发现,他最痛苦的抱怨,他最坏的恶行,他的仇恨和骄傲所干出的鬼事,掩盖不了他未来生活的耻辱。那样一种自我发现很有勇气。"

我默默接受了她的结论。谁会在意去问原谅或同情的理由?但是,革命中人给拉祖莫夫这个叛徒的施舍,其中似乎也有一些内疚。索菲亚·安东诺娃不安地接着说——

"那时,你知道,他是愤怒的牺牲品。没有人下命令。没有决议如何处置他。他是主动忏悔的。你知道,在楼道上,尼基塔却故意击穿他的耳膜,好像是一时激愤。其实,他才是最坏的恶棍,他才是叛徒,背叛了革命。他是间谍。拉祖莫夫告诉我,他是受了灵感才如此指控尼基塔……"

"我见过一眼那恶棍,"我说,"我不理解你们那么多人怎么会被他欺骗如此之久!"

她打断我的话。

"好了!好了!不要谈他了。我第一次见他时,我也很吃惊。他们大声叫我冷静。我们总是互相提醒对方,'人不可貌相'。他一直在准备杀人。这是毫无疑问的。他杀人——是的！杀敌我两个阵营的人。这个魔鬼……"

索菲亚·安东诺娃好不容易才控制住气得乱颤的嘴唇。然后，她告诉了我一件很奇怪的故事。据说，就在拉祖莫夫从日内瓦消失后不久，到德国旅行的米枯宁在火车上巧遇了彼得·伊万诺维奇。他们单独在包厢里密谈到半夜。正是在那时，秘密警察头子米枯宁向这个革命领袖暗示了尼基塔的真实身份。米枯宁似乎是想借刀杀人，铲除那个特别的间谍！米枯宁可能已厌倦他，也可能是害怕他。另外还据说，这个阴险的尼基塔是米枯宁的前任留给他的遗产。

对于这个故事，我也默默接受，没有妄加点评。我是一个无言的旁观者。在我这个西方人的目光下，见证着这些俄罗斯事务，展开他们东方人的逻辑。我只提了一个问题——

"请告诉我，索菲亚·安东诺娃，S 夫人把所有的遗产都留给了彼得·伊万诺维奇吗？"

"一点没有。"这个女革命者鄙夷地耸了耸肩，"她死时没有立遗嘱。许多侄男侄女从圣彼得堡过来，像一群秃鹫，争抢财产。那些有头有脸的未婚公子小姐们，全是可恶的宫廷走狗。呸！"

"人们现在也不大听到彼得·伊万诺维奇的消息。"我沉默了片刻后说。

"彼得·伊万诺维奇，"索菲亚·安东诺娃庄重地说，"他与一个乡下姑娘在一起。"

我很吃惊。

"什么！是在地中海旅游胜地里维埃拉吗？"

"胡说八道！当然不是。"

索菲亚·安东诺娃有点生气。

"那他还住在俄罗斯？太危险了——是不是？"我说，"就为了乡下姑娘。你不认为他居心不良吗？"

索菲亚·安东诺娃神秘地沉默了片刻，然后说："他只是崇拜她。"

"是吗？那好,但愿她打他时莫迟疑。"

索菲亚·安东诺娃起身告别,似乎没有听到我大不敬的话。我送她走到门口,她突然转身,用坚定的口吻宣布——

"彼得·伊万诺维奇是受到神启的人。"

附 录

康拉德与卢梭

——《在西方的目光下》札记一则①

伯恩斯坦(Stephen Bernstein)

看起来,《在西方的目光下》包含了无尽的互文性。陀思妥耶夫斯基、托尔斯泰、霍夫曼、波莱尔、帕斯卡尔、爱伦坡、莎士比亚、《圣经》、法朗士、司汤达、莫泊桑、斯塔尔夫人、伏尔泰、拉辛、卢梭,都已被人佐证。有鉴于此,再谈卢梭在文本中的在场,似乎了无新意,但笔者仍想指出其中一个被忽视的关联,它也许会暗示新的途径,用来分析康拉德如何看待这位前辈。

在《个人记事》中,康拉德有一句名言,他说,"忏悔录这种文学活动形式,名声已被让-雅克·卢梭败坏",他进而指责卢梭"毫无想象力","不是一个小说家",只是"一个拙劣的道德家"。②评论界一致认为,这句话很不真诚。理由是:康拉德"有爱抬杠的毛病",尽管他"对卢梭的看法总体是负面的,但他所谴责的观念在自己身上有抹不去的烙印"③;"他和卢梭之间有许多

---

① [译按] 译自 *Journal of Modern Literature*,卷 19,第 1 期,1994 年夏季号,第 161-163 页。为与本书体例一致,注释经过重新编排后有改动。

② Joseph Conrad,《个人记事》(*A Personal Record*),Doubleday,1926 年,第 95 页。

③ Zdzislaw Najder,《康拉德与卢梭》(*Conrad and Rousseau*),载《康拉德纪念集》(*Joseph Conrad: A Commemoration*),Norman Sherry 编,Barnes and Nobel,1977 年,第 83 页。

共性"①;康拉德"对卢梭极度诋毁……意味着他拒绝承认自己作品中的忏悔录性质"。②在此,指出一个先前被忽视的片段,证明康拉德借用了卢梭的作品,有助于支持以上的分析。

《在西方的目光下》第二章结尾,那个年老的西方语言教师留下拉祖莫夫独自凝视着河水:"他趴在桥栏上,像对虹桥下光滑的蓝色急流很着迷。那里的水流很急,非常急,快得令人晕眩。每次看那急流,我都不敢看太久,总觉得有一种恐惧,怕它毁灭性的力量突然将我带走。有些人抵制不了那不可抗拒之力的诱引,会有一头扎下去的冲动。显然,它对拉祖莫夫有一种魔力。我任由他趴在桥栏上。"③

这段文字与卢梭《忏悔录》中描写的一次乡间漫步惊人地相似:"在离峭壁不远处,马路下面恐怖的峡谷中奔涌出……一条小小的急流……马路边有护栏防止事故,所以我能够安全地凝视深渊,尽量愉悦地沉醉于晕眩。我喜欢险峻的地方,乐趣就在于它们令我晕眩;只要安全,我就很喜欢这种晕眩感。我安全地趴在护栏上,探头向前,一连几个小时,凝望着那蓝色的急流和偶尔飘过的泡沫……"④

尽管这两段文字有差异(拉祖莫夫在桥上,卢梭在路上),但相似性还是占了上风。不过,我们更关心的是如何评价这种相似。在此,康拉德不太可能想把拉祖莫夫变成卢梭式的人,即使拉祖莫夫

---

① Roderick Davis,《穿越那条黑暗的大道》(*Crossing the Dark Roadway*),载《康拉德的〈在西方的目光下〉:开端、修订及终稿》(*Joseph Conrad's Under Western Eyes: Beginnings, Revisions, Final Forms*),David R. Smith 编,Archon,1991 年,第 168 页。

② Mark A. Wollaeger,《康拉德与怀疑主义小说》(*Joseph Conrad and the Fictions of Skepticism*),Stanford University Press,1990 年,第 229 页 n.54。

③ Joseph Conrad,《在西方的目光下》(*Under Western Eyes*),Doubleday,1926 年,第 197 页,下引同一文本随文标注。

④ Jean-Jacques Rousseau,《忏悔录》(*The Confessions*),J. M. Cohen 英译,Penguin,1953 年,第 167 页,下引同一文本随文标注。

后来要在卢梭雕像下写忏悔日记。①康拉德仿效他宣称厌恶的作家,这已不足为怪。我们不妨更仔细地检视,他仿效的到底是什么。答案是崇高。正是在美学的范畴,才最有助于看清他们之间的关联。

卢梭的那段文字是教科书式的案例,表明十八世纪艺术的生动性及对美和崇高的崇拜。卢梭宣称,他的乡间漫步是"为解放精神服务,赋予思想更大的胆量,也就是说,将自己抛进广阔的万物中,以便能按照自己的意志,没有畏惧、没有拘束地组合它们,选择它们,使它们成为己有"(卢梭,第158页)。但由于卢梭的"想象力只有在不愉悦的场合才能愉悦地运转"(卢梭,第166页),所以,他发现,"无论多么美丽的平原,在我眼中似乎从来不是那么美丽。我身边要有令我害怕的急流、岩石、冷杉、黑森林、群山、陡峭山路和深渊"(卢梭,第167页)。后来,康德表达了非常类似的情感模式。谈到崇高之物时,康德说:"只要我们的位置安全,它们就会因其恐怖而更具吸引力……它们将灵魂的力量提升到高于庸常之外的地方,它们在我们体内激发出一种抵抗力……给了我们勇气,面对看起来万能的自然,能够衡量我们自己。"②

显然,康拉德偏离了康德和卢梭的情感模式。当我们跟随故事中拉祖莫夫的进程时,我们发现,他对流水的迷恋,折射出他逐渐卷入历史之流。拉祖莫夫从俄罗斯的冰雪世界(哈里特·吉尔曼指出,在俄罗斯,"代表了历史力量的哈丁闯入了拉祖莫夫的生活"③)走出来,走进瑞士的流水世界。拉祖莫夫对流水的迷恋显而易见:

---

① Ted E. Boyle,《康拉德小说中的象征及意义》(*Symbol and Meaning in the Fiction of Joseph Conrad*), Mouton,1965年,第216页。

② Immanuel Kant,《判断力批判》(*The Critique of Judgment*),James Creed Meredith 英译,Clarendon,1952年,第110—111页。

③ Harriet Gilliam,《康拉德〈在西方的目光下〉中的时间》(*Time in Conrad's* Under Western Eyes),载《十九世纪小说》(*Nineteenth Century Fiction*),卷31,1997年,第423页。

在第三章结尾,他在日内瓦湖的卢梭岛上写日记;在第四章中,康拉德暗示了他的寓所旁边是阿尔维河,哈丁小姐和那个西方语言教师都听到河水的"单调轰鸣,带着刺骨的寒气穿过旷野扑面而来"(康拉德,第334页)。"旷野"和"流水",这两个意象有效地将俄罗斯和瑞士结合起来。

在第四章,康拉德频繁暗示暴雨即将来临。终于,在拉祖莫夫即将忏悔前,"一阵雷雨无情地浇在头上",所以他能够对哈丁小姐说,他"洗干净了"(康拉德,第356–357页)。但是,这场暴雨不只带来了赦免,还威胁着将拉祖莫夫冲进令人眩晕的历史必然性之流。在被尼基塔废了耳力之后,拉祖莫夫"朝前扑倒在地,立刻顺着斜坡跟着奔腾而下的雨水无助地翻滚"(康拉德,第369页)。

我们看到,康拉德从卢梭那里借来的崇高意象,不是袭用字面意义,而是用来准确描写崇高之物的魅力。但是,康拉德抽离了安全位置;而安全位置对十八世纪的观察者来说至关重要。拉祖莫夫逐渐沉入那条贯穿小说中的无情历史之流。我们应该想起,正是那个西方语言教师,对于崇高之物采取了更传统的态度;他每次站在桥上看急流,都"不敢看太久,总觉得有一种恐惧"(康拉德,第197页)。正如小说中其他许多场景,我们在这一幕中也发现,他不能理解拉祖莫夫复杂而微妙的心思。康拉德扭曲了早期浪漫主义阶段的崇高观念,赋予了新的崇高内涵;他的这种崇高,是那个语言教师为代表的西方人尚不理解的另一面。

许多论者指出了康拉德与卢梭之间的矛盾关系。这点在本例中也得到确认。那个西方语言教师更像是卢梭式人物,他宁愿选择安全的位置,远离恐怖的崇高。我们不妨认为,他有限的认知能力暗示了康拉德对卢梭的批评。但与此同时,康拉德却从卢梭作品中借用了强大的意象来帮助说明。由此可见,《在西方的目光下》复杂的互文性之网中,至少应该包括这道脉络。

《在西方的目光下》与沉默

梅尼克(Daniel C. Melnick)

康拉德的《在西方的目光下》①既检视了西方人心目中的斯拉夫生活形象,也检视了他对"斯拉夫"尤其是俄罗斯的想象。这部小说质疑并解构了对于俄罗斯的种种成见;其卓越而令人深思的表现,也代表了康拉德自《黑暗的心》②以来对于小说创作的最高抱负。康拉德的终极抱负是,运用具有渗透性、复合性和不稳定性的透视法则之棱镜,展望人类生活,揭示和追问人类生活的意义。

显然,《在西方的目光下》完成了两个互相关联的任务。康拉德的总体任务是将小说中的人类意象暴露于探照灯下,抵制轻易复原想象的生活。这种暴露和抵制,合力刺激和挑战了由语词构成的艺术及建立在语词上的社会。就其核心而言,我们在小说中遭遇到的是话语和沉默之间的对抗,是语言和有可能抹除它的社会之间的对抗。康拉德更迫切的特定任务是揭示东西方的形象如何参与沉默与话语(尤其是受质问或压迫的话语)之间的对抗。后一个任务是我们首先关注的问题。

小说中话语与沉默之间的矛盾,折射出康拉德在俄罗斯治下的波兰童年。写完《在西方的目光下》之后,康拉德的身心完全崩溃。这部小说用虚构的方式,再现了他在1857年到1874年——这年他

---

① Joseph Conrad,《在西方的目光下》,Penguin,1996年,下引同一文本随文标注页码。
② Joseph Conrad,《黑暗的心》(*Heart of Darkness*),Norton,1988年。

离开波兰前往法国马赛——那段人生经历中的冲突。康拉德的批评家和传记家（如弗雷斯曼、哈伊、卡尔、纳杰达、萨伊德等）对康拉德在 1909 年到 1910 年间经历的精神危机提供了深刻的解读。尤其是纳杰达，他阐明了康拉德对俄罗斯的疏离，阐明了康拉德如何以波兰继承人的名义猛烈抨击俄罗斯的"斯拉夫传统"。①康拉德在《瓜分波兰之罪》一文中写道，从历史渊源来看，不应把波兰与俄罗斯联系在一起，而应将之与法国联系在一起，作为欧洲"自由主义思想的中心"。②康拉德的《在西方的目光下》直面了他的个人记忆。在俄罗斯统治下，他的父亲阿波罗·柯仁尼奥斯基（一个将雨果、莎士比亚等人作品翻译成波兰语的天才翻译家、爱国者）为了波兰的独立，在这浪漫献身的祭坛上，牺牲了家庭生活，牺牲了体弱多病的儿子约瑟夫的童年，牺牲了妻子爱娃的生命（在被惩罚流亡俄罗斯期间，爱娃英年早逝）。

《在西方的目光下》写成于 1910 年。这部小说展现了俄罗斯统治下的生活被驱逐进沉默和虚无。早在 1905 年，康拉德就写下了《专制与战争》。这是他探讨俄罗斯、斯拉夫世界和"波兰问题"最富激情的文章。在康拉德看来，俄罗斯代表了虚无；在俄罗斯，人消失进了虚无。他引用俾斯麦的话说，"俄罗斯，虚无！"他写道，在俄罗斯，没有"人……能够成长"；俄罗斯专制"继承了虚无"，没有"历史未来"。俄罗斯代表的虚无力量，不仅毁灭了波兰，还对所有的牺牲品（波兰的或俄罗斯的）造成了灾难性的影响。鉴于俄罗斯的"盲目专制"，没有"变革"的可能；只有自我挫败的"农奴起义"可能发生，且绝不会演变为"一场结出人类道德硕果的革命"，因为绝对的专制只会激发出自我毁灭的绝望反抗。此外，俄罗斯的"每一种精神活动"都"染上"了泛斯拉夫主义的色彩，"强调纯洁性和神圣

---

① Zdzislaw Najder,《康拉德传》(*Joseph Conrad*), New Brunswick, 1983 年，第 358 页。

② Joseph Conrad,《瓜分波兰之罪》(*The Crime of Partition*), 载《康拉德札记》(*Notes*), 第 115 – 133 页。

性"。康拉德认为,说到底,指控俄罗斯虚无还是过于温柔,因为虚无暗示了"无穷",而俄罗斯专制有"深渊"的意味,吞噬了整个人类。①

在俄罗斯那样的专制社会,一切问题都变得破碎或变形,一切回答都被驱逐进沉默。语言失去了效用。对于康拉德来说,他的母语波兰语经历了一次变形的重创,所以他必须另觅途径,像许多波兰人一样,他首先选择了使用法语,后来才选择了用英语写作。但在这部关于俄罗斯及其对人类生活影响的小说中,康拉德不得不寻找新的写作策略,探索沉默人生的虚无世界。尽管他很反感陀思妥耶夫斯基,但他仍然模仿了这个作家的作品,将《在西方的目光下》的内容建立在一部忏悔性日记之上。这部小说还令我想起陀思妥耶夫斯基对内心视角的运用,想起他表现内心挣扎的痛苦声音,想起他打开精神痛苦的黑暗空间。《在西方的目光下》的叙述结构也与《罪与罚》②非常类似:首先是伦理孤独之下的犯罪,接下来是私下和公开的自我拷问,然后是临时和延迟的忏悔迸发,最后是受难和宽恕的奇观。但是,注意到这些模仿的同时,我们再次想起康拉德在写作期间遭遇的精神危机,因为在这个波兰流亡作家看来,陀思妥耶夫斯基的观念与俄罗斯代表的"斯拉夫"对人性和文化的抹杀是沆瀣一气的。俄罗斯作家中,康拉德最喜欢"非俄罗斯的"、"清晰透明的"、具有人文主义思想的屠格涅夫。屠格涅夫避免了陀思妥耶夫斯基那样走"极端",拒绝将笔下的人物转变为"动物园里奇怪的野兽,这些该死的灵魂在沉闷、神秘而黑暗的矛盾空间把自己撞成碎片"。③

然而,阅读《在西方的目光下》就等于碰到那些"该死的灵魂"

---

① Joseph Conrad,《专制与战争》(*Autocracy and War*),载《康拉德札记》(*Notes*),第83-114页。

② Feodor Dostoevsky,《罪与罚》(*Crime and Punishment*),Norton,1975年。

③ Joseph Conrad,《屠格涅夫》(*Turgenev*),载《康拉德札记》(*Notes*),第45-48页。

和"奇怪的野兽"。小说主人公拉祖莫夫是身份不明的私生子,只与某个"贵族"有点模糊联系。在他坠入苦海之前,这个圣彼得堡的大学生就孑然一身,靠暗中庇护他的贵族接济度日。在创造拉祖莫夫及其自白性日记时,康拉德以反讽和批判的精神挪用了陀思妥耶夫斯基的著名文学样式:他的俄罗斯主人公拥有一种自我保护的冷静"英伦"风范;这个孤儿的语气充满嘲讽,生性比较疏离;他的思想中隐约有自由主义的色彩;他专注于"成就自我",想做一个学者型官员,为现行体制服务;他把现行体制理想化,当成是必要的秩序。

拉祖莫夫这个"该死的灵魂"的命运,将要被连根拔起。他疏离生活,还未定形。最初,他只能与专制的俄罗斯认同,认为俄罗斯都是他获得的抽象遗产。在一个关键时刻,他说,"我就是俄罗斯"(第 148 页)。他的疏离与自足在同学哈丁眼中被误读为是同情革命。哈丁一门心思反对俄罗斯专制。他刺杀了宣称"上帝是宇宙专制者"的 P 部长,一个"臭名昭著的维稳委员会"主席。然后,他找到拉祖莫夫的住处寻求帮助。拉祖莫夫立刻意识到,哈丁的到来使自己也成了嫌疑人,自己的未来也被毁灭。绝望中,他寻求恩人 K 王爷的指点。K 王爷转而与有一双象征着"丑陋恐怖的专制权力……代表了怀疑、愤怒和无情"的鼓眼睛的 T 将军商量(第 61 - 62 页)。他们再将拉祖莫夫的命运交付给负责秘密警察工作的米枯宁。米枯宁询问了拉祖莫夫事件的经过,最终说服拉祖莫夫为他服务,从而完成了抹除这个年轻人身份的工作。从那时起,拉祖莫夫退出了俄罗斯生活舞台。由于背叛了哈丁,他生活在道德孤独之中。他原有的身份被抹除,现在,专制的俄罗斯提供给了他一个灾难性的身份——间谍。他离开俄罗斯,来到日内瓦的俄罗斯革命者中间。他道德孤独感的压力日益增加。他必须面对"未知的复仇"。他必须与俄罗斯女性——哈丁夫人、哈丁小姐以及著名女革命家索菲亚·安东诺娃——建立亲密关系,但他知道自己必须背叛她们。在一系列遮遮掩掩的自我暴露之后,拉祖莫夫最终向哈丁小姐和革命团体先后做了忏悔。反讽的是,革命队伍中的一个"奇怪的野兽"、一个双面间谍,击破了拉祖莫夫的耳膜。拉祖莫夫将永远生活在沉默的世界。无论是在道德层面,还是在社会层面,他将一辈子沉默。

拉祖莫夫坠入沉默,身份被抹除,是这部关于俄罗斯的小说的"故事"层面。但这个故事不是经流畅的忏悔之流叙述出来。拉祖莫夫的陀思妥耶夫斯基式日记是破碎的、有保留的,被小说中另一个人物兼叙述者过滤和"翻译"。以上的文本分析忽略了这个英国语言教师的声音。小说的叙事实际上在俄罗斯人和英国人两个视角之间摇摆。比如,这个英国人强加了同情和友爱的目光在哈丁小姐和拉祖莫夫的关系上。尽管他目睹了这些俄罗斯人的痛苦,但他把他们的痛苦加以归化。两种视角的倾向最明显见于小说的高潮部分。拉祖莫夫的忏悔被叙述了两次:第一次是从西方叙述者的迟钝视角,"他们看起来都像意识到同一种魔力;这种魔力自从第一次见面就存在于他们身上";第二次是从拉祖莫夫的绝望视角,"你那个朋友说的每个字,都在撺掇我干出这不可原谅的罪行,偷走你的灵魂"。叙事危机也影响到小说的整体结构:结尾的第四章回到了开头的第一章,重叙了关键的事件,以一种新的不稳定方式延迟解码悲剧色彩越来越浓的情节。

康拉德有意用这种矛盾的甚至自毁的叙事结构让读者产生晕眩感。那个西方观察者头脑迟钝,充满偏见。他对俄罗斯的看法有时得到验证,但更多时候是让人纠结。衡量他看法的尺度,是他目光下俄罗斯人的痛苦认识和体验以及他翻译的日记。即使拉祖莫夫等俄罗斯人"在西方的目光之下"屈服,这个"西方语言教师"也难逃康拉德式反讽的质疑,暴露了他在理智与情感两方面都将叙事简化。康拉德还以反讽的方式考验了这个西方人对个体、理性、意志、自由和爱的启蒙主义信仰。这个信仰不仅是自鸣得意的叙述者的支柱,也是现实主义小说的支柱。事实上,必须对它进行严格检验和疯狂质疑,检验其保证个体生命价值的能力,质疑其正义性和有效性,是否足以作为社会的基石以抵抗专制的重压。

《在西方的目光下》中的种种斯拉夫形象,明显带有质疑和批判的印记。这部作品构建了一个辩证的领域,融合了东西方的视角,解构了斯拉夫形象,拷问了其背后的人文主义价值观和理据。

我们首先来看一些斯拉夫形象的例子。在来自西方世界的叙述者眼中,俄罗斯的"专制"体现了"完全难以想象"的、席卷一切的绝对权力。拉祖莫夫最终决定背叛哈丁时,叙述者想起了这种专制无所不包的权力,"在俄罗斯,这片充满鬼神观念和灵肉分离欲望的大地上,许多勇敢的心灵最终抛弃了徒劳无尽的抗争,转向了这片大地的伟大历史现实。他们转向专制,寻求慰藉爱国心"(第26页)。拉祖莫夫想象自己"成为一个具有革新精神的伟大仆人,为这世上最伟大的国家服务,为万众一心、力量无穷的人民服务;这些人民在兄弟般团结的力量和目标中,能够有逻辑地、受引导地前进;这个国家,是这个世界从来没有梦想过的……俄罗斯!……"(第213页)这片俄罗斯"大地"象征着斯拉夫的"精神"力量和权威,象征了自然和文化的源泉。它通过同化和模仿而拥有独特的包含力量,最终取代了世界上其他价值和成果。这种倾向体现在彼得大帝挪用西欧的种种模式。当然,对于俄罗斯帝国内的个体而言,这种席卷世界的俄罗斯图景有很深的负面效应;当米枯宁听到拉祖莫夫要逃避、要"离去"的愿望时,他反问了一句"去哪里?"(第72页),因为这个世界的确没有一处角落是在专制的阴影之外。

但是,在斯拉夫的生活中,还有一种倾向,与其同化和模仿世界其他地方的能力有关。这就是走向神秘的倾向,走向抽象和"神秘"模仿。那个英国语言教师抱怨,"用神秘的话语,把一切问题从可理解的层面抽取出来,这是俄罗斯人的典型习性"(第76页)。尽管俄罗斯人看起来习惯于那样的模仿,但"在西方的目光下",他们似乎只将那些一贯陈旧的斯拉夫幻想(无论是否本土的幻想)当成一切力量和资源的源泉。结果是他们对自己生活世界的非现实性很敏感。对于操持权柄的帝国官员来说,这种非现实感似乎体现为妄想症,过分夸大使命感,过分张扬压制性的绝对权力。我们知道,那个被刺杀的 P 部长"神秘地接受了专制思想,誓将公共机构中与自由相似的任何苗头斩草除根。他无情地迫害正在崛起的一代,似乎想要毁灭自由的根本希望"(第 8 页)。对于那些被剥夺了权力的大众而言,这种非现实感变成了对谎言的臆断。"在俄罗斯",哈丁太太说,"所有的知识都沾满了谎言"(第 74 页)。谎言可能玷污最真诚、最理想主义的话语。这些话语或许尤其会被玷污。在自我挣扎和与日内瓦革命团体进行抗争时,拉祖莫夫心想,"上天赋予人类语言能力,为的是掩盖所思所想"。(第 185 页)

真相具有冲突性、不稳定性、含混性;这是康拉德笔下俄罗斯形象的关键一面。现实是暧昧的,这是全世界都熟悉的特征。但在暧昧的现实之外,小说中的俄罗斯人面临一个更极端的非现实,一直惦记着真相与真相消失的恐惧之间的联系。真相总会被抹除,现实总会被掩盖,生活(包括死亡)总会被想象性地模拟。《在西方的目光下》中的俄罗斯生活形象展示和预告的最大恐惧就是,在模仿一切和掩盖一切的情况下,真相消失于沉默,现实被抹除和置换。我们进入了康拉德笔下的"虚无"世界。

康拉德迫使读者也经历这种虚无,因为不可靠叙述者的自我指涉效果使读者能够质疑埋藏在这部英语小说中的西方前见。康拉德有意采用的透视法则产生了悖论后果,破坏了阅读的稳定性,不能一味依赖叙述者。比如,我们意识到,叙述者拒绝给大多数俄罗斯人的同情和感知,恰是他们在与抹除和痛苦做斗争时所要求和体现的东西。即便是对他最同情的哈丁小姐,他也说:"我认为,只有俄罗斯人才懂俄罗斯人的单纯;这种具有腐蚀性的可怕单纯用神秘的话语包裹了天真绝望的犬儒主义。"(第 76 页)俄罗斯的犬儒主义再次帮助我们注意到这个母题在小说中是如何逐渐崩溃的,从而折射出不稳定性和虚无。一方面是这个西方人对哈丁小姐"天真绝望的犬儒主义"的傲慢态度——他虚假地声称"犬儒主义"是他叙事的"关键词"(第 49 页);另一方面,我们发现拉祖莫夫在恐惧和绝望之下对于俄罗斯人苦难根源的反击。"斯多葛主义！那是希腊人和罗马人的姿态。就留给他们好了。我们是俄罗斯人，是孩子；是真诚；要是你喜欢，也可以说是犬儒。但那不是姿态！"（第147页）索菲亚·安东诺娃也说，"女人、孩子和革命者，他们都讨厌嘲讽。嘲讽是对一切生命本能、一切信仰、一切忠诚、一切行动的否定"（第197页）。小说对于嘲讽和犬儒主义的反讽性质疑，既令人信服，也令人迷惑，因为这些精心布局的结构冲突和否定，促使读者在道德上尽可能变得敏感，全面挖掘背后的意义。

在这幅令人目眩的小说风景中，随处可见发"问"。这种话语机制不仅在一个极权制度内运转，甚至被康拉德设置的英国叙述者采用。换言之，这个英国人简化而疏离的提"问"，强加了谴责或同情在"被问者"身上。在叙述者这里，问是一个隐喻，用来呈现他对于"俄罗斯事务"的看法。但在康拉德对俄罗斯生活的看法中，问不仅仅具有隐喻性，问本身是生活的核心体验。小说中的关键场景大多涉及"问"。首先，革命者哈丁考验拉祖莫夫；接下来，秘密警察头子米枯宁先后审问哈丁和拉祖莫夫；然后，日内瓦的俄罗斯流亡者（哈丁母女、索菲亚·安东诺娃、彼得·伊万诺维奇）无数次盘问拉祖莫夫；最后，拉祖莫夫在陀思妥耶夫斯基式的日记中拷问自己。为什么在专制俄罗斯这样的极权社会里"问"必不可少？正是依靠这种"问"的工具，秘密警察局（这是极权身体政治的大脑）塑造了专制话语，象征着沉默的俄罗斯专制社会。这个被动、骄横甚至僵死的身体政治，反映在这一反复出现的身体意象——醉得不省人事，悬挂在庞大的冰冻废墟中。这个悬挂在冰冻空白、深不见底的意象，首先适用于拉祖莫夫。一切活生生的东西都被这无所不包的意象冰冻，陷入了沉默。沉默是其题中之意，是语言的焦点。

在此，沉默是冰冻废墟一样的俄罗斯的标志性特征。小说中扎米尼奇那具上吊尸体的意象是沉默的。同样，那些权力的拥有者，如K王爷、T将军、米枯宁等，要么说话含糊不清，要么干脆陷入沉默。每当他们说到要紧处，总会出现省略、含糊和沉默。拉祖莫夫的故事"真相"陷入了沉默。小说结尾,他的世界完全沉默:他的听力被双面间谍尼基塔废了。拉祖莫夫世界的最终沉默只是表明了实际状况:在他内心谎言和外在生活世界面前,先前一切审讯和话语完全失效。我们总有一种挥之不去的感觉,无论是官方历史,还是个体故事,都充满了谎言。因此,小说中"问"的意义和意图,揭示了能够表达意义的语言——无论是在充满革命气息的日内瓦,在专制的圣彼得堡,还是在现代意义上的欧洲——都被推向了沉默。

在俄罗斯,那些握有权柄者无声之问或策略性地含糊之"问",邀请被问者填补空白,参与专制社会的话语。因此,这个专制社会令人想到的不仅是被动和麻木,还有参与,只不过采取的是特别的忏悔形式。尽管正如我们看到的,康拉德对陀思妥耶夫斯基非常不满,但《在西方的目光下》中的人物在呼应《罪与罚》(当然,拉祖莫夫的忏悔性日记代表了陀思妥耶夫斯基《地屋手记》等小说模式的发展)。米枯宁通过盘问拉祖莫夫,获得了他所想要的东西——忏悔、共谋和背叛。但在陀思妥耶夫斯基的忏悔作品中,并不配套这些"问答"环节。为了抗衡专制斯拉夫社会的"审问"修辞,《在西方的目光下》这部关于斯拉夫的英语小说,祭出了另一种同样具有斯拉夫文化色彩的武器——基于沉默的"忏悔"修辞。

总之,让人觉得反讽的是,极权话语既需要激发出忏悔性的话语,又用一种混杂形式使之难以理喻。更具反讽意味的是,拉祖莫夫暧昧的忏悔,使我们注意到他反讽性格中的双重性更加复杂和明显:他既是东欧小说类型中一个被幽灵追逐的来自圣彼得堡的主人公,也是一个兼具冷静"英伦"理性风范的人,只是后一种气质在小说结尾时逐渐淡化。最具反讽性的是,小说的叙述结构将拉祖莫夫的陀思妥耶夫斯基式忏悔日记与那个英国叙述者对拉祖莫夫日记的叙述和"翻译"并置在一起。因此,在一种斯拉夫的文学类型中,康拉德并行和穿插了一种更传统、更具西欧特色的小说样式,通过东西艺术语言的相互较量,共同产生出解构性的张力。

与结构上的张力类似的是,康拉德将俄罗斯女性作为关键的参与者,在一个意义被驱逐进沉默的世界,努力寻找意义(在此,不带有色眼镜地洞察他者的能力和移情的能力受到了威胁,因为在这样一个世界里,同情具有可操纵性和选择性,可能会从意识中抹除)。除了拉祖莫夫,其他俄罗斯男性都扮演了独裁者角色(尤其是那个倍受嘲讽的革命家彼得·伊万诺维奇,他是克鲁泡特金和巴枯宁的糟糕结合)。然而,俄罗斯女性加入了拉祖莫夫一道,抛弃她们被抹除和被背叛的地位,抛头露面,即便被迫陷入沉默和苦难,"宁愿选择燃烧,也不选择腐朽"(第177页)。她们在专制社会里用沉默来追求意义。这些俄罗斯女性——索菲亚·安东诺娃、特卡拉、哈丁夫人,当然最重要的是哈丁小姐——在对立的角色之间反讽性地左右摇摆。其中可见陀思妥耶夫斯基笔下女性形象的影响。她们具有强烈的内省精神、狂热的煽动性和养育的力量;彼得·伊万诺维奇说出了这一标准形象的陈词滥调,"可敬的俄罗斯女性!"(第86页)在康拉德笔下,这幅俄罗斯女性形象被修正,变得更加复杂。康拉德将她们也描绘成西欧小说中那种传统的女主人公,关心如何将社会的需要与"心灵"的需要统一。她们变动的人物形象——在东西欧女性形象和传统之间修正性游弋——强化了在人物描写和叙事陈规方面的现代紧迫感,突显了声音被压制、地位被抹除之"人"及其相关移情理解力的危机感。

要描述康拉德创造出的结构上的不稳定性,最好的办法也许是引入"装死"这一概念。"装死"是一种手段,用来探索死气沉沉的现代生活。那种作茧自缚、内心独白的陀思妥耶夫斯基式忏悔,就是一种装死的形式。它既是专制社会所渴望的东西,但又不满足其愿望,因为陀思妥耶夫斯基式忏悔颠覆了忏悔修辞的专制样本,从而传达出不可预测的、混乱的、充足的可能性,也就是巴赫金所谓的"复调"。拉祖莫夫日记表面上的"装死"背后,掩盖了一条具有颠覆性、充满生机的可能性之流。首要的是,它掩盖了在一个充满麻木模仿和谎言的世界中有交流的可能。难怪,正如那个来自西方的叙述者所注意到的,那样一个世界的牺牲品"狂热的话语中有一份慷慨,与通常的饶舌大相径庭"(第6页)。这种交流的俄罗斯气质为现代小说开了先河,从人物所栖居的被控制、"被压制"、被孤立的沉默世界中提取出声音。正如娜塔莉·萨洛特写道,"一种持续的、几乎是疯狂的交流需要……像晕眩一样吸引了所有那样的人物,刺激他们抓住机会利用各种手段开辟一条通向'他者'的道路,尽可能深入他者,使其剥夺那令人不安的、难以忍受的模糊"。①

拉祖莫夫绝望的"交流"行为是向他背叛的那些人忏悔。用这种方式,他颠覆了专制社会对他话语的期望,使之哑口无言。在他因背叛而丧失了听力之后,他生活在一个外部沉默的世界。用专制社会的谎言或预制谣言来说,他是在"装死"。但"装死"的后果是,他与索菲亚·安东诺娃、哈丁小姐和特卡拉等人产生了交流,得到她们的关爱和倾听。对于外面专制社会中那些被异化和被销声的栖居者,他成为有意义话语的源头。但拉祖莫夫和他脆弱的生活圈子,摆脱不了那个虚幻的幽灵——他们死气沉沉的社会。他们的作用,不只是讲述那些危险的、有可能被屠杀的真相,提前为他们的社会遭受和上演的种种背叛而悲悼。他们的作用还在于见证了有可能存在正义和同情。在《专制与战争》一文中,康拉德写道,面对社会的欺骗和压迫,只有用"我们同情的想象",才会瞥见可能的"和谐与正义的胜利"。②最终,拉祖莫夫和他的倾听者们栖居在一片沉默的大地,他们只能努力想象和交流一些破碎的、预测性的意象,想象社会、自由、真理和正义可能的模样。因此,他们这些人物象征了后来一些作家——从本雅明、阿多诺到德里达——所描写的某种等待,将他们的苦难放进可能性的视角:尽管现在被抹杀,但未来也许会存在;拉祖莫夫沉默的意义自我显现的那道叙事的悖论裂缝,在未来也许可以理解。

---

① Nathalie Sarraute,《怀疑的时代》(*The Age of Suspicion*),Maria Jolas 英译,New York,1963年,第33页。

② Joseph Conrad,《专制与战争》(*Autocracy and War*),第84页。

这种"装死"的概念及其可能的一切象征,甚至可以运用到那个西方叙述者身上。他一直关心举止的超然,关心情节和情感的合宜,他"闭口不谈"观察的动机和场景的选择。在阅读他的叙述时,那些死气沉沉的文字——充满了陈词滥调和盲视,不能理解和表达想诠释各类俄罗斯人的生活——变成一个结构性的悖论。因此,《在西方的目光下》变成了一个典型,如何让东西方互相抗衡,从而为生活在东欧或西欧,为生活在任何帝国、种族或民族分界线两边之人寻找共存的空间。在此意义上,来自西方的拒斥和缄默,同样是"装死"的修辞,吊诡地遮蔽了寻找用话语传递意义的努力。康拉德认为,只有在反讽的张力和视角中,语言(无论是斯拉夫语言还是西方的语言)才能从死气沉沉中解救出来;只有如此,沉默才能产生意义。

康拉德的艺术建立在一种在沉默边缘嬉戏的语言之上。这是他现代性写作的核心悖论:他所使用的语言"好像"能传达意义。在揭示语言无力传达意义的同时,要维持意义能够被传达这种逐渐消逝的可能性。因此,沉默变成了真相的符号,变成了逃避谎言密布的生存世界的符号。在小说结尾,各种受苦之人纷纷前去探访拉祖莫夫,为的是听他从沉默中说出真相。再一次,叙述从沉默中出发,向沉默致敬。在此,康拉德提供了一个姗姗来迟的浪漫主义悲剧形象。当拉祖莫夫在日内瓦湖中的卢梭岛上写日记时,他问了一个半世纪前孤独漫步者卢梭提出的同样的问题:我们能否用沉默和反讽,采取吊销或"遗忘"自我的方式,来创造意义?在现代主义艺术语言提供的回答中,沉默变成了话语,破碎暗示了整体缺席,缺席意味了在场,不和谐恰恰表明了和谐的存在,进入黑暗的中心能够产生洞见的光明。康拉德的《在西方的目光下》运用了与《黑暗的心》一样的现代写作手法,只不过将令人厌恶的种族帝国主义置换成了俄罗斯专制社会。在这两部小说中,康拉德都谴责了殖民者与受殖者、主人与仆人之间的共生关系,殖民者或主人被神一样的专横和专制转化成了野蛮统治的工具,受殖者或仆人为了摆脱非人的压迫而拼命挣扎。在这两部作品的辩证目光之下,读者被置于现代性悖论的中心。在这里,无尽的拷问主宰和揭露了人的每一面;在这里,"人"被驱逐进沉默和虚无,文本也被迫化为采用透视法则写成的碎片。

《在西方的目光下》成书于1911年。在这部小说中,读者对于斯拉夫形象尤其是俄罗斯形象经历了一场意义深远的解构。康拉德邀请读者一道探索一个充满悖论的世界,其中一切"真相"都混合了幻象,一切话语都搀杂了沉默。康拉德用透视法则的棱镜表明,按照国族、种族或社会的形象来寻找意义极度不牢靠。如果可能,意义也只能在这一共识中获得,那就是,意义来自于沉默,来自于对意义的抹除。在此,同情是一种想象性行为,因为它反对一切社会的提示词,走向了对立面。康拉德所谓的"同情的想象",将人和意义系于被迫沉默、被抹除的"他者"身上。他者和自我隔着社会建立的壁垒面面相望。在这样一个世界里,无论是个体还是社群,都被表明要么是统治的工具,要么是统治的牺牲品,人们惟一有望去做的,就是行动起来,装成"似乎"有意义存在,切记意义出现于被抹除的形象和被迫沉默的声音之中。在康拉德看来,现在出现或存在的任何个体和社群观念,都是沉默的结果。似乎沉默是一种语言形式。

图书在版编目（CIP）数据

在西方的目光下/(英)康拉德著；李小均译. —北京：华夏出版社，2014.5
（西方传统：经典与解释）
ISBN 978-7-5080-7983-7

Ⅰ.①在… Ⅱ.①康… ②李… Ⅲ.①长篇小说－英国－现代 Ⅳ.①I561.45

中国版本图书馆CIP数据核字(2014)第039501号

在西方的目光下

著　　者	[英]约瑟夫·康拉德
译　　者	李小均
责任编辑	陈希米
责任印制	刘　洋
出版发行	华夏出版社
经　　销	新华书店
印　　刷	北京建筑工业印刷厂南厂
装　　订	三河市李旗庄少明印装厂
版　　次	2014年5月北京第1版 2014年5月北京第1次印刷
开　　本	880×1230　1/32
印　　张	9.375
字　　数	246千字
定　　价	42.00元

华夏出版社　地址：北京市东直门外香河园北里4号　邮编：100028
　　　　　　网址：http://www.hxph.com.cn　电话：(010)64663331(转)
若发现本版图书有印装质量问题，请与我社营销中心联系调换。

西方传统：经典与解释

Classici et Commentarii

HERMES

刘小枫◎主编

古今丛编

在西方的目光下
[英]康拉德 著

大学与博雅教育
落崖 编

恐惧与战栗
[丹麦]基尔克果 著

探究哲学与信仰——基尔克果与苏格拉底
[美]郝岚 著

穆佐书简
[奥]里尔克 著

撒路斯特与政治史学
刘小枫 编

民主的本性——托克维尔的政治哲学
[法]马南 著

希罗多德的王霸之辨
吴小锋 编/译

梅尔维尔的政治哲学——《切雷诺》及其解读
李小均 译

第二代智术师——罗马帝国早期的文化现象
安德森 著

英雄诗系笺释
[古希腊]荷马 著

统治的热望
——修昔底德笔下的阿尔喀比亚德和帝国政治
[美]福特 著

席勒美学的哲学背景
[美]维塞尔 著

雅典谐剧与逻各斯
——《云》中的修辞、谐剧性及语言暴力
[美]奥里根 著

莱园哲人伊壁鸠鲁
罗晓颖 选编

果戈里与鬼
[俄]梅列日科夫斯基 著

托尔斯泰与陀思妥耶夫斯基（第一卷）
[俄]梅列日科夫斯基 著

托尔斯泰与陀思妥耶夫斯基（第二卷）
[俄]梅列日科夫斯基 著

自传性反思
[德]沃格林 著

黑格尔与普世秩序
[美]希克斯 等著

新的方式与制度
——马基雅维利的《论李维》研究
[美]曼斯菲尔德 著

论埃及神学与哲学——伊希斯与俄赛里斯
[古希腊]普鲁塔克 著

凯撒的剑与笔
李世祥 编/译

纪念苏格拉底——哈曼文选
刘新利 选编

科耶夫的新拉丁帝国
[法]科耶夫 等著

夜颂中的革命和宗教——诺瓦利斯选集卷一
[德]诺瓦利斯 著

大革命与诗话小说——诺瓦利斯选集卷二
[德]诺瓦利斯 著

《利维坦》附录
[英]霍布斯 著

巨人与侏儒
[美]布鲁姆 著

或此或彼（上、下）
[丹麦]基尔克果 著

海德格尔与有限性思想（重订版）
刘小枫 选编

海德格尔式的现代神学
刘小枫 选编

走向古典诗学之路
——相遇与反思：与伯纳德特聚谈
[美]伯格 编

论宗教大法官的传说
[俄]罗赞诺夫 著

上帝国的信息
[德]拉加茨 著

双重束缚
[美]基拉尔 著

俄耳甫斯教祷歌
吴雅凌 编译

俄耳甫斯教辑语
吴雅凌 编译

黑格尔的观念论
[美]皮平 著

古今之争中的核心问题
[德]迈尔 著

浪漫派风格——施莱格尔批评文集
[德]施莱格尔 著

神圣的罪业
[美]伯纳德特 著

论永恒的智慧
[德]苏索 著

宗教经验种种
[美]詹姆斯 著

尼采反卢梭
[美]凯斯·安塞尔-皮尔逊 著

施米特对自由主义的批判
[美]约翰·麦考米克 著

舍勒思想评述
[美]弗林斯 著

诗与哲学之争
[美]罗森 著

基督教理论与现代
[德]特洛尔奇 著

亚历山大的克雷蒙
[意]塞尔瓦托·利拉 著

伊壁鸠鲁主义的政治哲学
[意]詹姆斯·尼古拉斯 著

神圣与世俗
[罗]伊利亚德 著

中世纪的心灵之旅——波纳文图拉神学著作选
[意]圣·波纳文图拉 著

弓弦与竖琴——从柏拉图解读《奥德赛》
[美]伯纳德特 著

论古人的智慧
[英]培根 著

希伯莱圣经历代注疏
　希腊化世界中的犹太人
　[英]威尔逊 著

　第一亚当和第二亚当
　[德]朋霍费尔 著

卢梭集
　论哲学生活的幸福
　[德]迈尔 著

　致博蒙书
　[法]卢梭 著

　政治制度论
　[法]卢梭 著

　哲学的自传——卢梭的《孤独漫步者的遐思》
　[法]卢梭 著

　文学与道德杂篇
　[法]卢梭 著

　设计论证——卢梭的《社会契约论》
　[美]吉尔丁 著

　卢梭的自然状态
　[美]普拉特纳 等著

　卢梭的榜样人生——作为政治哲学的《忏悔录》
　[美]凯利 著

柏拉图注疏集
　理想国
　[古希腊]柏拉图 著

　谁来教育老师——《普罗塔戈拉》发微
　刘小枫 编

　立法者的神学——柏拉图《法义》卷十绎读
　林志猛 编

　柏拉图对话中的神
　[德]薇依 著

　厄庇诺米斯
　[古希腊]柏拉图 著

　智慧与幸福——柏拉图的《厄庇诺米斯》
　程志敏 选编

　论柏拉图对话
　[德]施莱尔马赫 著

　柏拉图《美诺》疏证
　[美]克莱因 著

　神话诗人柏拉图
　张文涛 选编

人应该如何生活
[美]布鲁姆 著

阿尔喀比亚德
[古希腊]柏拉图 著

叙拉古的雅典异乡人
——柏拉图《书简七》探幽
彭磊 选编

阿威罗伊论《王制》
[阿拉伯]阿威罗伊 著

《王制》要义
刘小枫 选编

柏拉图的《会饮》
[古希腊]柏拉图 等著

苏格拉底的申辩
[古希腊]柏拉图 著

苏格拉底与政治共同体
[美]尼科尔斯 著

政制与美德——柏拉图《法义》疏解
[美]潘戈 著

《法义》导读
[法]卡斯代尔·布舒奇 著

论真理的本质
[德]海德格尔 著

哲人的无知
[德]费勃 著

米诺斯
[古希腊]柏拉图 著

亚里士多德注疏集

品格的技艺
[美]加佛 著

亚里士多德德基本概念
[德]海德格尔 著

《政治学》疏证
[意]托马斯·阿奎那 著

尼各马可伦理学义疏
——亚里士多德与苏格拉底的对话
[美]伯格 著

哲学之诗——亚里士多德《诗学》解诂
[美]戴维斯 著

对亚里士多德的现象学解释
[德]海德格尔 著

城邦与自然——亚里士多德与现代性
刘小枫 编

论诗术中篇义疏
[阿拉伯]阿威罗伊 著

哲学的政治——亚里士多德《政治学》疏证
[美]戴维斯 著

莱辛注疏集

汉堡剧评
[德]莱辛 著

关于悲剧的通信
[德]莱辛 著

《智者纳坦》研究版
[德]莱辛 等著

启蒙运动的内在问题——莱辛思想再释
[美]维塞尔 著

莱辛剧作七种
[德]莱辛 著

历史与启示——莱辛神学文选
[德]莱辛 著

论人类的教育——莱辛政治哲学文选
[德]莱辛 著

色诺芬注疏集

居鲁士的教育
[古希腊]色诺芬 著

驯服欲望——施特劳斯笔下的色诺芬撰述
[法]科耶夫 等著

论僭政——色诺芬《希耶罗》义疏
[美]施特劳斯 著

色诺芬的《会饮》
[古希腊]色诺芬 著

施特劳斯集

霍布斯的宗教批判
[美]列奥·施特劳斯 著

斯宾诺莎的宗教批判
[美]列奥·施特劳斯 著

门德尔松与莱辛
[美]列奥·施特劳斯 著

哲学与律法——论迈蒙尼德及其先驱
[美]列奥·施特劳斯 著

迫害与写作艺术
[美]列奥·施特劳斯 著

柏拉图式政治哲学研究
[美]列奥·施特劳斯 著

阅读施特劳斯
[美]斯密什 著

《会饮》讲疏
[美]列奥·施特劳斯 著

柏拉图《法义》的论辩与情节
[美]列奥·施特劳斯 著

什么是政治哲学
[美]列奥·施特劳斯 著

古典政治理性主义的重生
[美]列奥·施特劳斯 著

施特劳斯与流亡政治学
[美]谢帕德 著

犹太哲人与启蒙
——施特劳斯演讲与论文集：卷一
[美]列奥·施特劳斯 著

苏格拉底问题与现代性
——施特劳斯演讲与论文集：卷二
[美]列奥·施特劳斯 著

回归古典政治哲学——施特劳斯通信集
[美]列奥·施特劳斯 著

隐匿的对话——施米特与施特劳斯
[德]迈尔 著

苏格拉底与阿里斯托芬
[美]列奥·施特劳斯 著

尼采注疏集

尼采与基督教——尼采的《敌基督》论集
刘小枫 编

尼采眼中的苏格拉底
[美]丹豪瑟 著

尼采的使命——《善恶的彼岸》绎读
[美]朗佩特 著

尼采与现时代——解读培根、笛卡尔与尼采
[美] 朗佩特 著

动物与超人之间的绳索
[德]A.彼珀 著

维吉尔注疏集

《埃涅阿斯纪》章义
王承教 选编

维吉尔的帝国
阿德勒 著

品达注疏集

幽暗的诱惑——品达、晦涩与古典传统
[美]汉密尔顿 著

新约历代经解

属灵的寓意
[古罗马]俄里根 著

赫西俄德集

神谱笺释
吴雅凌 撰

赫西俄德：神话之艺
[法]居代·德·拉孔波 等著

赫拉克勒斯之盾笺释
罗逍然 译笺

莎士比亚绎读

莎士比亚笔下的爱与友谊
[美]布鲁姆 著

莎士比亚戏剧与政治哲学
彭磊 选编

莎士比亚的政治盛典
[美]阿鲁里斯/苏利文 编

丹麦王子与马基雅维利
罗峰 选编

古希腊诗歌丛编

阿尔戈英雄纪
[古希腊]阿波罗尼俄斯 著

阿里斯托芬集

《阿卡奈人》笺释
[古希腊]阿里斯托芬 著

但丁集

但丁的圣约书
[美]霍金斯 著

美国宪政与古典传统

美国1787年宪法讲疏
[美]阿纳斯塔普罗 著

修昔底德集

修昔底德笔下的人性
[加]欧文 著

修昔底德笔下的演说
[美]斯塔特 著

古希腊政治理论
格雷纳 著

塔西佗集

塔西佗的政治史学
曾维术 编

古典学丛编

表演文化与雅典民主政制
[英]戈尔德希尔、奥斯本 编

西方古典文献学发凡
刘小枫 编

古典语文学常谈
克拉夫特 著

古希腊文学常谈
[英]多佛 等著

古希腊肃剧注疏集

希腊肃剧与政治哲学
[美]阿伦斯多夫 著

中国传统：经典与解释
Classici et Commentarii

家亚肴圃
刘小枫 陈少明 ◎ 主编

中国传统：经典与解释

皇清经解提要
[清]沈豫 撰

冬灰录
[明]方以智 著

从公羊学论《春秋》的性质
阮芝生 撰

药地炮庄笺释·总论篇
[明]方以智 著

松阳讲义
[清]陆陇其 著

起凤书院答问
[清]姚永朴 撰

青原志略
[明]方以智 原编

冬炼三时传旧火——港台学人论方以智
邢益海 编

药地炮庄
[明]方以智 著

周礼疑义辨证
陈衍 撰

经学通论
[清]皮锡瑞 著

韩愈志
钱基博 著

论语辑释
陈大齐 著

《庄子·天下篇》注疏四种
张丰乾 编

荀子的辩说
陈文洁 著

古学经子——十一朝学术史述林
王锦民 著

经学以自治——王闿运春秋学思想研究
刘少虎 著

《铎书》校注
孙尚扬 肖清和 等校注

大学素质教育读本

古典诗文绎读 西学卷·古代编（上、下）
古典诗文绎读 西学卷·现代编（上、下）

经典与解释辑刊（刘小枫 陈少明 主编）

1 柏拉图的哲学戏剧
2 经典与解释的张力
3 康德与启蒙
4 荷尔德林的新神话
5 古典传统与自由教育
6 卢梭的苏格拉底主义
7 赫尔墨斯的计谋
8 苏格拉底问题

9　美德可教吗
10　马基雅维利的喜剧
11　回想托克维尔
12　阅读的德性
13　色诺芬的品味
14　政治哲学中的摩西
15　诗学解诂
16　柏拉图的真伪
17　修昔底德的春秋笔法
18　血气与政治
19　索福克勒斯与雅典启蒙
20　犹太教中的柏拉图门徒
21　莎士比亚笔下的王者
22　政治哲学中的莎士比亚
23　政治生活的限度与满足
24　雅典民主的谐剧
25　维柯与古今之争
26　霍布斯的修辞
27　埃斯库罗斯的神义论
28　施莱尔马赫的柏拉图
29　奥林匹亚的荣耀
30　笛卡尔的精灵
31　柏拉图与天人政治
32　海德格尔的政治时刻
33　荷马笔下的伦理
34　格劳秀斯与国际正义
35　西塞罗的苏格拉底
36　基尔克果的哲学与政治
37　《理想国》的内与外
38　诗艺与政治
39　律法与政治哲学
40　古今之间的但丁
41　柏拉图式的拉伯雷

刘小枫集

诗化哲学［重订本］
拯救与逍遥［修订本］
走向十字架上的真
这一代人的怕和爱［增订本］
现代性与现代中国：现代性社会理论绪论
沉重的肉身
圣灵降临的叙事［增订本］
罪与欠
西学断章
现代人及其敌人
儒教与民族国家
拣尽寒枝
施特劳斯的路标
重启古典诗学
共和与经纶
设计共和
卢梭与我们
好智之罪：普罗米修斯神话通释
民主与爱欲：柏拉图《会饮》绎读
民主与教化：柏拉图《普罗塔戈拉》绎读
巫阳招魂：《诗术》绎读

编修［博雅读本］

凯若斯：古希腊语文读本［全二册］
古希腊语文学述要
雅努斯：古典拉丁语文读本
古典拉丁语文学述要
危微精一：政治法学原理九讲
琴瑟友之：钢琴与古典乐色十讲